百期精华

100期·100家·100篇

人物绘像

散文海外版编辑部\选编

百花文艺出版社
BAIHUA LITERATURE AND
ART PUBLISHING HOUSE

图书在版编目（CIP）数据

百期精华．人物绘像/散文海外版编辑部编．—天津：百花文艺出版社，2009.9（2010.5 重印）
ISBN 978-7-5306-5226-8

Ⅰ.百…　Ⅱ.散…　Ⅲ.散文－作品集－世界　Ⅳ.I 16

中国版本图书馆 CIP 数据核字（2009）第 143814 号

百花文艺出版社出版发行
地址：天津市和平区西康路 35 号
邮编：300051
e－mail：bhpubl@ public.tpt.tj.cn
http：//www.bhpubl.com.cn
发行部电话：（022）23332651　邮购部电话：（022）27695043
全国新华书店经销
河北省三河市宏达印刷有限公司印刷
*
开本 787×1092 毫米　1/16　印张 18　插页 2　字数 242 千字
2010 年 1 月第 1 版　2010 年 5 月第 2 次印刷
印数：3001－6000 册　　定价：32.00 元

目　录

站在胡适之先生墓前 ………………… 季羡林(001)

我吻女儿的前额 ………………………… 阎　纲(011)

梦之魂 ……………………………………… 竹　林(017)

——巴金与萧乾

怀念曹禺 ………………………………… 巴　金(026)

树犹如此 ……………………(美国)白先勇(030)

——纪念亡友王国祥君

写给母亲的祭文 ……………………… 陶斯亮(043)

小别赠言 ………………………………… 唐　敏(047)

星斗其文　赤子其人 ………………… 高洪波(050)

——怀念汪曾祺先生

跨过那厚厚的大红门 ……………… 章含之(056)

平常的沈从文 ………………………… 黄永玉(067)

怀念钱钟书先生 ……………………… 张隆溪(073)

寻访张园 ………………………………… 朱增泉(088)

爷爷和真君 ……………………(美国)聂华苓(099)

荷香深处祭文魂 ……………………… 从维熙(110)

爱情是不能解释的 …………(法国)卢　岚(118)

追寻那遥远的美丽 …………………… 梁 衡(122)
惜别老罗 ……………………………… 刘心武(130)
何期执手成长别 ……………………… 范 曾(134)
奶奶在花园 …………………………… 小 红(148)
摇曳秋风遗念长 ……………………… 孙晓玲(156)
娘,我的疯子娘 ……………………… 王恒绩(166)
荞花盛开 ……………………………… 郭文斌(172)
怀念母亲 ……………………………… 迟浩田(184)
人生几度秋凉 ………………………… 王充闾(191)
赵登禹将军的菊与刀 ………………… 耿 立(205)
扇嘴巴子的故事 ……………………… 李钢林(217)
大儒无声亦有声 ……………………… 韩小蕙(230)
今夜星光灿烂 ………………………… 王安忆(235)
芳草王孙天涯 ………………… (美国)朱琦(242)
大美者无言 …………………………… 舒 婷(258)
大爱无边 ……………………………… 王兆胜(270)
村子 …………………………………… 孟宪杰(275)

站在胡适之先生墓前

□ 季羡林

我现在站在胡适之先生墓前。他虽已长眠地下，但是他那典型的"我的朋友"式的笑容，仍宛然在目。可我最后一次见到这个笑容，却已是五十年前的事了。

1948年12月中旬，是北京大学建校50周年的纪念日。此时，解放军已经包围了北平城，然而城内人心并不惶惶。北大同仁和学生也并不惶惶，不但不惶惶，而且在人们的内心中，有的非常殷切，有的还有点狐疑，都在期望着迎接解放军。适逢北大建校大喜的日子，许多教授都满面春风，聚集在沙滩孑民堂中，举行庆典。记得作为校长的适之先生，满面含笑，做了简短的讲话，只有喜庆的内容，没有愁苦的调子。正在这个时候，城外忽然响起了隆隆的炮声。大家相互开玩笑说："解放军给北大放礼炮哩！"简短的仪式完毕后，适之先生就辞别了大家，登上飞机，飞赴南京去了。我忽然想到了李后主的几句词："最是仓皇辞庙日，教坊犹唱别离歌，挥泪对宫娥。"我想改写一下，描绘当时适之先生的情景："最是仓皇辞校日，城外礼炮声隆隆，含笑辞友朋。"我哪里知道，我们这一次会面竟是最后一次。如果我当时意识到这一点的话，这是含笑不起来的。

从此以后，我同适之先生便天各一方，分道扬镳，"世事两茫茫"了。听说，他离开北平后，曾从南京派来一架专机，点名要接走几位老朋友。他亲自在南京机场恭候。飞机返回以后，机舱门开，他满怀希望要同老友会面,然而除了一两位以外,所有他想接的人都没有走出机舱。据说——只是据说,他当时大哭一场,心中的滋味恐怕真是不足为外人道也。

适之先生在南京也没有能待多久,“百万雄师过大江”以后,他也逃往台湾。后来又到美国去住了几年,并不得志,往日的辉煌犹如春梦一场,已不复存在。后来又回到台湾。最初也不为当局所礼重。往日总统候选人的迷梦,也只留下了一个话柄,日子过得并不顺心。后来,不知怎样一来,他被选为中央研究院的院长,算是得到了应有的礼遇,过了几年舒适称心的日子。适之先生毕竟是一书生,一直迷恋于《水经注》的研究,如醉如痴,此时又得以从容继续下去。他的晚年可以说是差强人意的。可惜仁者不寿,猝死于宴席之间。死后哀荣备至。中央研究院为他建立了纪念馆,包括他生前的居室在内,并建立了胡适陵园,遗骨埋葬在院内的陵中。今天我们参拜的,就是这个规模宏伟、极为壮观的陵园。

我现在站在适之先生墓前,鞠躬之后,悲从中来,心内思潮汹涌,如惊涛骇浪,眼泪自然流出。杜甫诗:“焉知二十载,重上君子堂。”我现在是“焉知五十载,躬亲扫陵墓”。此时,我的心情也是不足为外人道也。

我自己已经到望九之年,距适之先生所待的黄泉或者天堂乐园,只差几步之遥了。回忆自己八十多年坎坷又顺利的一生,真如一部二十四史,不知从何处说起了。

我一生遇到的六位恩师

积八十年之经验,我认为,一个人生在世间,如果想有所成就,必须具备三个条件:才能、勤奋、机遇。行行皆然,人人皆然,概莫能外。别的人先不说了,只谈我自己。关于才能一项,再自谦也不能说自己是白痴。但是,自己并不是什么天才,这一点自知之明,我还是有的。谈到勤奋,我自认还能差强人意,用不着有什么愧怍之感。但是,我把重点放在第三项上:机遇。如果我一生还能算得上有些微成就的话,主要是靠机遇。

机遇的内涵是十分复杂的,我只谈其中恩师一项。韩愈说:“古之学者必有师。师者,所以传道、授业、解惑也。”根据老师这三项任务,老师对学生都是有恩的。然而,在我所知道的世界语言中,只有汉文把“恩”与“师”紧密地嵌在一起,成为一个不可分割的名词。这只能解释为中国人最懂得报师恩,为其他民族所望尘莫及的。

我在学术研究方面的机遇,就是我一生碰到了六位对我有教导之恩或者知遇之恩的恩师。我不一定都听过他们的课,但是,只读他们的书也是一种教导。我在清华大学读书时,读过陈寅恪先生所有已经发表的著作,旁听过他的“佛经翻译文学”,从而种下了研究梵文和巴利文的种子。在当了或滥竽了一年国文教员之后,由于一个天上掉下来的机遇,我到了德国哥廷根大学。正在我入学后的第二个学期,瓦尔德施密特先生调到哥廷根大学任印度学的讲座教授。当我在教务处前看到他开基础梵文课的通告时,我喜极欲狂。“踏破铁鞋无觅处,得来全不费工夫。”难道这不是天赐的机遇吗?最初两个学期,选修梵文的只有我一个外国学生。然而教授仍然照教不误,而且备课充分,讲解细致。威仪俨然,一丝不苟。几乎是我一个学生垄断课堂,受益之大,自可想见。二战爆发,瓦尔德施密特先生被征从军。已经退休的原印度学讲座教授西克,虽已年逾八旬,毅然又走上讲台。教的依然是我一个中国学生。西克先生不久就告诉我,他要把自己平生的绝招全传授给我,包括《梨俱吠陀》、《大疏》、《十王子传》,还有他费了二十年的时间才解读了的吐火罗文。在吐火罗文研究领域中,他是世界最高权威。我并非天才,六七种外语早已塞满了我那渺小的脑袋瓜,我并不想再塞进吐火罗文。然而像我的祖父一般的西克先生,告诉我的是他的决定,一点征求意见的意思都没有。我唯一能走的道路就是:敬谨遵命。现在回忆起来,冬天大雪之后,在研究所上过课,天已近黄昏。积雪白皑皑地拥满十里长街。雪厚路滑,天空阴暗,地闪雪光,路上阒静无人,我搀扶着老爷子,一步高,一步低,送他到家。我没有见过自己的祖父,当时我真觉得,身边的老人就是我的祖父。他为了学术,不惜衰朽残年,不顾自己的健康,想把衣钵传给我这个异国青年。此时我心中思绪翻腾,感激与温暖并在，担心与爱怜齐涌。我真不知道是置身何地了。

二战期间，我被困德国，一待就是十年。二战结束后，听说寅恪先生正在英国就医。我连忙给他写了一封致敬信，并附上发表在哥廷根科学院集刊上用德文写成的论文，向他汇报我十年学习的成绩。很快就收到了他的回信，问我愿不愿意到北大去任教。北大为全国最高学府，名扬全球；但是，门槛一向极高，等闲难得进入。现在竟有一个天赐的机遇落到我头上来，我焉有不愿意之理！我立即回信同意。寅恪先生把我推荐给了当时的北大校长胡适之先生，代理校长傅斯年先生，文学院长汤用彤先生。寅恪先生在学术界有极高的声望，一言九鼎。北大三位领导立即接受。于是我这个三十多岁的毛头小伙子，在国内学术界尚无籍籍名，公然堂而皇之地走进了北大的大门。唐代中了进士，就"春风得意马蹄疾，一日看遍长安花"。我虽然没有一日看遍北京花；但是，身为北大正教授兼东方语言文学系主任，心中有点洋洋自得之感，不也是人之常情吗？

典型的"我的朋友"式的笑容

在此后的三年内，我在适之先生和锡予（汤用彤）先生领导下学习和工作，度过了一段毕生难忘的岁月。我同适之先生，虽然学术辈分不同，社会地位悬殊，想来接触是不会太多的。但是，实际上却不然。我们见面的机会非常多，他那一间在孑民堂前东屋里的狭窄简陋的校长办公室，我几乎是常客。作为系主任，我要向校长请示汇报工作。他主编报纸上的一个学术副刊，我又是撰稿者，所以免不了也常谈学术问题。最难能可贵的是，他待人亲切和蔼，见什么人都是笑容满面，对教授是这样，对职员是这样，对学生是这样，对工友也是这样，从来没见过他摆当时颇为流行的名人架子，教授架子。此外，在教授会上，在北大文科研究所的导师会上，在北京图书馆的评议会上，我们也时常有见面的机会。我作为一个年轻的后辈，在他面前，绝没有什么局促之感，经常如坐春风中。

适之先生是非常懂得幽默的，他绝不老气横秋，而是活泼有趣。有一件小事，我至今难忘。有一次召开教授会，杨振声先生新收得了一幅名贵的古画，为了想让大家共同欣赏，他把画带到了会上，打开铺在一张极大的桌子上，大家都啧啧称赞。这时适之先生忽然站了起来，走到桌前，把画卷了起来，做纳入袖中状，引得满堂大笑，喜气洋洋。

这时候，印度总理尼赫鲁派印度著名学者师觉月博士来北大任访问教授，还派来了十几位印度男女学生来北大留学，这也算是中印两国间的一件大事。适之先生委托我照管印度老少学者。他多次会见他们，并设宴为他们接风。师觉月做第一次演讲时，适之先生亲自出席，并用英文致欢迎词，讲中印历史上的友好关系，介绍师觉月的学术成就，可见他对此事之重视。

适之先生在美国留学时，忙于对西方，特别是对美国哲学与文化的学习，忙于钻研中国古代先秦的典籍，对印度文化以及佛教还没有进行过系统深入的研究。据说后来由于想写完《中国哲学史》，为了弥补自己的不足，开始认真研究中国佛教禅宗以及中印文化关系。我自己在德国留学时，忙于同梵文、巴利文、吐火罗文以及佛典拼命，没有余裕来从事中印文化关系史的研究。回国以后，迫于没有书籍资料，在不得已的情况下，开始注意中印文化交流史的研究。在解放前的三年中，只写过两篇比较像样的学术论文：一篇是《浮屠与佛》，一篇是《列子与佛典》。第一篇讲的问题正是适之先生同陈援庵先生争吵到面红耳赤的问题。我根据吐火罗文解决了这个问题。两老我都不敢得罪，只采取了一个骑墙的态度。我想，适之先生不会没读到这一篇论文的。我只到清华园读给我的老师陈寅恪先生听。蒙他首肯，介绍给地位极高的《中央研究院史语所集刊》发表。第二篇文章，写成后我拿给了适之先生看，第二天他就给我写了一封信，信中说："《生经》一证，确凿之至！"可见他是连夜看完的。他承认了我的结论，对我无疑是一个极大的鼓舞。这一次，我来到台湾，前几天，在大会上听到主席李亦园院士的讲话，中间他讲到，适之先生晚年任中央研究院院长时，在下午饮茶的时候，他经常同年轻的研究人员坐在一起聊天。有一次，他说：做学问应该像北京大学的季羡林那样。我乍听之下,百感交集。适之先生这样说,一定同上面两篇文章有关,也可能同我们分手后十几年中我写的一些文章有关。这说明,适之先生一直到晚年还关注着我的学术研究。知己之感,油然而生。在这样的情况下,我还可能有其他任何的感想吗?

他对共产党没有深仇大恨

在政治方面,众所周知,适之先生是不赞成共产主义的。但是,我们不应忘记,他同样也反对三民主义。我认为,在他的心目中,世界上最好的政治就是美国政治,世界上最民主的国家就是美国。这同他的个人经历和哲学信念有关。他们实验主义者不主张设什么“终极真理”。而世界上所有的“主义”都与“终极真理”相似,因此他反对。他同共产党并没有任何深仇大恨。他自己说,他一辈子没有写过批判共产主义的文章,而反对国民党的文章则是写过的。我可以讲两件我亲眼看到的小事。解放前夕,北平学生经常举行示威游行,比如“沈崇事件”、“反饥饿反迫害”等等,背后都有中共地下党在指挥发动,这一点是“司马昭之心,路人皆知”的,适之先生焉能不知!但是,每次北平国民党的宪兵和警察逮捕了学生,他都乘坐他那辆当时北平还极少见的汽车,奔走于各大衙门之间,逼迫国民党当局非释放学生不行。他还亲笔给南京驻北平的要人写信,为了同样的目的。据说这些信至今犹存。我个人觉得,这已经不能算是小事了。另外一件事是,有一天我到校长办公室去见适之先生,一个学生走进来对他说:昨夜延安广播电台曾对他专线广播,希望他不要走,北平解放后,将任命他为北大校长兼北京图书馆的馆长。他听了以后,含笑对那个学生说:“人家信任我吗?”谈话到此为止。这个学生的身份他不会不明白,但他不但没有拍案而起,怒发冲冠,态度依然亲切和蔼。小中见大,这些小事都是能够发人深思的。

适之先生以青年暴得大名,誉满士林。我觉得,他一生处在一个矛盾中,一个怪圈中:一方面是学术研究,一方面是政治活动和社会活动。

他一生忙忙碌碌，倥偬奔波，作为一个"过河卒子"，勇往直前。我不知道，他自己是否意识到身陷怪圈。当局者迷，旁观者清，我认为，这个怪圈确实存在，而且十分严重。那么，我对这个问题有什么看法呢？我觉得，不管适之先生自己如何定位，他一生毕竟是一个书生，说不好听一点，就是一个书呆子。我也举一件小事。有一次，在北京图书馆开评议会。会议开始时，适之先生匆匆赶到，首先声明，还有一个重要会议，他要早退席。会议开着开着就走了题，有人忽然谈到《水经注》。一听到《水经注》，适之先生立即精神抖擞，眉飞色舞，口若悬河。一直到散会，他也没有退席，而且兴致极高，大有挑灯夜战之势。从这样一个小例子中不也可以小中见大吗？

我在上面谈到了适之先生的许多德行，现在笼统称之为"优点"。我认为，其中最令我钦佩，最使我感动的却是他毕生奖掖后进。"平生不解掩人善，到处逢人说项斯。"他正是这样一个人。这样的例子是举不胜举的。中国是一个很奇怪的国家，一方面有我上面讲到的只此一家的"恩师"；另一方面却又有老虎拜猫为师学艺，猫留下了爬树一招没教给老虎，幸免为徒弟吃掉的民间故事。二者显然是有点矛盾的。适之先生对青年人一向鼓励提挈。四十年代，他在美国哈佛大学遇到当时还是青年的学者周一良和杨联升等，对他们的天才和成就大为赞赏。后来周一良回到中国，倾向进步，参加革命，其结果是众所周知的。杨联升留在美国，在二三十年的长时间内，同适之先生通信论学，互相唱和。在学术成就上也是硕果累累，名扬海外。周的天才与功力，只能说是高于杨，虽然在学术上也有表现；但是，格于形势，颇令人有未尽其才之感。看了二人的遭遇，难道我们能无动于衷吗？

与适之先生分别之后

我同适之先生在孑民堂庆祝会上分别，从此云天渺茫，天各一方，再没有能见面，也没有能通音讯。我现在谈一谈我的情况和内地方面的情况。我同绝大多数的中老年知识分子和教师一样，怀着绝对虔诚的心情,向往光明,向往进步。觉得自己真正站起来了,大有飘飘然羽化而登仙之感,有点忘乎所以了。我从一个最初喊什么人万岁都有点忸怩的低级水平,一踏上"革命"之路,便步步登高,飞驰前进;再加上天纵睿智,虔诚无垠,全心全意,投入造神运动中。常言道"众人拾柴火焰高",大家群策群力,造出了神,又自己膜拜,完全自觉自愿,决无半点勉强。对自己则认真进行思想改造。原来以为自己这个知识分子,虽有缺点,并无罪恶;但是,经不住社会上根红苗壮的阶层的人士天天时时在你耳边聒噪:"你们知识分子身躯脏,思想臭!"西方人说:"谎言说上一千遍就成为真理。"此话就应在我们身上,积久而成为一种"原罪"感,怎样改造也没有用,只有心甘情愿地居于"老九"的地位,改造,改造,再改造,直改造得懵懵懂懂,"两涘渚涯之间,不辨牛马"。然而涅槃难望,苦海无边,而自己却仍然是膜拜不息。通过无数次的运动,一直到十年浩劫,自己被关进牛棚被打得一佛出世二佛升天,皮开肉绽,仍然不停地膜拜,其精诚之心真可以惊天地泣鬼神了。改革开放以后,自己脑袋里才裂开了一点缝,"觉今是而昨非",然而自己已快到耄耋之年,垂垂老矣,离着鲁迅在《过客》一文讲到的长满了百合花的地方不太远了。

至于适之先生,他离开北大后的情况,我在上面已稍有所涉及;总起来说,我是不十分清楚的,也是无法清楚的。到了1954年,从批判俞平伯先生《红楼梦》研究的资产阶级唯心论起,批判之火终于烧到了适之先生身上。这是一场缺席批判。适之先生远在重洋之外,坐山观虎斗。即使被斗的是他自己,反正伤不了他一根毫毛,他乐得怡然观战。他的名字仿佛已经成一个稻草人,浑身是箭,一个不折不扣的"箭垛"。内地众家豪杰,个个义形于色,争先恐后,万箭齐发,适之先生兀自岿然不动。我幻想,这一定是一个非常难得的景观。在浪费了许多纸张和笔墨、时间和精力之余,终成为"竹篮子打水—— 一场空",乱哄哄一场闹剧。

适之先生于1962年猝然逝世,享年已经过了古稀,在中国历代学术史上,这已可以算是高龄了;但以今天的标准来衡量,似乎还应该活得更长一点。中国古称"仁者寿",但适之先生只能说是"仁者不寿"。当时在内地“左”风犹狂，一般人大概认为胡适已经是被打倒在地的人，身上被踏上了一千只脚，永世不得翻身了。这样一个人的死去，有何值得大惊小怪！所以报纸杂志上没有一点反应。我自己当然是被蒙在鼓里，毫无所知。十几二十年以后，我脑袋里开始透进点光亮的时候，我越想越不是滋味，曾写了一篇短文:《为胡适说几句话》，我连“先生”二字都没有勇气加上，可是还有人劝我以不发表为宜。文章终于发表了，反应还差强人意，至少没有人来追查我。我心里一块石头落了地。最近几年来，改革开放之风吹绿了中华大地。知识分子的心态有了明显的转变，身上的枷锁除掉了，原罪之感也消逝了，被泼在身上的污泥浊水逐渐清除了，再也用不着天天夹着尾巴过日子了。这种思想感情上的解放，大大地提高了他们的积极性，愿意为祖国的繁荣富强贡献自己的力量。出版界也奋起直追，出版了几部《胡适文集》。安徽教育出版社雄心最强，准备出版一部超过两千万字的《胡适全集》。我可是万万没有想到，主编这一非常重要的职位，出版社竟垂青于我。我本不是胡适研究专家，我诚惶诚恐，力辞不敢应允。但是出版社却说，现在北大曾经同适之先生共过事而过从又比较频繁的，只剩下我一个人了。铁证如山，我只能“仰”(不是“俯”)允了。我也想以此报知遇之恩于万一。我写了一篇长达一万七千字的总序，副标题是:还胡适以本来面目。意思也不过是想拨乱反正，以正视听而已。前不久，又有人邀我在《学林往事》中写一篇关于适之先生的文章，理由同前，我也应允而且从台湾回来后抱病写完。这一篇文章的副标题是:毕竟一书生。原因是，前一个副标题说得太满，我哪里有能力还适之先生以本来面目呢？后一个副标题是说我对适之先生的看法，是比较实事求是的。

我在上面谈了一些琐事和非琐事，俱往矣，只留下了一些可贵的记忆。我可真是万万没有想到，到了望九之年，居然还能来到宝岛。到了台北以后，才发现，五十年前在北平结识的老朋友，比如梁实秋、袁同礼、傅斯年、毛子水、姚从吾等等，全已作古。我真是“访旧全为鬼，惊呼热中肠”了。天地之悠悠是自然规律，是人力所无法抗御的。

我站在适之先生墓前，心中浮想联翩，上下五十年，纵横数千里，往事如云如烟，又历历如在目前。中国古代有俞伯牙在钟子期墓前摔琴的故事，又有许多在至友墓前焚稿的故事。按照这个旧理，我应当把我那新出齐了的文集搬到适之先生墓前焚掉，算是向他汇报我毕生科学研究的成果。但是，我此时虽思绪混乱，神智还是清楚的，我没有这样做。我环顾陵园，只见石阶整洁，盘旋而上。陵墓极雄伟，上覆巨石，墓志铭为毛子水亲笔书写。墓后石墙上嵌有“德艺双隆”四个大字，连同墓志铭，都金光闪闪，炫人双目。我站在那里，蓦抬头，适之先生那有魅力的典型的“我的朋友”式的笑容，突然显现在眼前，五十年依稀缩为一刹那，历史仿佛没有移动。但是，一定神儿，忽然想到自己的年龄，历史毕竟是动了。可我一点也没有颓唐之感，我现在大有“老骥伏枥，志在万里”之感。我相信，有朝一日，我还会有机会重来宝岛，再一次站在适之先生墓前。

后　记

文章写完了。但是对开头处所写的1948年12月在孑民堂庆祝北大建校50周年一事，脑袋里终究还有点疑惑。我对自己的记忆能力是颇有一点自信的；但是说它是“铁证如山”，我还没有这个胆量。怎么办呢？查书。我的日记在“文革”中被抄家时丢了几本，无巧不成书，丢的日记中正巧有1948年的。于是又托高鸿查胡适日记，没能查到。但是，从当时报纸上的记载中得知胡适于12月15日已离开北平，到了南京，并于17日在南京举行北大校庆50周年庆祝典礼，发言时“泣不成声”云云。可见我的回忆是错了。又一个怎么办呢？一是改写，二是保留不变。经过考虑，我采用了后者。原因何在呢？我认为，已经发生过的事情是一个现实，我脑筋里的回忆也是一个现实，一个存在形式不同的现实。既然我有这样一段回忆，必然是因为我认为，如果适之先生当时在北平，一定会有我回忆的那种情况，因此我才决定保留原文，不加更动。但那毕竟不是事实，所以写了这一段“后记”，以正视听。

我吻女儿的前额

□阎　纲

女儿阎荷，取“延河”的谐音，爸妈都是陕西人。菡萏初成，韵致淡雅，越长越像一枝月下的清荷。大家和她告别时，她的胸前置放着一枝枝荷花，总共三十八朵。

女儿1998年查出肿瘤，从此一病不起。两次大手术，接二连三地检查、化疗、输血、打吊针，祸从天降，急切的宽慰显得苍白无力，气氛悲凉。可是，枕边一簇簇鲜花不时地对她绽出笑容，她睁开双眼，反而用沉静的神态和温煦的目光宽慰我们。我不忍心看着女儿被痛苦百般折磨的样子，便俯下身去，梳理她的头发，轻吻她的前额。

神使鬼差般的，我穿过甬道，来到协和医院的老楼。二十一年前，也是协和医院，我在西门口等候女儿做扁桃腺手术出来。女儿说：“疼极了！医生问我幼儿时为什么不做，现在当然很痛。”其状甚惨，但硬是忍着不哭，怕我难过。羊角小辫，黑带儿布鞋。十九年前，同是现在的六七月间，我住协和医院手术。

穿过甬道拐进地下室，再往右，是我当年的病房，死呀活呀的，一分一秒的，就是在这里度过的，这里还留着女儿的身影。此前，我在隆福医院手术输血抢救，女儿十三岁，小小的年纪，向我神秘地传递妈妈在天安门广场的见闻，带来天安门诗抄偷偷念给我听。她用两张硬板椅子对起来睡在上面陪住，夜里只要我稍重的一声呼吸或者轻微的一个翻动，她立刻机警地、几乎同步地坐起俯在我的身边，那眼神与我方才在楼上病房面对的眼神酷似无异。替班的那些天，她不敢熟睡。她监视我不准吸烟。有时，女儿的劝慰比止痛针还要灵验。

回到病房，我又劝慰女儿说："现在我们看的是最好的西医郎景和，最好的中医黄传贵，当年我住院手术不也挺过来了？那时好吓人的！"女儿嘴角一笑，说："你那算什么？'轻松过关'而已。"她千叮咛、万嘱咐，一定提醒那些对妇科检查疏忽大意的亲友们，务必警惕卵巢肿瘤不知不觉癌变的危险，卵巢是个是非之地，特别隐蔽，若不及时诊治，就跟她一样受大罪了。

最后的日子里，五大痛苦日夜折磨着我的女儿：肿瘤吞噬器官造成的剧痛；无药可止的奇痒；水米不进的肠梗阻；腿、脚高度浮肿；上气不接下气的哮喘。谁受得了啊？而且，不间断地用药、做检查，每天照例的验血、挂吊针，不能将痛苦减轻到常人能够忍受的程度。身上插着管子，都是捆绑女儿的锁链，叫她无时无刻不在炼狱里经受煎熬。"舅妈……舅妈！"当小外甥跑着跳着到病房看望她时，她问了孩子这样一句话："小镤，你看舅妈惨不惨呀？"孩子大声应道："惨——"声音拉得很长，病房的气氛顿觉凄凉。同病房有个六岁的病友叫明月，一天，阎荷坐起梳头，神情坦然，只听到一声高叫："阎荷阿姨，你真好看，你用的什么化妆品呀？"她无力地笑着："阿姨抹的是酱豆腐！"惹出病房一阵笑声。张锲和周明几位作家看望，称赞"咪咪，真坚强！"女儿报以浅笑，说："病也坚强！"又让人一阵心酸。

胃管里流出黑色的血，医生急忙注射保护胃黏膜和止血的针，接着输血。女儿说："现在最讨厌的是肠梗阻。爸，为什么不上网求助国际医学界？"我无言以对。女儿相信我，我会举出种种有名有姓的克癌成果和故事安抚她，让她以过人的毅力，一拼羸弱不堪的肢体，等待奇迹的出现。我的心情十分矛盾：一个比女儿还要清醒、还要绝望的父亲，是不是太残忍？可是，我又能怎么做呢？只能把眼泪往肚里咽，只能以最大的耐心和超负荷的劳碌让她感受亲情的强大支持。夜深了，女儿周身疼痛，但执意叫我停止按摩，回家休息。我离开时，吻了吻她的手，她又拉回我的手不舍地吻着。我一步三回头地出了病房，下楼复上楼，见女儿已经关灯，枕边收音机的指示灯如芥的红光在黑暗中挣扎。一个比白天还要难过的长夜开始折磨她了。我多想返回她的身边啊！但不能，在这些推让上，她很执拗。

女儿在病房从不流露悲观情绪，她善良、聪颖，稳重而有风趣，只要还有力气说话，总要给大家送上一份真情的、不含苦涩的慰藉，大人孩子、护士大夫都喜欢她，说“阎荷的病床就是一个快乐角，什么心里话都愿意说给她听”。

7月18日凌晨4时，女儿喘急，不停地捯气儿，大家的心随着监护仪上不断闪动的数字紧张跳动。各种数字均出现异常，血氧降至17。外孙女给妈妈擦拭眼角溢出的泪水。10时20分，女儿忽然张口用微弱无力的语调问了声：“怎么还不给我抽胸水？”这是她留给亲人们最后的一句话。她用捯气抵御窒息，坚持着、挣扎着，痛苦万分。我发现女儿的低压突然降到32，女婿即刻趴到她的胸前不停地呼叫：“咪咪，咪咪，你睁眼，睁眼看我……咪！”女儿眼睛睁开了，但是失去光泽……哭声大作。大夫说：“大家记住时间：10点36分。这对阎荷也是一种解脱，你们多多保重！现在让我们擦洗、更衣、包裹……”可怜的女儿，疼痛的双腿依然跷着。护士们说：“阎荷什么时候都爱干净。阎荷，给你患处贴上胶布，好干干净净地上路。”又劝慰大家说：“少受些罪好。阎荷是好人！”女儿的好友甄颖，随手接过一把剪子，对着女儿耳语：“阎荷，取你一撮头发留给妈妈，就这么一小撮。”整个病房惊愕不已。女儿离去后，有泪皆成血，无声不断肠，但是我如梦如痴，紧紧抓住那只惨白的手，眼睁睁看着她的眸子渐渐地暗淡下来，却哭不出声来。我吻着女儿的前额。《文艺报》的李兴叶、贺绍俊、小韩、小娟闻讯赶来，痛惜之余，征询后事。我说：“阎荷生前郑重表示‘不要搞任何仪式，不要发表任何文字。’非常感谢报社和作协，你们给予她诚挚的关爱，在她首次手术时竟然等候了十个小时！”

妈妈的眼睛哭坏了。伴随着哭声，我们将女儿推进太平间，一个带有编号的抽屉打开了，已经来到另外一个世界。我抚摸着她僵硬疼痛的双腿，再吻她的前额，顶着花白的头发对着黑发人说：“孩子，过不多久,你我在天国相会。"

八宝山的告别室里,悬挂着女儿的遗言:"大家对我这么好,我无力回报。我奉献给大家的只有一句话:珍惜生命。"那天来的亲友很多,文艺报社和作家协会的领导几乎都到了,女儿心里受用不起,她生来就不愿意惊扰别人。

女儿的上衣口袋里,贴身装着一张纸片,滴血成墨、研血成字,是她和女婿的笔谈记录,因为她说话已经很困难了。血书般的纸片,女婿至今不敢触目。

等你好了,我们好好生活。 **哪儿有个好啊?美好的时光只能回忆了。** 只要心中有我们,一定能够战胜疾病。 **我心中始终有你们,却没能控制住疾病。如果还有来世,只盼来世我俩有缘再做夫妻,我将好好报答你。** 从今天开始,咱俩谁也不能说过分的话,好吗? **这些都是心里话,因为我觉得特别对不住你们,你们招谁惹谁了,正常的生活都不能维持。** 你有病,我们帮不了忙,不能替你受苦。 **谁也别替我受苦,还是我一人承受吧。我只希望这痛苦早些结束,否则劳民伤财。真的,我别无它求,早些结束对我来说是最大的幸福。** 别这么想,只要有一点希望咱们俩就要坚持,为了我。我是不是太自私了? **坚持下去又会怎样呢?你看你们每天跑来跑去,挺累的,为了你们,我看还是不再坚持为好。肠梗阻太讨厌了!** 生病没有舒服的,特别痛苦,你遇事不慌,想得开,我看是有希望的。 **你看不行,你是大夫吗?(玩笑)** 你知道多少人惦着你呀? **大家对我这么好,我无力回报。我奉献给大家的只有一句话:珍惜生命。我真的爱大家,爱你,爱丝丝,爱咱们这个家,都爱疯了,怎么办?真羡慕你们正常人的生活,自由地行走,尽情地吃喝。没办法,命不好。酷刑!胃液满了吧,快去看看!**

后来,又在她的电脑里发现一则有标题短文,约作于第十一次化疗之后。惧怕的事情终于发生了,她却变得坦然。"思丝"即思恋青丝,女儿的女儿也叫丝丝。

思 丝

做梦也没有想到,我,一个十二岁孩子的妈妈,满头青丝的妇女同志会以秃头示人。更没有想到,毅然剃发之后竟不在意地在房间内跑来跑去,倒是轻松,仿佛"烦恼丝"没了,烦恼也随之无影无踪,爽!

活了三十多岁,还没见过自己的头型呢,这次,嘿,让我逮个正着。没头发好。

摸着没有头发的脑袋,想一想也不错。往常这时候我该费一番脑筋琢磨这头是在楼下收拾收拾呢,还是受累到马路对面的理发店修理修理?是多花几块洗洗呢,还是省点钱自己弄弄?掉到衣服上的头发渣真麻烦,且弄一阵儿呢。没头发好。

没了头发才明白为什么有人愿意剃光头。盛夏酷暑,燥热难耐,哪怕悄悄过来一股小风,没有头发的脑袋立马就感到丝丝凉意,那是满头青丝的人无论如何也体会不到的。没头发好。

没有头发省了洗发水,没有头发节约护发素,没有头发不用劳驾梳子,没有头发不会掉头皮屑。没头发好。

没头发的时候,只能挖空心思发挥其优势,有什么办法呢?再怎么说,这头也得秃着啊。

我翘首盼着那一天,健康重现,青丝再生。到那时,我注定会跑到自己满意的理发店去,看我怎么摆弄这一撮撮来之不易的冤家。洗发水、护发素?拣最好、最贵的买喽,还有酷暑呀?它酷它的,我美我的,谁爱光头谁光去,反正我不!

衰惫与坚强,凄怆与坦荡,生与死,抚慰与返抚慰……生命的巨大反差,留给亲友们心灵上难以平复的创痛。

吻别女儿，痛定思痛，觉得死亡也没有什么可怕。死后，我将会再见先我一步在那儿的女儿和我心爱的一切人，所以，我活着就要爱人，爱良心未泯的人，爱这诡谲的宇宙，爱生命本身，爱每一本展开的书，与世界上第一流的思想家做精神上的交流。

写于2001年2月18日　女儿39岁生日

梦之魂

——巴金与萧乾

□竹　林

1995年4月初，萧乾夫妇从北京飞来上海主持全国笔记丛书会议。而对85岁高龄的萧乾先生来说，比参加会议更重要的，是看望他的“挚友、益友和畏友”——91岁高龄的巴金先生。从申城明媚的春光中，萧乾夫妇采撷了浓烈似火的红玫，扎成了最娇艳的一束，然后驱车前往华东医院。

那是个下午，一行人来到病房跟前，训练有素的护士小姐就迎了出来：“真不巧，他睡着了……”

萧乾一听，忙压低了嗓门：“让他睡，让他睡……我等一会儿。”

护士抬眼望一望这位拄着手杖、头顶只飘拂着几根稀疏白发的老人，心里颇不过意：“要不，我去叫醒他……”

“别，别！”萧乾忙摆手制止，“他在做梦，让他做个好梦……”

这时，有人在旁提醒萧乾先生：“三点钟还有记者采访您。”

“不管他！”萧乾先生依然摆着手，“天大的事我也等着，我等他梦醒了再进去。”

在夫人的搀扶下，萧乾先生来到病房外面的休息室坐下。他原本患有肾疾，在抵沪之前，又腹泻了一个多星期，再加上连日的会议和访谈，颇感虚弱疲惫。这一刻，他将手杖放在一边，靠着沙发，微微合上了双目。

室内很静，摆满四壁的鲜花，无言地渲染出一派烂漫春意。他想小憩一会儿,但是那些花朵,那些姹紫嫣红的嫩瓣,在他的眼皮下晃动,晃成一个彩色美丽的梦,遥远又遥远的往昔岁月,便似一本摊开的相册,出现在眼前。

1933年底,凛冽的北风中尚无春的消息,他一蹦一跳地跑在燕京大学内那条通往蔚秀园的小道上——天地之间,这个新闻系的年轻学生羡慕那些宽肩膀的魁伟汉子,意欲改变自己生成的这一副不高的"庸常尺寸",所以总爱这么跳着走路,跳着去够路边高傲的树丫。那青春结实的脚步似有足够的力量踢碎封锁大地的坚冰,却无法踢开心底深埋的忧郁块垒。他常常在白天为自由飞翔在蓝天的风筝而欢呼,到了晚上却为风筝那点可怜的自由而悲泣,他恨那根束缚自由的细线,但更加粗暴的命运之绳,却在控制着他自己。创作对于他来说,便是以感伤的手抚摸自己的凄苦童年,以渴盼的声音呼唤人间的挚爱真情,也许确切地说,是呼唤他10岁时便失去的亡母之爱,呼唤10岁时便告别了的,但在心的一角永远光明的那个"纺织娘的世界"。而巴金的作品,那些摒弃了华丽词藻而以真挚的感情直扑人心的作品感动了他。得知巴金来到燕园的消息,便怀着一腔热情去看望他。将近半个世纪后,劫后余生的巴金写信给萧夫人文洁若:"你说萧乾已经68岁了。我还记得1933年底他几次到燕京大学蔚秀园来看我的情景。那时他才24岁。"

年轻的24岁的萧乾(按现在的说法是23岁),面对只比自己年长6岁的巴金,信赖地倾吐心中的一切:他为之倾倒的华林的"新英雄主义",他在少年时领导的一次可笑的"罢工"……无论他说什么,巴金都耐心地听,温和的目光透过深度近视镜片注视着他。"一个对人性、对现实社会没有较深刻理解的人,极难写出忠于时代的作品。"巴金这样叮嘱他,又说:"写吧,只有写,你才会写。"

心与心碰撞在一起,友谊便这样拉开了帷幕。再没有比像他这样自幼失怙,仅凭着自己的一双小小的脚独自走向茫茫世界的人更需要友谊的了。如果说,人生是一出戏剧,那么,友谊则是一条怎样重要的情节线!然而这条线往往十分脆弱,或虎头蛇尾,或断断续续,有时一个逗号便中断了一切,而一个省略号又省去了多少不可期的无奈的痛苦。有多少人,能为自己的一生画上一个圆满的句号?哪怕他是一个名人、伟人。

对于萧乾来说,他毕生都在渴盼这个圆满的句号,毕生都在用足了力去画这个圆。他曾写道:“我能活下来……得感谢两个人,一个是不能再惊动了。另一个我应称他做‘师傅’。”

毫无疑问,这个“师傅”便是巴金,而那“不能再惊动了”的一位,则是沈从文。萧乾的第一篇作品是沈从文为他发表的,萧乾的第一本集子,是沈从文为他作的序。这点点滴滴的一切,这最初最重要的关怀、帮助和友谊,萧乾都在沈从文逝世后的一篇悼文《没齿难忘》中写了。而早在1957年那场风暴从天而降时,沈从文却在批判大会上揭发萧乾“在三十年代就与帝国主义勾结”。这一箭刺伤了萧乾的心,但他舔着伤口的血依然关注这位师长,用颤抖的手为友谊画下了一个不甚完美的圆——权作一个句号吧。

也有他亲手撕毁的“圆”——那便是跟英国作家福斯特的友谊。1941年至1944年萧乾在剑桥大学因研究福斯特的小说而认识了他。这位大作家喜欢这个来自中国的年轻人,甚至包括这个年轻人所养的猫。福斯特的人生哲学是友情高于国家。他们频繁地通信,他给萧乾看了当时锁在保险柜中要到死后才允许发表的一部小说原稿,给萧乾的猫带去礼物。直到1954年,英国的一个文化代表团来华访问,福斯特还托代表团的一个成员,同时也是萧乾的朋友斯特劳施带来一本自己的新作和一封信给萧乾。在一个官方的招待会上,斯特劳施告诉萧乾,希望能有个单独的约会把书、信亲自交给他。为此萧乾犹豫徘徊了几天,但慑于当时的政治环境,仍不敢向领导提出单独与斯特劳施见面。友谊就是这么断了线。1966年8月23日黄昏,他被造反派从外面押回家来,只见院里浓烟滚滚,他的妻姐正把他所有的文稿和信投入火中——其中自然包括福斯特给他的八十封信。他眼睁睁望着未去阻拦,因为他已决定当晚即去天国与福斯特解释前嫌再续友情。天国没去成,1984年他又重访英伦,这时他被告知,在福斯特的遗物中,一封他的信也没有了。而他曾给福斯特写过一百多封信,一百多封啊!风从剑桥的河上吹来,吹走了他最后一丝幻想。他仿佛看到福斯特在听到了斯特劳施的报告之后,痛心疾首地撕扯着自己给他的每一封信,一面撕一面说:“这就是我的朋友萧乾——不,他不再是我的朋友,他是一个可恶的中国人,一个无情无义的小人!”漫步在剑桥柔绿的草坪上,心底的冰块久久不能化解。他扪心自问:“如果允许时间倒转,我是否会改变当时的做法,最终为这段友谊画上一个圆满的句号呢?”回答却是不幸的否定。在强权之下,友谊和人生一样,只能“譬如朝露”,如此而已,岂有他哉!

那么,巴金呢?对于他的这个“师傅”,他曾经这么写道:“他不曾做了技将,教我一桩把戏。他却是个医生,部分地治疗了我的心灵。”

一个狂风摇着整个古城的下午,他揉着被沙子迷住的眼,闯进了这个“师傅”的门槛。外面,军警挥舞着雪亮的大刀,向手无寸铁的学生头上砍去。“师傅”望着他说:“好,你莫急着回去。留在这里,立在群众里面,我们要身经这次的亡国。”这是1935年12月9日,一个值得后人永远纪念的日子。他因此奋笔写下了“栗子”等作品,如“师傅”所鞭策的,投进更广大的人生。而为着这“投进”,他时时无情地切割着那与生俱来的忧郁的影子。他不知自己做得是否成功,但他努力去做。

沉浸在往事回忆中的萧乾闭着眼睛,身体一动不动,满脸柔和的皱纹都舒展了。人们以为他睡着了,都不吭声,护士也踮着脚尖走路,轻微的脚步声如微风吹树叶。但他却一下子坐直了,睁开眼,不置一词却殷殷地注视着护士的脸,嘴一抿一抿地笑。善解人意的护士只好再次抱歉:“真对不起,我刚拿牛奶进去,他还……”

“不要紧不要紧,让他睡。”他压低了嗓门抢着说,好似反过来在安慰护士。

他再次靠到沙发上,可是心已飞到了他的“师傅”的病榻前。他揣想“师傅”正在做什么梦,他以为,“师傅”的梦里,无论是黑白的还是带色的,都会有他的一个形象。也许,人生便是在不断的梦醒梦睡中走完。他不能忘怀,他的唯一的一部长篇小说《梦之谷》,便是在巴金的敦促下写成。这里记录了他人生最初的一个爱之梦的破灭。

“他醒了！”

蓦地听见这句话，他竟微微愣了一下，随即一把抓过手杖，激动地站了起来。

他不要别人搀扶，径直朝病房里面走去，就像当年直冲蔚秀园那样。但是他已经不会跑、不会跳，不会抬起手臂去够今春的天空中飘拂的柳枝了。他甚至必须依靠拐杖的扶持，才能平稳微倾的身躯和微颤的脚步；但满脸生动的笑意，依然模糊地露出当年的顽皮相，当年的蓬勃青春和生命活力。

他走得不快，甚至可以说很慢。重逢在即的欢乐并不能冲淡心底的忧虑，以顽皮的笑覆盖心底的重压是他惯有的伎俩。在此之前，他已被告知巴金的情况：几次昏迷，血压很低，总之很不好。他不愿相信这一切。在他的心中，巴金是不老的。五十年代初他们泛舟北海，比赛谁划船划得快。他自忖年轻，使出吃奶的劲出了一身大汗，以为会把这个“师傅”甩在后面，结果竟是两船同时由此岸到达彼岸——他们打了个平手！他久久地为这个“平手”而欢欣、而回味咀嚼，似乎里面藏着某种神秘的东西。如今当生命之舟渐次向着黄昏的天际驰去，无论哪一只船获得先达彼岸的殊荣，于对方都是不能忍受的。

他一步一步向前走去，仿佛这是一段艰难而漫长的旅程。六十多年的友谊，就浓缩在这一旅程中了——1957年，他已被告知变成“右派”了。平时待在家里，邻居就在他的窗下恶声恶气地指桑骂槐，朋友们也天经地义地一个个离开了他。就在这时，他忽然被通知去怀仁堂开会。进了会场，没有人理他，他也知趣地不理任何人，孤独地缩在一个角落，就如在寄人篱下的童年，呆望着别人家的盛宴。而事实上这一刻的心情比童年更惨，因为这个“右派”的帽子，宛若麻风病菌，附在他身上，把他整个儿地从“人”的世界逐了出去。世界对他来说，已变为猫与鼠两种动物所组成的天地了——他是一只老鼠，四面八方的猫向他扑来，追逐着、咆哮着，气势汹汹、张牙舞爪，恨不得撕了他，把他变作腹中的一道点心。他坐着，不敢抬头，不敢抬起头去承接各种各样鄙夷的目光，他脆弱而又顽强地维持着自以为自己做人的最后尊严。忽然他听见有人叫他的名字。他不敢相信自己的耳朵,但那个喊声再次响起,既轻微又熟悉,既遥远又贴近,明明白白地来自一个他久违了的人的世界。他缓缓地抬起头,又转过脸,如烛光在暗夜里一闪,他听见——不,他看见了自己的名字被亲切地从一个人的嘴里呼出。那个人大步向他走来,把睽睽众目踩到了脚下。他有些惊愕有些不安,随即温热的暖流漾过身心——巴金,他的“师傅”,走到他的身边,一屁股坐了下来。他一时不知说什么好,只好下意识地反反复复提醒他:“这里不是你坐的地方,你快走开……”可是“师傅”一向灵敏的耳朵好像聋了一样,根本听不见他的话,只顾循着自己的思路谈笑风生,向他问这问那,直到总理呼唤“巴金”,不得不起身离去时,依然急促地、小声地一再叮嘱他说:“要虚心,要谨慎……”

定一定神,巴金的声音犹然在耳。他多么想再听他对自己说点什么啊!但他不知还有没有这个可能。跨进病房这扇门的脚步变得无比沉重。有一瞬间他甚至十分犹豫,该不该在这样的时候去打搅这位老友。近十年来,他为了让巴金尽可能地多休息、多保养,他总是克制着不去打搅。无论谁让他给巴金转点什么,他都婉言地谢绝。1980年他开刀住院,巴金去北京,说要到医院去看望他。他听说后赶紧打了电话谢绝。以后巴金又有几次机会去京,也都只是打个电话互相联络一下。他深感属于巴金的时间不会很多,他更不愿巴金为他分散自己的一丝精力。两年前,听说有人攻击巴金,他马上写了一篇文章表示对朋友的支持。就这也没惊动巴金,他只是让文章在巴金所能看得到的上海《文汇报》上发表了,悄悄地,送去自己的一份深情、一份厚意……然而这一次,他是这样急切地想要见到巴金,也顾不上打搅不打搅了。所以,那一丝犹豫只是一闪而过,随即便一步迈进门槛,他看见了他——他的“师傅”,正衰弱地躺在摇高了的病床上,一条薄被半盖着消瘦的身躯,嘴张得很大,但是发音已经很困难了,只是吃力地喘息着;而目光依然透过深度的近视眼镜向他注视,依然那么执著那么温和,似乎跟那已逝的年年岁岁没什么两样。他心一酸,踉跄地几步扑上前,伸出自己的手。几乎就在同时,巴金也抬起了微颤的一只手,慢慢地移过来,移过来……他们的手终于握住了。他们紧紧地握在一起了。

泪光在眼底闪烁,却是久久的沉默。在巴金,只能艰难地移动目光;在萧乾,千言万语在心头冲撞。他低下头去,看着巴金枕着枕席。这四月的天气怎么就用枕席了呢?也许,是病人的需要吧。他当然很想问问他的病情,但是抬起头来,却是脱口而出:"也许我会走在你前面。对冰心我也这么说,你——你们器官全,内脏没毛病,我少了一个肾……"

萧乾一语未了,巴金突然身子微微一动,嘴里吐出一个极轻微音节:"保、保……"萧乾不知道他想说什么,就把身子凑了过去,把耳朵贴近了他。这时护士走过来说:"你不必靠这么近,他听力很好。"

"是的,是……"萧乾嗫嚅着悄悄坐直了身子。看着巴金拼命挣扎却说不出来的样子,他心里难受极了,连忙胡乱点头:"好,好,我明白了,明白了……"

他反反复复地重复着,似乎并不知道自己在说些什么。但巴金的嘴依然一张一张:"保……重!"

这回终于清晰地吐出了肺腑中话语。萧乾也终于听明白了。

"保重!"这个情深似海的音节,那么重重地叩击着萧乾的心鼓。他想,巴金要我保重,是的,巴金嘱咐我保重身体,他自己这个样子了还惦着别人。确实,这就是我的"师傅",我的挚友……泪水在他的眼眶里打转,他竭力忍着:"放心,我会保重的,你也保重,我们都保重!"

他用自己的双手握住了巴金的双手,身子也不由自主又向前倾去。这一回,护士竟未加干涉,他唇角一抿,把一腔热泪抿进心底,显现在脸上的,是微微的笑意:"我呀,《尤利西斯》译完以后,写了一批纪念二战的文章。今年反法西斯战争胜利50周年,出版社赶着出书。我把这些文章加上过去写的《人生采访》中有关欧战部分,编成一个集子,马上就要出版了。"

他絮絮叨叨地数说着,不曾忘记1979年夏巴金给他的信中说:"对你,我的要求是80岁前写出三四本书,小说或散文都行。"现在,他写作和出版的书,已是"三四本"的十几倍了,但依然不忘向挚友报告自己的一点一滴,以此慰藉这真挚的友情。

果然，巴金虽然仰面躺着，两眼遥遥地望着天花板，但萧乾的一番话，显然在他那平静已久的心湖上激起了喜悦的浪花。他目光闪闪，脸颊的颜色显得红润好看起来："南德、南德……"

这两个字听起来好像很明白，但是人们都不明白他想说什么。一时间，萧夫人、随行的记者，都凝神望着巴金，欲分辨他究竟想说什么。巴金也就一再攒动张嘴，喉咙里发出断断续续的声音："南德……我、我……"

"南德的暮秋？"萧夫人文洁若在一旁轻轻插了一句。

一语提醒了萧乾，他俯身向巴金："对，对，《南德的暮秋》，当年还是您编的呢。"

巴金终于安静下来，喉咙里只剩下轻轻的喘息声。随行的人微露惊讶的感动之色，同时也欣慰这位文学泰斗思维的清晰和反应的灵敏。萧乾也有一些兴奋，又接着说："其实岂止《南德的暮秋》，我那《人生采访》，一篇篇都是你从报纸上剪下来，为我编成集子出版的。那时我人还在国外呢！我早说过，当年你就不是拿着小5号电池光给自己照路，而是举着大马灯为许多人照路。现在你提倡讲真话，讲真话是你的最大贡献。可是，你知道我从来就胆小。我没你那么大勇气。我的口号是尽量讲真话，坚决不说假话。有人反对我，有个年轻人还写文章批我，为这王蒙还写了篇文去反驳，表示对我的支持……"

他一下子滔滔不绝，说个不停，似乎为了不让巴金费力开口，他把所有的话包了下来，不留一点空隙。就这样，他不停地说、说……他真想永远这么不停地说下去，让语言携着真挚的情谊化作清泉，滋润这一颗寂寞的心灵，为衰竭的身体注入新的活力。但是分手的时刻终于到了。他再一次俯下身去，说了告别的话，说了多保重；又再一次说了自己的肾，说了冰心，说了有关器官的话……无论他说什么，巴金都紧握着他的手不放。他已不再试图说什么了。他只是静静地听，紧紧地抓住，抓住萧乾的手和每一句话，仿佛它们全稍纵即逝。而萧乾，也感到了这一握间的力和无限的深情，所以，他只能更紧地握住这只手……

随行的朋友为这一情景所感动，取出相机，刚要拍摄，护士轻轻走过来，悄悄地阻止。

朋友遗憾地收起相机。这时，只见巴金依然紧握着萧乾的手，脸上显出少有的激动神色，气也喘得更急促更粗重，随着喘息嘴里吐出一个含含糊糊的音节。也许他累了，无力把这个音节说得更清楚一些。人们面面相觑，连萧乾也有点不知所措。他竭力安抚他，让他歇着。可是巴金毫不理会，嘴一张一合，一张一合地翕动着；头在枕上挣扎着往起抬，身子也在动，甚至还抬起一只手，不停地在空中挥着舞着，似乎在竭尽一切力量要说出这极为迫切的一句话。

周围的人都愣住了。他们屏息敛气地望着巴金，想分辨出他要说的这句心里话。萧乾则是五内俱焚。他想帮，帮不上；想劝，劝不住。他其实比谁都渴望听到巴金对他的箴言，这，也许是此生最珍贵最深情的人生话语；也许岁月无情，此生不再……

“照、照……照相！”用尽了全部生命的力量，巴金终于说出来了。

原来这样！

朋友赶紧掏出相机，对好了镜头。这时，巴金已复安静。他和萧乾手握着手，眼对着眼，谁也没有故意去望镜头，可是一切都在不言之中了。彼此都意识到这次留影的珍贵与价值。闪光灯亮起的瞬间，历史在这一刻凝固。长久不放的两只手，已被穿越时空的胶片维系在一起，永远不会分离了。

1995年春于上海

怀念曹禺

□巴　金

一

家宝逝世后，我给李玉茹、万方发了个电报："请不要悲痛，家宝并没有去，他永远活在观众和读者的心中！"话很平常，不能表达我的痛苦，我想多说一点，可颤抖的手捏不住小小的笔，许许多多的话和着眼泪咽进了肚里。

躺在病床上，我经常想起家宝。六十几年的往事历历在目。

北平三座门大街十四号南屋，故事是从这里开始。靳以把家宝的一部稿子交给我看，那时家宝还是清华大学的一个学生。在南屋客厅旁那间用蓝纸糊壁的阴暗小屋里，我一口气读完了数百页的原稿。一幕人生的大悲剧在我面前展开，我被深深地震动了！就像从前看托尔斯泰的小说《复活》一样，剧本抓住了我的灵魂，我为它落了泪。我曾这样描述过我当时的心情："不错，我流过泪，但是落泪之后我感到一阵舒畅，而且我还感到一种渴望，一种力量在身内产生了，我想做一件事情，一件帮助人的事情，我想找个机会不自私地献出我的精力。《雷雨》是这样地感动过我。"然而，这却是我从靳以手里接过《雷雨》手稿时所未曾想到的。我由衷佩服家宝，他有大的才华，我马上把我的看法告诉靳以，让他分享我的喜悦。《文学季刊》破例一期全文刊载了《雷雨》，引起广大读者的注意。第二年，我旅居日本，在东京看了由中国留学生演出的《雷雨》,那时,《雷雨》已经轰动,国内也有剧团把它搬上舞台。我连着看了三天戏,我为家宝高兴。

一九三六年靳以在上海创刊《文学季刊》,家宝在上面连载四幕剧《日出》,同样引起轰动。一九三七年靳以又创办《文丛》,家宝发表了《原野》。我和家宝一起在上海看了《原野》的演出,这时,抗战爆发了。家宝在南京教书,我在上海搞文化生活出版社,这以后,我们失去了联系。但是我仍然有机会把他的一本本新作编入《文学丛刊》介绍给读者。

一九四〇年,我从上海到昆明,知道家宝的学校已经迁至江安,我可以去看他了。我在江安待了六天,住在家宝家的小楼里。那地方真清静,晚上七点后街上就一片黑暗。我常常和家宝一起聊天,我们隔了一张写字台对面坐着,谈了许多事情,交出了彼此的心。那时他处在创作旺盛时期,接连写出了《蜕变》、《北京人》,我们谈起正在上海上演的《家》(由吴天改编、上海剧艺社演出),他表示他也想改编。我鼓励他试一试。他有他的"家",他有他个人的情感,他完全可以写一部他的《家》。一九四二年,在泊在重庆附近的一条江轮上,家宝开始写他的《家》。整整一个夏天,他写出了他所有的爱和痛苦。那些充满激情的优美的台词,是从他心底深处流淌出来的,那里面有他的爱,有他的恨,有他的眼泪,有他的灵魂的呼号。他为自己的真实感情奋斗。我在桂林读完他的手稿,不能不赞叹他的才华,他是一位真正的艺术家!我当时就想写封信给他,希望他把心灵中的宝贝都掏出来,可这封信一拖就是很多年,直到一九七八年,我才把我心里想说的话告诉他。但这时他已经满身创伤,我也伤痕遍体了。

二

一九六六年夏天,我们参加了亚非作家北京紧急会议。那时"文革"已经爆发。一连两个多月,我和家宝在一起工作,我们去唐山,去武汉,去杭州,最后大会在上海闭幕。送走了外宾,我们的心情并没有轻松,家宝马上要回北京参加运动,我也得回机关学习,我们都不清楚等待我们的将是什么。分手时，两人心里都有很多话，可是却没有机会说出来。这之后不久，我们便都进了“牛棚”。等到我们再见面，已是十二年后了。我失去了萧珊，他失去了方瑞，两个多么善良的人！

在难熬的痛苦的长夜，我也想念过家宝，不知他怎么挨过这段艰难的日子。听说他靠安眠药度日，我很为他担心。我们终于还是挺过来了。相见时没有大悲大喜，几句简简单单的话说尽了千言万语。我们都想向前看，甚至来不及抚平身上的伤痕，就急着要把失去的时间追回来。我有不少东西准备写，他也有许多创作计划。当时他已完成了《王昭君》，我希望他把《桥》写完。《桥》是他在抗战胜利前不久写的，只写了两幕，后来他去美国讲学就搁下了。他也打算续写《桥》，以后几次来上海收集材料。那段时间，我们谈得很多。他时常抱怨，不能做自己想做的事情。我劝他少些顾虑，少开会，少写表态文章，多给后人留一点东西。我至今怀念那些日子：我们两人一起游豫园，走累了便在湖心亭喝茶，到老饭店吃“糟钵头”；我们在北京逛东风市场，买几根棒冰，边走边吃，随心所欲地闲聊。那时我们头上还没有这么多头衔，身边也少有干扰，脚步似乎还算轻松，我们总以为我们还能做许多事情，那感觉就好像是又回到了三十年代北平三座门大街。

但是，我们毕竟老了。被损坏的机体不可能再回复到原貌。眼看着精力一点一点从我们身上消失，病魔又缠住了我们，笔在我们手里一天天重起来，那些美好的计划越来越遥远，最终成了不可触摸的梦。我住进了医院，不久，家宝也离不开医院了。起初我们还有机会住在同一家医院，每天一起在走廊上散步，在病房里倾谈往事。我说话有气无力，他耳朵更加聋了，我用力大声说，他还是听不明白，结果常常是各说各的。但就是这样，我们仍然了解彼此的心。

我的身体越来越差，他的病情也加重了。我去不了北京，他无法来上海，见面成了奢望，我们只能靠通信互相问好。一九九三年，一些热心的朋友想创造条件让我们在杭州会面，我期待着这次聚会，结果因医生不同意，家宝没能成行。这年的中秋之夜，我在杭州和他通了电话，我清清楚楚地听到他的声音，还是那么响亮，中气十足。我说：“我们共有一个月亮。”他说:“我们共吃一个月饼。”这是我最后一次听到他的声音。

三

我和家宝都在与疾病斗争。我相信我们还有时间。家宝小我六岁,他会活得比我长久。我太自信了。我心里的一些话,本来都可以讲出来,他不能到杭州,我可以争取去北京,可以和他见一面,和他话别。

消息来得太突然。一屋子严肃的面容,让我透不过气。我无法思索,无法开口,大家说了很多安慰的话,可我脑子里却是一片空白。我不能接受这个事实,前些天北京来的友人还告诉我,家宝健康有好转,他写了发言稿,准备出席六届文代会的开幕式。仅仅只过了几天!李玉茹在电话里说,家宝走得很安详,是在睡梦中平静地离去的。那么他是真的走了。

十多年前家宝在给我的一封信中,写了这样的话:“我要死在你的前面,让痛苦留给你……”我想,他把痛苦留给了他的朋友,留给了所有爱他的人,带走了他心灵中的宝贝,他真能走得那么安详吗?

1998年3月

树犹如此

——纪念亡友王国祥君

□(美国)白先勇

我家后院西隅近篱笆处曾经种有一排三株意大利柏树。这种意大利柏树(Italian Cypress)原本生长于南欧地中海畔,与其他松柏皆不相类。树的主干笔直上伸,标高至六七十英尺,但横枝并不恣意扩张,两人合抱,便把树身圈住了。于是擎天一柱,平地拔起,碧森森像座碑塔,孤峭屹立,甚有气势。南加州滨海一带的气候,温和似地中海,这类意大利柏树,随处可见。有的人家,深宅大院,柏树密植成行,远远望去,一片苍郁,如同一堵高耸云天的墙垣。

我是1973年春迁入“隐谷”这栋住宅来的。这个地区叫“隐谷”(Hidden valley),因为三面环山,林木幽深,地形又相当隐蔽,虽然位于市区,因为有山丘屏障,不易发觉。当初我按报上地址寻找这栋房子,弯弯曲曲,迷了几次路才发现,原来山坡后面,别有洞天,谷中隐隐约约竟是一片住家。那日黄昏驱车沿着山坡驶进“隐谷”,迎面青山绿树,只觉得是个清幽所在,万没料到,谷中一住迄今长达二十余年。

巴萨隆那道(Barcelona Drive)940号在斜坡中段,是一幢很普通的平房。人跟住屋也得讲缘分,这栋房子,我第一眼便看中了,主要是为着屋前屋后的几棵大树。屋前一棵宝塔松,庞然矗立,颇有年份,屋后一对中国榆,摇曳生姿,有点垂柳的风味,两侧的灌木丛又将邻舍完全隔离,整座房屋都有树荫庇护,我喜欢这种隐遮在树丛中的房屋,而且价钱刚刚合适,当天便放下了定洋。

房子本身保养得还不错,不需修补。问题出在园子里的花草。屋主偏爱常春藤,前后院种满了这种藤,四处窜爬。常春藤的生命力强韧惊人,要拔掉煞费工夫,还有雏菊、罂粟、木槿都不是我喜爱的花木,全部根除,工程浩大,绝非我一人所能胜任。幸亏那年暑假,我中学时代的至友王国祥从东岸到圣芭芭拉来帮我,两人合力把我"隐谷"这座家园重新改造,遍植我属意的花树,才奠下日后园子发展的基础。

王国祥那时正在宾州州立大学做博士后研究,只有一个半月的假期,我们却足足做了30天的园艺工作。每天早晨9时开工,一直到傍晚五六点钟才鸣金收兵,披荆斩棘,去芜存菁,清除了几卡车的废枝杂草,终于把花园理出一个轮廓来。我与国祥都是生手,不惯耕劳,一天下来腰酸背痛。幸亏圣芭芭拉夏天凉爽,在和风煦日下,胼手胝足,实在算不上辛苦。

圣芭芭拉附近产酒,有一家酒厂酿制一种杏子酒(Aprivert),清香甘洌,是果子酒中的极品,冰冻后特别爽口。邻居有李树一株,枝丫一半伸到我的园中,这棵李树真是异种,是牛血李,肉红汁多,味甜如蜜,而且果实特大。那年7月,一树累累,挂满了小红球,委实诱人。开始我与国祥还有点顾忌,到底是人家的果树,光天化日之下,采摘邻居的果子,不免心虚。后来发觉原来加州法律规定,长过了界的树木,便算是这一边的产物。有了法律根据,我们便架上长梯,国祥爬上树去,我在下面接应,一天工夫,我们便采满一桶殷红光鲜的果实。收工后,夕阳西下,清风徐来,坐在园中草坪上,啜杏子酒,啖牛血李,一日的疲劳,很快也就恢复了。

圣芭芭拉(Santa Barbara)有"太平洋的天堂"之称,这个城的山光水色的确有令人流连低徊之处,但是,我觉得这个小城的一个好处是海产丰富:石头蟹、硬背虾、海胆、鲍鱼,都属本地特产,尤其是石头蟹,壳坚,肉质细嫩鲜甜,而且还有一双巨螯,真是圣芭芭拉的美味。那个时候美国人不很懂得吃带壳螃蟹,码头上的鱼市场,生猛螃蟹,团脐一元一只,尖脐一只不过一元半。王国祥是浙江人,生平就好这一样东西,我们每次到码头鱼市,总要携回四五只巨蟹,蒸着吃。蒸蟹第一讲究是火候，过半分便老了，少半分又不熟。王国祥蒸螃蟹全凭直觉，他注视着蟹壳渐渐转红叫一声“好”！将螃蟹从锅中一把提起，十拿九稳，正好蒸熟。然后佐些姜丝米醋，再烫一壶绍兴酒，那便是我们的晚餐。那个暑假，我和王国祥起码饕掉数打石头蟹。那年我刚拿到终身教职，《台北人》出版没有多久。国祥自加大柏克莱毕业后，到宾州州大去做博士后研究是他第一份工作，那时他对理论物理还充满了信心热忱，憧憬人生前景是金色的，未来命运的凶险，我们当时浑然未觉。

园子整顿停当，选择花木却颇费思量。百花中，我独钟茶花。茶花高贵，白茶雅洁，红茶秾丽，粉茶花俏生生、娇滴滴，自是惹人怜惜。即使不开花，一树碧亭亭，也是好看。茶花起源于中国，盛产云贵高原，后经欧洲才传到美国来。茶花性喜温湿，宜酸性土，圣芭芭拉恰好属于美国的茶花带，因有海雾调节，这里的茶花长得分外丰蔚。我们遂决定，园中草木以茶花为主调，于是遍搜城中苗圃，最后才选中了三十多株各色品种的幼木。美国茶花的命名，有时也颇具匠心：白茶叫“天鹅湖”，粉茶花叫“娇娇女”，有一种红茶名为“艾森豪威尔将军”——这是十足的美国茶，我后院栽有一棵，后来果然长得伟岸巍奇，巍巍然有大将之风。

花种好了，最后的问题只剩下后院西隅的一块空地，屋主原来在此搭了一架秋千，架子撤走后便留下空白一角。因为地区不大，不能容纳体积太广的树木，王国祥建议：“这里还是种Italian Cypress吧。”这倒是好主意，意大利柏树占地不多，往空中发展，前途无量，我们买了三株幼苗，沿着篱笆种了一排。刚种下去，才三四英尺高，国祥预测：“这三棵柏树长大，一定会超过园中其他的树！”果真，三棵意大利柏树日后抽发得傲视群伦，成为我花园中的地标。

十年树木，我园中的花木，欣欣向荣，逐渐成形。那期间，王国祥已数度转换工作，他去过加拿大，又转德州。他的博士后研究并不顺遂，理论物理是门高深学问，出路狭窄，美国学生视为畏途，念的人少，教职也相对有限，那几年美国大学预算紧缩，一职难求，只有几家名校的物理系才有理论物理的职位，很难挤进去，亚利桑拿州立大学曾经有意聘请王国祥,但他却拒绝了。当年国祥在台大选择理论物理,多少也是受到李政道、杨振宁获得诺贝尔奖的鼓励。后来他进柏克莱,曾跟随名师,当时柏克莱物理系竟有六位诺贝尔奖得主的教授。名校名师,王国祥对自己的研究当然也就期许甚高。当他发觉他在理论物理方面的研究无法达成重大突破,不可能做一个顶尖的物理学家,他就断然放弃物理,转行到高科技去了。当然,他一生最高的理想未能实现,这一直是他的一个隐痛。后来他在洛杉矶休斯(Hughes)公司找到一份安定工作,研究人造卫星。波斯湾战争,美国军队用的人造卫星就是休斯制造的。

那几年王国祥有假期常常来圣芭芭拉小住,他一到我家,头一件事便要到园中去察看我们当年种植的那些花木。他隔一阵子来,看到后院那三株意大利柏树,就不禁惊叹:“哇,又长高了好多!”柏树每年升高十几英尺,几年间,便标到了顶,成为六七十英尺的巍峨大树。三棵中又以中间那棵最为茁壮,要高出两侧一大截,成了一个山字形。山谷中,湿度高,柏树出落得苍翠欲滴,夕照的霞光映在上面,金碧辉煌,很是醒目。三四月间,园中的茶花全部绽放,树上缀满了白天鹅,粉茶花更是娇艳鲜光,我的花园终于春意盎然起来。

1989年,岁属马。有一天,我突然发觉后院三棵意大利柏树中间那一株,叶尖露出点点焦黄来。起先我以为暑天干热,植物不耐旱,没料到才几天工夫,一棵六七十英尺的大树,如遭天火雷殛,骤然间通体枯焦而亡。那些针叶,一触便纷纷断落,如此孤标傲世风华正茂的常青树,数日之间竟至完全坏死。奇怪的是,两侧的柏树却好端端的,依旧青苍无恙,只是中间赫然竖起槁木一柱,实在令人触目惊心,我只好叫人来把柏树砍掉拖走。从此,我后院的西侧,便出现了一道缺口。柏树无故枯亡,使我郁郁不乐了好些时日,心中总感到不祥,似乎有什么奇祸即将降临一般。没有多久,王国祥便生病了。

那年夏天,国祥一直咳嗽不止,他到美国二十多年身体一向健康,连伤风感冒也属罕有。他去看医生检查,验血出来,发觉他的血红素竟比常人少了一半,一分升只有6克多。接着医生替他抽骨髓化验,结果出来后，国祥打电话给我："我的旧病又复发了，医生说，是'再生不良性贫血'。"国祥说话的时候，声音还很镇定，他一向临危不乱，有科学家的理性与冷静，可是我听到那个长长的奇怪病名，就不由得心中一寒，一连串可怕的记忆，又涌了回来。

许多年前，1960年夏天的一个清晨，我独自赶到台北中心诊所的血液科去等候化验结果，血液科主任黄天赐大夫出来告诉我："你的朋友王国祥患了'再生不良性贫血'。"那是我第一次听到这个陌生的病名。黄大夫大概看见我满面茫然，接着对我详细解说了一番"再生不良性贫血"的病理病因。这是一种罕有的贫血症，骨髓造血机能失调，无法制造足够的血细胞，所以红血球、血小板、血红素等通通偏低。这种血液病的起因也很复杂，物理、化学、病毒各种因素皆有可能。最后黄大夫十分严肃地告诉我："这是一种很严重的贫血症。"的确，这种棘手的血液病，迄至今日，医学突飞猛进，仍旧没有发明可以根除的特效药，一般治疗只能用激素刺激骨髓造血的机能。另外一种治疗法便是骨髓移植，但是台湾那个年代，还没有听说过这种事情。那天我走出中心诊所，心情当然异常沉重，但当时年轻无知，对这种病症的严重性并不真正了解，以为只要不是绝症，总还有希望治愈。事实上，"再生不良性贫血"患者的治愈率是极低极低的，大概只有百分之五的人，曾莫名其妙自己复原。

王国祥第一次患"再生不良性贫血"时在台大物理系正要上三年级，这样一来只好休学，而这一休便是两年。国祥的病势开始相当险恶，每个月都需到医院去输血，每次起码500CC。由于血小板过低，凝血能力不佳，经常牙龈出血，甚至眼球也充血，视线受到障碍。王国祥的个性中，最突出的便是他争强好胜，永远不肯服输的憨直脾气，是他倔强的意志力，帮他暂时抵挡住排山倒海而来的病灾。那时我只能在一旁帮他加油打气，给他精神支持。他的家已迁往台中，他一个人寄居在台北亲戚家养病，因为看医生方便。常常下课后，我便从台大骑了脚踏车去潮州街探望他。那时我刚与班上同学创办了《现代文学》，正处在士气高昂的亢奋状态，我跟国祥谈论的，当然也就是我办杂志的点点滴滴，国祥看见我兴致勃勃，他也是高兴的，病中还替《现代文学》拉了两个订户，而且也成为这本杂志的忠实读者。事实上王国祥对《现代文学》的贡献不小，这本赔钱杂志时常有经济危机。我初到加州大学当讲师那几年，因为薪水有限，为筹杂志的印刷费，经常捉襟见肘。国祥在柏克莱念博士拿的是全额奖学金，一个月有四百多块生活费。他知道我的困境后，每月都会省下一两百块美金寄给我接济《现代文学》，而且持续了很长一段时间。他的家境不算富裕，在当时，那是很不小的一笔数目。如果没有他长期的"经援"，《现代文学》恐怕早已停刊。

我与王国祥17岁结识，那时我们都在建国中学念高二，一开始我们之间便有一种异姓手足祸福同当的默契。高中毕业，本来我有保送台大的机会，因为要念水利，梦想日后到长江三峡去筑水坝，而且又等不及要离开家，追寻自由，于是便申请保送台南成功大学，那时只有成大才有水利系。王国祥也有这个念头，他是他们班上的高才生，考台大，应该不成问题，他跟我商量好便也投考成大电机系。我们在学校附近一个军眷村里租房子住，过了一年自由自在的大学生活。后来因为兴趣不合，我重考台大外文系，回到台北。国祥在成大多念了一年，也耐不住了，他发觉他真正的志向是研究理论科学，工程并非所好，于是他便报考台大的转学试，转物理系。当年转学，转系又转院，难如登天，尤其是台大，王国祥居然考上了，而且只录取了他一名。我们正在庆幸，两人懵懵懂懂，一番折腾，幸好最后都考上与自己兴趣相符的校系。可是这时王国祥却偏偏遭罹不幸，患了这种极为罕有的血液病。

西医治疗一年多，王国祥的病并无起色，而治疗费用的昂贵已使得他的家庭日渐陷入困境，正当他的亲人感到束手无策的时刻，国祥却遇到了救星。他的亲戚打听到江南名医奚复一大夫医治好一位韩国侨生，同样也患了"再生不良性贫血"，病况还要严重，西医已放弃了，却被奚大夫治愈。我从小看西医，对中医不免偏见。奚大夫开给国祥的药方里，许多味草药中，竟有一剂犀牛角，当时我不懂得犀牛角是中药的凉血要素，不禁啧啧称奇，而且小小一包犀牛角粉，价值不菲。但国祥服用奚大夫的药后，竟然一天天好转，半年后已不需输血。很多年后，我跟王国祥在美国，有一次到加州圣地亚哥世界闻名的动物园观览百兽，园中有一群犀牛族，大大小小7只，那是我第一次真正看到这种神奇的野兽，我没想到近距离观看，犀牛的体积如此庞大，而且皮之坚厚，似同披甲戴铠，鼻端一角耸然，如利斧朝天，神态很是威武。大概因为犀牛角曾治疗过国祥的病，我对那一群看来凶猛异常的野兽，竟有一份说不出的好感，在栏前盘桓良久才离去。

我跟王国祥都太过乐观了，以为"再生不良性贫血"早已成为过去的梦魇，国祥是属于那百分之五的幸运少数。万没料到，这种顽强的疾病竟会潜伏二十多年，如同酣睡已久的妖魔，突然苏醒，张牙舞爪反扑过来。而国祥毕竟已年过五十，身体抵抗力比起少年时，自然相差许多，旧病复发，这次形势更加险峻。自此，我与王国祥便展开了长达3年，共同抵御病魔的艰辛日子，那是一场生与死的搏斗。

鉴于第一次王国祥的病是中西医合治医好的，这一次我们当然也就依照旧法。国祥把二十多年前奚复一大夫的那张药方找了出来，并托台北亲友拿去给奚大夫鉴定，奚大夫更动了几样药，并加重分量：黄芪、生熟地、党参、当归、首乌等都是一些补血调气的草药，方子中也保留了犀牛角。幸亏洛杉矶的蒙特利公园市的中药行这些药都买得到。有一家旁边叫"德成行"的老字号，是香港人开的，货色齐全，价钱公道。那几年，我替国祥去抓药，进进出出，与"德成行"的老板，伙计也都熟了。因为犀牛属于受保护的稀有动物，在美国犀牛角是禁卖的。开始，德成行的伙计还不肯拿出来，我们恳求了半天，才从一只上锁的小铁匣中取出一块犀牛角来磨些粉卖给我们。但经过二十多年，国祥的病况已大不同，而且人又不在台湾，没能让大夫把脉，药方的改动，自然无从掌握。这一次，中药并无速效。但3年中，国祥并未停用过草药，因为西医也并没有特效治疗方法，还是跟从前一样，使用各种激素。我们跟医生曾讨论过骨髓移植的可能，但医生认为，五十岁以上的病人，骨髓移植风险太大，而且寻找血型完全相符的骨髓赠者，难如海底捞针。

那3年，王国祥全靠输血维持生命，有时一个月得输两次。我们的心情也就跟着他血红素的数字上下而阴晴不定。如果他的血红素维持在9以上,我们就稍宽心,但是一旦降到6,就得准备,那个周末又要进医院去输血了。国祥的保险属于凯撒公司(Kaiser Permannte),是美国最大的医疗系统之一。凯撒在洛杉矶城中心的总部是一连串延绵数条街的庞然大物,那间医院如同一座迷宫,进去后转几个弯就不知身在何方了。我进出那间医院不下四五十次,但常常闯进完全陌生地带,跑到放射科、耳鼻喉科去。因为医院每栋建筑的外表都一模一样,一整排的玻璃门窗在反映着冷冷的青光。那是一座卡夫卡式超现代建筑物,进到里面好像误入外星。

因为输血可能有反应,所以大多数时间王国祥去医院都是由我开车接送。幸好每次输血时间定在周末星期六,我可以在星期五课后开车到洛杉矶国祥住处,第二天清晨送他去。输血早上8点钟开始,500CC输完要到下午四五点钟了,因此早上6点多就要离开家。洛杉矶大得可怕,随便到哪里,高速公路上开一个钟头车是很平常的事,尤其在早上上班时间,10号公路塞车是有名的。住在洛杉矶的人,生命大部分都耗在那八爪鱼似的公路网上。由于早起,我陪着王国祥输血时,耐不住要打个盹儿,但无论睡去多久,一张开眼,看见的总是架子上悬挂着的那一袋血浆,殷红的液体一滴一滴顺着塑胶管往下流,注入国祥臂弯的静脉里去。那点点血浆像时间漏斗的水滴,无穷无尽,永远滴不完似的。但是王国祥躺在床上却能安安静静地接受那8个小时生命浆液的滴注。他两只手臂弯上的静脉都因针头插得过分频繁而经常乌青红肿,但他从来也没有过半句怨言。王国祥承受痛苦的耐力惊人,当他喊痛的时候,那必然是痛苦已经不是一般人所能负荷的了。我很少看到像王国祥那般能隐忍的病人,他这种斯多葛(Stoic)式的精神是由于他超强的自尊心,不愿别人看到他病中的狼狈。而且他跟我都了解到这是一场艰巨无比的奋斗,需要我们两个人所有的信心、理性以及意志力来支撑。我们绝对不能向病魔示弱,露出胆怯,我们在一起的时候,似乎一直在互相告诫:要挺住,松懈不得。

事实上,只要王国祥的身体状况许可,我们也尽量设法苦中作乐。

每次国祥输完血后，精神体力马上便恢复了许多，脸上又浮现了红光，虽然明知这只是人为的暂时安康，我们也要趁这一刻享受一下正常生活。开车回家经过蒙特利公园时我们便会到平日喜爱的饭馆去大吃一餐，大概在医院里磨了一天，要补偿起来，胃口特别好。我们常去“北海渔村”，因为这家广东馆港味十足，一道“避风塘炒蟹”非常地道。吃了饭便去租录像带回去看。我一生中从来没看过那么多的连续剧，几十集的《红楼梦》、《满清十三皇朝》、《严凤英》，随着那些东拉西扯的故事，一个晚上很容易打发过去。

王国祥直到1988年才在艾尔蒙特(El Monte)买了一幢小楼房，屋后有一片小小的院子，搬进去不到一年，花园还来不及打点好，他就生病了。生病前，他在超市找到一对酱色皮蛋缸，上面有姜黄色二龙抢珠的浮雕，这对大皮蛋缸十分古拙有趣，国祥买回来，用电钻钻了洞，准备做花缸用。有一个星期天，他的精神特别好，我便开车载了他去花圃看花。我们发觉原来加州也有桂花，顿时如获至宝，买了两棵回去移植到那对皮蛋缸中。从此，那两棵桂花，便成了国祥病中的良伴，一直到他病重时，也没有忘记常到后院去浇花。

王国祥重病在身，在我面前虽然他不肯露声色，他独处时内心的沉重与恐惧，我深能体会，因为当我一个人静下来时，我自己的心情便开始下沉了。我曾私下探问过他的主治医生，医生告诉我，国祥所患的“再生不良性贫血”，经过二十多年，虽然一度缓解，已经达到末期。他用“End Stage”这个听来十分刺耳的字眼，他没有再说下去，我不想听也不愿意他再往下说。然而一个令人不寒而栗的问题却像潮水般经常在我脑海里翻来滚去：这次王国祥的病，万一恢复不了，怎么办？事实上国祥的病情常有险状，以至于一夕数惊。

有一晚，我从洛杉矶友人处赴宴回来，竟发觉国祥卧在沙发上已是半昏迷状态，我赶紧送他上医院，那晚我在高速公路上起码开到每小时80英里以上，我开车的技术并不高明，不辨方向，但人能急中生智，平常四十多分钟的路程，一半时间便赶到了。医生测量出来，国祥的血糖高到800MG/DL，大概再晚一刻，他的脑细胞便要受损了。原来他长期服用激素,引发血糖升高。医院的急诊室本来就是一个生死场,凯撒的急诊室比普通医院要大几倍,里面的生死挣扎当然就更加剧烈,只看到医生护士忙成一团,而病人围困在那一间间用白幔圈成的小隔间里,却好像完全被遗忘掉了似的。好不容易盼到医生来诊视,可是探一下头,人又不见了。我陪着王国祥进出那间急诊室多次,每次一等就等到天亮才有正式病房。

自从王国祥生病后,我便开始到处打听有关再生不良性贫血治疗的讯息。我在台湾看病的医生是长庚医学院的吴德朗院长,吴院长介绍我认识长庚医院血液科的主治医生施丽云女士。我跟施医生通信讨教并把王国祥的病历寄给她,与她约好,我去台湾时登门造访。同时我又遍查中国内地中医治疗这种病症的书籍杂志。我在一本医疗杂志上看到上海曙光中医院血液科主任吴正翔大夫治疗过这种病,内地上称为"再生障碍性贫血",简称"再障"。同时我又在内地报上读到河北省石家庄有一位中医师治疗"再障"有特效方法,并且开了一家专门医治"再障"的诊所。我发觉原来内地上这种病例并不罕见,内地中西医结合治疗行之有效,有的病疗效还很好。于是我便决定亲自往内地走一趟,也许能够寻访到能够医治国祥的医生及药方。我把想法告诉国祥听,他说:"那只好辛苦你了。"王国祥不善言辞,但他讲话全部发自内心。他一生最怕麻烦别人,生病求人,实在万不得已。

1990年9月,去内地之前,我先到台湾,去林口长庚医院拜访了施丽云医师。施医生告诉我她也正在治疗几个患"再生不良性贫血"的病人,治疗方法与美国医生大同小异。施医生看了王国祥的病历没有多说什么,我想她那时可能不忍告诉我,国祥的病恐难治愈。

我携带了一大盒重重一叠王国祥的病历飞往上海,由我在上海的朋友复旦大学陆士清教授陪同,到曙光医院找到吴正翔大夫。曙光医院是上海最有名的中医医院,规模相当大。吴大夫不厌其详以中医观点向我解说了"再障"的种种病由及治疗方法。曙光医院治疗"再障"也是中西医合诊,一面输血,一面服用中药,长期调养,主要还是补血调气。吴大夫与我讨论了几次王国祥的病况,最后开给我一个处方,要我与他经常保持电话联络。我听闻浙江中医院也有名医，于是又去了一趟杭州，去拜访一位辈分甚高的老中医，老中医的理论更玄了，药方也比较偏。有亲友生重病，才能体会得到“病急乱投医”这句话的真谛。当时如果有人告诉我喜马拉雅山顶上有神医，我也会攀爬上去乞求仙丹的。在那时，抢救王国祥的生命，对于我重于一切。

我飞到北京后的第二天，便由社科院袁良骏教授陪同，坐火车往石家庄去，当晚住歇在河北省政协招待所。

次晨，我去参观那家专门治疗“再障”的诊所，会见了主治大夫。其实那是一间极其简陋的小医院，有十几个住院病人，看样子都病得不轻。大夫很年轻，讲话颇自信，临走时，我向他买了两大袋草药，为了便于携带，都磨成细粉。我提着两大袋辛辣呛鼻的药粉回转北京。那已是9月下旬，天气刚入秋，是北京气候最佳时节。那是我头一次到北京，自不免到故宫、明陵去走走，但因心情不对，毫无游兴。那天晚上，我的心境就像北京凉风习习的秋夜一般萧瑟。在内地四处求医下来，我的结论是，中国也没有医治“再生不良性贫血”的特效药，王国祥对我这次内地之行，当然也一定抱有许多期望，我怕又会令他失望了。

回到美国后，我与王国祥商量，最后还是决定服用曙光医院吴正翔大夫开的那张药方，因为药性比较平和。石家庄医生的两大袋药粉我也扛了回来，但没敢用。而国祥的病却一天比一天沉重了。头一年，他还支撑着去上班，但每天来回需开两小时车程，终于体力不支，而把休斯的工作停掉。幸亏他买了残障保险，没有因病倾家荡产。才两年，由于服用太多激素，触发了糖尿病，又因长期缺血，影响到心脏，发生心律不齐，逐渐行动也困难起来。

1992年1月，王国祥55岁生日，我看他那天精神还不错，便提议到“北海渔村”，去替他庆生。我们一路上还商谈着点些什么菜，谈到吃我们的兴致又来了。“北海渔村”的停车场上到饭馆有一道二十多级的石阶，国祥扶着栏杆爬上去，爬到一半，便喘息起来，大概心脏负荷不了，很难受的样子，我赶忙过去扶着他，要他坐在石阶上休息一会儿，他歇了口气，站起来还想勉强往上爬，我知道，他不愿扫兴，我劝阻道：“我们不要在这里吃饭了，回家去做寿面吃。”我没有料到王国祥的病体已经虚弱到举步维艰了。回到家中，我们煮了两碗阳春面，度过王国祥最后的一个生日。星期天傍晚，我要回返圣芭芭拉，国祥送我到门口上车，我在车中反光镜里瞥见他孤立在大门前的身影，他的头发本来就有少年白，两年多来，百病相缠，竟变得满头萧萧，在暮色中，分外怵目。开上高速公路后，突然一阵无法抵挡的伤痛袭击过来，我将车子开到公路一旁，伏在方向盘上，不禁失声大恸。我哀痛王国祥如此勇敢坚忍，如此努力抵抗病魔咄咄相逼，最后仍然被折磨得形销骨立。而我自己亦尽了所有的力量，去回护他的病体，却眼看着他的生命一点一滴耗尽，终至一筹莫展。我一向相信人定胜天，常常逆数而行，然而人力毕竟不敌天命，人生大限，无人能破。

夏季暑假，我搬到艾尔蒙特王国祥家去住，因为随时会发生危险。8月13日黄昏，我从超市买东西回来，发觉国祥呼吸困难，我赶忙打“911”叫了救护车来，用氧气筒急救，随即将他抬上救护车扬长鸣笛往医院驶去。在医院住了两天，星期五，国祥的精神似乎又好转了。他进出医院多次，这种情况已习以为常，我以为第二天他就可以出院了。我在医院里陪了他一个下午，聊了些闲话，到晚上8点钟，他对我说道：“你先回去吃晚饭吧。”我把一份《世界日报》留给他看，说道：“明天早上我来接你。”那是我们最后一次交谈。星期六一早，医院打电话来通知，王国祥昏迷不醒，送进了加护病房。我赶到医院，看见国祥身上已插满了管子。他的主治医生告诉我，不打算用电击刺激国祥的心脏了，我点头同意，使用电击，病人太受罪。国祥昏迷了两天，8月17日星期一，我有预感恐怕他熬不过那一天。中午我到医院餐厅匆匆用了餐，赶紧回到加护病房守着。显示器上，国祥的心脏愈跳愈弱，5点钟，值班医生进来准备，我一直看着显示器上国祥心脏的波动，5点20分，他的心脏终于停止跳动。我执着国祥的手，送他走完人生最后一程。霎时间，天人两分，死生契阔，在人间，我向王国祥告了永别。

1954年，44年前的一个夏天，我与王国祥同时匆匆赶到建中去上暑假补习班，预备考大学。我们同级不同班，互相并不认识，那天恰巧两人都迟到,一同抢着上楼梯,跌跌撞撞,碰在一起,就那样我们开始结识,来往相交38年。王国祥天性善良,待人厚道,孝顺父母,忠于朋友。他完全不懂虚伪,直言直语,我曾笑他说谎话舌头也会打结。但他讲究学问,却据理力争,有时不免得罪人,事业上受到阻碍。王国祥有科学天才,物理方面应该有所成就,可惜他大二生过那场大病,脑力受了影响。他在休斯研究人造卫星,很有心得,本来可以更上一层楼,可是天不假年,55岁,走得太早。我与王国祥相知数十载,彼此守望相助,患难与共,人生道上的风风雨雨,由于两人同心协力,总能抵御过去,可是最后与病魔死神一搏,我们全力以赴,却一败涂地。

我替王国祥料理完后事回转圣芭芭拉,夏天已过。那年圣芭芭拉大旱,市府限制用水,不准浇洒花草。几个月没有回家,屋前草坪早已枯死,一片焦黄。由于经常跑洛杉矶,园中缺乏照料,全体黯然失色,一棵棵茶花病恹恹,只剩得奄奄一息。我的家成了废园一座。我把国祥的骨灰护送返台,安置在善尊寺后,回到美国便着手重建家园。草木跟人一样,受了伤需得长期调养。我花了一两年工夫,费尽心血,才把那些茶花一一救活。退休后时间多了,我又开始到处搜集名茶,愈种愈多,而今园中茶花成林。我把王国祥家那两缸桂花也搬了回来,因为长大成形,皮蛋缸已不堪负荷,我便把那两株桂花移到园中一角,让它们入土为安。冬去春来,我园中六七十棵茶花竞相开放,娇红嫩白,热闹非凡。我与王国祥从前种的那些老茶,二十多年后,已经高攀屋檐,每株盛开起来,都有上百朵。春日负暄,我坐在园中靠椅上,品茗阅报,有百花相伴,暂且贪享人间瞬息繁华。美中不足的是,抬眼望,总看见园中西隅剩下的那两棵意大利柏树中间露出一块愣愣的空白来, 缺口当中,映着湛湛青空,悠悠白云,那是一道女娲炼石也无法弥补的天裂。

1998年10月20日初稿

1998年12月5日定稿

于美加州圣芭芭拉隐谷寓所

写给母亲的祭文

□ 陶斯亮

亲爱的妈妈：

还记得吗？20年前，您带领我们一家来到白云山这一处僻静的山坡上安放了这块松风石，并埋下一只盛过父亲9年骨灰的破旧盒子。这样做，是为了让蒙冤而逝的父亲能够魂归他一生钟爱的广东大地。

今天，我带领孩子们，按您的遗愿又来到这里，而这次埋下的将是您的骨灰。您在广东的老战友们、老朋友们以及亲人们，冒着冷冷的阴雨来为您送行。

您之所以选择这里，我想，一是唯有此处您才能与父亲相会；另一个原因，则是由于广州是您一生中工作时间最长的地方，长眠这里，可以永远守望着这座承载着您无限深情的城市。

您的遗嘱，我是在您逝世当天才拆看的。在一只旧牛皮纸信袋上写着一行字：我生命熄灭时的交代。看了您的遗嘱我不禁泪流满面，一半是由于悲伤，一半是由于感动。

您以一个彻底唯物主义者的生死观来对待自己的后事。在遗嘱中您交代“死后不开追悼会；不举行遗体告别仪式；不在家里设灵堂；京外家里人不要来奔丧；北京的任何战友都不要通知打搅；遗体送医院解剖，有用的留下，没用的火化；骨灰埋在井冈山一棵树下当肥料，另一部分埋在白云山有手印的那块大石头下；绝不要搞什么仪式，静悄悄的，三个月后再发讣告，只登消息，不要写简历生平。”您写道：“我想这样做才是真正做到节约不铺张。人死了,本人什么都不知道,亲友、战友们来悼念,对后人安慰也不大,倒是增加了一些悲哀和忙碌,让我死后做一名彻底的丧事改革者!”

弥留之际,当您刚从一场昏迷中清醒过来,看到有那么多的人来看望您时,您用责备的眼光看着我,从失声的喉咙中发出费力的请求:“不要把我抬得太高!不要把我抬得太高!”妈妈,您真的是想静悄悄,静悄悄地走啊!

就在您临终前不久,您让我清理了您的存款和现金,我从80只信封袋(工资袋)中掏出了几万元的现金,这是您多年来逐月存下来的。您再三嘱咐我:“一定不要扔掉那些信封,因为它们可以证明这些都是我的辛苦钱,每一笔都是清白的。”

此时,您已病得奄奄一息,剧烈的癌症疼痛,常常使您浑身哆嗦,神志恍惚,但您仍集中起全部意志力,向我口述了您的另一份遗嘱。您开宗明义:“共产党员不应该有遗产,我的子女们不得分我的这些钱。”“要将钱交中组部老干局,给祁阳和宜章贫困地区建希望小学,以及留做老干部活动基金。再留一些做出版我的书之用。”您在让我念了几遍,确认没有违背您意愿的地方后,才拼足最后的气力,用颤抖的手,签了您一生中最后的“曾志”二字。

您以85岁高龄与癌魔搏斗了近3年,已经创造了奇迹,更何况在这3年中,您还指导参与了两本书的撰写,一本是写胡耀邦主政中组部的纪实;另一部是近40万字的自传。就在您报病危的当天晚上,我与广东人民出版社签了出书协议。第二天,您瞬间回光返照,我赶紧将这消息相告。我知道,您是多么渴望能亲眼看到这两本书的出版!特别是前一本,这是因为您已将该书的版权赠送给了中组部老干局,您希望那点稿费所得,能够为从外地来京看病的老同志们做补贴之用。

亲爱的妈妈,您一生追求崇高,却又甘于平凡;您从轰轰烈烈开始,却又以平平淡淡结束;当年那灼灼锐气已变为如水般的静;但唯独对自己的信仰、忠诚不曾有丝毫褪色,热情不曾有丝毫减弱。您对物质生活的淡泊与您对精神信仰的执著形成巨大反差,这正是您品格上的最大特色。

静下来的时候，我有时也想，您会为我们买了一元钱的时令菜而大为生气，却将自己一生的积蓄捐给了社会；您一张面巾纸都要撕成四半用，却将自己的版权赠给了老干局。您几乎是刻意地把自己的生活搞得如此清苦，何必呢？可转而又想，您是对的，谁叫您是共产党员呢！对自己的信仰守身如玉，您是真正做到了！

妈妈，这几日来我总是感到不安，因为您的遗嘱我无法彻底执行，您太让我为难了！我可以做到没有挽联，没有花圈，没有灵床，没有悼词，没有官方的仪式，不邀请新闻单位，不发通知，不打搅一线的领导同志……您的遗体已交医院做了解剖，您的一部分骨灰已撒到井冈山做了肥料，您的辛苦钱也已交给了老干局……但是，我如何能拒绝组织上对您做出评价呢？即使是一名普通百姓，也该有个生平啊！何况组织上对您的评价是如此中肯和恰如其分呢！我更是无法拒绝您的那些老战友们、曾经共事的同志们对您的那份感情，无法剥夺他们与您告别的权利。您火化那天，来了那么多的人，都是自发来的，那场面既俭朴又感人。特别是当双目失明的蔡斯烈叔叔摸摸索索走过来时，一直强忍悲痛的我再也忍不住那倾泻而下的泪水。蔡叔叔用双手抚摸着小亮抱着的您的遗像，摸了一遍又一遍，然后将脸颊贴了上去，与您喃喃话别。此时，革命战友间的那种生死之谊，令我们在场的每一个人都为之震撼和动容！

妈妈，您知道吗？当您变成一缕青烟飘入高空时，我也感到从内心深处得到了某种净化。在我送给您的那只小小花圈上，我写下了两行字"您所奉献的远远超出一个女人；您所给予的远远超过一个母亲！"是这样的，当您被火化的时候，却把"无限"留给了我们。

今天，我们在这块松风石下，埋下的是您和父亲混合了的骨灰，你们在分别29年后终于可以长相守了。这只骨灰盒，是您的外孙和外孙女为您买的，这上面的党徽是小毅为您剪贴上去的，"伟大的共产主义战士"这几个字，是孩子们合计了很久后写上去的，它表达了年轻一代对您的评价。

当一切结束后，这里就变得静悄悄的了，一如您所企望的那样，从此您留给我们的是一棵树和一块石。那树为井冈山增添翠色，那石供游人们小憩，您将以新的生命形式与这个世界与我们同在。

该与您做最后的告别了，亲爱的妈妈，一路保重，我的爱会永远陪伴着您！

（注：该文是1998年7月4日，白云山骨灰安放仪式上陶斯亮念的祭文。）

小别赠言

□唐　敏

1971年，我们在松溪县花桥镇一个叫官后村的汽车站上分别。那时你刚结束知青生活，分配到地质队去钻更深的山沟。我听说你要走，心里被说不清的痛苦抓住，我冒雨跑了六里路去车站送你。到车站的时候，大雨如注，你和同行的人在搬你们简单的行李。你见到我，脸色顿时变为苍白，手在发抖，你的眼不能看我。我也无法对你说什么，其实我们之间从未有任何的心迹表白。在那个时代，我们不会奢望爱情，更不会想到结婚。使我留恋你的，是你的善良，那种对任何人都无害的好心肠。那时我的父亲在政治上受害，你同情我们家（你一生都是这样，看到别人有难，就愿意表示你的好心，虽然你只是个卑微的草民）。我不敢走近你身旁，却跑到车站的医疗室，坐在椅子上放声大哭，和着铺天盖地的大雨，哭到天如墨黑。你见汽车进站，跑来和我道别，我在泪眼中看你的脸变了形，说一声"我走了"，又扭头跑进大雨里。于是你的木箱、被包上了车顶，你在大雨中回头望一眼，就上了车。笨重的客车开进了漫天的雨幕中。

不久，天空晴朗，秀美的小山和农田现出初夏时节的嫩绿，溪水涨着黄色，满天的云彩倒映在雨后的大水洼里，空中回荡着鸟鸣。我甚至觉得生命不如雨后的一个水洼，我以为今生不能再见你的面（那一年你22岁，我17岁）。可是上帝不藐视我们，他怜恤了我们。1985年1月，我们终成了眷属。

我们之间从未写过一封情书，这是没有人会相信的。直到今天，我才给你一封公开的信。

今年7月20日凌晨2时，我们很突然地离别，在深夜的灯光下，在和你同行的四个男人中，我突然发现你是那么的出众，有微光在你的头脸处亮起，使你超越尘俗，有意想不到的美丽。这美丽像我们决定结婚那天，在你脸上燃过的亮光。只是这次的光不是热情所致，而是在安息中清白的圣洁之光。你的发亮的美丽，超乎常人，深深打动我心，令我回味不尽地珍赏。在结婚后的十年里，我们从未分别这么久，感谢这分别，让我看到我们的爱是无所不在的。你一再地从远方，用可爱的方法让我明白你对我不绝不断的情义，无论你到了什么地方，我都能知道你将自己的一切置之度外，只想着我，只关切我。你的爱不停地涌来，激动我的爱，以至我宁愿这样分离，好享受这奇妙无比的爱情方式。因着分离，我们能从呼吸中体会彼此同在的爱，天空成了我们的旗帜，长风使它飘动，日月星辰都为我们发光。你也一定知道我对你的心，每天都为你祈祷，馨香之气安定你的心。不但是我，有许多人为你同心地祈祷。你无法想象，围绕你的爱有多么长阔高深。

你不在家的日子，我把两大缸的鱼喂得像彩虹一样灿烂。只是我不爱那高贵的热带鱼，虽然美却是残忍、阴险，它们也不领会我的照料，只顾它们的需要，毫无人性地厮杀、追逐。我也长时间地观赏它们美丽的外表，看它们空洞的眼睛里飘着地狱的火焰。但是另一缸低贱的锦鲤却不一样，它们会在所有的人里认出我来，只要见到我，就拥挤到鱼缸前，鱼头向着我，如小狗那样摇尾巴，欢呼雀跃。它们的眼里有温情，身上也是色彩灿烂，而且微微发胖，它们多么像你啊，眼睛只用来认识我。这两缸鱼好像我现在正读的《安徒生全集》和《福尔摩斯探案全集》，一个是美善，一个是邪恶。我在鱼里感受你，我发现凡像你的，必爱我，我也爱它。

我们的猫儿子张来福成了我的缠累，你不在家，它拒绝一切别人的爱，我无论到哪儿，只好带上它，拖着它行走四方。它因爱而成为骄傲、高贵的猫，无论谁都不能摸它，绝对地忠于我。它的身上熏透了你对我的爱，它从你那里学来了对我的爱，乃是泰山崩于前而不动摇。它一身洁白的毛，纤尘不染，在远行的旅途中，蔑视它看到的世界，绝不信任任何一个外人。它是真正体现了你爱情本质的猫，以至它的骄傲胜过全人类。

你要想知道你不在家的日子，我过得好不好，只要看我们的小狗张来旺。福尔摩斯说："狗能反映一个家庭的生活。谁见过阴沉的家庭里有欢乐的狗，或者快乐的家庭有忧郁的狗呢？残忍的人必有残忍的狗。"旺旺是快乐到连半夜进门的绑匪都会热情欢迎的狗，它的心中没有半点阴影，像你一样对人单纯，不知防范。我当初会把旺旺带进家，就是被它善良的眼睛所吸引，现在知道这是因为它像你。我的周围充满了你无形的同在，有至真至深的爱护卫我，使我们终能胜过一切而让爱情更芳香。

最美的葡萄，没有经过压榨，不过还是葡萄。一旦压榨，就成为醇香的美酒。你在世上本无它求，唯求忠于爱情，因而就有爱的华冠为你存留。古诗中说："若有人拿家中所有财宝要换爱情，就全然被藐视。"若有人以为强力和阻隔可以令我们爱情受伤，那就更加被藐视。

我的感觉还留在夏季我们分别的气温中，常常回到1971年初夏的大雨里，留在我们起初的爱里，使我们加倍地祝福。

星斗其文　赤子其人

——怀念汪曾祺先生

□ 高洪波

我刚刚从湘西赶回，一肚子关于凤凰的印象，沈从文先生的故居、墓地，我拍下了许多照片，准备细细地向汪老念叨，尤其是沈从文先生的墓碑，设计得匠心独运，如天然未凿的一块顽石，正面镌刻着“照我思索，能理解‘我’；照我思索，能认识‘人’”。背面则是张充和的挽辞：

不折不从　亦慈亦让
星斗其文　赤子其人

嵌字格，竖读是“从文让人”之意，用汪老的话说是“这位四妹对三姐夫沈二哥真是非常了解”。

没想到汪老竟然在我到达的前一天与世长辞了！

汪老走得如此突兀，以至于听到这个消息时我不敢相信自己的耳朵，他从住院到去世，总共不到一周的时间，而我恰恰是在这一周赶赴贵州铜仁开会——他是成心躲开我，也躲开了张锲、陈建功，他们二位率作家代表团到广西深入生活，结果在汪老弥留之际，从感情上和文学血脉上与他最贴近的中国作协机关几个晚辈都不在北京。命也夫！汪老是个幽默达观的智者，莫非他离别人世的方式也是典型的汪曾祺风格么？说走就走，绝不拖泥带水。

汪老是因为吐血而住院，最后又因内脏大出血而逝世的。这种杜鹃啼血的生命消解方式,也是地道的汪曾祺风格。他的血总是热的,滚烫、鲜红,有着青春的亮丽色彩。

十天之后(1997年5月28日)我见到了汪老,他静卧在鲜花丛中,八宝山第一告别室响起的不是听惯了的哀乐,而是法国圣桑的大提琴协奏曲《天鹅》,四面八方的文友,从东北、江苏、山东、河北纷纷赶来,每人手持一朵月季,把这鲜花置放在汪老脚下。

告别一次,再告别一次,我和几位两次参加"红塔山笔会"的朋友,最后再次走进灵堂,深深地鞠躬,与他的亲人们一道,把一朵又一朵鲜花从枝头摘下,静静地、默默地,让五彩缤纷的花瓣掩盖住他的全身。汪曾祺,悄然地睡在花的小丘下,这些鲜花,莫不是近年间他挥毫画出的无数帧花卉图案的显现么?他的紫藤、他的白荷、他的丁香、他的杨梅和水仙……

鲜花与汪老同在。

汪曾祺是个极有趣的老人。

许多文友与他相识、相熟,求过他的字,索过他的画,珍存过他的书,继而又有不少人写过他的评论、专访、印象记,汪曾祺于是成为"汪曾祺现象"。

汪曾祺现象,不如说他已成为一种文坛风景线,那样平静从容地存在着,自然而然,毫无矫饰,随遇而安,乐天知命。

一个可爱的好老头,大家共同的朋友。

这个好老头曾在几年前被整整齐齐地码成五大本厚书,即江苏文艺出版社出版的《汪曾祺文集》,陆建华主编,后来惹起了一场风波,汪老因此被干扰得苦不堪言。文集分为小说、散文、文论和戏曲剧本卷,汪老送给我一套,于是我津津有味地连读数日——这种阅读快感确实令人难忘。

记得读完之后第一个冲动,是想与汪老通电话,拿起话筒之后又犹豫起来,我不知该说什么才好,在这样一位睿智的长者面前,曾经沧海难为水,三言两语不太好表达,便放下了电话。我其实只想说一个细节,大笑的细节。

当然是我大笑。

读到《沈从文先生在西南联大》一文时,出现了这么一段文字:

> 沈先生读过的书,往往在书后写两行题记。有的是记一个日期,那天天气如何,也有时发一点感慨。有一本书的后面写道:"某月某日,见一大胖女人从桥上过,心中十分难过。"这两句话我一直记得,可是一直不知道是什么意思。大胖女人为什么使沈先生十分难过呢?

幽默、生动、传神,师生之情借这简约的文字传导出来,而沈从文先生的性格,也就于不经意中呼之欲出了。

沈从文先生的一生,无论为人还是为文,都深深地影响着汪曾祺,他用"星斗其文,赤子其人"以概括,这句话也适用于汪老本人,所以我照搬了他怀念沈先生的文章标题。沈先生逝世于1988年的5月,九年后的同一个5月,汪老驾鹤西去,他留给我们的文学宝库,其丰富与精美的程度,当不逊于乃师。

读汪曾祺文,无论谈地方风俗、花卉草木、风味小吃,无论忆童年思故乡,直至考据《葵·薤》和描写自己在张家口"效力军台"时研究各种土豆,处处流露出"赤子其人"的坦诚、恬淡,还有悟透人生的豁达与随意。对于浮躁喧嚣者而言,读汪曾祺书,端的是一次文学气功的治疗,他能让你入静,不知不觉、心甘情愿地入静。

汪曾祺赛过许多气功大师!

随便举几个例子:

> 南方人很少知道藠头即是薤的。
> 北方城里人则连藠头也不认识。

我爱食藠头,从军云南时培养的口味,但我从来不知道藠头就是古奥的"薤",长知识不是?!

沈从文先生爱用"耐烦"一词,对别人的称赞,常说:"要算耐烦。"看见儿子与孙女做事,也说"要算耐烦"。"他的'耐烦',意思就是锲而不舍,不怕费劲。"汪曾祺这样总结沈从文先生。

现在看来,"耐烦"应是沈从文留给汪曾祺和我们的最重要的启示。

《葡萄月令》一文,从一月写到十二月,纯静恬美,可以当童话来读;

《安乐居》一文,是最地道的京味小说,对话功力之深,令人叹服;

《范进中举》一戏,对传统文化的稔熟、对旧体诗词的运用,删繁就简的安排,妙趣横生,你想不到这戏竟创作于四十几年前,这需要何等样的定力与耐力?

还有,还有……

说不完的汪曾祺,既然说不完,就不再费劲去说了。反正《汪曾祺文集》把一个才华盖世的老作家一下子端了出来。记得十年前赴江苏参加一个笔会,叶兆言曾云:中国最后一个文人是汪曾祺,信然。从多方面的艺术修养而论,叶兆言一语中的。

如今这"最后一个文人"终于走了,我想起自己的一次煞风景。

那是在1991年4月间的"红塔山笔会",汪老酒毕,且已夜深,有数位当地作者前来索字,抱来一大捆宣纸,让他写了一幅又一幅。身为笔会组织者,我实在不忍让汪老太过劳累,遂寒起脸上前力阻。求字者最后悻然而退,汪老亦颇扫兴——我后来屡次读到汪老对写字作画浓郁的兴致,才发觉自己当时的多事。

毕竟如今文坛上敢于当众挥毫现场吟诗且诗文、字俱佳妙的文人,是凤毛麟角了。

在这里我还想披露一个故事,汪老落泪的故事。

在我们笔会的尾声,在云南美丽的大理,那一夜不知为什么大家谈起了命运和人生,谈起了一批朋友留在云南这块红土地上的青春岁月,大伙竟禁不住悲从中来。汪老陪着朋友们落下大滴的泪,然后他哽咽道:"我们是一群多么好的人,一群多么美的人,而美是最容易消失的。"他的话无尽悲凉和深刻,我记住了那一幕,也记牢了汪曾祺老人真诚的话。

在汪曾祺"文论卷"前有一页手迹,是《拾石子儿》中的"代序",他这样写道:

> 一九八〇年十二月二十九日清晨
>
> 一九八七年六月七日校,泪不能禁。
>
> 我的感情是真实的。一些写我的文章每每爱写我如何恬淡、潇洒、飘逸,我简直成了半仙!你们如果跟我接触较多,便知道我不是一个不食人间烟火的人。

"泪不能禁",这场景我亲身经历,在汪曾祺含泪时,他的眸子亮晶晶如晨星,让你一下子就窥见他那透明清澈的心灵。

似乎不止一次落泪,汪老在读及自己写《大淖记事》的经过时,写到女主人公巧云把一碗尿碱汤灌进了男主人公十一子的喉咙之后,忽然写了一句:

"不知道为什么,她自己也尝了一口。""写这一句时,我流了眼泪",汪曾祺这样承认道。

《汪曾祺文集》到手后,我曾写过一篇小文《读汪琐记》,文章发表后许久他才看到,我问他的感觉,汪老点点头,说:"太短了,还想往下读,没了。"我说这正是您的风格。

《读汪琐记》最后一段话是这样的:汪曾祺实在不好被任何文字框住,故而《读汪琐记》就此打住,印象深的是汪曾祺一句实实在在的指令:一个当代的中国作家应该是个通人。

难度太大了。铆足劲,下一辈子笨工夫,也不一定能"通"到哪去,没法子,叶兆言早有话撂在那儿,兆言兆言,有言在先,最后一个文人,绝了。

汪老曾在两年前的今日赠我一诗:"洪波何澹澹,楼高可摘星。堂堂过白日,静夜觅童心。"那是1995年的"六一"儿童节,汪老知道我喜爱儿童文学创作,遂以此诗予以鼓励。后来我只要登门,都要厚起脸皮求字画，因为实在太喜欢他的墨宝，不光自己要，还代好朋友求。那一日求得汪老一帧紫藤，画面气韵生动，尚未题字。汪老顽皮地看了我一眼，提笔写了六个字："曲如钩，不封侯"，随后又写四个字："洪波官箴"，写完就笑，目光如天真的儿童，但题款中却饱含深意。

我读到汪老最后一篇文章是载于《文汇报》4月29日的《论精品意识——与友人书》。文中谈的全是写字作画的体会，对创作的激情与理智反复论证，是一篇美文，也是高明的画论，汪老写道："搞出一个精品，是最大的快乐。'提刀却立，四顾躇蹰'，虽南面王不与易也。"他强调道：老是想钱，制造出来的不会是精品，而是"凡品"。萝卜快了不洗泥，是糟蹋自己，老是搞凡品，是白活了一场。

"生年不满百，能著几两屐。不要浪费生命。"汪老最后这样叮嘱道。

这分明是他给予我们的一份珍贵的遗嘱。就在我读到这份遗嘱的第二天，我见到了以《天鹅》为自己送行的安详的老人。

连葬礼仪式都像九年前送别沈从文先生一样，参加仪式的人不戴纸制的白花，每人发给一枝半开的月季，行礼后放在遗体边。不放哀乐，放沈先生生前喜爱的音乐。汪曾祺先生在《星斗其文　赤子其人》文章中最后写道："我走近他身边，看着他，久久不能离开。这样一个人，就这样地去了。我看了他一眼，又看一眼，我哭了。"

历史就这样惊人地重复着，所不同的是汪老把九年前的感受，以独特的方式传递给了我们。沈从文与汪曾祺，文学史上一对杰出的师生，就这样在五月间，在鲜花盛开的季节，离开了我们，自此之后，广陵散绝矣！

不要浪费生命……

1997年6月1日　北京避斋

跨过那厚厚的大红门

□ 章含之

一

再过几天，园林局要来砍去前院的那棵40年的高大的榕树了。其实，这树去年就枯死了，就应该砍了，只是我舍不得它消失得无影无踪。本来，这前院是一对榕树。1960年我随父母从东四八条的四合院搬进这个古老的四合院时刚刚25岁。那时前、后院的树木都是新栽的。后来，前院的榕树长得很快，两三年后就成荫了。再后来，榕树的粉红色、毛茸茸的花覆盖了一片树顶。这些花可以延续整整一个夏天，每天夕阳西下，它们就开始散发出沁人心脾的幽香。40年来，那幽香是“家”的芬芳，每当我跨进这四合院的门槛，不论那时我是喜悦还是沮丧，这芳香都会使我感到家的温馨。

四合院的主人几经变迁，现在只剩下我和我那经常不在北京的女儿。40年中四合院随着它的主人经历着历史的浮沉，目睹了发生在这院子里的喜怒哀乐、生离死别。它也随着院中的主人经历了荣耀与屈辱，经历了车水马龙的繁华富贵和门前冷落的世态炎凉。但是这一对榕树却永远忠贞不渝地年年开满一树粉红色的花，用它甜甜的幽香慰抚着主人的心灵。可是大约四年前，西边的那一棵突然“病”了，像是得了绝症，那“病”来得猛，发展得快，第二年就完全枯死了。园林局来人把它砍了，拉走了，在它原来生长的地方铺上了方砖，它就这样消失了。那时,我为此激动伤心了很久。我祈祷老天保佑那东边的、靠门洞的一棵。但是,厄运还是降落到失去伴侣的它的头上,就在西边那一棵枯死的第二年,这东边的那棵就开始出现萎靡不振。再过一年,就不大开花了;去年,春天来临时,它还勉强长出了半树瘦瘦黄黄的叶子,但还未到夏天开花季节,它就完全枯萎了,死了!我舍不得让它离去,妄想着今年出现奇迹,它还会枯树逢春。但奇迹没有出现。它最终要离去了。

因为这榕树要被砍去了,所以我每天清晨在后院散步时,常常踱步到前院来看看它,抚摸一下它那开始剥脱的树干。现在,这前后两个院里,只剩下北屋门前那棵足有四层楼房那样高的海棠树是40年前我们迁进51号院时就已栽下的。其余的都是后来陆续换过的。

当我年岁渐长,真正爱上四合院时,我才意识到当年栽种这些树木的设计人真是深知四合院特色的专家。而我们在40年中换栽的这些树真是毫无章法。当初,这房子是个典型的官邸式四合院,大气、庄重。它前后应是三个院落——前院、中院和后院,中院是主院,前院和中院之间的南北双朝向的这排房子是穿堂,历来的大官大概都用来作接待来客的前厅。后院是附院。当年不知清朝哪位大官在这里住时,东边还有一个偏院。随着时代的变迁,那偏院成了一个大杂院,与主院完全脱离了,那里现在住了十几户人家。可以想象当年这个四合院是多么大的气派!我们家迁入时,本来应是一个前、中、后院齐全的四合院。可是母亲坚持不要那么多房屋。国务院管理局无法说服她,只得把后院割出去,中院便成了后院了。这真是个极大的遗憾。

当初搬进这院子时,院中树木都已栽齐。前院是那两棵榕树,它们高大而优雅,绿荫遮盖了整个小院。后院北屋房前是两棵开粉红色花的海棠。海棠大概是四合院特别偏爱的一种树,在许多老的四合院中似乎都栽有海棠。我们北房门前的两棵高大的海棠树既气派又婀娜多姿。后院很大,大概两倍于前院,因此在海棠树的南边,靠近南房,又栽了两株紫丁香,这格局真是美。春天时,海棠的一片粉红色与丁香的浅紫色给这院子蒙上了一层淡雅柔和的情调。而当它们的花凋谢后,前院的榕花又给夏日的庭院带来了静静的花香。我想那丁香的安排是绝妙的。在前后高大的榕树和海棠之间,丁香只有一人多高,却张开枝叶,在两边直立的大树间,形成一个圆形的图案。

可惜,当初苦心设计的标准四合院的构图,不久之后就被破坏了。主要是母亲对四合院一点没有好感,她总是怀念上海的花园洋房,甚至石库门房子。她从不关心院中的草木。这院子交给了做饭的保姆彭阿姨管理。彭阿姨把吃剩的菜汤都往树根下倒。过了几年,西边的海棠和丁香就死了。

后来,这院子越变越不像个院子。六十年代初,母亲被三年自然灾害吓怕了。那时,父亲属高干,当时戏称为"糖豆干部",因为每个月,政府补贴两斤白糖、两斤黄豆。但是粮食还是不够吃,每天晚餐只能熬粥喝。母亲生怕这种日子还会再来,于是异想天开在院子正中,即四棵树之间的中央空地做了一个大圆台子,中间铺了泥土,栽上了花生和玉米。这还不够,母亲爱吃苋菜,又叫人挖去一部分地砖,种了一片苋菜。母亲很高兴,女儿妞妞也快乐。祖孙两人忙乎着收获嫩玉米,督促刨花生。这高大的官府结构的四合院,每当收获季节,变成了农家场院。再后来,发生了一件更糟糕的事。六十年代初,毛主席号召:"备战、备荒",都说美国和苏联要打进来。国务院决定给所有住四合院的高级干部在院子里挖一个防空洞。工程队开进了四合院,把母亲的玉米、花生坛和苋菜地都刨掉了,就在东边那棵海棠树旁边挖了一个长方形的"防空洞"入口,地下挖了大约两米多深,还拐了弯,从南房前西边的梨树旁挖了一个正方形的出口,入口处很宽敞,修了水泥石阶下去。出口处却很窄,是在洞口壁的水泥墙上做了一个爬梯。出、入口都十分简陋,只不过两块厚厚的铁皮盖,入口的那块足有两米长、一米宽,出口的是一米见方。自从有了这两个防空洞出入口,这正院就彻底地破坏了。

后来,父亲在香港去世。根据周恩来总理的指示,冠华放弃了外交部为他修缮一新的史家胡同55号院子,搬进了我的四合院。他搬来后,曾经想重新规划院中的树木。我们讨论了多次,意见不同,未达成协议。他当时想在北房前栽两棵梧桐,南房前栽两棵杨柳。冠华生前最钟爱的树木是梧桐、杨柳、塔松、桂花和清竹。他一直很遗憾北方的酷寒不适宜栽种桂花和竹子。所以后来在我为他修苏州东山的墓地时，我为他种了塔松、金桂和银桂各一株。

我当时不同意他的意见其实也没有什么道理。我说杨柳不好，英文叫“WEEPING WILLOW”(哭泣的杨柳)，不大吉利。栽梧桐，要拔掉海棠，很可惜。冠华也就没有坚持。事隔24年之后，我真有点后悔没有按他的意见办。我想梧桐的傲岸挺拔以及杨柳的柔情如水恰恰是他自己性格的两个方面。如果当时栽了这些树，虽说在四合院中很罕见，但也许会留下对冠华静静的纪念。

树没有换，按我的意见，我们在南房前搭了一个葡萄架，东跨院栽了一棵枣树，西跨院栽了一棵柿子树。这都是传统北京四合院中的果树，后来倒也带来不少丰收的喜悦。

二

对于父亲和我们全家来说，史家胡同这所四合院才使我们第一次有了真正属于我们的家。

父亲生前常对我说：“我这一生，既无动产，也无不动产。”他在近一个世纪的生命历程中，经手过的钱财不可谓不多。然而，他乐善好施，没有给自己置一分地，买一幢房，银行里也没有存款。在我的记忆中，我们在上海住的两处房子都是他的朋友让出一部分给我们安身的。到了北京也是借住在朱桂老家。父亲常说的还有一句话：“我这一生，从无财富，但又从不缺钱。”而别人给了他钱，他又转手去给比他更需要钱的人。解放后，许多清末、民国的遗老、遗少经济上没有了收入，都很拮据。他们来找父亲，父亲总是接济他们。为这事，母亲没有少唠叨、抱怨。有时，父亲实在没钱了，就写信给周总理、毛主席请政府解决。1963年起，毛主席以“还债”为由，每年春节送父亲两千元，父亲坚决不要。我转达他的意思，对主席说父亲当年为他征集的两万银元不是他个人的钱，是社会各界响应他的呼吁，为青年学生赴欧洲深造而募集的，所以他不能接受主席的还款。毛主席听后大笑，说“行老就是这个脾气！他这个人真是两袖清风啊！”随即，毛主席对我说：“你这个共产党员也不懂我的意思吗？我哪里是真的还钱嘛！这钱是还不清的！那时候，党刚成立，经费非常紧张。行老这笔钱，我们派了大用场。一部分同志用这个钱去了欧洲，另一部分钱，我拿到湖南搞秋收起义，后来上了井冈山。这哪里是用钱还得清的？我是要给行老一点补贴。解放了，他没有那些财主给他钱花了，全靠工资。我知道他缺钱，他爱帮人忙，替共产党接济了不少我们照顾不到的人。我很谢谢他，要给他一点补贴才好。”

所以，这51号的四合院，当初送给父亲时，毛主席、周总理也是这个意思。他们知道父亲一生一直漂泊不定，到任何地方都是借房或租房住。1959年，周总理到东四八条54号去看望父亲。这时，总理才知道解放后十年，我们一家一直借住在父亲的老友、曾任袁世凯内务大臣的朱启钤老先生的私宅后院。我们家从上海迁到北京整整十年，父亲从未向政府开口要过住房。总理那次见到父亲拥挤不堪的书房兼客厅，感到十分吃惊，他连声自责，说对父亲没有关心到，这么多年，竟让父亲借居友人家中。回去后，总理立即报告了毛主席，并且指示国管局为父亲找一个四合院住宅。本来，许多高级干部当时的宿舍都是四合院。但在母亲选定51号院之后，周总理又郑重其事地对父亲说他请示了毛主席，这房子是送给父亲的，感谢他对共产党的帮助和合作。父亲去世后，在北京的追悼会上，周总理又对我的香港回来的继母和美国回来的妹妹说51号院永远是父亲和他亲属的家。

其实，我当年和母亲一样并不大喜欢四合院。我在上海出生、长大，我更喜欢上海那些带花园的西式洋楼。我总觉得四合院太古老，住在里面似乎背着沉重的历史包袱。四合院也很不方便。尤其是冬天，从北屋到任何一排房子都要经过寒气袭人的院子。厨房那么远，冬天，把菜端到北房都凉了一半。记得有一年除夕吃年夜饭，彭阿姨炖了一大砂锅上海“全家福”——一只整鸡、一个蹄髈、一块火腿。在端着砂锅走过院子时，因为砂锅从火上刚取下，而当年北京的冬天比现在寒冷，这一冷一热，砂锅的底掉了，全鸡、蹄膀和火腿撒了一地。弄得这除夕夜很扫兴。

但是这四合院毕竟是个家！尤其是在女儿妞妞出生之后，这偌大的院子里平添了无限的乐趣。我一生中给父母亲最宝贵的礼物就是这个小生命。搬进四合院时，父亲已是八十高龄，解放后，他的生活变得很简朴、单调，昔日在上海的那许多应酬都没有了，父亲除了出去开开会，偶尔会会友之外，大部分时间是看书，写他的《柳文指要》。他在这大大的宽敞的四合院里很舒适、很满足，真是过着他一生从未享受过的安宁。而妞妞的出生又为他的平静生活增添了极大的快乐。他和母亲对妞妞远远胜过了在我幼年、童年时代对我的关怀，那几乎是一种惯宠。不论妞妞犯多大"错误"，他们都能容忍。

对于我来说，这个院子使我真正感到温暖的是在文化大革命初期的那些可怕岁月。那时，我在北京外语学院挨批判，周末被允许回家。家，这时成了我最温暖的避风港。守着年迈、祥和的父母，看着尚不谙世事的妞妞撒欢满院子奔跑，我真希望时光停止，再不往前，让我永远忘却外面疯狂的世界，让我停留在这充满人情、人性的四合院里，再不用回到我那曾经做出过多少奉献，而如今却是充满敌意的校园。

父亲在这个四合院里平平静静地生活了十三个年头，完成了最后的著作《柳文指要》。可惜他未能在这四合院里走完人生的最后一段旅程。1973年5月，父亲为了祖国统一大业，受命于毛主席，在93岁高龄时，远赴香港。我和大哥章可以及妞妞送他到港。周总理根据毛主席的意思，安排一架专机送父亲前往。但是父亲毕竟高龄，到香港很不适应那里潮湿的气候，在我送父亲到香港后回北京前一天去看望他时，我已感到父亲想念他的四合院，希望早日回到他四合院的家了。那天下午，他显得有点伤感，拉着我的手说："回去报告总理，我已经开始会晤台湾方面的朋友了。我尽快做完这些事，回北京。你转告总理，早点派飞机来接我回去。"父亲去香港是当时毛主席的一个惊人之举。93岁的"和平老人"（父亲1948年曾作为南京方面代表之一前来北平与中国共产党议和，未果），以探亲名义去香港。中国政府却派出专机护送到港，成为新中国成立后第一架降落在启德机场的中国飞机。可惜，父亲没有能等到总理派专机接他的那一天。6月29日，我接到总理办公室电话，传达总理指示，说父亲在香港病倒，叫我立即准备随周总理指派的医疗小组乘专机去香港，接父亲回北京。当时决定7月2日启程，外交部已根据总理指示，发了紧急照会给当时的英国代办处，申请专机降落及人员入港签证。但是，就在七月一日凌晨二时左右，冠华打来电话说外交部值班室接总理办公室电话，父亲已在香港病故。他终于没有能回到他眷恋的四合院。

三

51号院真正成为我自己的家是在冠华搬进来之后。还记得我们的爱情所面临的最早一次考验就发生在这四合院前院的传达室里。那是1973年5月，父亲去香港之后，国务院管理局决定趁父亲在香港，对四合院进行一次大修，等父亲回京，可以住上新装修过的房子。我暂时在前院传达室安身。那时，我和冠华正在恋爱。他工作之余来看我，我们就在那堆满家具杂物的传达室里一杯清茶，促膝长谈，相互间超越年龄的差距、官职的悬殊，感情上达到了完全的融合。我至今还常常回忆起在那简朴、拥挤的前院小屋中那些纯真的时刻。就在六月中旬的一天中午，冠华从部里下班后急匆匆到我的传达室住处看我。他从来没有在中午来过，因为他一天工作非常繁忙，几乎每天晚上有外交活动，所以回报房胡同家里吃完午饭都要休息片刻。这一天，冠华神情慌张地进了我的传达室，我知道出了什么紧急的事。冠华说，上午开党组会，姬鹏飞(当时任外交部长)传达说毛主席指示要派女大使，并且建议第一个女大使派他的“章老师”去加拿大。我第一次看到冠华那种无可奈何的失落神情。他一般都是充满自信的，而此时他却不知所措，问我怎么办，我几乎未假思索地对他说既然我承诺了对他的爱，我不会改变。他需要我，我会留在他身边。冠华用忧郁的眼光看着我：“可那是主席的决定呀！”我说由我来向主席报告吧。我知道在那个年月，违抗毛主席的指示可能意味着什么。但我故作轻松地对冠华说：“我对主席说，如果我去当大使，那就派你去当我的参赞。”但是我们两人都笑不起来。后来，我向毛主席请求不去当这个女大使，毛主席并未坚持，但我知道他不高兴。一年之后的一天，在见完外宾之后，毛主席叫我随他到工作人员使用的休息室，他激动地对我说：“你不听我的话，你的心里没有我！”我紧张得不知怎样回答，后来我说：“主席，你这样说，我承担不起！全中国人民心中都有你，我哪里敢心中没有你！”毛主席没有说他为什么生我的气，但我猜那是我违抗他的指示，没有去当新中国第一个女大使！

有时候，我想起这风风雨雨的二十多年时，心里也有些茫然。当初，我在这前院传达室做出不去出任女大使，留下来同冠华结婚这个不假思索的决定，我从来没有后悔过。事隔二十多年之后，我也仍然没有后悔。但是，我又禁不住感叹命运的捉弄。我假若当年按照毛主席的指示去了加拿大，后来的命运肯定是完全另一个样子的。今天的我也不是这个样子的。我不会经历后来的那许许多多的磨难和痛苦。说不定冠华的命运也不会那么惨烈！我隐隐约约地有种感觉，他后来的厄运，在庄严的人大会议上传达的毛主席生前曾严厉批评他的指示，似乎多多少少和当年我们的叛逆是有点关系的。岁月流逝，25年的时光已经过去了。如今只留下这前院传达室是那无言的证人，证实着又一幕人间演绎着的为了爱情付出沉重代价的故事。

冠华是个极爱自然与空间的人，他对天、地、日、月、树木、花草，都会很动感情。他还特别喜爱月亮，尤其是那一弯新月，简直令他如醉如痴。所以，从报房胡同的三楼单元房搬进我家宽宽大大的四合院，有了那么大的空间，那么多的花草树木，冠华简直是欣喜若狂。他只要有一点空闲，就会在院子里散步，抚摸着一棵棵的树，端详着一朵朵的花。他喜欢玫瑰和月季。我们在北屋房前，开出两块土地，种上月季花，西边那一块种了一枝“山东大白”。那是一种爬藤的大月季，越长越高，爬满了我们搭的架子。春天来临时，它开的花足有百朵以上。“山东大白”正在冠华的书房外面，形成了一片花的窗帘，遮住书房的玻璃窗，真的是很美。

从初夏到深秋,我们常常在深夜的月下散步。时间久了,冠华统计出,走一圈院子是80步。在银色的月光下,冠华几乎是与白昼里全然不同的一个人。他没有了好胜雄辩的气势,脸上常常有一丝淡淡的伤感。我常常想,不知道这世上有几个人能真正懂得他的心。在他所经历的无数外交场合,他都是那样亢奋,那样充满激情,那样豪放。他的仰头大笑的照片被认为是他性格的代表作,曾获国际新闻奖。然而,又有几个人看到过清澈如水的月光下的乔冠华?!他是那样沉静,那样柔和,而且那样的忧伤。这时的乔冠华,只有这深深的四合院与我一起陪伴着他,聆听着他倾吐内心的感叹。

在冠华1982年癌症复发之后,他和我心里都非常清楚死神正一步步逼近。我时时可以感觉到他对生活的眷恋和对我们这个家的无限深情。我每次从家里取东西回病房,他总要问这院中的每一件事的细节。春天时,我把第一批盛开的那几朵月季花剪下来送到他病床前,他会久久地看着这些花,爱不释手。秋天,我又把我们窗前的并蒂柿送到他面前……

1982年底,冠华虽然以其惊人的毅力暂时战胜了死神,但是我和他都清楚那只是短暂的抑制。这时候,我和他不约而同地想到我们应当回到我们的四合院里去。我们都不说为什么要回去,但我们心里都明白,那是我们最后一段能够在自己的四合院中相依相伴的日子。于是,我们办理了出院手续,回到了51号院。冠华在那里度过了最后一个春天和夏天。除了下雨,我们天天夜晚在院中散步,要把这每一分、每一秒永恒地刻在我们的心上。

冠华一直在我们的四合院中坚持到了最后一刻。这年的9月2日,他开始大口吐血。直到此时,我才陪伴他最后一次住进医院,十九天后,他带着无限的未了之情离开了这个世界。

四

我孤零零地坐在北房前宽敞的廊子上,又是初夏时分,又是花开花落的季节。我的眼前跳动着一幕幕昔日的情景。我又见到瘦削而精神的父亲，孜孜不倦地伏案写他最后一部巨作；我又见到母亲那矮小玲珑的身影匆匆来去于北屋与厨房之间；我又见到幼小的妞妞满院子地欢笑奔跑。我当然更看到月光下的冠华，拉着我的手，对我说："如果将来有一天，我丢了官，眼睛又瞎了，你就这样牵着我去要饭！"

悠悠白云从南屋的顶上轻轻飘过，还像那40年、30年、20年前一样。然而这四合院中昔日的主人如今又何在呢？我轻轻地叹息，大概我也应当离开这四合院了！它带给我太多的回忆，太多的创伤，我的心已难以承受！

前两日，胡同里传来确切的消息：史家胡同西口南边大约二百米的房屋全都要在一个月内拆除了。这块地卖给了一家外国公司，不知道要干什么。西口进来二百米，恰恰是拆到我的对门。我原来还以为史家胡同这样一条具有文化历史价值的胡同是不会拆的。但看来在这个越来越商品化的时代，文化历史和传统在金钱面前是苍白无力的！

这史家胡同会变成什么样呢？我真的不知道。至少，我再也见不到40年同在一条街上的一些街坊邻居了。他们当年亲切地叫冠华"乔老爷"，叫我则是"妞她妈"。我再也听不到三五成群的大娘们东家长西家短的闲聊以及夏天夜晚，邻居们在街灯下谈古论今，传播一点社会新闻、小道消息了。这一切都将随着这胡同的消失而消失！这是极大的悲哀，但我却又隐隐地感觉这也许也是解脱。自从冠华离开这院子之后，它再也不是一个家了。有时候，我在有着皎洁月色的夜晚也曾想在院中散步。但我再也找不回那逝去的感觉。在这空空洞洞，只剩下我一个人的四合院里，我像幽灵一般，多少个夜晚，在一盏孤灯下写着那过去在这院子里曾经发生过的一切。四合院是美好的，是铭刻着永远无法忘却的情怀的。但也许如同它四面围拢的形式那样，十多年来，它把我紧紧地围困在这四方的天地中，我的思想、我的心灵从来没有跳出过这块四方的天地。那么，这胡同的逐步消失也许倒会最终使我自己得到解脱吧！回想起来，自从1949年来到北京，将近半个世纪，我都没有离开过四合院。从东四八条到史家胡同，我一直生活在四面围困的院子里。近来,北京的外国人对我的院子发生了浓厚的兴趣,来了好几批参观。带着倾慕的心情来到这四合院里的人可谓不少,他们赞叹一番之后都回到他们各自的现实生活中去。唯独我却深深地扎根在这院子里,有时候,我真的感到压抑和沉重,我觉得我像是这院子里的一个出土文物,永远属于这里,大红门外的生活与我无缘。不论我在外面做些什么,最终还是回到这已经只剩下我一个人的院子里。

有一段时间,我有意多往外跑,去外国,去热闹的现代化的城市。我想寻找一个使我心灵摆脱四合院的缺口。但是日子一长,我又想念我的院子,如倦鸟归林般急匆匆赶回来。一进我那熟悉的庭院,我又如释重负,享受着那份只属于我的孤独。

生活就这样延伸下去,我总是徘徊于历史与现实之间。我很想突围走出这四合院,我却又如此深情地依恋这四合院,因为它的每一块砖都铭刻了我的欢乐与悲哀。守着它使我心碎,离开它使我失落,而从远方回到它的怀抱里又令我心醉。我想这种四合院的情结大概我此生都难以解开的了。

平常的沈从文

□ 黄永玉

一九四六年开始，我同表叔沈从文开始通信，积累到文化大革命前，大约有了一两百封。可惜在“文革”时，全给弄得没有了，如果有，我一定可以做出一个这方面有趣的学术报告，现在却不行。沈从文在解放后，人民文学出版社第一次为他出的一本作品选中，他在自己的序言里说过这样一句话：“我和我的读者都行将老去。”那是在五十年代中期，现在九十年代了。这句伤感的预言并没有应验，他没有想到，他的作品和他的读者都红光满面长生不老。“浪淘尽，千古风流人物”，沈从文和他的作品在人间却正方兴未艾。

在平常生活中，说到“伟大”，不免都牵涉到太阳，甚至有时候连毫无活力的月亮也沾了光，虽然它只是一点太阳反射过来的幽光。沈从文一点也不伟大，若是有人说沈从文伟大，那简直是笑话。他从来没有在“伟大”荣耀概念里生活过一秒钟。他说过：“我从来没想过‘突破’，我只是‘完成’。”他的一生，是不停地“完成”的一生。如果硬要把文化和宇宙天体联系起来的话，他不过是一颗星星，一颗不仰仗什么什么而自己发光的星星。

如果硬要在他头上加一个非常的形容词的话，他是非常非常的“平常”。他的人格、生活、情感、欲望、工作和与人相处的方式，都在平常的状态运行。老子曰：“上善若水”，他就像水那么平常。永远向下，向人民流动，滋养生灵，长年累月生发出水磨石穿的力量。

因为平常，在困苦生活中才能结出从容的丰硕果实。

在密锣紧鼓的“反右”前夜，他在上海写给表婶的家书中就表示：“作家写不出东西怎么能怪共产党呢？”(大意)这倒不是说他对党的政策有深刻的认识和紧密关系，甚或是聪明的预见，他只不过是个文艺属性浓密的人，写不写得出好作品，他认为是每个人自己才情分内的事。

所以他也派生出这样的一些话：“写一辈子小说，写得好是应该的；写不好才是怪事咧！”

好些年前，日本政府部门派了三个专家来找我，据说要向我请教，日本某张钞票上古代皇太子的画像，因为服式制度上出现了怀疑，因此考虑那位皇太子是不是真的皇太子？若果这样，那张钞票就可能要废止了。这是个大事情，问起我，我没有这个知识，我说幸好有位研究这方面的大专家长辈，我们可以去请教他。先征求他的同意，同意了，我们便去他的家里。

他很愿意说说这方面的见解。

在他的客室里请他欣赏带来的图片。

他仔细地翻了又翻，然后说：

“……既然这位太子在长安住过很久，人又年轻，那一定是很开心的了。青年人嘛！长安是很繁荣的，那么买点外国服饰穿戴穿戴、在迎合新潮中得到快乐那是有的；就好像现在的青年男女穿牛仔裤赶时髦一样。如果皇上接见或是盛典，他是会换上正统衣服的。

“敦煌壁画上有穿黑白直条窄裤子的青年，看得出是西域的进口裤子(至今意大利还有同样直纹黑白道的衣装)。不要因为服装某些地方不统一就否定全局，要研究那段社会历史生活、制度的‘意外’和‘偶然’。

“你们这位皇太子是个新鲜活泼的人，在长安日子过得好，回日本后也舍不得把长安带回的这些服饰丢掉，像我们今天的人留恋旅游纪念品的爱好一样……”

问题就释然了，听说那张钞票今天还在使用。

那一次会面给我留下深刻的印象，我至今还记得住的是，他跟大家还说了另外一些话。

客人问起他的文学生活时，他也高兴地说到正在研究服饰的经过，并且说："……那也是很'文学'的！"并且哈哈笑了起来——"我像写小说那样写它们。"

这是真的，那是本很美的文学作品。

这几十年来我们相处的时候，很少有机会谈到学习改造，更不可能谈到马列主义。在我几十年印象中，他跟马列主义的关系好像不太大。有时候他在报纸上发表有关自我改造的文章，末尾表决心时总要提到"今后我一定要加强学习马列主义、毛泽东思想"，我也半信半疑了。我想，像我们这一类人，似乎是不太有资格谈马列主义……

没想到，他运用辩证唯物主义和历史唯物主义，在学术研究上开创一个好大的局面！用得这么实在、这么好。把文物研究跟哲学原理联系起来得出丰硕成果的竟然会是沈从文！

在那次谈话快要结束时他说："……我一生，从不相信权力，只相信智慧。"

在文学方面，我只读他的书，交谈得少，原因是漫长动荡的年月中没有这种心情。我认为文学仍然是他内心深处的中心，他也不愿接触那处"痛感神经"。用大量的精力、全面深入地在文物方面游弋。

他默默地，含辛茹苦地赢得最后的微笑。

卡夫卡说过："要客观地看待自己的痛苦！"

这说来容易，做起来难。

沈从文对待苦难的态度十分潇洒。

"文革"高潮时，我们已经很久没见面了，我们各人吃着各人的"全餐"(西餐有开胃小菜，有汤，有头道菜，二道菜，有点心，有咖啡或茶)。忽然在东堂子胡同迎面相遇了，他看到我，他装着没看到我，我们擦身而过。这一瞬间，他头都不歪地说了四个字："要从容啊！"

他是我的亲人，是我的骨肉长辈，我们却不敢停下来叙叙别情，交换交换痛苦；不能拉拉手，拥抱一下，痛快地哭一场。

“要从容啊！”这几个字包含了多少内情。也好像是家乡土地通过他的嘴巴对我们两代人的关照，叮咛，鼓励。

我们中央美院有位很有学问的研究家，是他以前的老学生，和我们的关系十分亲密，并且跟我同住一个院子。“文革”一开始，他吓破了胆，一个下午，他紧张地、悄悄地走近我住的门口，轻轻地、十分体贴地告诉我：“你要有心理准备，我把你和你表叔都揭发了！”

这个王八蛋，他到底揭发些什么事？我也不好再问他“你个狗日的，你到底揭发些什么？”他是个非常善良的胆小鬼，他一定会把事情搞得颠三倒四。我恨不得给他脸上两拳，可他身体不好，他经不起……

我连忙跑去告诉表叔。

难以想象地，表叔偷偷笑起来，悄悄告诉我：“会，会，这人会这样的，在昆明跑警报的时候，他过乡里浅水河都怕，要个比他矮的同学背过去……”

日子松点的时候，我们见了面，能在家里坐一坐喝口水了，他说他每天在天安门历史博物馆扫女厕所。

“这是造反派领导、革命小将对我的信任，虽然我政治上不可靠，但道德上可靠……”

他说，有一天开斗争会的时候，有人把一张标语用糨糊刷在他的背上，斗争会完了，他揭下那张“打倒反共文人沈从文”的标语一看，他说：“那书法太不像话了，在我的背上贴这么蹩脚的书法，真难为情！他原应该好好练一练的！”

有一次，我跟他从东城小羊宜宾胡同走过，公共厕所里有人一边上厕所一边吹笛子，是一首造反派的歌。他说：“你听，‘弦歌之声不绝于耳’！”

时间过得很快，他到湖北咸宁干校去了，我也在河北磁县在解放军监管下劳动了三年，我们有通信。他那个地方虽然名叫双溪有万顷荷花，老人家身心的凄苦却是可想而知的，他来信居然说：“这里周围都是荷花，灿烂极了，你若来……”我怎么能来呢？我不免想起李清照的词来，回他的信时顺便写下那半阕：

闻道双溪春尚好,也拟泛轻舟;只恐双溪舴艋舟,载不动,许多愁……

在双溪,身边无任何参考,仅凭记忆,他完成了二十一万字的服装史。

他那种寂寞的振作,真为受苦的读书人争气!

钱钟书先生,我们同住在一个大院子里,一次在我家聊天他谈到表叔时说:“你别看从文这人微笑温和,文雅委婉,他不干的事,你强迫他试试!”

表叔桌子上有具陈旧破烂的收音机,每天工作开始他便打开这架一点具体声音都没有只会吵闹的东西。他利用这种声音作屏障隔开周围的烦嚣进行工作。

他是利奥纳多·达·芬奇类型的人。一个小学甚至没有毕业的人,他的才能智慧究竟是从哪里来的?我想来想去,始终得不到准确结论,赖着脸皮说,是我们故乡山水的影响吧。

对音乐的理解,这是个奇迹。

托尔斯泰有过对音乐的妙论:“音乐令人产生从未有过的回忆。”美,但不中肯。

表叔说:“音乐,时间和空间的关系!”

这是个准确定律。是他三十多年前说过的话。

他喜欢莫扎特,喜欢巴赫,从中也提到音乐结构……

他真是个智者,他看不懂乐谱,可能简谱也读不清,你听他谈音乐,一套又一套,和音乐一样好听,发人聪明。

他说:“美,不免令人心酸!”

这,说的是像他自己的生涯。

我尊敬的前辈聂绀弩先生,因为他从来是个左派,几十年来跟沈从文有着远距离的敌视。六十年代初,绀弩老人从东北劳改回来,从我家借走一本人民文学出版社出版的《沈从文作品选》,过了几天,绀弩先生在我家肃穆地对我说:“我看了《丈夫》,对沈从文认识得太迟了。一个刚刚二十一岁的青年写出中国农民这么创痕渊深的感情,真像普希金说过的‘伟大的、俄罗斯的悲哀’,那么成熟的头脑和技巧!……”

我没有把绀弩先生的话告诉表叔。我深深了解,他不会在乎多年对手的这种诚恳的称赞,因为事情原本就是这样的。

前两年,我在表叔的陵园刻了一块石碑,上头写着:

“一个士兵,要不战死沙场,便是回到故乡。”

献给他,也献给各种“战场”上的“士兵”,这是我们命定的、最好的归宿。

一九九八年九月二十九日吉首

怀念钱钟书先生

□ 张隆溪

一　初次见面

我第一次见钱钟书先生是在一九八〇年，可以说是相当偶然的机遇。当时我是“文革”后首届考入北京大学的研究生，而钱先生在社会科学院，既没有收研究生，也很少与人来往，更不用说像我这样的后辈。一九七八年到北京之前，我在四川成都只是个中学毕业生，虽然喜好读书、坚持自学，但毕竟条件十分艰苦，环境相当闭塞，竟从来没有听说过钱钟书的名字。现在想来，这是何等的孤陋寡闻，其可怪可笑自不待言，但也未尝没有另一面的原因。钱先生的《谈艺录》、《围城》等著作，一九四九年后在内地销声绝迹，先生自己更韬光养晦，淡泊名利，自甘于默默无闻。其实在那种政治环境里，不求闻达也适远祸全身，所以在当时，钱先生的名声在海外实远大于在国内。可是到北大后，我在图书馆见到一本旧书，即李高洁所译苏东坡赋，译文印象不深，但前面一篇短序是一中国学者所撰，讲唐宋文学流变及东坡赋特点，且不说论述精辟，单是那英文的洒脱隽永就使我大为惊叹，想不到中国人写英文竟有如此精妙者。过了不久我就弄清楚，这篇序的作者就是一九七九年中华书局出版的《管锥编》的作者钱钟书先生。我这时才知道，“文革”后的中国竟然还有如此奇书，而且书的作者还活在我们中间！尤其经过了“文革”那种读书无用、知识有罪的黑暗年代，《管锥编》的出现更有特别的意义，简直像在宣告天意不欲丧斯文于中华，中国文化经过了那样的磨难，仍然能放出如此绚丽的异彩！也恰好在这时候，我在北大图书馆读到海外出版的《秋水》杂志，上面重刊了夏志清教授《追念钱钟书先生》一文。“文革”中海外曾讹传钱先生去世的消息，夏先生这篇“悼文”便是这讹传的产物。人尚在而悼念之文已刊布于世，这实在是天下少有的怪事。如果不是“文革”完全闭关锁国的特殊原因，内地和海外必不致如此隔绝，也就不可能出现这样一篇妙文。于是我对钱钟书先生感到格外的兴趣，读过《管锥编》几则文字之后，更对钱先生由衷地敬佩。

一九八〇年六月上旬，荷兰学者佛克马到北大访问，我陪他与北大和社科院一些研究文学的人座谈，兼做翻译。他对我的翻译颇感满意。就要我陪他去见钱钟书先生。我当然知道钱先生不需要翻译，但我很想见见这位学贯中西的大学者，便慨然应允。北大外事处一位办事员知道后却对我说，钱钟书是咱们国家有名的学者，可是他的脾气很怪，不讲情面，如果他不喜欢一个人，脸色上立即就表现出来，让你觉得很难堪。他又说，我们可以让你去，但如果谈话中你看气氛不对，最好中途就先走。我听完这话后颇不以为然，因为我有一个也许是固执的偏见，认为学问越大的人越平易近人，绝不会无缘无故瞧不起人。话虽如此，我陪同佛克马教授去拜望钱先生时，确实做了随时可能被踢出门去的准备。到得三里河南沙沟钱先生寓所，先生亲自开门让我们进去。坐下之后，钱先生和佛克马对谈，讲一口漂亮的牛津英语，滔滔不绝，根本用不着我插嘴，而且他也确实没有理会我。大概钱先生以为我是外事处随员，说不定还附带有监视“涉外”活动详情的任务，而对这类人，钱先生的确是既无兴趣，也没有法子喜欢的。

佛克马先生与他夫人曾合著一部讨论20世纪文学理论的书，钱先生早已看过。他称赞这本书简明有用，但又问佛克马何以书中未讨论加拿大著名批评家弗莱的理论。佛克马辩解说，弗莱的理论有太多心理学色彩，而对文学本身重视不足。我那时刚好读过弗莱的主要著作，很喜欢他那高屋建瓴的气势和包罗万象的体系，觉得佛克马的辩解颇有些勉强，于是说，我刚读完弗莱《批评的解剖》，有些不同看法。钱先生立即表现出很大兴趣，并且转过身来对我说，中国现在大概还没有几个人读过弗莱的书。那是的确的，当时北大图书馆就没有《批评的解剖》，我那一本是一位美国朋友远隔重洋寄给我的。钱先生问我有何看法，我于是大胆讲来，说弗莱的理论并不止取源于容格的分析心理学，也注重弗雷泽的神话分析和人类学研究，采用维柯的历史循环论，更以自然科学为模式，力求使文学批评摆脱主观印象式的品评而成为一种科学。但文学批评不能排除价值判断，不可能成为严格意义上的科学，所以我对弗莱的主张也有所保留。钱先生显然赞许我这番话，对我也明显表示好感。他要送佛克马先生一本《旧文四篇》，也要给我一本，于是把我叫到另一房间，一面用毛笔题字，一面问我的名字怎么写，又问我在北大做什么。我回答说在北大西语系做研究生，钱先生就问我的导师是谁。我答说是杨周翰先生，钱先生说，周翰先生从前曾是他的学生。我于是告诉钱先生，我是作为翻译陪佛克马来拜会他的。我知道这里用不着翻译，但我很想见钱先生，也就趁机会来了。钱先生立即转身招呼杨绛先生说："季康，把我们家里的电话号码写给隆溪。"他又对我说："以后你要来，尽可以先打电话。"

佛克马先生和我捧着钱先生赠送的《旧文四篇》，满心欢喜。那天下午谈话十分愉快，几个小时很快就过去了。我们向主人告辞，钱先生和杨先生客气地一直送我们下楼来，待汽车开动之后才回去。我这次见钱钟书先生的情形，与外事处那位先生的事先警告恰恰相反，证明我认为博学多识与虚怀若谷成正比的信念大致不错。回到北大后，我立即写了一封信，对钱先生表示感谢敬爱之情。我记起佛克马在谈话中曾盛赞钱先生博采东西方典籍，为比较文学做出重大贡献，但钱先生却立即辞谢，说他做的不是什么比较文学，只算是"折衷主义"。那天谈话全用英语，所以钱先生说的是eclecticism，而这并不是一个好字眼，我于是在信中称赞钱先生谦逊。没有料到星期一寄出的信，星期三就得到回音，是钱先生星期二(一九八〇年六月十一日)写的。此信两页，漂亮流畅的行草，用毛笔写成。钱先生在信中感叹说，三十年来"宿愿中之著作,十未成一。"至于"折衷主义",他说19世纪以来,eclecticism已成贬义词,所以近世多用syncretism一字,但他又说:"Eclectic乃我似'谦'实傲之谈,故我言法国'大百科全书'实即Voltaire,Diderot(伏尔泰,狄德罗)之定义:'不为任何理论系统所束缚,敢于独立思考os-epenser de luimême,取各派之精华'。"这句话后来我一直牢牢记取,钱先生也用这一原则来鼓励我。我说想作文讨论弗莱的理论,钱先生在信里就说:"尊文必有可观,放胆写来即可,不必多请教旁人,Many cooks spoil the broth"。[①]得到钱先生这封信,我深感鼓舞,立即又写一信,报告我在北大研究莎士比亚戏剧。这封信星期四寄出,星期六又得到钱先生复信,而这一次是英文,用打字机打印出来的,时间是一九八〇年六月十四日。信虽不长,却写得极为风趣。例如对我那点西方文论知识,钱先生故意先表示"惊讶",然后似乎像夸奖我说:"You are easily the best-read man in this field among my acquaintances"(在我认得的人当中,你在这方面很可能读书最多),但立即又自嘲而且嘲讽似的加上一句:"of course,I am a bit of a recluse and don't know many people"(当然,我迹近隐士,并不认识很多人)。接下去谈到莎士比亚研究,钱先生问我是否看过一本荒唐而又机警有趣的书,此书以莎剧人物姓名作文章,说《亨利四世》中那个滑稽的大胖子福斯塔夫是莎士比亚拿自己的姓氏来玩文字游戏,因为莎士比亚意为"摇动长枪",而福斯塔夫意为"落下棍子",二者实为一人。于是钱先生开玩笑说,"I therefore wish you every success in your Falstaffian research"(我祝你的福斯塔夫研究成功)。这封信的语气似调侃而复亲切,既像忠厚长者对后生晚辈的勉励,又仿佛熟朋友之间的玩笑嬉戏。后来我发现,读钱先生写的信或与他谈话,和读《围城》或他别的作品一样,都是一种真正的享受。无论哪种知识,何等学问,在钱先生胸中都熔为一炉,所以谈话作文,出口道来便妙语连珠,意味无穷。他非常重视"文字游戏三昧"(《管锥编》四六一页),所以绝不会板着面孔讲官话,却往往在严肃的议论中忍不住说顽皮话、俏皮话,话里处处闪烁机锋和睿智,常常会让你忍俊不禁。

我注意到钱先生给我写的头两封信,一封用文言,另一封用英语,于是我也用英文工工整整写了一封回信,谈我打算做的毕业论文。我的英文竟得到钱先生赏识,而自此以后,我便常常与钱钟书先生见面,不仅多次去三里河登门拜访,而且经常有书信往还。从一九八〇年六月最初认识钱先生到一九八三年十月离开北大去哈佛,以及后来在美国多年,钱先生总共给我写了五十多封信。我一直把这些信珍藏起来,因为这当中记录了对我来说极为宝贵的一段经历,可以带给我亲切愉快的回忆,也可以从中永远吸取精神上的支持和力量。

二 淡泊名利,卓尔不群

钱钟书先生在学术上的崇高地位,的确是无人可以企及的。旧式的国学家不懂西学,而近世留学西洋的学者又大多缺少扎实深厚的旧学根底。许多留学归国的人,在五十年代中国内地与西方隔绝之后,限于时代和环境,其知识和学术水准往往像冻结的河水,不再汩汩向前,脱离了他们赖以著书立说的思想理论之源头活水,因而逐渐枯竭。听钱钟书先生谈论学问令我惊羡不已的一点,就是他好像完全不受周围封闭环境的影响,独能在深居简出之中明了一切,对西方当代理论的发展了若指掌。一九八〇年六月给我的第一封信里,钱先生就说:“Frye书我虽看过,已二十年前事,记得Wimsatt曾与争辩过。是否Literary Criticism:A Short History提到?去年见Jonathan Culler,Structuralist Poetics(英语中涉及此问题最好的参考书),屡引Frye此书,说它含有结构主义成分而未鞭辟入里。”这就是说,钱先生在弗莱书刚问世不久,就读过了(按《批评的解剖》初版于一九五七年),而且还注意到西方学界后来对此书的反应和评论。钱先生不仅饱读中国古代典籍,又遍览西方的经典名著,对当代西方学术发展有明确了解。《老子》四十七章云:“不出户,知天下;不窥牖,见天道。”我向来以为那是不可能的事,要说可能,也只是讲内心的神秘经验或宗教体验,不是讲了解天下的学问。钱先生就说过,老子此处所谓“知”乃“知道也”,“非指知识”(《管锥编》四五〇页)。然而钱先生自己却恰好是在知识方面,在中国当时极为闭塞的环境里,做到了“不出户,知天下”。这一点确实是钱钟书高出旁人的地方。汉学家李克曼笔名Simon Leys曾在一九八三年六月十日的法国《世界报》上撰文,说钱钟书对中西文化和文学都有深广的了解,因此“钱钟书在今日的中国,甚至在全世界都是无人可以相比的”。我认为这句话说得十分公道,恰如其分。

对我来说,钱先生的学问自然令我倾心向往,但同样使我崇敬的还有他正直、孤傲的性格。在与钱先生交谈之中,我对后者尤其有亲切的体会。钱先生谈话中常常品评各样的人和事,谈论各类的书和文艺,言语诙谐幽默,然而谑而不虐。初见面不久,他知道我是从四川来的,就问我认不认得吴宓先生。我回答说听过吴宓先生的大名,但我在成都,吴先生在重庆,所以无缘识荆。钱先生闻言颇为我惋惜,说要是我在四川有机缘认识吴宓先生,一定会得益良多。我刚到北大时,李赋宁先生也说过类似的话,使我深恨自己失去了求学的机会。不过“文革”时我只是中学毕业生,上山下乡,工厂学徒,前后折腾了十年。吴宓先生五十年代后在重庆西南师范学院任教,一直被视为改造对象而受压制,“文革”中更被反复批斗,受尽折磨,终于含恨而死。在当时的条件下,实在是没有见面的可能。

钱先生谈话中不大提起“文革”,除了在杨绛先生的《干校六记》中读到若干情节之外,我也从未在谈话中了解他们当时的处境。有一次偶然谈起历次改造知识分子的政治运动,钱先生对那种昧着良心、出卖灵魂整人的人,表现出极大的轻蔑。他说一九四九年以前,他曾经对俞平伯先生的《红楼梦辨》从学术的角度提出过批评。但五十年代全国掀起批判俞平伯《红楼梦研究》的运动,弄得轰轰烈烈,对《红楼梦》一知半解甚至一窍不通的人,都在一夜之间变成“红学家”,对俞平伯口诛笔伐。钱先生说,在那整个政治而非学术的“红楼梦批判”中,却始终“没有钱某一个字”。他接着又用英语说,“If we don't have freedom of speech, at least we have freedom of silence.”[②]我知道这句话的分量,因为在政治运动不断,在不少人整人而后又被人整的轮回中,要保持沉默是极困难的事。耐不得寂寞,一发言加入对别人的批判,就立即陷入恶性的轮回,欲沉默而不能。钱先生始终不求名利,甘于默默无闻,与他对政治极清醒的认识分不开。虽然钱先生谈话很少直接涉及政治,但他卓然独立,嫉恶如仇的品格给我留下很深的印象。所以我认为,钱钟书值得人敬佩的不仅是他惊人的渊博学问,还有他高尚的品格和独立的精神。

与钱先生谈话,更多的当然是轻松愉快的内容。在《谈艺录》开篇叙述缘起时,钱先生记诗友冒效鲁敦促他把平时讨论诗文的话写下来,说"咳唾随风抛掷可惜也。"我相信,凡认识钱先生,听过他上下纵横地谈论古今学问的人,大概都会有此同感。记得李达三先生和我去见过钱先生后,大为赞叹,觉得钱先生讲话字字珠玑,但言语随生随灭,实在可惜。他要我学做鲍士威记录约翰生博士的言谈举止那样,把每次与钱先生谈话的内容都详细记载下来。然而我自忖并无鲍士威之才,对钱先生的学问不能了解万一,更不能胡搅蛮缠,随时到钱先生那里上门叨扰,强言聒噪。然而当年谈话虽无笔录,某些片断却印象深刻,难以忘怀。例如有一次谈起俄国形式主义,钱先生肯定其在20世纪文学理论中的影响,又说这种影响通过后来到耶鲁任教的威勒克,在英美新批评中也得到发展。初版《谈艺录》讨论文体递变时,钱先生已介绍了俄国形式主义,并十分赞赏施克洛夫斯基认为文体演变是把不入流之体裁忽然列品入流的看法。然而对当时俄国革命领袖托洛茨基批评形式主义那本书,即《文学与革命》,钱先生虽然不赞成其基本论断,却认为其文笔不无可取。他尤其欣赏托洛茨基批评一些作家有自恋情节,连一字一句都舍不得割弃的话,以及那段话中一些尖刻讽刺的比喻。

钱先生记忆力惊人,常常在谈话中随口引用各种语言的各种书里有趣的地方,有时还顺手从书架上取出书来,立即找出原文给我看。他家里藏书好像并不多,但往往有外文的新书。钱先生声望在外,"文革"后海外来拜访他的人络绎不绝,所以他对国外情况的了解,能远胜于他人。按杨绛先生的说法,钱钟书作为"书痴"颇有"痴福","供他阅读的书,好比富人'命中的禄食'那样丰足,会从各方面源源供应。……新书总会从意外的途径到他手里。”[3]钱先生也托人在海外购书。杨绛先生的《干校六记》在香港《广角镜》发表，便以采购国外新书代替稿费。钱先生的《也是集》在港销行颇好，他在信中就说：“又有买书基金矣”（一九八四年七月七日信）。钱先生读书之多之勤，的确无人可比，这正是他能洞察一切的根本原因。不过来看望他的人多了，也成为一种负担，使他不堪其苦。他时常抱怨，有时也自嘲以解。例如他在一九八一年十月三十一日的信中说：“十日前有美学者夫妇惠过，携其儿来，儿感冒未痊，传染内人，即波及我，咳嗽引起哮喘，‘闭门家里坐，病从外国来’。”这很风趣的叙述表明，钱先生对远道来访的人，在抱怨之中亦含谅解；但对于一切虚名和一切官场应酬，他就尽量退避。由官方安排来求见，往往会遭拒绝或婉谢，但他是个热心肠并极讲情谊的人，在私人朋友的交往中极为率直慷慨。记得香港中文大学的李达三先生通过官方渠道见钱先生而不能，就到北大找我，我给钱先生通电话之后，立即与他骑自行车到三里河，与钱先生畅谈了一个下午。北大在一九八〇年成立比较文学学会，想请钱先生任顾问，由我先去游说。钱先生回答说：“我的牛脾气，大约你有些认识。一切‘学会’，我都敬谢挂名——唯一例外是‘中国古典文论学会’，那是因为郭绍虞先生特派人来送手颤墨枯亲笔函件，不得已只好充‘顾问’。”使我感动不已的是，钱先生在信中说因为和我的“私交”，决定“一定要有你的私人信附在公函里，我才会破第二次例”（一九八一年一月二十五日信）。

我在此想强调的一点是，钱先生把“公”与“私”亦即“官”与“民”清楚分开，最能显出他孤傲的性格和独立的立场，而不了解这一点，就不可能了解钱钟书其人及其思想。钱先生答应担任北大比较文学学会顾问之后，又应允把早年一篇英文文章改写成《汉译第一首英语诗〈人生颂〉及有关二三事》，交北大《国外文学》发表。只是《国外文学》编排太慢，延宕时日，倒是香港的《抖擞》捷足先登，在海外先登载了这篇文章。

“文革”结束后，钱先生到欧、美、日本去访问过，后来国外不少大学以最优厚的条件邀请他，他却一概谢绝。一九八四年底，普林斯顿大学重提邀请讲学一事，我那时已在美国，高友工先生就让我代为打探，并对我说,听说钱先生有想出来看看的意思。钱先生回信幽默地说,“言老僧思凡下山一节,恐出讹传。”他又告诉我,法国总统密特朗的夫人、顾问及法大使皆邀请访法,他概“以‘老懒’un vieillard paresseux为词敬谢。”既谢绝了法国,也就不好接受别国邀请。钱先生非常风趣地说:“《旧约》中Isaiah言埃及人云,‘their strength is to sit still’(忆Emerson,Journals中曾以此语形容老大之中国),窃谓老年人当奉为箴铭”(一九八四年十二月十一日信)。④他不仅拒绝去国外,法国政府要授予他勋章,嘉奖他“中法文化贡献”之劳,他却“以素无此劳,不敢忝冒,嘱院部坚辞”(一九八五年五月三日信)。钱先生淡泊名利如此,其气质品格与世间追名逐利甚至沽名钓誉之徒,真所谓天壤之别。

一九八二年五月,钱先生在信中提起除与国外来客应酬之外,“还有无数费唇舌的事(要我出来做名誉‘官’),谈了几次,我还是坚持不干。他们在想‘折衷办法’,明后日还要来疲劳轰炸。”六月二十八日来信,说这是些“梦想不到的事”,并用英文以犀利的笔法写道:“Some are born mandarins,some become mandarins,some have mandarinate thrust upon them”。⑤所谓“官”,即指要钱先生出任中国社会科学院副院长之职。这种事自然由不得读书人自己做主,经过反复劝说,“疲劳轰炸”,据说由胡乔木以清华同学和老友的名义出面,终于把这顶官帽戴在钱先生头上。记得与钱先生见面时谈起此事,他说这官实在是尸位挂名,他既不要秘书和办公室,也不管事。钱先生还说,考古所所长夏鼐先生对“副院长”一词有绝妙解释。“副院长”之“副”在英文是deputy,读音近似“打补丁”,所以他说,他只是个“打补丁”院长,强为装点门面而已。钱先生说完此话,自己就哈哈大笑起来。他那爽朗的笑容,我至今仍历历在目。虽然不得已做了“官”,钱先生对“官”却嘲讽如故而且自嘲。例如经普林斯顿大学教授迈纳等人提议,美国现代语言学会在一九八五年聘钱先生为名誉会员。这一名誉非常难得,是世界各国最有成就的人文学者才能享有的殊荣。钱先生一九八五年五月三日来信说,他本欲告院方发电代辞,而院方以此乃纯学术组织,且与本院有业务交往,命弟接受。纱帽在首,身难自主,不能如Vdery赞Mallarmè所谓:“Pauvre et sans honneurs, la nuditè de sa condition avilissait tous les avantages des autres. ”[6]《谈艺录》补订本出版后，我在美国无法购买，去信向钱先生索书。他回信说：“原为足下保留一本待签寄者，一不甚相识之高干登门恳索，弟遵守‘老百姓畏官’之法则，只好献与”(一九八五年十二月一日信)。从这字句之间，已足可以看出钱先生对“官”之态度，但我也能领会，随着钱先生的名望越来越大，他不能不应酬的各方面人物也越来越多。钱先生在同一封信里就说：“《谈艺录》不意成畅销书。《中国书讯》及《广角镜》十月号报道可见一斑，然弟本人所受各方纠缠及压力，记者辈未知万一也。”以钱先生那么丰富的学识，那么冷静的头脑和对人情世态那样深刻的洞悉，任何虚假都蒙骗不过他的法眼，任何浮名都不可能引起他半点的兴趣，无论什么官位、荣誉或头衔，在他都毫无价值。

钱先生不求名，也最怕人吹捧。我把钱先生谈话中涉及比较文学的一些意见，归纳整理成一篇短文，登在《北京大学比较文学通讯》第一期上。这是北大学会几个人自己编辑的油印刊物，不算正式出版物，所以此文的写作曾得到钱先生首肯。但这篇文章后来在《读书》一九八一年十月号上又正式发表，钱先生在同年十月十六日来信就说：“弟丁宁《读书》勿发表日译序(因已被《广角镜》索去)，今不特发表，且配以大文及复旦某先生之文，大有orchestrated campaign之嫌。傍观齿冷，谤议必多。编辑者好热闹，害人不浅!”[7]此后有人约稿，要我写关于钱先生的文章，我便不敢贸然行动，先去信通报。钱先生极力劝阻说：“足下可作文之题目不少，何必取朽木枯株为题材! ”(一九八四年十一月五日信)。既然钱先生这样说，我也只好搁笔。国内后来兴起“钱学”热，承董秀玉从北京寄给我文化艺术出版社出的《钱钟书研究》，后来又有三联书店出版的《钱钟书研究采辑》。我总觉得，钱先生大概不赞成“钱学”，不过有那么多真诚崇敬钱先生的人研究他的著作，对我也颇有触动。我很想写文章加入，但钱先生的“禁令”仍然在起作用，便终于没有多写。只有一篇谈钱钟书语言特点的文章，写成之后在台湾《当代》一九九一年十月号上先发表，然后才影印了一份寄给钱先生。此外还有一篇，谈钱钟书著作方式兼论系统与片断思想之关系，在一九九二年十月号《读书》上发表。前一篇文章，钱先生似乎还满意，后来三联书店出版陆文虎先生编的《钱钟书研究采辑》，就把它收进了第二辑里。后一篇文章钱先生以为如何，我就不得而知了。

三　永远的怀念

我认识钱先生时，正在北大计划写论莎士比亚悲剧的硕士论文。历来讨论悲剧人物，都强调他们在性格上总有什么弱点，因而在道德意义上应对悲剧的发生负一定责任。弗莱在《批评的解剖》里认为，悲剧之产生不一定源于悲剧人物的道德弱点，而往往是他们所处的崇高地位使他们在各种冲突中首当其冲，造成必然的悲剧结局。他用了一个形象的比喻说："大树比草丛更容易被闪电击中。"⑧我觉得这不同于过去的很多说法，颇有新意，便打算以此作为我论文一个基本的理论依据。我写信向钱先生请教，他很支持我的看法，但又写信给我说：弗莱那句话"实是西方旧喻。如17世纪法国名史家Ch.Rollin，Histoire romaine，Liv.VI，ch.2〔我译为英文〕：'The highest and loftiest trees have the most reason to dread the thunder'. 这个意思就是希腊古人所谓'Cut down the tallest poppies'（Herodotus，V.92作Periander或Thrasybullus语，Livy，1.54作Tarquinius语），亚里士多德Politics，Bk.Ⅲ，ch.13 & Bk.V，ch.11两次引为例证。琐屑供谈助，也许能增进你对西方大经大典的兴趣"（一九八〇年九月十三日信）。钱先生为我提供了更多例证，使我立即可以把弗莱的理论放在更广阔的背景上，理解得更深入。其实弗莱这个比喻，钱先生论李康《运命论》时有类似的讨论，指出《运命论》"故木秀于林，风必摧之；堆出于岸，流必湍之；行高于人，众必非之"数语，即老子所谓"高者抑之，有余者损之"，"亦即俗语之'树大招风'"（《管锥编》一〇八二页）。这正是弗莱所见出的悲剧性，而在中国古人的意识中也早有明确认识。后来我写论文就引用了《管锥编》，并按钱先生的指点增加了几条材料，做了进一步发挥。

从认识钱先生开始,我在学习上就不断得到他的指点和鼓励。不仅在北大学习时如此,后来在哈佛学习以及在往后的研究和写作中,也是如此。从钱先生的谈话和书信中,从他的著作中,我得到许多启发,受益无穷。其中也许最重要的两点,一是钱先生信里所说"不为任何理论系统所束缚,敢于独立思考"的原则,另一点就是《谈艺录》序所谓"颇采'二西'之书,以供三隅之反"的观念和研究方法。钱先生读书和讨论问题的范围,总是超越中西语言和文化界限,绝不发抽象空疏的议论,却总在具体作品和文本的相互关联中,见出同中之异,异中之同。《谈艺录》序里的两句话:"东海西海,心理攸同;南学北学,道术未裂",也许对理解东西方文学和文化有最深刻的意义。有不少人,包括西方一些学者和汉学家,也包括一些中国学者,都过分强调东西方文化的差异,将确实存在的文化差异推向极端,使不同文化成为互相排斥的二项对立物。这样的人往往一句话就概括整个中国,也概括整个西方,我常常觉得他们敢于那样简单、绝对地概括中西文化,多半是因为他们读书没有钱钟书那么多,眼光也没有那么开阔远大,无论对中国或是西方,都了解得很不够。这种无知产生出来的勇气,真不知为不同文化的相互理解和往来,增设了多少无谓的障碍和困难。

钱先生用自己的著作最有力地反驳了东西方文化对立论。有一次我问钱先生,为什么《管锥编》和《谈艺录》不用现代白话,却用大多数读者觉得困难的文言来写?钱先生半开玩笑地回答说:"这样流毒就可以少一点。"[⑨]然后他又认真解释说,《管锥编》引文多是文言,不宜处处译为白话,而且初稿是在"文革"中写的,环境和时间都不充裕,不如径用文言省事。不过我认为,此外还有一层更重要的原因。《管锥编》开篇批驳"黑格尔尝鄙薄吾国语文,以为不宜思辨"。钱先生用文言撰写《管锥编》,又广引西方文字著述,凡哲学、宗教、文学、历史等等问题,无不涉及而且做细致深入的探讨,这就有力证明了传统的中国语文,即文言,完全宜于思辨。这不仅驳斥了黑格尔的无知偏见,奠定了比较研究的基础,而且为我们跨越文化界限来认识我们的传统,在不同文化的相互发明中研究文学和文化,提供了最佳的典范。

我在一九八三年十月离开北京去美国，临行前不久和妻子薇林一起，到钱先生那里去辞行。钱先生给我很多鼓励，并送我上下两册的一套《全唐诗外编》作为纪念。钱先生的题字中有“相识虽迟，起予非一。兹将远适异域，长益新知。离情固切，期望亦殷”等语。我看见这几句话，顿时感到无限亲切，但又同时觉得无比愧怍。我们这一时代的人（所谓“老三届”），生长在传统文化几乎灭绝、现代文化未能建立那样一种青黄不交之际，再加上求学时期遇上“文革”，失去十年的光阴，所以既无国学的根基，亦无西学的修养。尤其在钱先生面前，是连做学生的资格都没有的。然而钱先生对我却特别厚爱，记得有一次他告诉我，卞之琳先生开玩笑说我是“钱钟书的死党”。钱先生故意把这玩笑话直解，大笑着对我说：“钱某还在，你活得还会更长，怎么能说我们两人是‘死党’呢？”我听了这话深为感愧，因为做这样的“死党”是要条件的，而我还不够这样的条件。钱先生给我题的字里，“起予非一”当然是溢美之辞，“期望亦殷”四个字，在我只觉得有相当沉重的分量。然而与钱先生接触，我深深感到，他对老辈和已经成名的人要求较高较严，而对后辈则往往格外宽容。我记得他曾给我看一个小本子，是某工业大学一个年轻学生读《围城》的笔记，手抄成一册寄给钱先生，钱先生非常赞赏，认为这是对《围城》最好的评论。我相信，钱先生欣赏的是年轻人特有的热情和真诚，他们的评论纯粹出于对《围城》的兴趣和爱好，而完全没有个人利害的关联，没有以此出名的打算。杨绛先生曾说钱钟书“痴气”，并对其种种表现有生动的描绘，我总觉得，钱先生对年轻人特别厚道甚至偏爱，在一定意义上也许就是这“痴气”的表现之一。与钱先生谈话时，我常常感到在大学者钱钟书之外，还有一个真挚得可爱的钱钟书。他喜欢说笑话，说完了自己也大笑，笑得很得意，很开心，那神态有时候简直像玩得快活的小孩子。

杨绛先生的笑则显得温和，幽雅，使人觉得十分亲切。记得我和薇林在一个夏日去三里河拜访，杨绛先生手里拿一把宽窄适中的羽毛扇，一面说话，一面轻轻摇着，从容，恬静，给我们留下的印象与我们读《干校六记》时的感觉相当吻合。《干校六记》在香港《广角镜》发表后，我从杨绛先生那里借来杂志，先睹为快。我觉得《干校六记》那细腻的笔调，那种从一个“弱者”的眼里看周围翻天覆地大变化的写法，那怨而不怒、哀而不伤的情调和风格都是杨绛的特点。虽然她以抗战时期创作的戏剧最为有名，但《春泥集》里几篇论《堂·吉诃德》，论英国小说，论《红楼梦》以及论李渔戏剧理论的文章，也写得极好，可以和钱先生的《七缀集》合观。杨绛先生身材弱小，的确给人“弱”的印象，但在我看来，《干校六记》第一记里的一句话：“这些木箱、铁箱，确也不如血肉之躯经得起折磨”，才让我们看明白，杨绛先生其实是格外地坚强。后来陆续看到她更多的作品，尤其是《洗澡》和《将饮茶》，都显得举重若轻，在平淡中出深意，使人觉得有无尽的韵味。

我一九八三年离开北京后，虽然在美国有比较好的学习和研究条件，但随时怀念在北京能向钱钟书先生请教，与钱先生直接交谈的机会。我深深感到，尤其对于东西方文学和文化的比较研究，有钱先生指点远胜于其他任何便利和条件。好在虽不能见面，通信中还可以常常向钱先生请教。我在读德国哲学家伽达默的《真理与方法》时，给钱先生谈过我的体会。钱先生在一九八四年底的一封回信中说，因为我“上信来告正读Gadamer，弟上月初因取Gadamer，Jauss二人书重翻一过，觉漏洞颇多，他日有空，当与兄面谈之(包括Derrida等之logophobia)。”[10]没有想到离开北京，一别就是十年。一九九三年春我回北大参加一个学术讨论会，因为在学期当中，要赶回加州大学给学生考试，前后在北京只停留了五天，而恰好钱先生患病，竟未能见面。又过了五年，应清华大学讲学的邀请，我在一九九八年十二月十六日再到北京，本来以为可以到医院去看望一次钱先生，却不料钱先生在十二月十九日仙逝，使我永远失去了再见一面的可能。因为钱先生留下遗言，不要任何纪念仪式或活动，去年年底的北京似乎特别冷清。不过清华大学有一些同学闻讯之后，冒着北京冬天的寒冷，一大早用白色的纸折了上千只纸鹤挂在校园里，用这种别致的方式静悄悄地纪念他们崇敬的老清华校友，值得一切爱中国文化的人引为骄傲、感到自豪的钱钟书先生。

在人一生的道路上，会有很多机缘，很多转折。我在北京能够由一个偶然的机缘认识钱钟书先生，又常常与钱先生见面交谈，书信往还，这在我是极大的幸事。我知道，钱先生永远离开我们了，这是在理性上必须接受、在心理上又难于接受的事实。但是我也知道，钱先生在我心中是没有离开，也永远不会离开的。

1999年2月3日写毕
于香港九龙塘

注：

①英语谚语："厨子太多做不好汤。"意谓"人多反而误事。"

②"如果说我们没有言论自由，我们至少有沉默的自由。"

③杨绛，《记钱钟书与〈围城〉》，见《将饮茶》校定本（北京：中国社会科学出版社，一九九二年），一五三页。

④信中引文出自旧约《圣经》的《以赛亚书》第三十章第七节，上帝说埃及人："他们的力量就在于稳坐不动。"

⑤"有人生就是官，有人入仕做官，还有人被硬逼为官。"

⑥法国作家瓦勒利赞诗人马拉美的话："虽穷困无名，然其一无所有之境况使其他人的一切荣耀竟相形见绌。"

⑦信中所指系《围城》日译本序。两个英文字意为"精心策划的鼓吹宣传"。

⑧Northrop Frye, Anatomy of Criticism: For Essays (Princeton: Princeton University Press, 1957), P.207.

⑨最近见余英时《我所认识的钱钟书先生》，也提到钱先生曾说用文言文写作《管锥编》，"这样可以减少毒素的传播"。

⑩原信"面谈"二字下，钱先生加了着重号。信中提到的人名先是德国学者伽达默和尧斯，后面是法国哲学家德里达。德里达批评他所谓西方的"逻各斯中心主义"，钱先生戏称之为"逻各斯恐惧症"。

寻访张园

□ 朱增泉

一

古都洛阳,值得一看的古迹很多。但我却坐着车子驰出洛阳城,在暮春时节碧波万顷的田野公路上赶了很远的路程,到洛阳西去百里之遥的铁门镇上,看了一处别有一番意义的人文景观:国民党起义将领张钫先生的故园。

铁门镇是豫西山区的一座古镇,北有万古长流的滔滔黄河,南有连绵的熊耳山脉,向东是函谷关,向西是潼关,处在中原沟通关中的咽喉要冲,古时有“百二关山严凤阙”之誉。

这座地处偏僻的私邸花园,因藏有张钫先生早年苦心收集的一千多块唐朝墓志石刻,以“千唐志斋”名世;又因园中留有康有为、章太炎、吴昌硕、于右任等人的件件墨迹、桩桩轶事,正在日益显示出它的历史文化价值。

铁门镇小街两旁矮房老店,古风犹存。张园就在镇子北端,因“千唐志斋”现已闻名遐迩,游人日增。通往张园的出入道路正在修缮,无法通行。我们的车子绕到镇南,从坑洼不平、布满积水泥坑的狭窄小街掉头向北,驶至一个缓缓的斜坡前停下,步入园内。

张钫这个名字我过去并不熟悉。

但对于清末民初风云变幻之际,活跃于时代激流潮头的两位饱学之士康有为、章太炎，清末民初书画篆刻巨子吴昌硕，国民党元老、近代著名书法家于右任等人的大名，人们是熟悉的。这几个著名人物，康有为和章太炎的政治主张互相牴牾，最后两人都前辙后易；吴昌硕、于右任和张钫本人的命运遭际、最终归宿也各不相同。但是，当他们在戊戌变法、辛亥革命、讨袁活动、护法战争、张勋复辟等一连串历史事件中，忙忙碌碌地分别扮演完了各自的角色，共同经历了那一段历史大潮的荡涤之后，却喜剧性地由于张钫其人、其园、其富藏古人墓志石刻，使他们因金石碑刻之缘，又在这座偏僻庭园中"会合"了。他们当中有人屡次为这座庭园题额撰联；有人辗转来到这座偏僻庭园中聚首饮宴，观石题诗，扬文人之习气，浇心中之块垒。他们的名字和遗墨，使这里收藏的一千多块唐人墓志石刻有了新的生命气息，也为这座富藏古人墓志石刻的偏僻庭园注入了新的历史血脉。

康有为、章太炎两位都是旧学大师，吴昌硕是位纯粹的艺术家，这三位都属文人之列；于右任中过举，写过诗，精于书法，而在护法战争和北伐战争期间，又曾在陕西两度领军，是位文人兼军人的"两栖"人物；张钫则属于纯军人。但这座充满古文化气息的偏僻庭园，以及园中收集的众多古人墓志石刻，却能将他们几位情系一隅，说明旧时代的文人和军人，虽然两者的表面属性泾渭分明，但他们的血脉里却共同流动着中国古文化的遗传基因。正是这一共同特点，决定了他们这一代人的生命样式。他们无论处在政治波澜的潮头或谷底，乃至最终被时代激流抛向岸边，他们的生命始终在散发着那份割舍不去的旧文化书卷气息。金石诗书、碑刻墨翰，始终是他们寄托情怀、宣泄自我、告白世界的物质凭借；种种时代信息，也伴随着他们的喜怒哀乐被物化在这些物件里面，得以保存下来，成为人们了解那个时代、研究这些人物的实物资料。

踏进这座小小的偏僻庭园，看着一块块古人墓志、今人题刻，不仅使我感受到了本世纪中国所经历的世事沧桑，同时也让我感悟到了这样一个问题：由中国古文化传统滋养出来的上一代旧式文人、旧式军人，在他们企图跨越新旧时代的门槛时，他们背负着怎样沉重的旧文化包袱；这沉重的旧文化包袱又怎样使他们一个个由激进到退缩，乃至消沉，最终又退回到他们自己营造的旧文化氛围中去寻找精神解脱。这的确是一种值得玩味、值得认真研究的文化现象。

在意识形态领域里，传统永远是一种巨大的保守力量。这是恩格斯的一句名言，正宗的马克思主义观点。

二

园中虽然也有一些曲径回廊、小亭竹丛，但在熟悉江南园林风貌的我眼里，它给我以过于简陋了些的感觉。园中最重要的建筑有两处：一是当年张钫先生的府邸“蛰庐”；一是与“蛰庐”相连的“千唐志斋”。

“蛰庐”的门面是一座旧城堡式的门楼建筑，这是张钫先生读书会客的场所，称“听香读画之室”；门楼后面是一幢二层青砖小楼，乃家居之屋。从“蛰庐”门楼的独特建筑形式上就可以看出，主人是一位深受中国古文化熏陶的旧式军人，但他被卷进了新旧时代更替的历史大潮。

张钫，字伯英，清末毕业于保定陆军速成学堂，早年追随孙中山，参加同盟会，是辛亥革命陕西新军起义的主要策动者之一。民国成立，任陕西陆军第二师师长。后因参加倒袁活动，被羁押，1916年袁死后与章太炎等一同获释。在1917年孙中山发动的反对北洋军阀政府的护法战争中，于右任任陕西靖国军总司令，张钫赴陕任靖国军副总司令。他的这一段经历表明，他有着一条较为清晰的民主革命者的活动轨迹。但从政治之外的文化层面上看，他与康有为、章太炎、吴昌硕等名士过从甚密，又是于右任的亲密“僚友”，深受他们的影响，酷爱金石书画，自号“友石老人”，这一点又决定了他是一位“崇文”胜于“宣武”的旧军人。旧文化赋予他的精神因素，时时影响着他在历史大潮裹挟中的思想和举动。

1921年夏，张钫丧父，他从陕西靖国军副总司令任上返回故里铁门镇奔丧。这时，正值陕西靖国军瓦解前夕。家遇哀伤，仕途坎坷，纵有报国宏愿也无从施展，他当时的心情不难想象。但旧式人物“耀祖光宗”的心理，依然在他胸中炽烈地燃烧起来。

在这种双重心情的驱使下，他首先想到要为亡父张子温刻一块像样的墓志铭。《张子温墓志铭》由章太炎撰文，于右任书丹，吴昌硕篆盖。章太炎是近代民主革命家、思想家，又是位国学大师、文章高手，当时尚高居孙中山护法军政府秘书长之位；于右任是辛亥革命元老、当代书法的一代宗师，当时手执陕西靖国军总司令帅印；吴昌硕则在书画金石界德高望重。这是章、于、吴三位大师联手完成的一件珠联璧合之作。

章太炎在辛亥革命前后的作为和经历，真可谓波澜起伏。他早年曾同康有为一起参加戊戌维新运动，遭清廷通缉，亡命日本；后来则成为旧民主主义革命的急先锋，与改良派首领康有为分道扬镳，发表《驳康有为〈论革命书〉》，并为邹容《革命军》作序，再次触怒清廷，被捕入狱，坐牢三年。出狱后被孙中山迎至日本，参加同盟会，主编《民报》，与改良派展开激烈论战。辛亥革命后曾任孙中山临时大总统总统府枢密顾问。后被人拉拢，鼓吹“革命军起，革命党消”之悖论，并拥护袁世凯任大总统，被袁世凯任命为总统府高等顾问、东三省筹边使。宋教仁被刺后宣布辞职，反戈讨袁，遭软禁，袁死后获释。他为张子温撰写墓志铭的时候，正在孙中山的护法军政府中任秘书长，可以算作张钫的上司。但当时的章太炎还十分清高，这篇墓志铭是张钫通过于右任去求他写的。

于右任与张钫是亲密“僚友”，因张钫之求，他即为之张罗其事，同河南大学校长、章太炎的学生王广元两人联名写信，请章太炎为张钫之父撰写了这篇墓志铭。于右任拿到文稿，亲赴铁门镇张府，将其书丹于石。于右任是中国近代书法大师，工魏碑，创标准草书。他书于石上的这篇书法师于古而出于古，使方直刻板的魏碑书体变得气势浩荡，雄奇多姿。他自己觉得这件书法作品写得意法俱佳，不禁得意自鸣，特请来渑池县镌石高手马尚志精工镌刻。乃成，于右任又特地赶往张府去观看，只见字字刻得神韵粲然。他真是高兴极了，当即奖赏马尚志大洋200元,其豪放性情于此可见一斑。

书法篆刻巨子吴昌硕其时已是耄耋之年,他为张子温墓志铭篆刻了“新安张君子温墓志铭”九字,高古豪迈,气度非凡。他自矜这件篆刻作品为“平生第一”。

从书法篆刻史讲,这是在当时风云变幻、时局动荡之际幸运留下的一件难得的艺术珍品,有“近代三绝”之称。现此件墓志铭的志、盖两石,均同唐朝墓志石刻一起镶砌于“千唐志斋”壁上,供人观赏。

对于张钫先生来说,仅仅为亡父刻一块墓志铭,当然还不足以“耀祖光宗”。于是,他在守孝期间耗资购地近百亩,费时两年,在铁门镇上营造了这座私邸花园。

花园落成后接待的第一位重要客人,便是大名鼎鼎的康有为,时间是1923年3月。

康有为是中国近代思想史上从封建主义到旧民主主义的过渡性人物,初为清末改良派领袖,后为保皇党首领。清朝在中日战争中的惨败,曾使他痛心疾首,连续七次向光绪帝慷慨上书,要求变法,那时他的维新思想曾经四射出耀眼的光芒。当他联络赴京会试的一千三百余名举人共同签名,向清廷递呈“公车上书”,强烈要求拒签丧权辱国的“和约”时,曾给没落腐败的清廷以多么强烈的震动,给国人的精神以多大的振奋啊! 但当戊戌变法惨遭慈禧太后残酷镇压、他亡命去国后,却又组织保皇会,反对起民主革命来了。再后来,他竟又参加辫帅张勋的复辟称帝活动,这是他一生中一次极不光彩的惨败。

这时来到张钫新邸做客的康有为,已是一名背离时代主流的落魄者。但他作为一名渊博学者的文名犹存,尤其是康有为对金石造诣高深,令酷爱金石墨翰的张钫将他奉作座上宾,厚待有加。两人挥毫谈书,煮酒论碑,不亦乐乎。从康有为在此留下的题额、楹联、书跋、题诗等诸多墨迹来看,他在此做客期间与张钫相处得相当融洽,逗留七日方去。

一日,张钫于酒酣耳热之际,请康有为为他这座新园题写园名。其时,康有为作为一名保皇党人,眼看清廷已亡,他参与的张勋复辟又告惨败，但恋清之心并未死绝，便从自己的灰暗心理中挖出“蛰庐”二字，挥毫以名张钫其园。“蛰”者，蛰伏也；“庐”者，以诸葛孔明当年蛰居南阳之“草庐”相比喻焉。他同时还为张钫题写了一副楹联：“凡泥欲封紫气犹存关尹令，凿坏(音坯)可乐霸亭谁识故将军。”联中用典古僻，满含“怀才不遇”之意。又题《宿铁门》诗一首，上阕云：“窟穹徘徊亦自安，月移花影上阑干。英雄种菜寻常事，云雨蛰龙犹自蟠。”他的联、诗，可作“蛰庐”园名的注解。

张钫郑重其事，将康氏题写的额、联、诗，均选石精工镌刻，镶砌于门额及墙上。当时的张钫，也正好借康有为之字，来抒发他自己的胸臆。他因参加倒袁而遭羁押之隐痛似乎尚未消尽；眼前的护法之役又看不出获胜曙光，各路军阀各有各的主意和打算，陕西靖国军前程暗淡，分裂、绥靖之气正在弥漫。而康有为沉于砚底、发于笔端的“蛰居观望”之意，岂不正合他此刻的心境？

无论“得意”或“失意”，都要借助题墨刻石来寄托胸臆，这就是受中国古文化熏陶的旧式人物所共有的浓重习气。

三

到了30年代初，张钫“时来运转”。1932年至1934年，是张钫一生当中一段短暂的“得意”光景，先后任国民革命军第二十路军总指挥、河南省临时政府代主席等职，一度在河南集军政大权于一身，难免有“十年河西，十年河东”之慨。

1934年6月，他为母亲王太夫人庆祝70寿辰，在这座私邸花园中大宴宾客，盛况空前。在所收盈室满阶的锦帐寿屏中，有一件引人注目的寿屏，在这幅寿屏上署名的，是蒋介石率国民党军政大员朱培德、唐生智、顾祝同、张治中、俞大维等共41人，落款是“国民政府军事委员会委员长兼参谋总长世侄蒋中正顿首拜撰，参谋次长贺耀祖顿首再拜书”。连蒋介石在他母亲膝前也以“世侄”自称，这当然是值得张钫炫耀的。他将此寿屏也镌于石上，现此石也镶于“千唐志斋”壁上，成为不易多见的民国时期的一件遗物。当时的中国,已先后经过了北伐战争和历次军阀混战,北洋军阀终于大势去尽,蒋介石已攫取了国民党军政大权,建立了他的独裁统治。在这同时,共产党也已在江西瑞金和另外几个地方红红火火打出了一块块天地。而不久即将爆发的日本军国主义侵华战争,此时也正在加紧策划之中。但看来蒋介石集团此时却并无危机四伏的感觉,正沉湎于觥筹交错之中。

如果说,张钫建造"蛰庐"是他仕途"失意"时的标志;那么,建造"千唐志斋"却是他仕途"得意"时的产物。

古都洛阳,自东周至宋明,达官连门,商贾云集,文人荟萃,死后均以葬于城北黄河之滨的北邙山为荣。"北邙山上少闲土,尽是洛阳人旧墓",白居易诗中就有"北邙冢墓高嵯峨"的句子。横亘百余里的北邙山上,古墓多得"无卧牛之地"。后世盗掘成风,加上清末修筑陇海铁路,致使大量墓志石刻流失民间。迷恋金石碑刻的张钫,就在他集河南军政大权于一身的那段时间里,利用其地位、权势和金钱,在古都洛阳广泛收集古人墓志石刻,并与于右任有约:所得北魏墓志石刻悉归于,唐人墓志石刻尽归张。于右任将他得到的大量北魏墓志石刻运回故里陕西三原;张钫则将收集到的唐人墓志石刻全部运回了故里铁门镇,并决定斥资在他的这座私邸花园中建斋陈列。

看来,当时的张钫,迷恋墓碑石刻的兴致,远比他治军、从政的心思要浓厚得多。

从"蛰庐"经过一条不长的矩形回廊,就可进入西侧的"千唐志斋"。"千唐志斋"由15孔砖砌窑洞围绕三个天井组合排列而成,15孔窑洞回环相连,又孔孔相通,显得迂回曲折。门外的每一根廊柱上、斋内的每一孔窑洞壁上,都镶嵌着一方方、一排排古人墓志石刻。"千唐志斋"这种质朴中显深奥的构造风格,又让人强烈地感觉到张钫身上透出的那份"探奥于方寸之间"的金石家气质。看来他似乎更适合于去探求金石碑刻的刀锋笔法行运之妙,而并不见长于山岭河野间的挥兵厮杀、政坛风雨中的纵横捭阖。

他当时极想通过建造"千唐志斋",使他这座偏僻庭园一举成名。

斋室尚在筹建过程中，他就早早请章太炎题写了“千唐志斋”斋名题额；斋于1936年竣工，而《千唐志斋石目录》则提前一年，于1935年就交上海西泠印社提前出版问世了。他“舆论先行”，当然是希望获得世人对他这项文化工程重大价值的承认，以传世扬名。但是，《千唐志斋石目录》的出版问世，如同一名弱婴落地，那一声微弱啼声还未来得及引起世人惊喜，却已被抗日战争的炮火声、炸弹声淹没了下去。当时正值国土沦丧、山河破碎，文人墨客流离颠沛，无处能安放一张静心读书写字的书桌，谁有心境去细心品读那本《千唐志斋石目录》呢？到了1943年，深入中原腹地的侵华日军进驻铁门镇，竟将“千唐志斋”充当了他们的伙房。一块块墓志石刻，连同附着在墓志中的一个个古人幽灵，也在侵华日军的烟熏火燎中作壁上暗泣，与国人共蒙国耻、同当国难。可能是这些日军伙夫文化素养不是很高，或是由于日本投降的时刻来得太快，他们未将这些价值连城的古文物盗掠而去，真乃万幸。

“千唐志斋”门口上方那一块古篆体斋名刻石，便是当年章太炎的手笔，题写时间是1935年3月。但此时之章太炎，已非他日之章太炎矣。他早在1924年就已脱离了孙中山改组的国民党，此时偏居一隅，在苏州设立了“章氏国学讲习会”，已是“以讲学为业”的章太炎了。他已成为继康有为之后，另一位被时代激流甩向岸边息足的观潮者。当时他为张钫写好了“千唐志斋”斋名之后，意犹未尽，又另撰一副古篆体对联相赠：“宁与凤凰比翼，不随鸡鹜争鸣。”此联与其说是书赠张钫的，倒不如说是他自己在借此宣泄胸中的郁积之气。此联文句清楚地表明，章太炎当年作为一名民主主义革命者同改良派激烈论争的思想锋芒早已不复存在，他终于厌倦了、消沉了，永难消逝的只是他一腔落伍知识分子的孤傲清高。这时正值抗日战争爆发前夕，中国的前途命运即将迎来又一次更为严峻的挑战。曾以一腔热血为中国的民主革命奔走呼号的章太炎，对于时局之险恶征兆，对于蒋氏朝廷的所作所为，他真能做到不闻不问、心平如镜吗？他此时的心境，恐怕也不是他题写的这副对联所能完全表达得了的。不久，抗战爆发，他激愤日寇侵华，但也只能出些钱资助一下抗日救亡学生罢了。这就是思想植根于中国旧文化土壤中的章太炎,曾一度冲出“国学”最终又钻进“国学”去躲避时势的章太炎,在思想上只比康有为前进了半步的章太炎。

康有为和章太炎的经历和结局,说明了一个严酷事实:思想植根于旧文化土壤中的知识分子,他们思想上、精神上,联结旧文化的那根连血带肉的“脐带”,是很难一刀割断的;他们的灵魂中时时有一个声音在召唤他们向旧的传统文化回归。在时代更替的特定历史条件下,注定要有他们这样一些面临新时代的旧文化饱学之士,来扮演他们这一代知识分子局限性的代表。在时代更替、历史大变动之际,唯如鲁迅般全身心接受新文化的洗礼,并将传统旧文化咀嚼、消化得能够挤出新思想的奶来,才能全身心去拥抱新的时代,成为“我以我血荐轩辕”的坚韧战士,为缔造新时代战斗到底。

四

张钫先生先后经历了清末民初那段特定历史时期的风云变幻,经历了国民党统治时期的宦海沉浮,也经历了建国后的风风雨雨,称得上是一位“三朝”老人。他的经历、爱好,连同他为后人留下的“千唐志斋”这笔古文化遗产,都是值得人们研究的题目。

他生于清末国运衰败之时,从军、参政于风云变幻、时局动荡的时代更迭之际。而金石碑刻,则是他终其一生的酷爱。正是他酷爱的金石碑刻,赋予了他深厚的旧文化素养,使他成为一名“有文化”的旧式军人,这一点深深影响了他的思维方式和行为方式。坎坷中,他寄情于金石墨翰,韬光养晦,蛰居以待;短暂得意、权倾一方时,他身上既有一些旧军阀旧官僚欲摆豪门气派的奢望,但又不像毫无文化气质可言的土军阀那样,以满足钱财奴妾的掳掠为人生目的,而是利用其地位、权势、金钱,投注于搜罗古人墓志石刻这样一件文化工程。也正因为他对中国古文化有着难以割舍的酷爱, 他自然也苦恋着这片多灾多难的土地。因而,虽然他曾同蒋介石有过“称兄道弟”的官场关系,但他最后并未跟随蒋介石跑到台湾去。解放战争中,他于川西率军起义,投入了人民的怀抱。建国后，他曾历任第二届政协委员、中央文史馆副馆长，1966年5月病逝于北京。

他建造的“千唐志斋”，现存唐朝墓志石刻1185方。所属年代上起大唐开国之君李渊“武德”年号，中经“贞观”、“天宝”盛世，间有武则天改元、安禄山僭号，下迄唐末哀帝“天佑”年号，起讫约二百八十余年。这些墓志所载史事，涉及到唐朝各个时期的政治、军事、文化、社会风俗、典章制度等方方面面。墓主身份有相国、太尉、刺史、太守，有雄踞一方的藩镇、位卑职微的尉丞曹参，有皇亲国戚、缙绅名流、道观尊师，也有深锁内宫、苍凉一生的宫娥才女。他们有的峨冠皂履、宽衣博带；有的头盔甲胄、虎目熊背；有的束发微服、曲身躬腰；有的低眉愁容、病病恹恹。这些唐朝古人在张钫将军的统一指挥下，在“千唐志斋”内依次排列成了一条端坐侧立的人物长廊。将“千唐志斋”称作一部“石刻唐书”，一部人物众多、形象生动的“唐朝人物志”，一座纪年确凿、记事具体的“唐史博物馆”，均毫不夸张。

唐朝是中国书法艺术的繁荣时期，上承魏晋，下启宋元明清。这些唐朝墓志石刻，堪称唐朝书法艺术之大观。园门口一道长墙上镶有姚雪垠、舒同、启功、沈鹏、赵朴初、欧阳中石等人的题词镌石。其中除姚雪垠以小说名世外，其他几位都是当今中国书法界“大腕”。他们泼墨挥毫，盛赞“千唐志斋”所展现的唐代书法艺术，“琳琅皆国宝”，“似闻地阙注幽咽”，“足见我书法传统葳蕤繁祉也”。天津市书法代表团来此参观后，留下了这样的题词：“米芾过此，百拜不起！”迷恋中国书法的日本人也纷至沓来，据说日本大道书院院长、80高龄的川上景年，在斋室内遍观各志，仔细揣摩，恋恋不忍离去，一再建议早日正式对外开放，以满足中外书法爱好者观摩研究之渴望。由此足见“千唐志斋”在中外书法家心目中的重要地位。

历史是一条永远连续的文化之链。新文化永远要用旧文化作为自己茁壮成长的栽培土壤。建成“千唐志斋”，的确是张钫先生的一件传世之作，他为后人保留下了一笔十分宝贵的文化遗产。如今，他的海外子女归来为他在这座庭园中建造了坟茔，他的遗骨被安放在这座庭园之中,与他终其一生酷爱着的这些古人墓志石刻朝夕相伴。

曾是一名掌军将领的张钫,他在战场上的胜迹或败迹均不甚昭彰;而他建造的这座“千唐志斋”,却要使他在中国碑刻收藏史上留下显眼的一笔了。张钫先生收集了如此众多的古人墓志石刻,却没有为自己刻下一块墓志铭。其实,这座“千唐志斋”本身,便是张钫先生一篇极有价值的墓志铭。

1995年7月14日于北京,10月20日改毕于灯下

爷爷和真君

□（美国）聂华苓

爷爷和偷诗的小丫头

爷爷是个诗人，没留下诗，喜欢做官，一辈子没做过官。有过几个相好的女人，始终只有我奶奶。奶奶1935年夏天突然去世，爷爷坚持和孝子一起守灵。爷爷是晚清秀才，坐轿子上任当知县，武昌起义，革命成功了，轿子半路打道回乡，埋怨了一辈子。他捧着小宜兴茶壶咕噜：革命？这叫什么革命？城里扔几百个电灯泡当炸弹，说是武昌城里炸弹响了，城外的炮兵马上响应打炮，革命就成功了。革命又有什么用？民犹是也，国犹是也。革了命，剪了辫子，男不男，女不女。说话也不成体统，男女不分，长幼不分，通通叫同胞？我和我儿子是同胞？我和我孙子是同胞？哎？

爷爷脾气暴躁，聂家的人，上上下下，全怕他，见到他，都不吭声。尤其是我爹，爷爷咚咚走来了，他就蹿进母亲房里去了。有一次，他躲不了，爷爷和他说话，说着说着，就举起拐杖追着儿子跑，我爹已经是做官的人了。灵巧的母亲倒是不怕他。她察言观色，该顺他的，就顺，不该顺他的，对他讲道理，也可以把他说得服服帖帖的。

奶奶小个头，细声细气，轻手轻脚，好像总怕惊动了人。奶奶有一双缠了又缠的小脚，不声不响走过来，一转头，才知道她在你背后，笑眯眯望着你。奶奶房里有一个重大的雕花木钱柜，上着一把大铁锁。家中的日常开销，两个媳妇一人二十块大洋的月份钱，厨师、奶妈、女仆、男仆的工钱,都是奶奶从那钱柜里拿出来的。姑妈带着孩子们从武昌来了,奶奶从她袄子内兜里摸出来塞给她的钱,也是从那雕花木柜里拿出来的。不论家里遭受什么变故,奶奶永远静悄悄的。风和日暖。福也好,祸也好,日子自有它不变的规律。奶奶是我们家的主心骨。她以柔韧稳定了家里暗中躁动的不安。爷爷是火,奶奶是水,水火竟能相容。从没听见他对奶奶说过一句重话。爷爷在外面有相好,奶奶明明知道,也不露声色。

民初二三年,爷爷在北京教书,奶奶留在武汉。爷爷在北京有一个旗人相好。民国四年,袁世凯恢复帝制,登基做皇帝,爷爷正在北京,和那旗人同居,生了一个女儿。春风得意,提起笔来写了篇洋洋洒洒的文章,批评袁世凯登基。那还得了?那是个杀人不见血的年代。袁世凯下令通缉。我爹正在保定军校,知道了消息,赶到北京,半夜在爷爷相好家里找到他,带着爷爷溜出门,翻北京城墙逃走,不敢坐火车,父子俩徒步逃到保定。躲了一阵子,爹又送他回湖北应山乡下。爷爷愤愤不平,抱着水烟袋,走来走去骂:祸国殃民!凭什么要抓我?哎?我就不能说话?我就不服你卖国贼!

爷爷有话不能说,有气不能出,憋得生了一场大病。

那个旗人相好到处找爷爷。爷爷和奶奶在武汉。她来了一封信,奶奶收到了,拿给我爹看。信里说她为聂家生的女儿已经两岁了,要爷爷赶快去北京。奶奶把信毁了,没有给他,要爹寄了些钱去。从此他们就断绝了。爷爷在家里当然不提她,但对她还是很有情的。民国二十年,我们住在北京,爷爷去了,到处打听她的下落,没有找到她。现在在什么地方,也许还有满汉混血的聂家子孙。

爷爷高兴就大笑,不高兴就大骂,你无从防备。儿子,孙子,一句话不对,他就举棍打来。他对孙女宽容一点。孙女是要泼出去的水,不必认真。我知道怎么对付爷爷,听见他呱嗒呱嗒的水烟袋响,我就跑,给他抓住了,要我临帖写九宫格的大字,就趴在桌上写吧。爷爷站在背后说:腕抬平,背挺直,笔上可以顶块石头。他要我读唐诗,背唐诗。管它懂不懂,就啃吧。一啃就记住了,背得朗朗上口。爷爷说:不懂,不要紧,以后就懂了。不是爷爷对我有期望,那是他的乐趣,像训练小哈巴狗一样。

爷爷有两个诗人朋友。他们来了,是家里最热闹的时候。他们在爷爷房里谈笑,吟诗,烧鸦片烟。爷爷的哈哈笑声震动全屋。我躲在门外,听他们大声吟诗。什么诗?我不懂,但我喜欢听,他们唱得有腔有调。原来书上的字还可以变成歌唱,你爱怎么唱,就怎么唱,好听就行了。他们不就是各唱各的调调儿吗?听着听着,一缕香味从门缝里飘出来。我从钥匙洞偷看,只见爷爷和一个客人,面对面斜躺在一叠花花绿绿软缎绣花被上。两人之间一盏玻璃罩古铜小油灯。爷爷用一根细细的铜扦,从古铜小杯里,挑起一滴糖浆样的鸦片,就着一闪一闪的小油灯,在一根手指头上滚呀滚的,滚成一颗棕色小珠子,嵌进长长的象牙嘴烟枪里,在小油灯上叭、叭地抽。透点儿甜的烟香一丝丝飘来。小灯的火光,像天上的星星一样,闪呀闪的。

有一次,爷爷打开门,发现我在听他们吟诗,看他们烧鸦片烟。我吓得拔脚飞跑。天呀,爷爷的棍子要打来了。只听见爷爷哈哈大笑,对房里朋友说:我抓住了一个偷诗的小丫头!

真　君

父亲的灵柩还没从贵州运回汉口, 真君就进了门。那是1936年春天。

我跟着母亲从汉口去武昌接真君。我挨着母亲坐在渡江的轮船上。她没有说话。父亲死后,谈笑风生的母亲突然变得沉默了,你问一句,她答一句,就是那一声回答,好像也很费力。母亲一身灰布罩衫,灰布鞋,短短的头发,拢在脑后,瘦削的脸上没有一点血色。低着头,不知在想什么。从小我就怕母亲死去。她到哪儿,我跟到哪儿,可以盯着她。冷风吹起江上的浪花,吹不平母亲皱着的眉头。她不说话,我就故意找话说。

真君是郑家的丫头吗? 我明知故问。

母亲淡淡嗯了一声。

爷爷要娶个丫头吗?

不娶她。只是伺候爷爷。

张德三也可以伺候爷爷呀。

你不懂。少管闲事。

我懂。爷爷要个儿子。邱伯伯的丫头就生了个儿子。

爷爷不要儿子了。

只要个丫头?

嗯。

她跟爷爷睡觉吗?

母亲望了我一眼。姑娘家,不要管这些事。

我明白了,我得意地说。凡是母亲不正面回答我的话,就肯定我的话是对的。

母亲又望了我一眼,淡淡笑笑。你就喜欢问长问短,打听别人家的事。

真君好不好看?

你看到她就晓得了。

母亲沉默了,望着流去的江水。

黄鹤楼从一个小点子,逐渐变成一个影子,越变越大,变成一座褪色的楼台,越逼越近,逼在眼前了。

走吧。母亲牵起我的手。

黄包车在黄土坡上一栋小屋前停下。

你认得我吧?母亲指着开门的人说。

她穿着绿地洒红花布棉袄棉裤,笑嘻嘻望着我们。嗯,嗯。她点点头,然后向屋子里喊。太太,有客。

请进,请进!郑太太一面说,一面从屋子里走出来。

我们走进堂屋。

母亲说:不坐了。我就带她走吧。什么也不要带。家里都准备好了。

梅香!郑太太大声叫。你跟她们走吧!

你久,我久。梅香仍然笑嘻嘻的。

她把走说成久,原来她是个大舌头。不知道她为什么笑。那么空洞洞的笑,和她的塌鼻子小眼睛一样,永远在那张木头脸上。

郑太太说。我不走,你跟她们走吧。你从小就来了,我把你当自己的姑娘。我养不起你了。你要去享福了。听话,好好伺候老太爷……郑太太声音越说越小了。

梅香仍然笑嘻嘻的。

你放心。母亲说。不会亏待她的。老太爷一天到晚嘀咕呀。儿子死了,只要有个伴,日子也好过一点。什么样的人都可以。梅香年纪轻轻的。我这是作孽呀。

她跟我没有指望头。跟你们有吃有喝,是她的福气,只要她日后有个照应。

一定,一定,你放心。母亲转头对梅香说。走吧!又转身对郑太太说:老太爷给她取了个名字,叫真君。

你不叫梅香啦,你叫真君。郑太太又大声对她叫。记住!

她摆摆头。不,我要梅香。

梅香不好听,真君好听。郑太太对她说话总是扯高嗓门。原来她耳朵有毛病。

梅香好。她指指天井角上一棵盛开的梅花。那戏梅花,我戏梅花。嗯,你索的,嗯,你索的。

真君真有趣,以后可以逗她玩了。

改了名字,你就有好看的衣服穿啦。郑太太说。比你这新棉袄还好看。走吧,走吧。

跟我走,有新衣服。母亲的嗓门也大了。单的,夹的,棉的,都好看。跟我走,都是你的,还有新的。

母亲说话和真君一样了,像三岁小孩的儿语。

好,好。她点点头。

你跟太太磕个头吧。母亲说。

她趴在地上磕头。郑太太扶起她,眼泪流了一脸。

在渡江的轮船上,我故意坐在母亲和真君之间,和她说说三岁小孩的话。

真君,你几岁了?

她不理我,笑嘻嘻望着黄鹤楼。

真君!我大叫了一声。

母亲拍拍我的肩,指指船上的人,表示他们都望着我们。

真君这才转过头来。我凑近她耳朵:你几岁?

她摆摆头。不晓得。

你姓什么?

她又摆摆头。不晓得。她指着逐渐变小的黄鹤楼:好玩。嗯,好玩。她望着流去的江水说:我死欢。

你坐过船吗?我指指我们坐的长板凳。

她摇摇头,接着说:我死欢。

你到哪里去?

有新衣服。她指指身上的花棉袄。

还有胭脂水粉。

好,我死欢。

我带你去买!

好,我死欢,嗯,我死欢。

我带你去公园玩。

她望着我,没有回答。

公园,公园呀,有梅花。

我死欢。

有小姑娘。

我死欢。

有糖吃。

我死欢。

坐马车。

她仍然笑嘻嘻望着我。

马车呀!

她摆摆头:不晓得。

好大的车子,马拖着跑,嘀嗒,嘀嗒。

她还是摆头:不晓得。

我无可奈何。汽车呢?

母亲没等她回答,对我说:你越说越不成话了。我耳朵都震聋了。

好玩嘛。我望了一眼真君的花布棉袄。父亲死了,我们都戴孝,孩子们不能穿花衣服,只有她一个人穿花衣服。她是我们家的特殊人物了。

汉口江岸一溜高高的石阶。我们爬一段,就歇下喘气。朝上看江汉关,和天一般高。真君昂着头,张着嘴,看呆了。大钟当——当——地响了。

真君这下子可真乐了。她脸上那模模糊糊的笑,一下子亮开了,和婴儿的笑一样,纯纯净净的快乐。她指着钟楼上继续当——当——响的大钟说:我死欢。

我说:我死欢,我死欢。你死欢死吗?

死欢。

死在哪里?

不晓得。

我站在坡上笑弯了腰。

走吧,不要再逗她了。母亲说:她成了你的玩意儿。

真君就那样子笑嘻嘻走进我家大门。

母亲带她上楼去见爷爷,掀开爷爷卧房的门帘说:爹,真君来了。

爷爷坐在火盆旁边捧着水烟袋,笑眯眯望着真君说:好,好。来了,好。

我从没看见爷爷那样子微笑。爷爷的笑声和他的脾气一样,炸弹一样爆裂出来的。他突然不那么威风了。

母亲说:真君,这是老太爷。你在这里伺候老太爷吧。

真君摇摇头:戏候太太。她指着母亲。

母亲也摇摇头:不。老太爷有新衣服,有好吃的。

母亲指指茶几上的什锦果盒,走过去抽开五屉柜最大的一个抽屉:你看。这都是你的新衣服。

我偷偷看爷爷的脸色。他仍然笑眯眯的,放下水烟袋,走过去抽开五屉柜最上面的一个抽屉,拿出一个锦缎盒子,递给真君。她拿在手里,不知如何是好。

我等不及了,对她大叫:打开看呀!

她打开盒子。

金戒指！我一把抢过来看。一溜梅花花圈。

母亲指着戒指对真君说:这是你的花。戴上吧!

我死欢。真君把戒指戴在右手的中指上,看了又看。我死欢。

向老太爷说谢谢呀！母亲说。

谢谢老太爷。真君向爷爷鞠了个躬。

幸亏你想得周到,打了个戒指。爷爷对母亲说:从今以后,上上下下都叫她真君吧。她只管我这房里的事。吃饭和我们一起吃。

母亲吩咐厨房当天在老太爷房里另开一份晚饭。我有点儿失望,不能逗真君了。

第二天是星期天,一大早,我就在楼上走廊上晃来晃去。爷爷的房门一开,就看见真君端着白地蓝花搪瓷脸盆出来了,到楼下厨房去打热水。

她看见我,脸笑开了,老朋友嘛。

我跟着走下楼,凑在她耳边问:你跟爷爷睡觉吗?

嗯。

怎么睡?

不讲。

为什么不讲?

球戏。

什么戏?你说像打球一样?

她咯咯笑了。球戏。嗯,球戏。

哦,丑事。

嗯。球戏。

你喜欢吗?

不死欢。

为什么?

痛。嗯,痛。

哪里痛?

不讲。

讲嘛!讲嘛!今天打拨浪鼓的来了,我买胭脂给你。我那么说,其实,我哪有钱?

这里痛。她指向两腿之间见不得人的地方。血,嗯,血。

血?到同仁医院去!

她呆呆望着我,不懂我的话。我扔下她,跑上楼,跑到母亲房里。姆妈!真君流血了!带她到同仁医院去!

母亲苦笑了一下。你不要管闲事!好不好?

真君流血呀!

不会流了。再流,就去同仁医院,好吗?

第二天,放学回家,我眼巴巴等着真君从爷爷房里出来。她一出房门,我就拦着她问:你又流血了吗?

她摇摇头。好了。

你又和爷爷睡觉了吗?

嗯。

痛不痛?

她又摇摇头。我死欢。

你喜欢爷爷吗?

死欢。

拨浪鼓得棱得棱在街上响过来了。

我拉着真君说:走,货郎来了。你一定死欢。

货郎停下来,把背着的柜子放在地上。柜子玻璃顶下面,摆满了好看的东西:水钻别针呀,水钻发夹呀,玳瑁梳子呀,九连环手镯呀,鹅蛋粉呀,水胭脂呀,印花手绢呀,还有我一直想要的镶银乌木镯子,戴在胳膊上,掖条挑花手绢,多美!我把镯子拿在手里摸了又摸。没有钱!

真君从丝棉袄的里兜掏出一块银元,对我说:你买。老太爷的。她指指手中的银元。

你呢?

这个。她指着水钻发夹。

货郎从柜子里取了出来。

我给你戴。我将发夹别在她发角。货郎连忙从柜子底层抽屉里拿出一面小镜子。真君在镜子里看看,又转头给我看。

好看,好看!去给爷爷看。

我们俩,一个手戴镶银乌木镯子,一个头别水钻发夹,手牵手跑进屋。

真君成了我家的特权阶级。孙子们有些不服气。有一天,真君在门口买了一包糖炒栗子,三岁的季阳在楼上走廊和二哥玩,看见她上楼,边走边吃栗子。

季阳向她伸手说:君君。

不,不。老太爷的。

仗义勇为的二哥说:老太爷的,也要给!

不,不。老太爷的。

二哥举起手:你给不给?

不。老太爷的。

二哥在她背上捶了一下。

打我,好痛。她哭着走进爷爷的房。

什么人打?爷爷在房里问。

二少爷打。

爷爷拿着拐杖咚咚走出来。二哥牵起季阳的手往楼下跑。季阳吓得哭了。爷爷跟着二哥和季阳追。两个孙子一哭一笑,从前楼跑过楼下,跑到后楼,跑到楼上,又从前楼跑过楼下,又跑到后楼,又跑到楼上。爷爷的拐杖在地板上敲得咚咚响,响遍了整栋屋子。

母亲从房里走出来,看见那景象,忍住笑对爷爷说:爹,不要生气。教训他们一顿就是了。

当着媳妇的面,爷爷也就不了了之。二哥躲着爷爷几天没见面。

爱荷华鹿园　2002年早春

荷香深处祭文魂

□ 从维熙

他从荷花中走来,又走向了荷香深处

2002年7月15日上午10点,在贝多芬的哀乐《安魂曲》中,我弯腰鞠躬,向一代文学大师的遗体告别。此时此刻,孙犁正躺在故乡安新百姓采摘来的荷花丛中——他年轻时从这片花香中走来,此时他又向荷花丛中安然走去,是完成他生命恬静而美丽的旅程之后,向天宇自然的回归。

我不知道在已故的文学师尊中,有哪一位在完成人生的旅程后,能再一次闻到童年的荷香, 能最后一次享受到泥土亲吻和大自然的抚摸——而孙犁享受到了。这些带着晨露绽开的红荷,是家乡父老在今日黎明时分,从荷塘里采摘下来,运送到天津北郊这个灵堂里来的;其情之真,其意之切,反衬出孙犁的人文品格,在庶民百姓心中沉甸甸的分量。这些来自乡土对孙犁的情思,不仅是对作家驾鹤西归的最高礼仪,还意味着对孙犁文学的认同和肯定,更是对孙犁人品与文品崇高敬意的最好表达。因而,那些来自白洋淀的乡亲,在灵堂内默默无言地摆放荷花时,我已然无法控制内心的悲怆,一滴滴泪水,滴落在那清纯的荷花花瓣上……

是的,孙犁生命的气质就像是这些莲荷。古人对荷花早有"出淤泥而不染,濯青涟而不妖"的美誉,因而那一朵朵远路而来的荷花,正是对孙犁人生的定位。说其“出淤泥而不染”，是指他在斑驳的文坛中，一生中没有留下人格失节的败笔；说他“濯青涟而不妖”，是指孙犁文学成就尽管让后人高山仰止，但孙犁从不自恋自擂，始终以普通文化人自居。记得，几年前曾举办过孙犁作品讨论会，当传媒将其界定为“荷花淀”文学流派的师尊时，孙犁曾认真地纠正过这个界定。他说：“在我的认知里，没有这么一个文学流派存在，因而其他就更无从谈起了。”当然，这种表态中既有其自谦的成分，更多出自于他厌恶“成群结伙”。这种超然出世的人文品德，与那些“拉虎皮、扯大旗”、自标自唱的文人和“文伙”，其距离不是远若霄壤吗?!

因而在我眼里，托起那美丽荷花的莲叶，是孙犁洁身自好的品德化身。那雅静飘香的文字，是远避凡尘的孙犁，织锦于碧莲上的一朵朵荷花。

90年前，孙犁从荷塘中走来；90年后，又神态自若地向荷花丛中走去……

孙犁远去，标志着一个文学时代的终结

孙犁是7月11日早晨走的。那天北国天空突然飞落一阵霏雨，天似在为一代文学大师，走完了他90岁的人生，告别了他耕耘播种了大半生的文学世界而哭。大地也失去了往日的安静，人们送来的各色鲜花，灵堂内摆放不下，只好放在室外，那花海一直连到通往灵堂的小路尽头。天哭、民泣——整个津门都为孙犁的辞世而动容。

对孙犁的辞世，我是有精神准备的。几天之前，天津友人就为孙犁病危一事打来电话，但当真传来孙犁辞世的消息时，我还是陷入了一片茫然之中。这不仅因为孙犁在上个世纪的50年代，以他的人文精神影响了一代青年作者，我也是其中的一个；更重要的是他的辞世，不仅让当代文学出现了无法弥补的空缺，还标志着一个文学时代的终结。中国只有一个孙犁，而这个孙犁代表着五四运动之后，一批布衣箪食、淡泊明志作家中的“这一个”。我们可以回眸一下百年文坛，除了沈从文先生的文学脚印,与孙犁有着近似之外,在现、当代文学史上,似难以寻觅“另一个”了。如今孙犁老人走了,不仅带走了他的文魂,连他的灵肉形体也消失在冥冥的天宇之中，这不仅是感情难以割舍的依恋,也是中国文学的悲怆。尽管中国文学百家,状若天穹星空,但是在杂色斑斑的文苑里,永远闪耀着独特梦幻之光的星座,只有孙犁一个。可是它陨落了——在7月的酷夏的早晨。

这天的日历,将是中国文学史上的一个难以忘却的祭日,抚摸中国社会发展脉搏，中国文学史上不会再出现第二个孙犁了——如果有,那一定属于克隆之例,而不会再生孙犁的文学。

两段久久使我为之动情的文字,
可以视为孙犁的人文情怀的自白

从50年代初,我首先结识的是孙犁的作品,他小说和散文中那种清淡如水的文字,曾使我如醉如痴。如果说我的文学生命孕生于童年的乡土,那么孙犁的晶莹剔透的作品,是诱发我拿起笔来进行文学创作的催生剂——我的小说处女作,是在他主持的《文艺周刊》上萌芽出土的。之后,我结识了孙犁本人,他那种恬淡清纯的个性,以及在无为中展现有为的人文品格,都给了我强烈的冲击和感染。如果说,我得以进入文学行列,孙犁的美文是影响我的第一要素——直到1957年后我身陷囹圄,孙犁仍然没有把我看成“异己分子”,并在其内心深处,充满了同情。这是由一封信引发出的事情:1963年秋,出于对孙犁的思念,我从某劳改队寄给孙犁一封信,因怕威胁到孙犁的生存,我除去隐去寄信地址之外,还特意叮嘱孙犁不必寻找发信地点,并不要给我复信。十多年之后,当我这个游子重返京城后,在孙犁一篇为我小说集作序的文章中,反馈出孙犁当年的真实心绪,在纸面上留下这样一段文字:

……夜晚，我对患了重病的老伴说:“你还记得从维熙这个名字吗？”

“记得,不是一个青年作家吗?”老伴回答。

我把信念了一遍,说:“他人很老实,我看还有点腼腆。现在竟然落到了这步田地!”

“你们这一行,怎么这样不成全人?”老伴叹息地说,“和你年纪相当的,东一个西一个倒了,从维熙不是个小孩子吗?……

这几行孙犁昔日的心灵自白,除了折射出孙犁内心的人性的光华之外,还可以解读成孙犁对当时极端政治的无奈。不能小看了这一段文字,他曾使我久久为之情动,要知道在那个“以阶级斗争为纲”的年代,有许多文化人丧失了人的良知本能,在台风眼中充当了文坛的杀手;包括有个别的文坛泰斗,似已忘却文学的本质里赋有的人道情愫;又有几个文人,能保留下孙犁冰清玉洁的人文品格?

同在这篇序文中,孙犁写下了让我脸红心跳的文字。他说:……现在我已风烛残年,却对维熙他们这一代意气风发的作家,怀有一种热烈的感情和希望。希望他们能不断地写出好作品。有一次,我写信给他说:“我成就很小,悔之不及。我是低栏,我高兴地告诉你:我清楚地看到,你从我这里跳过去了……”

孙犁是给我写过这样一封信,但我即刻给前辈孙犁复信说,我清醒地认知,这是对我的鞭策和鼓励;以我的文学才质和文字能力,永远也无法攀崖到他的高峰。

我说的是后人对前辈的真情实感。

他说的是长者对后来人的真诚期望。

两代人共有的真诚,勾勒出这幅文苑史话,除了其情感价值之外,精神内涵也是极为丰富的。那就是在彼此遥望中,两代文学行者都在给对方加薪助燃。当然,由于时代的间隔以及生活经历的不同,在文学观念和美学价值取向上,两代人之间出现一些细微的不同,也是自然而然的事情。比如,孙犁曾就我的《大墙下的红玉兰》的悲情收尾,与我在通信中进行过商讨。老人说他年纪大了,不希望看到小说主人公的死亡结局,并提示我“少写悲剧”。为此,我曾复信给老人,十分婉转地言及我的生命脚印与前辈人履痕之间的相异,因而产生了美学索求上的距离(双方通信发表在1979年《文艺报》)。但是这些因生活主轴变化而带来对局部文学理念的相异,并不影响对文学总体观念终极的一致——那就是对文学臻美与语言雕塑能力的追求。对我来说,孙犁的作品的清新与纯净,永远不是他自谦的“低栏”,而是马拉松跑道上的“高栏”!我自视为他文学高山脚下的一棵树、一株草、一块石、一朵花……这种自我审视的结果,不是让我退却,反而激起我“望山跑死马”的蛮力——因为孙犁在高山之巅凝视着我,我理应不知疲惫地进行马拉松长征。

开掘人情与人性之美,是孙犁作品之初,也是孙犁作品的归宿

能不能这么说,只有内心怀有深邃人文情怀的作家,才更能与文学中的人情与人性相通?如果作家与其作品,只是一个时期的政治符号,或者是博物馆中的一件社会标本,那只是起到了“人瑞”的作用。而文学是个活的精灵,其内在灵肉是与人性、人情融而为一的活物,是用文字筑造起的一尊美神。以如是的高标准,去看孙犁的作品,就会发现人情与人性这个文学精髓,贯穿在孙犁的全部美文当中;不仅今天是活的,就是到了明天,它也是一个个鲜活的文学文本。从他早期的散文,直到世人皆知的小说《荷花淀》;从他的长篇小说《风云初记》、中篇小说《铁木前传》,到晚年的多篇“文学短论”,有的评论家仅只从他的文学表现手段着眼,定性为驾驭文字的艺术大师;这只是对孙犁作品的表面开掘,而深埋于泥土中的文学之根,是人类灵性与悟性的贯穿与交叉。以短篇小说《荷花淀》而论,战争的烽烟被隐藏到文字后边去了;《风云初记》又何尝不是如此?在战火燃烧的大地上,那书页中的一个个人物,演绎出来的故事,没有刀光剑影和枪炮轰鸣,有的却是人类的最高期冀:美好战胜邪恶,正义与和平永生。至今,我还记得孙犁笔下的那幅焦土画面,连树上落下来的,都是“沙沙”作响的虫子……能不能

这么说,孙犁作品所以经得起时间的磨砺而芳香长存,其底蕴在于他有一颗悲悯人世的情怀,在行文落墨时,把这一人类的美好共性,张扬到了“无声胜有声”的臻美地步?因而在许多作家及其作品,在时间面前褪色变形之际,孙犁之作仍靓丽如初。

回首中国文学发展曲线,我们这种悟知来得很晚。似曾记得,早在上个世纪的50年代,孙犁作品一度曾被有些文坛头面人物,视为淡化革命战争的文学的另类。出于对孙犁的关注,我当时曾有这样的设想:如果1957年的年历上,没有出现“反右”这件牵动全国的大事,把这些“大雅声稀”艺术杰作,推上审判台并非没有可能。之所以这么说,在我年轻师承孙犁文学时,在当时的文艺报刊上,已有隐晦对孙犁的发难之声;指责其作品中,没有血光的描述文字,似乎在文字中隐去了烽火场面,就非革命文学一样,其评论之内核,正如漫画家廖冰兄的打油诗中写的一样:生活必须如此,创作必须那般,最好人如机器,没头没脑简单。但这时一些更为直观的文艺现象(如廖冰兄这首直接刺向文坛背后的诗),把孙犁作品这个次要的矛盾,闲置于案旁了,这可以说是孙犁不幸中之万幸。

但孙犁并没因此而改变文学之初衷,依然我行我素。于是这个远避一切功利(包括政治功利)的智者,获得了文学的永久。综观中国文学经纬,应景于一时之作,多能爆响于一时,而不能流芳于永久。孙犁的文学心志,恰好与之相悖,他从没希望自己的作品大红大紫;其文学马拉松的结果,倒是一些当年大红大紫的风潮之作,茎叶与花朵随风而去,风景深处却独留下了孙犁。难道不是吗?

请你喝粥吃烧饼,我保证做得到,狗还没有吃掉我的文胆

孙犁不仅仅具有悲悯人生的脱俗情怀,他一生与人无争还不乏他做人之刚毅。记得,上个世纪80年代的一个寒冬,我与作家康濯一起去天津看望孙犁,我告诉孙犁这么一件往事:有一次,劳改队放假,我骑着

一辆破旧自行车返回京城，虽然这已然有二百多华里的行程，但是担心他在“文革”中出什么事情，便又绕了大弯，拐到了天津。但是到了他住的楼前，心里又嘀咕开了，生怕一个劳改犯叩门，给他招来无穷无尽的麻烦，因而徘徊许久而未敢叩门，最后还是忧伤地离开了津门。孙犁听罢哈哈大笑说：“那时候，我正挨整，你来的话算是一对儿黑。别的我不敢保证，请你喝粥吃烧饼，我绝对做得到。那时虽然我也身在难处，可是我的那颗文胆，还没被狗吞掉。维熙，你信不信？”

如果是一个“风标”式的作家，对我说出这话来，我可能要判明一下真伪；对于一生讲真话的师长孙犁，我相信他的话发自肺腑。自古以来，多少文人雅士，都难以泯灭天地良心。从烽火连天的解放区走来，一直没有为官之心、也没有做过官的孙犁，虽然没发表过人格宣言，但他的书，他的小说，他的散文，他的文学短论（包括他“文革”后出版的《耕堂劫后十种》），都在平淡之中，深藏着一个文人灵魂的崇高。不知为什么，当天在他谈笑风生时，我突然联想起另一个在天津生活了很久的弘一法师，孙犁虽然没有遁入空门之心，但家中简陋的陈设与寒山寺院，简直没有多大差别。屋子中间那个火炉似明似暗，我在那间寒舍里始终没有能脱下大衣；康濯本身就有肺心病，当天就犯了哮喘。他居室虽然不大，但书柜却林立于室内四周，他还兴致勃勃地拿出几本线装古书，让康濯和我浏览……因而，在归途的火车上，康濯不无感慨地对我说：“从解放区来的作家中，只有一个孙犁独行其路；如此甘居清贫远避世俗的作家，在当代怕也难寻第二个了。”

我说：“其文学成就，怕也难寻能与他媲美的另一个了！”

他的那一行泪水，是回眸人生的心灵交响诗

这次探视孙犁，给我留下的印象极深。他不仅学识非常渊博，而且以普通人自居；既无鹤立鸡群之态，更无自恋自怜之俗。对比斑驳文坛芸芸众生，可谓又是一个“独此一家”——正因为孙犁肖像之独特，作为一个文坛后来人的我，对孙犁始终一往情深。大概是两年前的早春，我

和友人房树民,专程到天津医院去探视病中的孙犁。那是我一生中,难以忘怀的时刻,因为一生泪不轻弹的孙犁,那天竟从眼角滴落出了泪水。我想那泪滴的含量,超越了一切文字的表达,使我和树民顿时泪如泉涌……我想,老人的泪水,绝不是对自己生命的依恋,一定是在这个瞬间,忆起了他的文学与人生,忆起他解放初期的岁月,一张小小的《文艺周刊》,竟然献给文苑满天星斗——那是喜泪,那是情泪,那是老人自慰心灵的一曲交响诗!

孙犁走了,友人房树民、林希、冯骥才、刘心武……先后打来电话,话题都是对孙犁辞世的悲伤和感慨。林希说:"孙犁是个好老人,作家中并不都是好人!"冯骥才说:"孙犁的辞世,若同文苑失去了一轮皎月——而这轮美丽的月亮,是无法重复无法取代的。"心武在电话中直白他的心声时,表示了对时尚文坛的愤慨:"一些评论家,在时尚风潮的影响下,争先恐后去追风热炒应时小卖了,孙犁作品中丰厚的美学价值,只有等待有良知、有见地的评论家去开发了。"我说:"时间是最严厉的法官,今天孙犁的人文品格与他的作品,已然流芳于世——它将跨越时间的隧道,铭刻于历史的永远。"这是一些后来的文学行者,对前一代文学大师的理性审视。

此时,孙犁已然西行至他故里的荷香深处,那儿水鸟低哀凄鸣,荷花无言垂泪。孙犁此刻一定如生时那般神态从容,因为他看见了花间的莲蓬——那是献给人间甘甜的丰硕果实。

孙犁的人文精神不朽!

孙犁的真情文字永生!

2002年7月20日修订于北京

爱情是不能解释的

□（法国）卢　岚

杜拉斯与众不同，总有些东西使人惊诧，不论私生活、言论或作品。"你杀了我，你就是对我有恩。"这句话真吓煞人！打开她的作品，畸恋、乱伦、肉欲，叫你生不出好情绪。她曾经是法共党员，也曾是一个盖世太保的情妇，她煽动学生闹事，她发明了"米特朗主义"。乔治·桑抽烟斗，写作时喝的是牛奶；杜拉斯抽香烟，喝的是烈酒。乔治·桑的情人如走马灯；杜拉斯的屋顶下同时三人配。乔治·桑为丈夫不肯承认女儿而生气；杜拉斯想要个孩子，干脆找个男人来"帮忙"。柯列特媚眼桃腮，既弄笔杆也跳舞，跳到奶子露出来，但老来过的却是静悄悄的日子；杜拉斯体形像芒果，脸颊像菠萝，到迟暮之年，还有一个比她年轻三十九岁的小伙子敲门进来，甘愿做她的厨子、司机、仆人、秘书，还兼做小情郎。

杜拉斯是个作家，但首先是个现代女性，一个极端的现代女性。我行我素，不受任何约束，自由自在。都说杜拉斯的做派够疯狂，但疯狂就是她的纪律。她是一个女王，她是爱玛，她是查泰莱夫人，是现实生活和文学世界中的女人的总和。

我们经常责备某些作品邋里邋遢，艺术家本人的胡来乱摔，但，唯是乱摔才将名声摔大，你又能怎么样？杜拉斯的名声很大，生前死后，处处响着她的回音。杜拉斯是个天才作家吗？她的作品经得起时间考验吗？不知道。很多人都说不知道。我们只知道，杜拉斯这个只有两个音节的名字,曾经使小伙子扬·安蒂阿(Yann Andréa)着魔。他被这个名字紧紧攫住,被这个人的作品迷住。他把所有书籍束之高阁,只看她一个人的书。“我首先读到这个名字,看到这个名字,这个名字立刻使我着迷,这个名字使我无限欢喜。”他给拥有这个名字的人写信,长达五年,每天写好几封。有一天,他们相见了。一旦见面,他就不打算离开,决定跟这个名字和这个人痴缠到底,全不计较将一生中最好的日子赔上去,直到她八十一岁去世。

杜拉斯逝世后,扬·安蒂阿写了一本书:《那一场爱》(*Cet amour-là*)。他的名字还是杜拉斯给他起的。“我的书是一封长信。”他说。信当然是给杜拉斯的。他以简单朴素的笔调,叙述了他们一起度过的十六年时光。

一个身无分文的小伙子敲门进来,住到屋里,你当杜拉斯可以不计一切成本?尽管安蒂阿没有白吃饭,他身兼数职,甚至给她当保姆,为她脱衣、穿衣、洗澡。杜拉斯全不意识到自己的耄耋之年,还当自己是十四五岁的小姑娘,尽着性子气粗眼暴,动不动大吵大闹。为一盘沙律做得不合口味,或者无风三尺浪,扯开嗓子骂将起来。你是谁?我不认得你!我不知你是什么人,为什么来缠我,为钱啦!我有言在先,你啥也不会得到,我不会给你一个生丁,这里一切都是我的,钱也是我的。我认识一些骗子,但我不会上当。你不要做白日梦了。如果我不是个作家,你会来找我吗?安蒂阿不说话,任由她数落个够。但最后还是说了,噢,不,我什么也不稀罕,不要钱,啥也不要,只要你。你离不开我,我也离不开你。你喜欢我,我也喜欢你。这种又愚蠢又荒谬的关系毫无意义,我知道。

一天晚上,她把他的家当塞进箱子里,把箱子从窗口扔出去。你这个人真叫人受不了,你马上给我滚!滚回你的老家去吧,咱们到此为止。她跟他吻别。他走出院子,捡起箱子,走出大门,叫一辆出租汽车,返回卡昂城。但次日,他又乘出租汽车回来了。他敲门。她把门打开,说,我将你赶出门,你又回来了,你这个家伙,真不要脸!然后,又是拥吻,又是喝酒。同样的闹剧,一次又一次不断重演。

你相信我今天晚上会死去吗？扬，咱们一起来自杀，怎么样？来，我给你钱，去买一只手枪。好主意！问题是谁先开枪杀谁？当然是我先开枪，然后再看看。两人笑弯了腰。

杜拉斯早就让世人宠坏了，还嫌不够，还要来一个扬，杜拉斯越发被宠成一摊泥。不，不是一摊泥，她只能是一把火。这把火要将自己烧掉，也将别人烧掉，甚至将文坛烧掉。唯其这样，才成为火辣的杜拉斯，永远的杜拉斯。

杜拉斯已经逝世五六年，但每年她总有些什么东西砸到你头上来。去年初，根据安蒂阿这部书改编成的电影出来了。由著名的老星珍摩露饰演杜拉斯。珍摩露一早为她的《情人》配音，她们一早认识的。但两个女强人一样是山头上的两只虎，要拼杀的。珍摩露之所以愿意接受角色，是因为被安蒂阿的作品打动了。她把书从头到尾读了两次，感到作者笔下透出难言的痛苦，他所经历过的一切，使她浮想联翩。故事本身只能是一部小说，两个人物也只能是小说中的人物，但现实世界中发生了。噢，这个绝妙的杜拉斯！这个天杀的杜拉斯！她就有这种本事，在七八十岁年纪上头，还经历了一场有声有色的爱情，跟一个年轻小伙子灵肉相缠的爱情！扬，你看，我的腿又长又坚实，像男孩子的双腿，都还好好的，没有变，唯是面孔变了，变得又老又残。有一回，他们一起到美国，在纽约中央公园第五街，由大使馆文化参赞出面接待。人家问，要不要给这个小伙子单独一个睡房？杜拉斯回答说，你们以为没有我他可以过夜？不用给了。大家听了，马上噤若寒蝉。

杜拉斯的故事，是一个绝对的爱情故事，使人对爱情这个字眼大开眼界。对安蒂阿来说，杜拉斯没有身体，但杜拉斯就在那里。我们太习惯俊男俏女的生死爱恨了，而老夫少妻，自古被看成合情合理合音合韵的事情。而杜拉斯的故事呢，是一棵即将枯萎的老树被常春藤爬满了一身的故事；也如司汤达所说，是扔在盐矿里的一桠枯枝，因附上盐的晶体而变得闪闪生辉的故事。这类故事，到底是稀罕的。

但现代爱情的路子也越走越宽了。爱情不分门第，是件平常事。公主下嫁她的侍从或保镖，王子娶马夫的女儿，还可以迎娶育有孩子的未婚妈妈当皇后。爱情也不分婚内婚外了,婚外比婚内的更加有滋有味,更爱得生生死死。爱情也不分性别了,他的“妻子”可以是他,她的“先生”可以是她,还可以“养”个孩子。比起来,杜拉斯式的爱情,反而显得俗套了。拿破仑说:“爱情只是两个人之间的一桩傻事。”傻事,自然是不能解释的。

追寻那遥远的美丽

□ 梁　衡

快20年了，总有一个强烈的向往，到青海去一趟，这不只是因为小学地理上就学到的柴达木、青海湖的神秘，也不只是因为近年来西北开发的热闹。另有一个埋藏于心底的秘密，是因为一首歌，那首《在那遥远的地方》，还有它的作者，像一个幽灵似的王洛宾。

大概是上天有意折磨，我几乎走遍了神州的每一个省，每一处名山大川，就是青海远不可即，机不可得。直到今年夏末，才有缘去朝圣。当汽车翻过日月山口的一霎间，我像一条终于跳过龙门的鲤鱼，像一个千磨万难之后到达西天的唐僧。日月山口是当年藏王亲迎文成公主的地方。山下是一马平川，绿草如茵，起起伏伏地一直漫到天边，我不由想起了“天似穹庐，笼盖四野”的古老民歌。远处有一汪明亮的水，那就是青海湖，是配来映照这蓝天白云的镜子。我们的车像撒欢的马驹，追着天边的云朵，路边闪过金色的彩带，那是一片片正在开花的油菜。微风掠过草面，送来一阵远古的苍茫。那首歌就诞生在这里，青海湖边这片被称为金银滩的草原。

这里的草不像新疆的草场那样高大茂密，也不像内蒙古的草场那样在风沙中透出顽强，它细密而柔软，蜷伏在地上，如毯如毡，将大地包裹得密密实实，不见黄沙不见土，除了水就是浓浓的绿。而这绿底子上又不时钻出一束束金色的柴胡和白绒绒的香茅草，远望金银相错，如繁星在空。这就是金银滩的由来。草地上虫草、人参果、秦艽等中药材随处可见。牛羊漫过天边，帐篷旁闪过姑娘的彩裙，牧人悠然挥鞭带着他的歌声翻过山梁。老鹰发现了什么在低空一圈圈地盘旋。这真是金银一般的草场。当年26岁的王洛宾云游到这里，只因那个17岁的卓玛姑娘用鞭子轻轻地抽了他一下，含羞拍马远去，他就痴望着天边那一团火苗似的红裙，脑际闪过一个美丽的旋律——在那遥远的地方。

天才之作总是合天时地利之灵气，妙手偶得。如王羲之的《兰亭序》，如罗丹的《思想者》。据说《蓝色多瑙河》是约翰·施特劳斯在餐桌上灵感一来，随手写在袖口上的，还差一点被妻子洗掉。卓玛确有其人，是一个牧主的女儿。当时王洛宾在草原上采风，无意间捕捉到这个美丽的倩影，这倩影绕心三日，挥之不去，终于幻化为一首美丽的歌，就永远定格在世界文化史上。试想，王洛宾生活在大都市北平，走过全国许多地方，天下何处无美人，何独于此生灵感？是这绿油油的草，草地上的金花银花，草香花香，还有这湖水，这牧歌，这山风，这牛羊，万种风物万般情全在美人一鞭中。卓玛一辈子也没有想到她那轻轻的一鞭会抽出一首世界名曲。

当后人听着这首歌时，总想为它注释一个具体的爱情故事，殊不知这里不但没有具体的爱，就是在作者的实际生活中也永没有找到过歌唱着的甜蜜。王洛宾好像生来就负有一种使命，总是去追寻美丽，美丽的旋律，美丽的女人，还有美丽的情感。庖丁解牛，只见其理而不见其牛；利令智昏，只见物，而不知物边还有人。王洛宾是美令智昏，乐令智昏，他认为生活甚至生命就是美丽的音乐。他一入社会就直取美的内核，而不知这核外还有许多坚硬的甚至丑陋的外壳。所以他一生屡屡受挫，他活了八十多岁，有3年是坐国民党的监狱，有15年坐共产党的监狱，又有15年的时间是被控制使用，直到1982年69岁时，才正式平反，恢复正常人的生活，1992年79岁时，中央电视台首次向社会介绍他的作品。这时，全社会才知道那许多传唱了半个世纪的名曲原来都是出自这个白胡子老头儿。国内许多媒体，还有香港、新加坡纷纷为他举办各种晚会。我曾看过一次盛大的演出，在名曲《掀起你的盖头来》的伴奏下，两位漂亮的姑娘牵着一位遮着红盖头的“新娘”慢慢踱到舞台中央,她们突然揭去“新娘”的盖头,水银灯下站着一个老人,精神矍铄,满面红光。他那把特别醒目的胡须银白如雪,而手里捏着的盖头殷红似血。全场响起有节奏的掌声。人们唱着他的歌,许多观众的眼眶里已噙满泪花。这时,离他的生命终点只剩下两三年的时间。

王洛宾的生命是以歌为主线的,信仰、工作,甚至生活中的衣食住行都成了歌的附属,就像一棵树干上的柔枝绿叶。1937年,他到西北,这本是一次采风,但他被那里的民歌所迷,就留下不走了。他在马步芳和共产党的军队里都服过役,为马步芳写过歌,也为王震将军的词配过曲,他只知音乐而不知其余。甚至他已成了一名解放军的军人,却忽发奇想要回北京,就不辞而别。正当他在北京的课堂上兴奋地教学生唱歌时,西北来人将这个开小差的逃兵捉拿归案。我们现在读这段史料真叫人哭笑不得,他是逃兵吗?是,又不是。他像草原上一只渴急的黄羊,见到一点水光,就拼命地向这唯一的目标冲去,至于路边的石块荆棘,他全没有看见。在音乐的感召下,他是一个勇敢的先锋,而对音乐之外的一切,他却是一个傲慢的逃兵。不,他不是逃离,而是不屑一顾,他真的是“艺令智昏”,“乐令智昏”。甚至在劳改服刑时他宁可用维持生命的一个小窝头,去换取人家唱一曲民间小调。他也曾灰心过,有一次他仰望厚墙上的铁窗,抛上一根绳,挽成一个黑洞似的套圈,就要通向另一个世界时,一声悠扬的牧歌,轻轻地飘过铁窗。他分明看到了铁窗外的白云红日,嗅到了原野上湿润的草香。他终于没有舍得钻进那个死亡隧道,三两下扯掉了死神递过来的接引之绳。音乐,民间音乐才真正是他生命的守护神。我们至今不知道这是哪一位牧人的哪一首无名的歌,这也是一根“卓玛的鞭子”,又一回轻轻地抽在了王洛宾的心上。这一鞭,为我们抽回来一只会唱歌的老山羊,一个伟大的音乐家。

为了寻找那种遥远的感觉,我们进入金银滩后选了一块最典型的草场,大家席地而坐,在初秋的艳阳中享受这草与花的温软。不知为什么,一坐到这草毯上,就人人想唱歌。我说,只许唱民歌,要原汁原味的。当地的同志说,那就只有唱情歌,青海的《花儿》简直就是一座民歌库,分许多“令”(曲牌),但内容几乎清一色歌唱爱情。一人当即唱道:

尕妹送哥石头坡，
石头坡上石头多。
不小心拐了妹的脚，
这么大的冤枉对谁说。

这是少女心中的甜蜜。又一人唱道：

黄河沿上牛吃水，
牛影子倒在水里。
我端起饭碗想起你，
面条捞不到嘴里。

这是阿哥对尕妹急不可耐的思念。又一人唱道：

菜花儿黄了，
风吹到山那边去了。
这两天把你想死了，
不知道你到哪儿去了。

黄河里的水干了，
河里的鱼娃见了。
不见的阿哥又见了，
心里的疙瘩又散了。

一个多情少女正为爱情所折磨，忽而愁云满面，忽而眉开眼笑。

秦时明月汉时关。卓玛的草原，卓玛的牛羊，卓玛的歌声就在我的眼前。现在我才明白，我像王洛宾一样鬼使神差般来到这里，是为这遥远的地方仍然保存着的清纯和美丽。64年前，王洛宾发现了它，64年后它仍然这样保存完好,像一块闪着荧光不停放射着能量的元素;像一座巍然挺立,为大地输送着溶溶乳汁的雪山。青海湖边向来是传说中仙乐缈缈西王母仙居的地方,现在看来这传说其实是人们对这块圣洁大地的歌颂和留恋,就像西方人心中的香格里拉。

我耳听笔录,尽情地享受着这一份纯真。城里人无论是正襟危坐在音乐厅里听歌,还是躺在自己家的沙发上看电视,都不可能有此时此刻的味道。现代灯光音响设备的发达使舞台更加花花绿绿,但和这比只是一些纸糊的楼阁。真爱真情从来是和真山真水连在一起的,只有田野里的风,才能拂动心灵深处的火苗。从来没有听说过水泥马路上会飘出什么美丽的情歌。人们只有被野风所熏染,被生活所浸透,被真爱所驱使时,才会有真正的歌,那种不是为了表演,只为解脱自己的歌。

我们盘坐草地,手持鲜花,遥对湖山,放浪形骸,击节高唱,不觉红日压山。当我记了一本子,灌了满脑子,准备踏上归途时,突然想到一个问题,怎么这么多歌声里倾诉的全是一种急切的盼望、憧憬,甚至是望而不得的忧伤。为什么就没有一首来歌唱爱情结果之后的甜蜜呢?

晚上青海湖边淅淅沥沥下起今年的第一场秋雨。我独卧旅舍,静对孤灯,仔细地翻阅着有关王洛宾的资料,咀嚼着他甜蜜的歌和他那并不甜蜜的爱。

闯入王洛宾一生的有四个女人。第一位是他最初的恋人罗珊,俩人都是洋学生。一开始,他们从北平出来,卿卿我我,甜甜蜜蜜,但一经风雨就时聚时散,若即若离,最终没能结合。王洛宾承认她很美,但又感到抓不住,或者不愿抓牢。他成家后,剪掉了贴在日记本上的罗珊的玉照,但随即又写上"缺难补"三个字。可想他心中是怎样的剪不断,理还乱。直到1946年王洛宾已是妻儿满堂,还为罗珊写了一首歌:

你是我黑夜的太阳,
永远看不到你的光亮。
偶尔有些微光吔,

也是我自己的想象。

你是我梦中的海棠，
永远吻不到我的唇上。
偶尔有些微香呃，
也是我自己的想象。

你是我自杀的刺刀，
永远插不进我的胸膛，
偶尔有些微疼呃，
也是我自己的想象。

你是我灵魂的翅膀，
永远飘不到天上，
偶尔有些微风呃，
也是我自己的想象。

意大利名曲《我的太阳》中的那位女郎是一个灿烂的太阳，而王洛宾的这个太阳却朦朦胧胧只是偶尔有些微光，有时又变成了梦中的海棠。留在心中的只是飘忽不定，彩色肥皂泡似的想象。

第二位便是那个轻轻抽了他一鞭的卓玛，他们相处了只有三天，王洛宾就为她写了那首著名的歌。回眸一笑甜彻心，瞬间美好成永远。卓玛不但是他的太阳，还是他的月亮：她那粉红的笑脸好像红太阳，她那美丽动人的眼睛好像晚上明媚的月亮。为了那"一鞭情"，他甚至愿意变做一只小羊，永远跟在她的身旁。但是也只跟了三天，此情此景就成了遥远的回忆。

第三位是他的正式妻子，比他小16岁的黄静，结婚6年后就不幸去世。

第四位，是他晚年出名后，前来寻找他的台湾女作家三毛。三毛的性格是有点执著和癫狂的。他们相处了一段后三毛突然离去，当时在社会上曾引起一阵轰动，一阵猜测。我们现在看到的是王洛宾在三毛去世之后为她写的一首歌《等待》：

你曾在橄榄树下等待又等待，
我在遥远的地方徘徊再徘徊。
人生本是一场迷藏的梦，
为把遗憾赎回来。
每当月圆时，
我对着那橄榄树独自膜拜。
你永远不再来，我永远在等待，
越等待，我心中越爱。

四个人中，只有黄静与他实实在在的结合，但他却偏偏为三个遥远处的人儿各写了一首动情的歌。大约每个人的心灵深处都有一块遥远的圣地，都是一个鲜花盛开的金银滩。这滩里埋植着理想、幸福，也有遗憾和惆怅。就像前面"花儿"里唱着的那个姑娘心里的甜蜜的冤枉，和小伙子连面条都捞不到嘴里的慌张。每个人的心都是一首李商隐的无题诗。

第二天我们驱车续行。雨还在下，飘飘洒洒，若有若无。草地被洗得油光嫩绿。我透过车窗看远处的草原俨然是一个童话世界。雨雾中不时闪出一条条金色的飘带，那是黄花盛开的油菜；一方方红的积木，那是牧民的新居；还有许多白色的大蘑菇，那是毡房。这一切都被洇浸得如水彩，如倒影，如童年记忆中的炊烟，如黄昏古寺里的钟声。我不能满足这种朦胧的意境，身体前倾，头贴车窗，想努力捕捉到它，看清它的纹路、肌理。但每当那田、那房扑到车旁时，便又一下失去了它的倩美，甚至我还分明看到被风雨打得七倒八歪的田禾和院前小路上的泥泞。草原秋雨细如雾，美丽遥看近却无。这大自然的写意正像古人所说："如蓝田日暖，良玉生烟，可望而不可置于眉睫之前。"就这样，我一次次地抬头远望，一次次地捕捉那似有似无的蜃楼。脑际又隐隐闪过五彩的鲜花，美妙的歌声还有卓玛的羊群。

我突然想到这自然世界和人的内心世界在审美上是多么相通。你看遥远的东西是美丽的，因为长距离为人们留下了想象的空间，如悠悠的远山，如沉沉的夜空；朦胧的东西是美丽的，因为它舍去了事物粗糙的外形而抽象出一个美的轮廓，如月光下的凤尾竹，如灯影中的美人；短暂的东西是美丽的，因为它只截取最美的一瞬，如盛开的鲜花，如偶然的邂逅；逝去的东西也是美丽的，因为它留给我们永不能再的惆怅，也就有了永远的回味，如童年的欢乐，如初恋的心跳，如破灭的理想。陈毅论国画艺术有诗云："大师撮其神，一纸皆留住。"王洛宾真不愧为音乐大师，对于天地间和人心深处的美丽，做到"提笔撮其神，一曲皆留住。"他偶至一个遥远的地方轻轻哼出一首歌，一下子就幻化成一个叫我们永远无法逃脱的光环，美似穹庐，笼盖古今，直到永远。

2001年12月3日

惜别老罗

□ 刘心武

老罗从家乡来北京几年了，换过几种工作，从前年起在火车站附近一家餐馆打工，凡是营业时间，都站在卫生间外的洗手池旁，按照老板要求，给上完卫生间的男女客人递揩手纸，并至少要每一小时，趁里面没人的时候，轮流进男女卫生间去打扫卫生。他跟我说，女客大都不接他递过去的纸，也很少使用电动烘干机，而是用自己带的擦手纸或手绢解决问题；女用卫生间打扫起来也比较容易；男客们则即使烘干了手，也都愿意接他递过去的纸，不过经常是用来擤鼻涕；男用卫生间打扫起来可就麻烦透顶了，因为喝醉了酒，在里头呕吐的实在太多，老罗形容起那情景，使我极其反胃。我跟老罗说，像他这样的服务，是应该给小费的，他可以在洗手池旁，放一只小碟，每到营业时间，自己先把准备好的两元、一元和五角的"引子"搁在里面。老罗说老板开会时说了，谁也不许收小费，如果有客人给了小费，必须上缴。一大早，以及午、晚两次营业之间，老板还安排老罗打扫餐馆外面的停车场。

人们都说北京秋天最好，老罗却最怕秋天，因为停车场两边的大杨树总要掉一季的叶子，每回他清扫起来都非常吃力，有时这边还没清扫干净，营业时间已经到了，老板巡视时发现卫生间门外洗手池边没有他，便会扯开嗓门喊他，搞得他跑动起来脚底下打绊儿。

那餐馆给打工者吃的，分成三等，厨师，配菜的，可以自己做来吃，只是别太过分就行；收银员，采购员，领班，允许分吃从餐厅、包房里撤出的剩菜;餐厅服务小姐,洗碗的,以及老罗,则只能吃大锅熬菜,里面很少有肉。有一回,厨房里一只龟死了,厨师不敢做给客人吃,报告老板,让老罗去扔掉,老罗舍不得扔,餐馆打烊后,封火前跟厨师打了招呼,自己炖来吃了,吃的时候也没觉得味美,也没感到恶心,但第二天身上好几个部位就都爆出了肿块,奇痒难熬。

在那餐馆打工是不给休息日的,每月工资先是300元,后来涨到350元,老罗把挣到手的钱全折叠在一起,用两根橡皮筋箍得紧紧的,搁在裤腰上的一个皮制烟袋盒里,晚上睡觉,把裤子连同上面的东西压在枕头底下;那摞钱也不是越来越厚,因为每隔一个时期,他就请假去趟邮局,给他老婆寄回一笔钱去。去邮局的假,至多两个钟头,老板当然批准。因为吃死龟身上肿出怪东西,老罗不得不上医院看病,老板大发善心,准了他一整天的假。老罗去了医院,花了挂号费,可是他舍不得花钱买医生开的药,跑到我家找我,说是看看我家有没有现成的药,我一听、一看,马上把他领回那医院,给他买下那些药,再把他带回家,口服的,立即让他开始吞服,外敷的,就给他用药棉棍敷上,他憨憨地跟我道谢,说:“可怎么报答你?”我说:“你又来了,我们既然交了朋友,说这些岂不见外了?”后来我们下楼到一家小饭馆吃饭,怕他喝了含酒精的东西不利治疗,就直接吃的饭菜,也不敢点辣的,主菜是糖醋里脊,吃完了我才想到醋恐怕也是不利于内毒发散的,后悔没点红烧排骨。

因为有一整天的假,老罗越来越觉得因祸得福——我们两个同龄人吃完饭后又在护城河边遛弯儿,边遛边聊,十分尽兴。我特别喜欢他讲农村里的种种人和事,那大量内容是我从印刷品和互联网上获取不到的。他呢,则喜欢我讲些科学技术方面的事情,其实我也是一知半解,比如为什么电视能映出那么多节目,电话,特别是手机为什么能让老远的人听见声音,等等,我很怕我讲得并不对,他回家后再讲给晚辈听,以讹传讹,他说:“那不怕。我是只读到小学第五册就去揉泥巴了。现而今我要让孙儿一直读着走。他哪会听我的?说不定他以后来北京,把学得的说给你听,你还难懂呢!”我们俩就都呵呵大笑。

老罗身上起的肿块没多久就完全消失了。但那家餐馆换了老板,新老板认为根本不需要派一个人专门负责看管、清扫卫生间，把老罗辞了。老罗找到我，不甘心就此回家，他说给独孙的教育费还没有攒够，还想在城里挣钱。我想起来以前的一个邻居，相处得不错的，也在开餐馆，而且生意很红火，前些天来过电话，邀我去他新开的分店同喜尝新，我那天虽然没去，想来我的面子还是会给的，于是当着老罗给那位姓李的老板打了电话，让他尽量收留老罗，他果然立刻应承了，让老罗第二天去报到，我对老罗说："你可真是吉人自有天相啊！"

没有想到的是，半个多月后，老罗来找我，说是对不起我，他实在不想干了。这家餐馆老板安排老罗洗碗兼打扫院落卫生，活儿不能说比以前累，而且一个月还给三天休假，但是，每月工资只有270元，还说定每月工资要暂扣50元不发，为的是防止雇员领工资以后忽然不辞而别——这种情况以前出现过，弄得老板措手不及——到合同期满一整年后，再把那逐月扣下的一共600元钱还给雇员。李老板还规定，作为洗碗工，老罗必须花50元买下他给的白大褂当工作服——尽管老罗自己有一件还能穿的半旧大褂。那厨房里总是非常热，洗碗却只能用冷水，而洗涤剂严格规定用量——每天三餐至多只许用一瓶，这样，生意越红火，老罗洗碗就不仅吃力，最后没有了洗涤剂也就很难把油腻洗净。李老板给雇员吃的饭菜倒不分等，都一样，油水稍大，但规定一律要在厨房里站着吃，即使餐厅打烊了也不能到客堂里坐着吃。厨房里不设坐椅板凳，唯一的一只高脚凳是给厨师长工作用的，也只有他闲下来时可以坐在上面休息。李老板没给老罗安排宿舍，晚上老罗和另两个雇员就在餐厅里各用六张餐椅拼起来当床睡，那西洋风味的坐椅上挖有凹槽，坐时屁股舒服，当床睡腰身可就难受极了。最让老罗难以接受的，是李老板要求他自费一次性办理一年的暂住证、上岗证、卫生合格证，合起来约300元；老罗提出来先办半年的行不行？老板说："要签合同就签一年，半年你就走人，我那时到哪儿找人顶你？"……我提出来支援老罗300元办齐那一年的三证，劝他尽量还是留下来，还说我打电话给李老板，在某些问题上给他求求情，看能否改进一下工作与居住条件，老罗却摆手说："算了。替他细想，若不是这样行事，他那生意怎么能发达，开了一家又添一家？”又说：“真的，我这几天觉得自己老了，做不动了，我还是回家去吧。”

老罗真的要回家了。

他来告别那天，递我一张浸着他汗味的纸条，上头写着他家的地址，好长啊，先是省，然后是市，再后是区，区后是镇，镇后是乡，乡后是村，村后呢，写的是“二社”，我说怎么会叫“社”呢？应该是“二组”吧？他说要么写“二队”，反正到了那最后一个字，怎么写都无所谓，肯定收得到了。他要我多给他写信，别怕他多花钱。我明白，他们那个“社”或者“队”或者“组”或者不管叫什么的管事的人，让邮递员把所有人的邮件都先放在那里，收件人去取时，一般信函要交他两毛钱，汇款单则要交五毛。老罗说：“你写来吧，我一个月花一块钱也愿意。别怕我认不全，我孙儿念到第九册了，他能读给我听。”

我没有去送老罗。但我记得他搭乘的那趟车开车的时间。老罗买的硬座，要三十多个小时才能到达省城。我坐在书房电脑前，电脑上显示的时间告诉我老罗坐的那趟车开出北京了。我觉得心里出现了一大块空白。我从电脑桌抽屉里取出一张照片，那是我和老罗在护城河边的合影，儿子给我们拍照那天，河边玩耍的人很多，照片上除了我和老罗，身后左右还有些别人的身影。记得老罗拿到照片后说：“啊呀，怎么净是些野人啊！”他们那地方把陌生人称作野人，并无谩骂的意味，但相对来说，我于他而言，不是野人而是亲朋了。

越来越远去的老罗啊，我们什么时候才能相聚？人生苦短，真情难觅，而我们确实也都老了，磨砺得粗糙硬冷的灵魂，如何维系那一缕超越功利荣辱的心线？

何期执手成长别

□范　曾

赤橙黄绿、宫商角徵、芳草奇卉、甜蔗苦连，那有色、有声、有香、有味的事物，斑驳错杂、陆离纷陈于前；宇宙洪荒、龙光牛斗、沧海广漠、崇山峻岭，那至大、至高、至奇、至妙的景象，穷方竟隅，并生遍列于后。迅雷激电、飘风骤雨、兔起鹘落，那是速度的光荣；晨晖夕阴、朝花夕拾、青丝白发，那是时间的慨叹。这一切，佛家说都是“空”，一切的描述都是皮相之判。然而这皮相的背后，有人偶开只眼，看到了“数”，他们之中的大智大慧者称为数学家。

景星祥云，移驻南开，这一天是伟大的几何学家陈省身先生执教五十年的庆典。一时间，欧西、亚太、国中群贤毕至。他们其中有法国高等研究院院长博规农(Bourguignon)，英国皇家学会会长阿蒂雅(Atiyah)，中科院数学所所长杨乐，数学家严志达、胡国定、吴文俊等等。这都是用方程和数字构建不可思议大厦的俊彦。陈省身先生端坐主席台正中，显得有些兴奋。这其间有一位对数学完全是门外汉的范曾——我奉陪末座，也十分自在地厕身主席台上。这不伦的地位，不是出于虚荣，而仅是由于陈省身先生的坚请。开会伊始，免不了冗长而多余的祝词、介绍等等。我有足够的时间探讨深奥的数学问题。右侧是南开大学原副校长、数学家胡国定，我问他“什么是纤维丛？”胡国定说：“数学隔行如隔山，我无法很快捷而准确地回答你这问题。”我在南通中学时代的低一年级的校友杨乐，坐在我的左侧，我们知道，在六十年代初他和张广厚因解一个什么了不起的数学问题，曾一跃而为国中光耀的数学新星。我转过头来问他："什么是纤维丛？"杨乐寡于言谈，不无嘲讽地笑着说："给你讲你也听不懂。"彼时大失所望的我对数学的神秘崇拜之心多于被奚落的寂寞之感。同时，因为都相互熟稔，三人相顾而嘻。不熟悉英文的我，听到主持的人念到FANZENG时，正傻坐着，微笑着，杨乐说："你讲话。"当掌声和目光都朝着我的时候，我才走向了话筒，开始了胡言乱语。我第一句开头劈脸询问："今天会场上谁的数学最好是不用说了，但你们知道今天这大会上谁的数学最差?"全场哄堂大笑，因为台下坐的是全国各地的数学家、教授、博士生，最低的是数学系本科生。"从大笑中，我知道了你们的答案，当然很惭愧，是我。然而我要问你们，什么是数学？"这咄咄追问使会场顿时大为活跃，我不免回过头来看陈省身一眼，他正为我刚才的话笑声未止，瞪着他的一双大眼，揣度我又会出什么厥肆之词。"数学，无色、无声、无香、无味，看不见摸不着，但它无所不在、无远弗届、无所不包，没有'数'的奇绝的构成，天地不是道家的混沌，便干脆是佛学的一片空白。"雷鸣似的掌声掩盖了我数学知识的浅陋。陈省身先生笑得前仰后合。这还不过瘾，我又问："陈省身先生到底伟大在什么地方，我为讲演计，问过了胡国定先生，他作如此说，我又问过了杨乐先生，他作如彼说，总之一句话，不懂别问。啊！我举头望明月，我不懂你，但我可以仰望你，我不懂陈省身，但我可以仰望大师。"又是一阵激雨般的掌声，只见陈省身捂着脸哈哈大乐，主席台上各国的数学家都侧着身，向他鼓掌。我想古罗马的西塞罗，或许曾经享受过类似的听讲者的热烈回报和感应。于是我奉呈一首七律"纤维胡老说奇丛，便使神思入太空。造化沉浮多幻变，天衣散合总趋同。千秋大智穷抽象，一代学人沐惠风。此世门墙无我地，宁园小坐说云峰。"又送上一幅祖冲之的画像，我冲着陈省身说，"他不懂几何，他没有你伟大。"对我的演讲有一位持异议的人来到身边，那是极负盛名的大数学家严志达，他是我南通的老乡，他说："陈省身先生和祖冲之一样伟大，他们之间有一千五百年的遥远阻隔。"科学家的严谨和诗人的豪兴大体区别于此。但我告诉严志达，外行话亦若童言之无忌，不能算数。严公颔首。然后又和我谈竹林七贤，他是数学家中对国学最有兴趣的人，这一点，他和陈省身时有龃龉，颇似文人之较劲。

我与陈省身先生的相识应感谢杨振宁先生，没有杨先生的介绍，也许人间没有陈、范的一段因缘。而杨先生的与我相识，则应感谢国务院教委的介绍，杨先生问教委外事处的人，有一位年轻的画家范曾，我喜欢他的画，教委托我作一幅画送杨先生，当时我很觉得荣幸。画毕之后，杨先生竟然亲自到崇文门我的寓所来看望我。杨先生的坦率、真诚、博大、睿智感动了我，第一次相逢，便预伏着永结同好的君子情怀。我拿出了一张大纸请杨先生写几个字留念，他说他不习惯用毛笔，于是拿了一支钢笔，他想了一小会儿，写了下列的话："我很爱范曾先生的画，杨振宁。"字写得很小很小，而且笔画严谨不苟，于此我想起每逢展览会在签名簿上恣情放大姓名的人，不免用力过猛。文字语言的简洁，透出了杨振宁先生洗尽铅华的大朴无华。因为他研究的宇宙本质，在《老子》书中叫做朴。我又想起在数学上的"拓扑学"三字，那是奇美的名词，这名词是陈省身先生所起。陈省身先生一般对人客气，但"谦虚"，他似乎觉得多此一举，因为应谦虚的地方，他早就做到了，譬如他说，从小不用功，功课不好，觉得数学好玩，在脑中驱之不去，以至上早操的时候，全校同学都作上肢运动时，他会出人不意地、刺眼地高举起一只脚。据陈先生告诉我，在体操场上很容易找到他，那出格的必无第二人。还需要如何才是谦虚！当杨振宁在电视上讲到杨氏理论时，他说这理论可以管到下世纪、甚至更远时，我只觉得神圣之自尊乃是任何伟大的人物不可或缺的高尚品德。有一年元旦，陈先生收到两张贺年片，地址一模一样，是巴黎雪夫汉街十一号，一封是法国数学所前所长伯冉(Berger)的，一封是我的，陈省身大为惊讶，原来我与伯冉住在同一座古典大楼之中，我在A门、他在B门，于是又有了我与伯冉的一段因缘。伯冉先生十分真诚地告诉我，"陈省身先生是大数学家，而我只是小数学家"，他还告诉我曾有一位日本的书法家写了一幅"天下第一"的中文牌匾送他，他不知其意，挂在客厅，后来有中国人来作客，告诉他意思，伯冉大笑取下，说，所幸来的人都不识汉字。回国后，我告诉陈省身先生这件事,陈先生说,“他太谦虚,很杰出的数学家,至于大、小嘛,嗯,大体如此吧。”对于一位位居数学峰巅的人,他有着孔子“当仁不让”的担当精神。他决无丝毫的轻忽其他数学家之意,而数学上的(或)这样的符号,就不是在月旦之评中可上下其手的事,那是依象而言,那是真实的存在。在我的记忆之中,陈省身先生一般亲切的称谓是直呼其名,如葛墨林、陈洪,更亲切的称呼是不用姓,这样的人几乎我只听到过一个人,那就是杨振宁,他呼之为“振宁”,所有的人无一例外的都在背后称陈省身为“陈先生”,包括杨振宁先生在内都如此地尊重他。从电话中的“范曾先生”、到“范曾兄”到“范曾”绝对经历了二十年之久,其间的亲疏尺度,也有“数”。

我与陈省身先生的初次见面那是在1986年他回国的日子里。杨振宁先生与他同时在南开,陈先生当时并无意回国定居,先生步履健顽,神采奕奕,一双大眼形状与毕加索相似,但其中所储藏则大异其类,毕加索狡黠、凶狠、偏激、自私,而陈省身则慧智、谐谑、宽大、威严,可能所有的人第一次见他之前都诚惶诚恐,宛如他的女婿朱经武先生先把微积分仔细地复习一下。而我则不然,看还看不懂,遑论复习?于是那初生牛犊不畏虎的精神是不缺乏的,加上两个人都爱开玩笑,亦若朱先生谓之“臭味相投”,中国文雅的说法为“葭莩相投”。比第一次见杨振宁似乎更多了相逢恨晚的境界。陈省身先生的相貌,按我对骨相的判断:异相也。除眼大有异彩外,耳奇大——长、厚、阔、深四美具,挺拔、垂珠(耳垂如明珠)二难并,这样的杰出耳朵虽千万人无一焉。某人耳则大矣,然软巴巴地,宛似上帝以余料随意捏就,那街边之卖花生仁的老者耳正不小,气则庸凡。陈先生有垂胆之鼻,可见气息宏大、吐纳不凡,而先生之声有如钟磬一般洪亮清澈,远闻之如深山古寺的梵音法鼓。即使隔八间屋子,那频高速缓的声音都会慢慢传来,那他平生用得最多的一词“好极了”,任何人一听即为之雀跃,至于他称赞的“好极了”的对象则有考证之必要。譬如每年他生日,每次人们都会送涂着彩釉的陶质寿星老给他,以此聚积日多,排列于他的客厅橱上,俗不可耐。相信送来的时候,他一定说“好极了”,这三个字表示了大地般的宽容,你看恢恢地轮上面生长着大木巨柯，也生长着野草闲花，我们难道不觉得冥冥之中大地正在赞赏它们——“好极了”。

我决心将陈省身先生放置于他为南开所建的宁园里这些粗俗的寿礼一扫而空，拿了奇石、东周青铜鼎、雕刻、仿清的硬木高几换下了那“好极了”的一切，然则扔了于送礼者不恭，于是我设“陈省身奖”，将寿星老作为奖品送给一次家宴中的所有客人：陈洪、葛墨林、张伟平、叶嘉莹，还有几位不熟知的数学家。不过有一绝对奇妙的想法来自我的倡议，让陈省身先生在像底唯一的一小块陶质犹露的地方签名，这一倡议使所有的人大为兴奋。到了为我签的时候才发现像底也上了釉，毛笔字上不去，我却奇想突发，这一位寿星老唯一的陶质却在头部，于是我请陈先生在那脑瓜上签字，先生大乐，欣然应命，这人间独一无二的陈省身先生的签名寿翁，至今立在我的书房，它变得那么高雅，那么珍贵。不约而同的是，陈先生仙逝之后我偶去叶嘉莹先生处，她几乎放在同样重要的位置。物因人贵，人们不能忘记那一晚高人雅士的欢乐聚会。

日与先生熟稔，对数学问题的探讨也渐插垂天之翅，游于无极之门，而我的疑问也越来越多，这印证了“十个智者回答不完一个愚者的问题”的欧谚。而对在数学上配称“愚者”的画家我，陈省身先生绝对做到诲人不倦、有教无类。

我问：“人们大概不会知道你在想什么？”

陈省身：“那我就可以胡说八道。”

我问：“那你比别人为什么高？”

陈省身：“我做得简捷、漂亮。”

我问：“齐白石画到九十岁还有新意，您呢？”

陈省身：“类我类我，我也有新的发现。”

我问：“人们对大师之产生各有所说，你做何解？”

陈省身：“一半机遇，一半天赋。”

我问：“努力其无用乎？”

陈省身略停数秒钟，然后出人意外地回答：“每一个人都在努力，与成为大师是关系不大的，成功和成为大师是两回事。”这真是妙语惊人，而且越想越使人钦服，非大师不可作如是说。与此相应的问题，见于一次某记者对陈省身的采访。

记者：“大师是怎么出现的？”

陈省身：“唔——大师，大师——唔，”先生支支吾吾不知怎样才能使这位十个智者也回答不完问题的提问者满意。

“冒出来的。”在旁听得不耐烦的我真是冒出了一句妙语。

陈省身先生大为赞赏：“对，范曾说得好极了，冒出来的！冒出来的！”

那记者的眼中露出了不解、茫然，先生习惯性地举起他的左手，作中止提问的示意。

古往今来，大师绝对是少数人、极少数人，既不可限以年月，树以指标，给以条件，他们不知何年、何月、何地、何因，霍然而起，伟然而生，卓然而立，那是无法解释的。以我之体会，大师必具条件有三：智、慧、灵。智，不光是好学可得，这并不有悖《中庸》“好学近乎智”的结论，好学者，只是“近乎”，而达到峰巅的“近”，宛若奥林匹克运动会短跑冠军刘易斯的成绩，恐怕得等一个世纪的努力才能打破。以此知这“近乎”不是“等于”。而慧，则是来源于先天之根性，佛学所谓“慧根”者也，生物学所谓DNA者也，那就是只属慧能而不属神秀的质的分际了。有智矣，有慧矣，而无灵，亦不足为大师。灵者，似有似无的感悟也，忽焉近在睫前，忽焉远在天边；灵者，如梦幻，如泡影，视之不见，听之不闻，搏之不得；灵者，迅捷而来，迅捷而去，绝对留不下一丝痕迹。而灵，绝对是古往今来一切大师不可或缺的光照，它是物质的存在？还是精神的本体？不去详为探讨了吧！灵，在阿基米德浴室的澡盆，在弗莱明贮葡萄球菌的平皿，在贝多芬的音符，在帕格尼尼的琴弦，在陈省身的公式，当然也在某些人的画笔。

灵，如晨曦清露、中夜细霰，远望之有，谛视之无。它浸润着慧智之域，带给人们天心月圆、花开满枝的胜景。

陈先生为天津的少年们曾题“数学好玩”，这句话如出自平常人之口,那是索然无味的。而出自陈省身先生之口,那就包含了他的无限深情和他投身其中七十年的漫漫求索。“吾令羲和弭节兮,望崦嵫而勿迫”,在他九十三岁高龄之后,他每天早晨四时起床,要解一个什么世界难题。而且他对下一世纪的数学家们提出新的难题,为此他作了一场令人感佩的讲演,他的思维如静影澄碧,清晰而透彻,闪烁着青年人一般的好奇心和创造欲,在人类的历史上,还不曾有第二位数学家像陈省身先生一样,表现出岁老弥坚的弘毅精神和不屈意志。然而这是苦役般的劳动吗?非也!——“很好玩”。什么是天才?尼采有云:“若狂也、若忘也、若游戏之状态也、若万物之源也、若自转之轮也、若第一之推动也、若神圣之自尊也。”我在《王国维和他的审美裁判》一文中曾引用之,这七点今正可验于陈省身先生之生命。“狂者进取,狷者有所不为”(孔子语),陈省身已为人瑞,犹作登数学奇峰之旅,非“狂者进取”而何?“狷者有所不为”,对世上异端怪说,疾恶如仇,有学生杨君持种种特异功能之书,呈于先生面前,先生大怒,推扔满地,下逐客之令,狷介之性时有令人骇异者。对人类文明发展中的垃圾,绝对横扫,毫无商量。我告诉他:“您做得对。”陈先生说:“你认为这样是可以的?”我说“当然!”陈先生谈话,有时滔滔不绝,有时要言不烦,全看其性质而定。最简捷的时候,往往是十分严重的问题,斩钉截铁,不假任何题外的修饰。有一次我邀陈省身先生和杨振宁先生于东艺楼我的画室小坐,谈得正高兴,走来几位物理学的博士生,滔滔不绝地向杨振宁先生问物理疑难,我听不懂,但从他们的表情和动作上判断出他们的语无伦次。从杨先生不太屑于回答的神态上,看出大师的忍耐力。正好坐在旁边的轮椅上的陈省身先生大不耐烦,举起左手,“别问了,你们成不了爱因斯坦。”可见我的判断不错。后来我问陈先生发脾气的原因,他说其中一人既愚蠢而又狂傲,“这样不可以,振宁不会愿意回答这些问题的。”还有一次在叶嘉莹先生的八十大庆上,有一位老而不重的先生于讲坛上訾謷无状,信口雌黄,直呼陈省身、杨振宁先生之名而有并驾齐驱、共赴绝域之概。陈省身先生高举左手作狮子吼:“打住!我们老年人就是要少说话!”以上是我见到的陈翁三怒,这三怒非“神圣之自尊”而何?而尼采论天才的中间五点，亦皆陈先生穷奥溯源时的状态，这不只是陈省身先生所专属，古往今来之有大创造者，概莫能外地都有着这种天才的赤子之心、赤子之情、赤子之态。

记得陈省身先生七十岁生日那天，陈先生彼时步履稳健，独邀我与叶嘉莹先生作一次小庆，听叶先生谈诗，当然是人生之至乐，我和陈省身先生都为之击节。我说："今日不可无诗，陈先生您先来。"陈省身先生不假思索，一句诗脱口而出："百年已过四之三。"我说："妙！妙！数学家片刻不忘数学，此其验矣。"叶嘉莹先生以诗评的口气说："的确好，宋人有'问向前犹有几多春，——三之一'。自有词以来，我以为用分数而入词者，可谓千年一遇，而又出于陈先生之口，简直妙得很。"于是我倡议每人作一首诗，第一句必用"百年已过四之三"以为庆贺，第二天交稿，因为陈先生点的珍馐尚未动箸，所以不作即席之吟，第二天写出后，叶先生对陈省身的诗一字不改，对我出韵的毛病提出了意见。后来这三首诗发表在《天津日报》，这是极有趣的人生诗篇。

佛家有云："以逆境为园林。"人生道路不会一马平川，不踬于山者踬于丘，不踬于丘者踬于石。重要的是自己如何对待坎坷，人们如何看待你的坎坷。我当然不例外地遇到了这样的逆境，同时我却能如此生活于逆境之快乐中，陈省身先生和杨振宁先生显然是伸出了援手、带给我无上快乐的两位科学大师。于是有了一场史所未见的"陈省身范曾教授谈美"的讲座，由物理学家葛墨林兄主持，这场讲座有着一个大的背景——

先是，有一位物理学家谈到科学和艺术是一个硬币的两面。且不谈这比喻的不伦，而其所举之例证，实在有悖科学之精神。杜甫有"细推物理"便是第一个提出了物理学之名词；屈赋有"南北顺椭"字，屈原便发现了地球是椭圆形，《天问》成了世界上最早的天文学著作；渐江运用了数学，创对称之山水等等诡言谲说不一而足。而画家们一夜间都深刻了起来，画出了一批十分费解的作品，而每张作品的背后都有着科学伟力的支撑。我断定是这位科学家使一向持重的恩师李可染先生勉为其难地画了生平一张最荒诞的题为"弦"的画，那是一根混乱而驳杂的粗细不匀的线,纠缠着。据说这“弦”已超过了多维空间,而和深奥的数学玄想联袂。陈省身先生请我去宁园看一本这位科学家的著述,他说这种科学与艺术的结合显得荒诞,他简捷地一语破的:“屈原大概不会知道地球是椭圆的。”他告诉我,一会儿有两位科技馆的人来,你替我接待一下吧。果然有二位来了,显得有些深刻。我说,这位著书的科学家大概是出于科学上的寂寞,折腾出这样的学说,牵强、荒诞而无聊,我和陈省身先生都不会支持你们所想举办的展览。然而奇怪的是展览会上偏偏展览了杨振宁的油画像和陈省身的雕像,意思是他们支持这荒唐的游戏。这样的欺世手段,也许为的是蒙蔽群众,也许根本上别有机心。我以为由真正懂得科学和艺术是两片水域的人来谈美,是一件十分有意味的事了。于是“陈省身范曾教授谈美”在南开园里拉开帷幕。陈省身先生站在数学家的立场开始了他有趣而深入浅出的论述,他谈到数字是那么的美妙,不可言说。一个神妙的故事以为滔滔讲说的开端:18世纪,在德国的一所学校,数学老师叫学生们回答1+2+3+4……一直加到100等于多少,少顷,一位年甫弱冠的少年站起来说:“5050”,这就是后来微分几何的奠基人高斯。接着我似乎听出“数”竟有“无理”、“有理”之别,有延伸于一轴自东而西的有理数与无理数,还有驻足于一个平面上的复数。有永远纠缠着你的开方不尽的数,譬如2,还有-1开方之后生出一个符号i,这就是虚数。接着陈省身先生谈几何,妙趣横生。理科学生们的兴高采烈和笑声,使我知道先生讲得精彩,也跟着不甚了了地傻笑。他说:数学是一个至美的境域,数是一个奇妙的精灵。演讲既毕,有一个好问的学生站起来问:“你相信上帝的存在吗?”陈省身先生说:“这也是我想向你提的问题。”在暴风雨般的掌声中,陈省身先生退出了会场。接着我在朗诵了一段我的长诗:《庄子显灵记》中“智者——爱因斯坦”之后,谈到陈省身在普林斯顿大学与爱因斯坦的友情,告诉同学们今天这样的科学家已硕果仅存,只有陈省身先生和爱因斯坦的邻居能如此了解爱因斯坦。我的讲演着重谈科学和艺术是两片水域,科学重理性而艺术重感悟,同时对甚嚣尘上的科学与艺术的“一币两面说”渐有披靡国中之势抱着忧虑之心,我以为这正是打着科学的旗号,为后现代主义艺术张目和鸣锣开道。一个怪力乱神的艺术乱世将会来到人间,而当这样的魔鬼一旦从魔瓶之中蹿出,那艺术的灾难便永远不可收拾,我们需要的是筑起水火不能入、虎豹不能侵的铁的长城。因为一种荒诞信念的侵蚀对民族精神的动摇,比火和剑具有更大的危害。和谐的追逐从古代的孔子、老庄到苏格拉底、毕达哥拉斯一直绵延至今,使我们生活于有序的地球和人间,而后现代的所有失序,都在危及着人类的平静,其中充满着斗争和矛盾、噩梦和呓语,甚至戕贼生命和残暴酷虐。后现代不是美妙的信仰,不是诗意的裁判,它带给人类官能的反感和心灵的损伤。呼喊和谐,回归古典主义,与大美不言的天地相往还、相对话,是陈省身先生和我谈美的宗旨。葛墨林兄作了精彩的总结,他要同学们记着这一天,这将是人生难再的幸福的回忆。

前文谈到的纤维丛,必有奇美在焉,了解纤维丛的机会终于来临。在一次研讨陈省身数学成果的大会上,吴文俊先生用他的南方口音讲,那是陈先生从宇宙取下了"一小块块"如何如何,整个会议除听清这四字而外,其他的公式都与我无关。参之杨振宁先生赞陈省身先生的诗:"天衣本无缝,妙手剪裰成。"我想,宇宙的天衣无缝、自然本在那是陈省身先生理论的依据,也是他与宇宙对话的核心。这"妙手"应是冥冥中的目的,那是谁的手?是西方的上帝?还是中国的道、天、诸天?无法说,那妙手必凭借陈省身先生这样的数学家解析而后再行剪裰,剪裰出"一小块块",重新把他略无缝隙地送回天宇。

有着童稚之气且好谐谑的陈省身有一次告诉我:"范曾,我有钱了,以后请客不用你出钱,全部我来付。"

"你从哪儿弄来的钱?弄来多少?"我挑战似的询问。

"一百万美金,绝对够我们吃饭之用。"陈省身先生告诉我,第一届的邵逸夫奖决定授予他。

"哈,一言为定,你的这笔奖金,我们必须吃完之后,才允许你离开人间,一年我们吃它一万元美金,你还得活上一百年。"我大为兴奋了。

陈省身说:"一百九十三岁,嗯,可以的,一万元美金太奢侈,人民币吧。”态度有些认真。

“哈哈,那吃它八百年,你比上古传说中的活了八百岁的彭祖还高寿。”两人相与大笑。

数学家和哲学家有着不解的因缘,至高至尊的数学与哲学的邂逅,使两者相得益彰。从毕达哥拉斯到莱布尼兹都是大哲,同时他们更是伟大的数学家。大数学家的所向无敌的武器是逻辑,他们距逻辑越近则距具体的数字越远,那能心算10位数28次方的印度妇女,是卓越的算术家,而不是实际意义上的数学家。计算机,能在比数学家快一万倍的速度下计算数字,但它不是数学家。陈省身先生平生不会使用计算机,也没有一次有求于计算机,他的玄想用不着它。南开大学要从数学经费中拨款购置一个硕大无朋的计算机,先生颇为不满。有人前来询探先生的意见道:“你是我们的旗帜,只需要你表一个态就可购买了。”先生说:“好吧,那就在旗帜上写‘陈省身不要计算机’。”不只对计算机不感兴趣,在日常生活中,陈先生也很少数字之计算,陈省身先生有一次在天津凯悦饭店请客,付款时,几百几十几元,他来回计算,最后的得数才和发票的仿佛。陈省身先生用实际行动教育了我们,不要以为数学家必须有前述印度妇女的本领。

有一天,陈省身先生与杨振宁来我家,用不少英语词汇在谈话,原来在商量这一百万美金的捐赠事宜,杨振宁先生提议的地方,陈先生都欣然同意。最后将一百万美金一元不剩地送光。我看到了两位伟大的科学家是如此平淡地对待这一百万美金,不仅平生所仅见,连我也不曾做到。所谓知识分子之“士节”,正在临财廉而取予义。大师风范,令人肃然起敬。以后所有的饭局,依旧在宁园的小餐厅进行,有时我从外边叫来淮扬系的“公馆菜”正合陈先生口味,可恨葛墨林竟吃不出好来,我和陈省身先生对葛墨林品菜水平的低劣,不免微词,陈省身先生准备请客八百年一事倒是忘得一干二净了。对于自己的寿数,陈省身先生怀着永年的信心,一百岁绝非上限。

更大的喜事临门了,国际小行星联盟批准了北京天文台的呈报,对陈省身先生授予殊荣,以“陈省身”命名一颗天外的小行星。陈省身先生说:“有趣,很有趣的事。”似乎好玩之心胜于激动之情。因为在他的心目中,最关心的不是个人的荣辱,而是祖国的数学。他以为中国是可以成为数学大国的,为此,他竭尽精力,消磨了他生命的最后年月。

2004年夏,溽暑炎蒸,我内心有一种莫名的烦躁,有一件事十分紧迫地时时缠绕着心灵。这种感觉来得突兀,来得猝然,得快快动手,刻不容缓。我不相信神的启示,但很多事使我对冥不可知的天地抱着敬畏。这高天厚地究竟在发生着什么?它们之间那无形的业果,竟是那样不可思议。我立刻要画陈省身和杨振宁这幅大肖像画。这是陈省身先生2002年在一次偶然的谈话中提起的,当时我问是画肖像,还是画古人习用的行乐图格局,陈省身以为都可以,我答应了。此后,陈省身先生曾多次提醒我早动笔,也嘱葛墨林兄和裱画名师耿淑华催促,我总是告诉陈省身,叫他耐心等待。我相信真实的情感会使这幅画精美而生动,这是一幅世界科学巨人的对话,他们的友谊是科学史上人文精神之典范:既有深邃博大、不可端倪的科学精神;又有温文尔雅、亲和诚信的东方风仪。

开笔之后,我绝对是处于一种冷静的理智与奔突的热情交会状态。心往笔走,八龙蜿蜒,玉轪并驰。那时,天地精神奔来腕底,一笔一画,无非生机。当陈省身先生双眸既出,我就断定了此画的必然大成,那莹莹而欲动的眼神,包含了他阅尽人间繁华归于淡泊寡欲之境的崇高;包含了他探究宇宙奥秘、深入不测之域的睿智,当头部画毕,陈省身先生已跃然入目,如闻謦欬,如坐春风。一个半小时过去,由于激情,也由于天热,汗涔涔而透衣矣。

然后画杨振宁先生,这时最是艰难,由于我从不打铅笔底稿,下笔乾坤已定,非有峻极的本领不可如此从事。杨振宁的眼神必须落在两米远的地方,必须与陈省身先生的眼神相碰撞。这不是寻常的一瞥,是世纪科学峰巅的晤谈,目遇而神授,堪称传神杰作。在此,我无意伪为谦揖,我想,是两位伟大的人物给了我灵感,即前文之所谓“灵”。

大画既毕,先请葛墨林兄欣赏,他当时的惊讶和快乐难以言表,不停地说:“太妙了。”当晚他通知陈省身先生和杨振宁先生。第二天陈省身先生从天津赶到北京碧水庄园我的寓所，当轮椅推到这丈二四的大画前时，先生大喜过望，几乎是高声地喊着说："伟大！伟大！"接着玩笑地补充说："我和振宁跟着这幅画不朽了！"我说："你正说反了，我跟着描画的伟大人物不朽了。"我从来没有看到过他如此的兴奋，比起那天上的小行星，这幅画似乎更"有趣"，"很有趣"。

第三天杨振宁先生带着一个留美的物理学博士来看此画，杨振宁说："陈省身先生画得太像了，我自己看自己，不如别人看我。"于是他问博士，"你看像不像我？"博士说："太传神了，太像了。"杨先生的兴奋不亚于陈省身先生，当晚他传来了fax，激赏此画，尤其对画上题字"奇文共欣赏，疑义相与析"和诗"纷繁造化赋玄黄，宇宙浑茫即大荒。递变时空皆有数，迁流物类总成场。天衣剪掇丛无缝，太极平衡律是纲。巨擘从来诗作魄，真情妙悟铸文章"。备极赞赏，以为虽英之大诗人蒲柏(pope)之作无以过。

然而，不幸的事从天而降，六合的大雾笼罩着，天地一片茫茫，真个茫茫！巨人因心脏病倒下了。飞机停航。我从济南乘火车直奔天津，直奔天津医学院总医院。先生正在昏迷之中。奇巧的事发生了，当我站到病床边的时候，先生霍然醒来，睁开着一双大眼，口中模糊地发出"范曾，范——曾——"的轻微声音，而且颤动着右手，似乎想抬起来握手，我紧紧地握着先生的手，他完全没有表情，一会儿又昏迷过去。他一生最后讲的两个字，就是"范曾，范——曾——"，这光辉生命最后的一抹余霞我见过了，那是平静的。天色渐暗，先生的心脏测仪上，由微波而画为一根线，一根绝对无情的线。

我和葛墨林、张伟平默默地将先生送进了太平间，时值隆冬，像地窟一样的寒冷，人们相顾流着无言的泪，更无语言，何须语言，夫复何言！

陈省身先生的女婿，卓越的物理学家朱经武先生说："他是带着快乐走的，有三件事：小行星的命名，邵逸夫奖，还有他看到了您画的这幅画。"

从淌着血的心灵里流出了一首痛定思痛的诗："大雾茫茫掩九州，中天月色黯然收，何期执手成长别，不信遐龄有尽头。一夕宁园人去后，千秋寂境我悬愁，遥看亿万星辰转，能照荷塘旧日鸥。"

南开园的新开湖畔，深夜里一片烛光，上万的莘莘学子，举着闪动的蜡烛，向我心目中20世纪最伟大的数学家告别。庄严肃穆，悄焉寂然，没有哭声，也没有抽泣。只有无法慰藉的哀思举起了崇高的无际光焰，象征着他智慧的光亮，这光亮曾照遍人类的几何学圣地。

告别大会隆重而悲哀，人们都记得杨振宁先生对陈省身先生的崇高评价，记得他诗中将欧几里得、高斯、黎曼、嘉当、陈省身列为人类几何学的五座丰碑。卓越的数学家邱成桐先生说："我们以毕生的精力，也做不到陈先生十分之一的工作。"我想，这不是谦虚之词。

人们在哀乐声中仰望长空，夜色已浓，那一颗闪烁的行星——陈省身已渐行渐远。

奶奶在花园

□小　红

羊尾巴花园

70年代初两位老人结束干校生活,从湖北丹江回到北京。下放回来没有一个完整的家,不得不分居两处。爷爷挤在东堂子那个窄而霉的小屋里,尽他的书籍资料堆放得铺天盖地;我随奶奶住进"小羊尾巴"胡同[①],红门灰瓦青绿回廊的一个四合院,是奶奶单位人民文学杂志社的宿舍。街坊邻居是奶奶的同事。也许因为那时政治压力接连不断,需要缓冲;也许生活在灰色单调的环境里,需要色彩;也许在乡村锻炼了几年,多少学习了一点农家技术,不宽敞的院子里家家户户喜欢动动土、种种东西,我们住进了一个小花园。

春夏季节,"苔痕上阶绿,草色入帘青"。院子里,金银花藤、葡萄藤、蔷薇、牵牛花、茑萝攀援生长,鸢尾、地雷花、扁豆、丝瓜、向日葵渐次开花,在太阳进门时很是热闹。到秋天,院子变化成小果园和小菜园,满目琳琅。奶奶在"花农"岗位上兢兢业业,日日早起弓腰曲背在园子里忙碌,主攻月季并且颇得章法。爷爷称赞道:"一大清早起,照旧在花朵间剪枝。看来花开得不少……以为比故宫御花园的还好。""这里下地深,土气足,今年雨水又好,所以特别旺盛。大的如牡丹,如牡丹好看。""花特别茂盛,真可说'花团锦簇',或许有三百来朵同时而开。"[②]其实我家园子只有巴掌那么大。

巴掌大的花园可不单是奶奶自己的。那些活泼的颜色,快乐了家人,装点了我的童年,也放松了大人们为政治争斗而疲惫的神经。

白天,园子边是爷爷的写作间。很长一段时间他每天在两个“窄而霉斋”之间奔走,后来终于从东堂子迁来羊尾巴和奶奶一起住。早早晚晚空气新鲜,爷爷喜欢搬个椅子在院子里看书,端个小桌子在篱笆旁写作。爷爷关于古代服饰的部分稿子就是在篱笆边修改的。我上学放学的时候,看见那张小面板桌子上堆着稿子,在走廊和花架之间端过来移过去,好避一避太阳。这个“御花园”写作环境较之于东堂子斗室好得多,可是祖孙三代挤在19平米内,在旁人看来还是不堪。香港商务印书馆李先生为出版服饰大书来访,难以相信爷爷的居所如此简陋。屋内局促,两人站在院子里聊天,聊着聊着大雪飘来,“漫天大雪,两个男人,一个小院,一部书稿,水乳交融,记载着两个人对中华文化的承担,多么富于浪漫的诗情画意!”[3]可是承担者何止两个男子,诗情画意又何止那一天。

晚上,园子归孩子们。那时我读小学,算个“小白丁”,既不懂得欣赏奶奶的园艺,也不懂案牍诗书,跟着院子里一群孩子玩。当豆角丝瓜的藤蔓爬上了屋檐,葡萄叶子密密挨挨的可以纳凉时,小白丁们就巴望天黑,天黑了玩藏猫猫。一个孩子背转身数数,其他孩子迅速作鸟兽散,鸟兽何处躲?奶奶花篱下。躲进花丛密叶深处,泥土气息包裹了我。经过日晒雨淋,晚上的泥土好闻。园子里也种夜来香,在太阳落山后施展香气妖气,叫人做梦,梦想自己有孙猴子的本领,大闹天宫。催梦的是花,把孙猴子从梦中咬醒的是蚊子虫子。

我家住四合院的东厢房,屋子狭小,花园就是天然客厅。客人来访,或者大鸿儒,或者小白丁,习惯在园子旁坐坐,喝茶、谈天,时间长了,就在园子旁开饭。朋友们都记得花园的好处,斯是陋室,唯“花”德馨。

园子也做过习艺场所,白天在工厂劳动的工人大大[4]下班回家变成花农大大,在园中试身手,这园子是他第一块试验田,花园里走出了一位花经理花专家。也曾有一位年轻远亲住在奶奶家,每日很勤奋地练胡琴。现在回忆那些乱耳丝竹,也不讨厌。所以说,这园子可以调素琴、阅“金锦”。

唐山大地震，我家墙倒屋塌，举家南逃苏州避难。我就此告别羊尾巴，在奶奶家乡、外婆家乡以及父母家之间辗转千里。我当时不会照相，会照相的大大又舍不得买彩色胶卷，所以没有留下花园的斑斓色彩，遗憾。以后这个院子的遭遇和北京很多四合院一样：拆迁，夷为平地。羊尾巴花园就拆迁到少年记忆里了。

十多年后的一天，我曾经到这个地方“怀古”。院子已经不复存在，拔地而起一座水泥高楼，风致全无。那座水泥疙瘩竖立的地方原本是前院赵家的地基。这个发现叫我兴奋，于是抱着一丝幻想改怀古为“考古”，竟然摸索到了我家的屋基轮廓！摸摸墙根，奶奶陪我挑灯夜读《西游记》的样子，爷爷低头看书的背影，伙伴们蹦跳叫嚷，奶奶唤我回家吃饭的声音，仿佛昨天。可惜，花园的松软土壤已经被邦邦硬的水泥覆盖。

阳台花园

奶奶的花园复兴，是90年代初的事。爷爷在，奶奶尽心尽力照顾爷爷。爷爷不在了，奶奶才有时间莳弄花草。这时候我们没有了四合院，只有一个狭窄阳台，施展不开，比不上羊尾巴花园，比九如巷孝华奶奶的菜园、纽黑文充和奶奶的竹园相差更远。同事的水仙，爸爸的龟背竹，胡先生的昙花，田伯伯的虎耳草，姑父的常春藤，花花朵朵陆续成活，阳台渐渐拥挤。健硕者如巴西木有巴西人那么高，小巧者如仙人掌只有掌大，大大小小一度有三四十盆。有一阵我四处寻找耐活的小东西。曾经到访凌山老人家，见她家有一株大吊兰。老人说，本来是你奶奶送的，带它的孩子回去吧。回家的兰草子子孙孙地发展为一个家族。

细小生灵的招摇，轻轻填补一个人失去亲人的情感失落。奶奶阅读唐诗宋词，编辑整理爷爷的故事自己的故事，从花影中体会世间冷暖。她曾给花草起名字，用的是爷爷书里那些可爱女孩的名字。一位朋友说，张先生养育的花草延续着爷爷小说的生命，延续着爷爷“对笔下小人物深藏的那份温爱与呵护”[5]。

阳台上优胜劣汰，叶比花多，耐寒作物多，“竹”成了主要种群：文竹、龟背竹、水竹、富贵竹、紫背竹[6]。“竹”虽不竹，却枝繁叶茂。奶奶应马悦然先生之约，为他题写书名《茂竹展叶》，笔力峭拔，是奶奶写得最好的一幅。下笔时必定受家“竹”鼓舞，胸有成竹。

花园引来了一群食客。早晨，奶奶抓一碗红豆绿豆金黄小米雪白大米，端一碗水，送到阳台窗台上，款待她的鸽子。起先只来一只花鸽，不久来了一对，末了则是一群。奶奶宠鸽子，天天喂，还向人家宣传。曾有记者来访，寄回来五张照片，结果鸽子有四张，奶奶只有一张。某日，不同花色十来只鸽子出现在我家阳台上，如同八国联军进犯，狂啃滥啄蛮横无礼。花园遭到毁坏，这个现实终于启发了奶奶的阶级觉悟。经过一番思想，她开始划分鸽群的好人坏人，并且挥舞扫把来表示自己的敌我亲疏观。

下雨了，奶奶念叨：“雨还在下，可怜我们花坛中那些无辜的小花草。”花枝凋零，奶奶叹息，不等《葬花词》念完，已经眼泪汪汪。绿叶婆娑，奶奶欢喜，生出君临之感，称阳台为后宫。有一次奶奶出行之前，给我一则《我的后宫佳丽》。写的是花，读出来的是人的情趣。

比如写龟背竹：“家中两棵，一老一少，老者敝人，少者红也。”一老一少至今陪伴着奶奶。

赞美勿忘我：“排第一，无他，人品中之至上者也。”

何谓花之品行？比如文竹：“欣欣向荣，但必须随时剪枝，无使滋蔓。其中之一主动收养无家孤儿牵牛花，仁爱之心可嘉。”

也爱憎分明：“紫背竹甚霸道，无可取处。打入冷宫！”

为新来的苦刺梅担心：“红花亦不见再开，思念其故主乎？”

最心疼的要数来自湘西的小家伙：“虎耳草，虎虎有生气。正身强力壮之时，多子多孙之兆也。”甚至怂恿之违反政策：“何不解放思想，暂置计划生育于不顾，繁衍其子孙，获得素质良好之子嗣，对我中华民族，亦大好事。”

奶奶心中的风景

奶奶在江南园林长大，常常怀念童年。受姐妹和孩子们的鼓动，陆续写下来一串童趣故事，似乎就从故园中信手摘来，比如寿宁弄书房，比如乐益女中。奶奶记忆中的苏州寿宁弄，“花园中有太湖石假山，有荷花池，有水阁凉亭，有大花厅。花厅前有枫树，白玉兰、紫玉兰各一棵。花厅周围，有杏树、核桃树和柿枣，还有绣球花。最令我惊奇的是，假山旁边竹栅栏内，还有一只仙鹤。”[7]故园风景，已无从寻觅。

上个世纪20年代，奶奶和她的姐弟们就是从这个粉墙黛瓦优美雅静的花园走进了一个充满动乱灾难的大社会，求知识寻自由。

奶奶从来不做小家碧玉，年轻时当运动健将，夺得学校女子全能第一；下放干校时奶奶任蔬菜班长，与一群戴眼镜的老者在田野操持锄把；年迈时仍然向往高山大海，向往远足，不放弃贴近大自然的机会。80岁以前，南登黄山观云海日出，西出阳关看敦煌壁画。80岁之后，足迹北至北戴河山海关，东临烟台，西达峨眉，东南至苏州、泉州、厦门鼓浪屿、香港，西南至湖南湘西、云南昆明，甚至直抵大理苍山洱海。

11年前的5月，奶奶率全家送爷爷回湘西凤凰故乡。那一次，伴爷爷骨灰一同贴山近水的是奶奶积攒了四年的花瓣。奶奶站在虹桥上，目送爸爸和我乘舟顺沱江而下，小船身后漂起一道美丽花带，从水门口漂到南华山脚下。

1995年奶奶到北戴河，欢呼，“天气好极了！空气凉爽，晨起大雾，花圃中各种花草争奇斗艳。应当告诉二姨奶奶[8]，来对了，不是错。”“在园中散步，仔细观赏识别。盆栽的有玉兰、扶桑、白兰花、绣球，绣球有紫色、绿色和其他颜色的。”闻闻树木的气息：“枞树高达数丈，叶子一直长到地面，因多雨雾，枞树、路边青草，放出清香，色香宜人。”(引自家书)她从一草一木中“领悟生命的原色”。

奶奶喜欢听我讲述每一次大山大水的远行，不论我攀爬深山老林，还是漂洋过海。她甚至记得我曾独自去东非肯尼亚历险，在国家公园即野生动物保护区迷路。有一次奶奶外出时听说不远有一处野生动物园，这消息即刻唤起她非洲探险的豪情："要坐森林车子去。我虽未去非洲，也得尝尝红红几内亚[9]的经验了。我们不会迷路。"还有一次作家协会筹备组织老人们去云南旅行，奶奶态度明朗。"有人说太远太累，有人说心脏不好，不想去。另一些人坚决要去，正在争取，我属于后者，一定要取得胜利，云南哪能不去？"结果她不但故地重游，兴致勃勃地探访抗战时期住过的呈贡龙街子，而且像每一次一样，她是团队中最年长的。

"年纪最大，走路最稳。不要人扶"，说着说着自己跷起大拇指。

大拇指的指骨弯弯曲曲，其实手足关节早已变形，是过去乡村劳累的印记。对于生活的粗粝和坎坷，奶奶的体会比他人更深。

和作家协会朋友们一同远足的乐趣一直保持到1999年9月，在京郊八大处，朋友们悄悄准备三个蛋糕，为她和好友梅志（85岁高龄）、郑重（80岁）三位老人家同时祝寿。90岁！那份欢愉童心与九岁无异。90多岁时候奶奶腿脚差了也并未蜗居，天气柔和时经常到户外运动，北海、天坛、中山公园……直到去年十一前夕，奶奶还坐着轮椅，去天安门和文化宫赏花。

还有一个景致奶奶牵挂着：滇北川南的泸沽湖。抗战时期，画家朋友李霖灿先生曾调查研究摩些人（纳西族摩梭人），泸沽湖风土一直令爷爷奶奶神往。我从云南回来，给她看丽江宁蒗的图片，宁静安谧的薄雾山水，阳光红叶，奶奶眼里就闪动着光。

奶奶向往的风景其实很远，心中的花园其实很大。

最后的花园

守护着奶奶，直到最后时刻。

一切抢救都停止了，送奶奶离开病房。摸摸她的头发、胳膊和脚，奶奶的胳膊和脚是热的。从火化的地方接奶奶回家，很小的一个布包捧在手里,布包也是热的。接奶奶回家一如当初陪奶奶求医,抱着她坐车子穿越城街。做穿越生死的漫长旅行。在寒冷的深夜无助守望,满目期盼满心焦虑。一次又一次,我碰到死神冰凉衣衫,但是奶奶的温暖依然真切!

奶奶用温暖的方式与我告别,留下暖意。

奶奶走了,春天来了。

这是一个没有沙尘的春天,也许,天下也有一双眼睛充满了泪水。

人们说,爷爷接走了奶奶,两个人在天堂相会了。家里飞来一只只天堂鸟、一簇簇百合花。不知天上景象,不解天意的我们为奶奶建起最后的人间花园。

取奶奶在花园的照片制成纪念卡寄给大家,简洁朴素,是亲情之花。

姐妹们的挽联,弟弟们的书丹,是手足之花。

菊花、仙客来、鹤望兰、君子兰、勿忘我、郁金香、马蹄莲、红掌、蝴蝶兰、热带兰、非洲菊、石竹、满天星和剑兰,是友情之花。

老朋友金隄夫妇和吕琳夫妇送来的榕树,与松柏绿萝相错落,是常青之花。

五湖四海的追思、电报、电话、信函,是言语之花。

花之回赠:当奶奶屋子里鲜花遍开时,我们回赠鲜花。来访者会得到一束陪伴过奶奶的花,带回家,痛楚可以分担,温情可以分享。

花之收藏:落下的花瓣斑斑驳驳,小心收起来烘焙,花开时一种神气,花干时另一种样子。最出色的是玫瑰和小苍兰,焙干后鲜亮不衰败,雅致不萎靡,脆脆有声。

母亲、我和小霞用照顾奶奶的心思照顾她的花,尽其花开花落,一个月芳菲不绝。

人走了,花还在。花谢了,芳香还在。芳香消散处,听那吟诗声音:

既耕亦已种,时还读我书。
穷巷隔深辙,颇回故人车。

欢言酌春酒，摘我园中蔬。

俯仰终宇宙，流观山海图。[10]

奶奶在花园。

2003年5月初　北京

注：

①即小羊宜宾胡同。

②引自1979早夏天给友人信。

③李祖泽《魂兮归来——沈从文先生百岁祭》，2002年。

④大大是我对伯父的称呼。

⑤乌日娜《永远的回忆：温爱与给予》，2003年。

⑥奶奶这么命名鸭跖草，因为叶面为紫色而得名。

⑦张兆和《我到苏州来》，作于1996年。

⑧奶奶的姐姐允和，这里使用我的称呼来写。

⑨几内亚，为肯尼亚之误。

⑩陶渊明《读山海经》第一首片断。

摇曳秋风遗念长

□ 孙晓玲

一落黄泉两渺茫，魂魄当念旧家乡。三沽烟水笼残梦，廿年嚣尘压素妆。秀质曾同兰菊茂，慧心常映星月光。老屋榆柳今尚在，摇曳秋风遗念长。

父亲这首旧体诗《题亡人遗照》(即《悼内子》),写于1970年10月26日下午，距我母亲去世仅半年时间。充满赞美的怀念，寄托了父亲飞鸿失伴后的不尽哀思。

母亲叫王小立，这个名字还是进城后父亲为她起的。她是与父亲同县的一个普通而又有着传统美德的农村妇女，21岁时嫁给了正在保定读书的父亲，61岁时悲惨地逝于血雨腥风的“文革”之中。印象中的母亲，稍圆的脸盘儿、双眼皮大眼睛，宽脑门儿白净皮肤中等个头儿，待人亲切乡音极浓。她总是穿得素素净净的，是家做的那种偏襟布衣，鞋也总是自己纳底儿做。虽然没有上过学，可她记忆力不错，语言特别丰富，民谣乡谚经她说出来，一串儿一串儿地既押韵上口又风趣生动，我到现在还能背出十来段儿，像什么“有爹有娘仙桃果，没爹没娘风落梨”、“有享不了的福，没受不了的罪”、“腰里揣着一文钱你想花十文棍，给你个老母猪也不够你胡打混”等等。可以说我的启蒙教育，很大一部分都是从这些带有“警世性”的“土语村言”中获得的。

我们几个孩子还在上学的时候，父亲就极其严肃地教育过我们：

“从小我对你们没尽过什么责任，你娘把你们拉扯大可不容易，你们都要记着！”

父亲语重心长的话字字千钧。我们都知道，自从大哥不幸夭亡后，四个孩子无论哪个头疼脑热，母亲都紧紧地抱在怀里，在农屋土炕上伴着用棉花捻儿自制的小油灯，走来走去地彻夜不眠，直到捂出汗、退了烧，才会放下紧绷的心。母亲就是靠着这种执著、这种坚忍、这种无私的爱，在战乱离别中，在缺医少药的穷乡僻壤，抚育大了我们，令我们终生感恩，春晖难忘。

在父亲的《荷花淀》、《嘱咐》、《丈夫》中，我都看到了极其熟悉的举止身影。其中有些对话，仿佛“原封不动”就是母亲讲的。我甚至这样想：如果没有我母亲这么善良质朴、柔婉多情和心灵美的妻子，也许就不会有《荷花淀》；如果没有我母亲对父亲无私的爱和倾力支持，父亲就不可能在延安的土窑洞里，使着劣质的笔，蘸着自制的墨水，在粗糙的草纸上，饱含激情、行云流水般地写出那些优美文字，就不可能连草稿也不打，自然而然“就那么写出来”的诗样文章。父亲的文字中，固然有对人民战争的颂扬，固然有自身情操的内涵，固然有对冀中英雄妇女五体投地的敬佩，可一定也有对遥遥相盼千里之外妻子的思念，有对妻子绵绵的爱。

1942年中秋夜晚，父亲在山地阜平一挥而就写下了短篇小说《丈夫》，载于12月份的《晋察冀日报》。解放后，父亲曾亲口对韩映山说过，此文是以妻为“模特”的。1942年，这个短篇获晋察冀边区文联鲁迅文艺第一季的季奖，那正是抗战最残酷最困难的阶段，冀中地区血与火的“五一大扫荡”就发生在这一时期。这也是父亲的作品第一次获奖。作为一名“抗战文艺老战士”，这次获奖对父亲而言，印象很深刻。

1970年4月15日，母亲带着无尽的牵挂离开了她挚爱的亲人，这给历经屈辱劫难的父亲，带来雪上加霜的打击。“昔日戏言身后事，今朝都到眼前来”。在几位好友的帮助下，办完丧事的父亲，独自一人躺在被谪居的佟楼新闻里十四排小南屋的铁床上，呆呆地望着低矮的屋顶，望着墙上那带着铁棍儿的小窗，卧蚕眉紧锁，丹凤目含悲。他的嘴倔强地紧闭着一言不发。往事历历，在脑海中闪现，妻关切的话语又响在耳边……就在这张单人铁床上，因白日遭受当众“坐飞机”被揪斗的奇耻大辱，是夜他鼓起勇气愤然触电自杀但被灯口弹了回来。事后他告诉妻，妻哆嗦着嘴唇满眼是泪：“咱不能死，咱还要活着看这世界呢！”“这人啊，十年河东，十年河西，十年过来看高低！”是母亲的劝说、激励，帮助父亲活了下来。

就在这与两个年轻的疯子为邻的平房小屋，父亲与母亲见面的机会也不多，父亲偶然回家取几件衣物、吃顿饭，就又得回去接受隔离审查，做那斯文扫地的“卫生”，写那写不出一行半句的“检讨”，交代那交代不出来的“反党”罪行，看那“触及灵魂”的“革命行动”升级。但他们的两颗心无时无刻不在互相牵挂。只要父亲一进小屋，母亲马上就到对面砖搭的小厨房内，在煤球炉子上做碗挂面汤，端给满面霜侵的父亲。父亲暖暖肚肠对知冷知热的妻小声讲几句触目惊心的所见所闻，为老干部的遭遇愤愤不平：“这是要把国家搞成什么?! ”为国家民族的命运深深担忧。别看父亲体质瘦弱，可他是非分明、疾恶如仇，铜枝铁干无媚骨，不管形势多么复杂、多么混乱，他头脑清醒不盲从，更不做违背良心良知的事情。所以母亲常说：“你这个人好拉横车。”意即不大随大流儿。在冰连地结的寒气“包围”中，在随处可见的鄙夷白眼“扫射下，患难与共、情德交融的夫妻情，温暖着两颗沧桑多难的心。那时，我大姐、二姐都已在父母的支持下，先后支援外地建设。哥哥因家中狭窄，也只好住在厂里。我和母亲睡在一张稍大的木床上，父亲偶尔回来就睡在靠小窗的铁床上。父亲心爱的书，连柜子一块儿被抄走了，剩余的几件家具搬来前也贱价处理了。即使这样，屋里还是挤得几乎没有走道儿的地方。吃饭就在铁床上摆张小桌，切菜做饭也全在上面。

小南屋墙薄门陋，屋小炉大，里热外冷，母亲不幸又患了肺炎。我和哥哥用三轮车把她拉到医院央求了半天才住进去。记得父亲请了假，从郊区干校赶去看她。那是个白天，父亲穿得很旧，脸晒黑了，很瘦。脚上一双旧球鞋，看起来更像个农民。病房极大且嘈杂，挤着一圈儿十几个危重病人，父亲没地方坐，就一直贴着床边弯着腰和我母亲说话，宽慰着她。看得出,父亲一直强忍着酸楚,可母亲苍白憔悴的脸上漾起了笑容。

这次探视后,父亲在小南屋痛心疾首地对我说:“我都不愿看到她那痛苦的样子。”他一脸的凄然。他也曾在小南屋里伤感万分地对亲戚说:“她是一位多么贤惠的妻子呀! 对我真是太好了! 盛在碗里递在手里。这屋里的几件东西都是她操持置办的,我看见这些家具就难过,心里一阵阵翻个子……”可当着我们的面,父亲从不掉眼泪,怕我们难过。尤其令我难忘的是,我母亲去世的那个早晨,在医院里,父亲用胳膊使劲儿挡着我,不让号啕大哭的我冲向亡母,父亲知道我在病榻前服侍母亲好几年,怕我受刺激,怕我太伤心。父亲的爱护无处不在,即使细微之处也是那样感人。

1972年夏天,我跟随父亲回了一趟老家。离村口还有一段距离,父亲就让停车,轻声对我说:“下来吧,走着走! ”

说着,父亲已弯腰走出车门,踏上他魂牵梦萦的黄土地,脚步匆匆,神思凝重。红荆阡陌、绿树矮房、井台鸡羊,虽无苇堤渔岸淀水荷塘,却也是一派田园风光。我们住在表哥家,中午,村支书来请父亲吃便饭,父亲去了,坐在农家小院低矮的木桌前,低头默默吃完了一碟饺子,没有回碗便起身告辞。第二天清晨,顺着一溜儿钻天杨,父亲在村头沉默地散步,思绪起伏、触景生情,又见桑梓故土地,不见灶旁起炊人。他忘不了妻“青春远离毫无怨言”,送夫上前线重担自己肩,叮嘱自己远走高飞早胜早还;他忘不了公认的“贤大嫂”,拉风箱添秫秸,为过往的八路军友人灶上煮杂面;他忘不了妻担惊受怕三更半夜挥锹铲土,埋下自己托战友骑马送回家的进步书刊;他忘不了在妻的娘家柜中,被搜出一张自己在育德中学的“学生照”,让老岳母挨了日本鬼子几枪托子差点出人命;他忘不了鬼子“扫荡”,妻携幼扶老气喘吁吁丢鞋甩袜奔跑逃难;他忘不了铁蹄压境,妻推机杼,手指变形,赶集换卖操劳一家老小吃穿……

第二天,父亲特意让我去黄城看看,那里是母亲的娘家,他觉得我应当了解母亲从小生活的环境,在那儿,我受到舅舅、舅母的热情款待。与聊城不同的感觉是,那里的土更黄,枣树更绿。

荆钗布裙善解人意的我母亲,在父亲心目中的分量始终沉甸甸的,就像他宁肯喜欢在案上供奉一盆朴实无华的贞石,虽不名贵奇特,却悦目可人;宁肯欣赏窗台上一棵清静淡雅的白菜花,虽无冽郁的香气却耀眼光明。母亲的坚忍不拔、从一而终以及种种细微照顾,都刻骨铭心地令父亲终生不忘。

妻逝后5年,父亲数次在《书衣文录》上,记下对她的“不堪回首”之忆念。我母亲逝世后10年,父亲连续写了《报纸的故事》、《新年悬旧照》、《三马》、《亡人逸事》等具有自传体性质的作品,实可谓“十年生死两茫茫,不思量,自难忘”。在元旦、春节前后,在夜晚清风明月拂照下,父亲伏身南窗的写字台前,百感交加,回首往事再忆前尘,用他那炉火纯青之笔,写出了初建爱巢时少年夫妻的恩爱,写出了分别多、欢聚少、贫贱夫妻的艰辛,写出了“十年浩劫”患难夫妻的悲凉,写出了他心海中对发妻的一片永无枯竭的思念。这其中有甜蜜的回忆,幸福的对白,有悲欢离合的苦辣酸甜,有老年无情的自审自责,有难以为继的掷笔三叹。

在父亲眼里,我母亲对他的精心照顾,真称得上是“无微不至”。父亲疗养时她去看望,父亲下乡时她去相伴,父亲准备搬家,她去看房,父亲想买个书柜,妻去挑选。做在前头、吃在后面,心里总是放着老人、丈夫和孩子,是名副其实的贤妻良母、贤孝儿媳。面对人生“三起三落”的波浪起伏,母亲的乐观,她的宠辱不惊,尤其令父亲叹服。

这段长达40年之久的姻缘,被父亲称为“天作之合”。

据说,我姥爷是一个热心公益、挺能张罗事的农民。在一个闷热的雨天,他坐在西黄城自家梢门洞乘凉,恰巧遇上前来避雨的两位媒人,她们正为东聊城孙墨池的儿子孙振海(父亲在老家的名字)保媒说亲,偏偏说的那位崔姓姑娘条件不太理想,恐怕是难以说成。她们对父亲的一番介绍,倒让我姥爷动了心,两位媒人知道王家二姑娘品貌超群、心灵手巧、楚楚动人,又是“女大三抱金砖”,想来是配得上的了,便马上改换目标,竭力撮合。我姥爷打心眼儿里喜欢读书人,便拜托两位媒人再仔细打听打听。不久，我姥爷下地干活，正巧碰上我爷爷，两家的地离得挺近，彼此都心知肚明，就不约而同坐在田边聊了起来，越说越对心思，越说越投缘。后来老哥俩儿一拍即合："干脆咱们就做亲家吧!"这事就定了七八分。

不久，双方家长又给儿女创造了一次相亲的机会，很快便定了亲。说实在的，那时"两小无猜亦无爱"，没有什么感情基础，不过是父母之命、媒妁之言。两年后，一顶花轿吹吹打打地把用白线绞过脸、红纸洇了唇，穿一身新布衣，手里拿块花手绢儿，蒙着红盖头的王家二姑娘娶进了孙家门。

听母亲说，办喜事那天，两碗白面饺子上了桌，再上就全是黑面的了。婆家生活勤俭细省和一般农户一样，自家晒酱饼子就大葱，常年不炒菜，过年才吃肉菜粉条子，不比娘家生活强多少，而且日日起五更做饭，比做闺女时辛劳许多。高高瘦瘦的丈夫，整日不言不语就爱抱着本书看，干农活不太在行，却矢志苦吟志向高远。婚后，两人感情升发，恩爱日增，举案齐眉、琴瑟和谐。伴着妻晨炊的烟雾，丈夫走上奋发求学之路。父亲也曾流浪、失业，也曾订不起报纸、买不起书籍，也曾考不上邮局捧不上铁饭碗，但妻子爱丈夫，她是那种"跟了谁，就跟谁一心一意地过日子"的女人，决不"这山望着那山高"，这是她一生坚定的信条。

抗战开始，父亲先国后家，一个在前方雁南塞北屡遭险难，一个在后方养老育幼备显忠贞。待风尘仆仆的白洋淀游子，披着日本军呢大氅归来，妻已两鬓斑白，眉梢眼角添细纹。"生离死别，国难家难你我二人共承担! "这是父亲对妻子感慨万端的肺腑之言!

父亲进城时才36岁，风华正茂，已经成名，更兼面容俊朗、气质非凡，但他重情重义，只有感恩心，无有易妻念，糟糠之妻不下堂。

在天津这个喧嚣热闹的城市，喜欢闲云野鹤、南山东篱，生性疏放、厌烦灯红酒绿、车水马龙的父亲，有很多不适应、不习惯，他亲自坐着报社的大马车，把困顿在半路的妻和一双小儿女接到天津。妻的到来带来了乡音乡俗，令父亲耳目一新，备感亲切如沐春风。正因如此，他从未嫌弃过妻的"土气"，那淳朴的安静的生活方式，更接近父亲的心灵。

听亲戚讲，刚解放时，父亲去北京开文联大会，还特别受到过大会主席的表扬，因为他不与农村的妻子离婚，成为作家中的模范。回家后，他把这件事淡淡地讲给妻子听，一笑了之。母亲听了很感动，她对娘家人说："他这个人心软、实在，知道疼人。那么多都离了，他没把我们娘儿几个扔一边。那么不容易把俺们全都接出来了。他要是想再找，什么样儿的找不着？"

记得上学时，八仙桌上常有家乡饭，"苦累（用玉米面和菜豆角蒸）"、"咸食（用鸡蛋和面加葱花摊）"、"蔓茎白粥"和"鸡汤豆腐脑儿"，父亲最喜欢吃，他曾经一边背着手在屋里转悠，一边笑着对我和母亲说："搞写作这行，生活太好了不行，'文章憎命达'，生活太差，整天为衣食奔波吃不上饭也不行。"父亲很知足自己的写作环境，从不用为生活琐事操心，都是母亲张罗。可母亲出门买菜他总是惦记着，下雨下雪天就叮嘱别滑着，天冷刮风就叮嘱穿暖和点别感冒，看见母亲头发长了，父亲就说："来，我给你铰铰。"他小心翼翼剪得很齐。母亲要是"有个不耐烦儿（家乡话有病的意思）"，他就急着请名医诊治，亲自端水递饭并请她娘家人来照顾，一切安排得仔仔细细、妥妥当当。我母亲爱说："鱼帮水，水帮鱼，俩好换一好，有福同享，有难同当。"我想，这也是他们生活祥和宁静的原因吧。

母亲对父亲的好是一言难尽的。孩童时，我留着齐眉穗儿，梳着独角辫儿，父亲在山西路宿舍小木桌前吃饭的时候，我专门爱站在他身后给他"梳小辫儿"，父亲虽没生气，母亲总是急忙哄我到外面去玩，生怕影响父亲吃饭。最让人感动的是，有时母亲干脆歪着头在一边看着父亲吃，她知道"他爹"一天到晚用脑写作、看稿伤神费力，又经常失眠，真怕他累出病来。由于几年连续不断地艰苦创作，有一天，父亲突然晕倒摔伤，母亲心痛焦急，求医问药，焙制偏方，并体贴入微地陪父亲去做他喜欢的事情。从少年时代，父亲就喜欢买书，进城后，这个爱好有增无减。有一回，父亲与母亲到大院后面的南市北大关逛旧书摊儿，一下子买了好多旧书，厚的薄的完整的残损的都有，他们雇了一辆三轮车拉书，自己跟着车走回家来。母亲深知父亲的脾气禀性，知道他"擎根儿就待见书”，知道他对书的一片痴情。总是使屋内窗明几净，温馨舒适，给他创造了一个看书取书拾掇书的良好环境，父亲高兴她就高兴。

父亲对妻真诚如一。他不摆一个名作家的架子，关心她尊重她体贴她帮助她，从没虚的没假的，工资、稿酬都一分不剩地交给她。他们性格互补，又能相互宽容。父亲对母亲不仅从无挑剔指责，也从未因文化上的巨大差距而生轻视之心。有时，父亲像个和蔼的老师，教母亲认几个简单的字，给她讲几句有关夫妻情分的古诗，或讲一两个文学名著的典故。母亲笑吟吟地听着，有时我也跟着一块儿听。父亲视发妻如同知音，给她讲自己创作中的甘苦，讲别人对他的评价，讲他自己创作上的不足，讲古人“著作等身”的成就。

我还清楚地记得，父亲给母亲讲过鲁迅先生的两段话，一段是他像一头牛，吃的是草，挤出的是奶；一段是他受到了伤害，便像一种动物不号叫挣扎着到树林中舔伤养伤。只要提到鲁迅先生，父亲神情声音便立时充满了仰慕与崇敬，双眼闪现着钦敬的光彩。若是一提起我们老家，那他俩就更是有了共同语言，你一句、我一句地有来道趣。从“饶阳’’到“深泽”，从“伍仁桥”到“子文集”，从“楞起叔叔”到“立增爷爷”，从“芒种”到“振国”，从“大丑姑姑’’到“大嘴奶奶”，有说不完的话题和兴趣。

母亲去世后的每年清明节，父亲都是在郁郁寡欢、心情沉重中度过的。母亲的死是我们全家人心中永远的痛，大家平日都尽量避免提及。可是父亲情不自禁还是提起过几次，让我铭刻在心。父亲住到学湖里后，与我仅一路之隔，知道父亲吃饭爱凑合，不让我们多炒菜。我就常给他送些在自己家中精心炖好的营养食物，尽一点女儿的孝心。父亲问完两个孩子和我爱人后，总是让我在沙发或床边坐一会儿，说几句家常话。有一回，父亲坐在卧室的藤椅上，两手抚着椅圈儿，感伤地说：“你娘把你们带大多么不容易呀，我那时不在家，你大哥哥没了，你娘她多难过啊！”说毕，他遥望窗外，斯人已去，黯然神伤沉思良久。

半个世纪都快过去了，父亲对妻当年的痛苦记忆犹深，设身处地地替她着想，他自己的难过却埋在心灵深处，融化在文字之中。

1981年国庆期间，年近古稀的父亲，夜晚在多伦道大院的老屋，为了一张1946年在蠡县县委门前所摄的失而复得的旧照片，记下了这样情透纸背的文字："……所穿棉袄为到家后妻拆毁余在北平时所服褐色夹袍缝制而成……今日犹冬季之视红花绿叶等，非草木可贵乃时不再来旧影遂珍并隐约可见亡人之针线在小油灯下赶制冬装情景如在眼前。"

征人衣，离人泪。母亲把绵绵情意，丝丝缕缕地缝进了棉衣之内。冬日暖，情堪贵。离家八载的父亲，仅在家住了四五天，便穿着它奔向新的文化战场，写出了新的佳作。

"新三年，旧三年，缝缝补补又三年。"是父母共同的生活习惯。一直到现在，在从不装修的住处，父亲睡了多年已开裂的木板床上，铺的仍是我母亲给他缝制的两床厚厚实实的棉布褥子，中间夹着一条我送给父亲的新褥子，伴着父亲度过了自甘寂寞冷清孤寂的衰暮之年。我母亲亲手纺织的"紫花布"，父亲在战争年代给我母亲买的日本丝头巾(后来做了包袱皮儿)，父亲都一直细心保存，不忍丢弃。

1994年春节，我照例去看望父亲，一进门，父亲就递给我一张当天的《天津日报》，很激动地大声说："小玲，你看看这个！是你葛文阿姨写的，写得好啊！这些年来写我的人很多，可没有人写写她。写得好！我看了，不但没难过，还高兴哪！"有人写了妻子，父亲感到了宽慰，大病初愈，清癯瘦弱的父亲拄着拐杖，立在屋中一口气说了那么多话，这在平日并不多见。

回家后，我仔细读了副刊上的《抓髻夫妻情》，当我读到在那个人妖颠倒的年代，父亲每月仅发15元生活费，还时时想着"玲子和她娘得吃饭呀"时，泪水夺眶而出。父亲呀父亲，无论在什么情况下，您的心里总是惦记着我们，您是一个责任感多么强的丈夫，又是一位多么慈爱无比的父亲啊!

直到父亲安详、从容地闭上眼睛，也从未忘记过我母亲。因为这些年平平淡淡真真切切的生活经历告诉我：在我失去母亲后的32年里，父亲把对妻子真挚的情感，又只增不减地带给儿女，传给孙辈。

由于对老闺女的疼爱，父亲不忘妻的临终叮嘱，对我更是好上加好，备加关怀。我也尽最大的可能，把对双亲的爱一并回报给亲爱的父亲，母亲如若地下有知，亦当感到欣慰吧。

娘，我的疯子娘

□ 王恒绩

23年前，有个年轻的女子流落到我们村，蓬头垢面，见人就傻笑。因此，村里的媳妇们常对着那女子吐口水，有的媳妇还上前踹几脚，叫她“滚远些”。可她就是不走，依然傻笑着在村里转悠。那时，我父亲已有35岁。他曾在石料场干活被机器绞断了左手，又因家穷，一直没娶媳妇。奶奶见那女子还有几分姿色，就动了心思，决定收下她给我父亲做媳妇，给我家“续上香火”。父亲虽老大不情愿，但看着家里这番光景，咬咬牙还是答应了。结果，父亲一分未花，就当了新郎。

尽管娘的奶胀得厉害，可我没能吃到娘的半口奶水

娘生下我的时候，奶奶抱着我，瘪着没剩几颗牙的嘴欣喜地说：“这疯婆娘，还给我生了个带把儿的孙子。”只是，我一生下来，奶奶就把我抱走了，而且从不让娘靠近。

娘一直想抱抱我，多次在奶奶面前吃力地喊：“给，给我……”奶奶没理她。我那么小，像个肉嘟嘟，万一娘失手把我掉在地上怎么办？毕竟，娘是个疯子。每当娘有抱我的请求时，奶奶总瞪起眼睛训她：“你别想抱孩子，我不会给你的。要是我发现你偷抱了他，我就打死你。即使不打死，我也要把你撵走。”奶奶说这话时，没有半点儿含糊的意思。娘听懂了，满脸的惶恐，每次只是远远地看着我。尽管娘的奶胀得厉害，可我没能吃到娘的半口奶水，是奶奶一匙一匙把我喂大的。奶奶说娘

的奶水里有“神经病”，要是传染给我就麻烦了。

那时，我家依然在贫困的泥潭里挣扎。特别是添了娘和我后。奶奶决定把娘撵走，因为娘不但在家吃“闲饭”，时不时还惹是生非。一天，奶奶煮了一大锅饭，亲手给娘添了一大碗，说：“儿媳妇，这个家太穷了，婆婆对不起你。你吃完这碗饭，就去找个富点儿的人家过日子，以后也不准来了，啊？”娘刚扒拉一大团饭在口里，听了奶奶下的“逐客令”，显得非常吃惊，一团饭就在嘴里凝滞了。娘望着奶奶怀中的我，口齿不清地哀叫：“不，不要……”奶奶猛地沉下脸，拿出威严的家长作风厉声吼道：“你这个疯婆娘，犟什么犟，犟下去没你的好果子吃。你本来就是到处流浪的，我收留你两年了，你还要怎么样？吃完饭就走，听到没有？”说完奶奶从门后拿出一柄锄，像佘太君的龙头杖似的往地上重重一磕，“咚”地发出一声响。娘吓了一大跳，怯怯地看着婆婆，又慢慢低下头去看面前的饭碗，有泪水落在白花花的米饭上。在奶奶逼视下，娘突然有个很奇怪的举动，她将碗中的饭分了一大半给另一只空碗，然后可怜巴巴地看着奶奶。

奶奶呆了，原来，娘是向奶奶表示，每餐只吃半碗饭，只求别赶她走。奶奶的心仿佛被人狠狠揪了几把，奶奶也是女人，她的强硬态度也是装出来的。奶奶别过头，生生地将热泪憋了回去，然后重新板起了脸说：“快吃快吃，吃了快走。”娘似乎绝望了，连那半碗饭也没吃，踉踉跄跄地出了门，却长时间站在门前不走。奶奶硬着心肠说：“你走，你走，不要回头。”娘反而走拢来，一双手伸向婆婆怀里，原来，娘想抱抱我。奶奶犹豫了一下，还是将襁褓中的我递给了娘。娘第一次将我搂在怀里，咧开嘴笑了，笑得春风满面。奶奶却如临大敌，两手在我身下接着，生怕娘的疯劲一上来，将我像扔垃圾一样丢掉。娘抱我的时间不足三分钟，奶奶便迫不及待地将我夺了过去，然后转身进屋关上了门。

我们的交流是以我“吼”为主，娘是绝不敢顶嘴的

当我懵懵懂懂地晓事时，我才发现，除了我，别的小伙伴都有娘。

我找父亲要,找奶奶要,他们说,你娘死了。可小伙伴却告诉我:“你娘是疯子,被你奶奶赶走了。”我便找奶奶扯皮,要她还我娘,还骂她是“狼外婆”,甚至将她端给我的饭菜泼了一地。那时我还没有“疯”的概念,只知道非常想念她,她长什么样?还活着吗?没想到,在我6岁那年,离家5年的娘居然回来了。那天,几个小伙伴飞也似的跑来报信:“小树,快去看,你娘回来了,你的疯娘回来了。”我喜得屁颠屁颠的,撒腿就往外跑,父亲、奶奶随着我也追了出来。这是我有记忆以来第一次看到娘。她还是破衣烂衫,头发上还有些枯黄的碎草末,天知道是在哪个草堆里过的夜。娘不敢进家门,却面对着我家,坐在村前稻场的石磙上,手里还拿着个脏兮兮的气球。当我和一群小伙伴站在她面前时,她急切地从我们中间搜寻她的儿子。娘终于盯住我,死死地盯住我,咧着嘴叫我:“小树……球……球!”她站起来,不停地扬着手中的气球,讨好地往我怀里塞。我却一个劲儿地往后退。我大失所望,没想到我日思夜想的娘居然是这样一副形象。一个小伙伴在一旁起哄说:“小树,你现在知道疯子是什么样了吧?就是你娘这样的。”

我气愤地对小伙伴说:“她是你娘!你娘才是疯子,你娘才是这个样子。”我扭头就跑了。这个疯娘我不要了。奶奶和父亲却把娘领进了门。当年,奶奶撵走娘后,她的良心受到了拷问,随着一天天衰老,她的心再也硬不起来,所以主动留下了娘,而我老大不乐意,因为娘丢了我的面子。

我从没给娘好脸色看,从没跟她主动说过话,更没有喊她一声“娘”,我们之间的交流是以我“吼”为主,娘是绝不敢顶嘴的。

奶奶喃喃地说道:“这个疯婆娘,心里也知道疼爱自己的孩子啊!”

家里不能白养着娘,奶奶决定训练娘做些杂活。下地劳动时,奶奶就带着娘出去“观摩”,稍不听话就要挨打。

过了些日子,奶奶以为娘已被自己训练得差不多了,就叫娘单独出去割猪草。没想到,娘只用了半小时就割了两筐“猪草”。奶奶一看,又急又慌,娘割的是人家田里正生浆拔穗的稻谷。奶奶气急败坏地骂她“疯婆娘谷草不分……”奶奶正想着如何善后时,稻田的主人找来了,竟说是奶奶故意教唆的。奶奶火冒三丈,当着人家的面拿出根棒槌一下敲在娘的后腰上，说:“打死你这个疯婆娘，看你还敢给老娘惹祸?……”

娘虽疯,疼还是知道的,她一跳一跳地躲着奶奶的棒槌,口里不停地发出“别、别……”的哀号。最后,人家看不过眼,主动说:“算了,我们不追究了。以后把她看严点就是……”这场风波平息后,娘歪在地上抽泣着。我鄙夷地对她说:“草和稻子都分不清,你真是个猪。”话音刚落,我的后脑勺挨了一巴掌,是奶奶打的。奶奶瞪着眼骂我:“小兔崽子,你怎么说话的?再怎么着,她也是你娘啊!”我不屑地嘴一撇:“我没有这样的傻疯娘!”

“嗬,你真是越来越不像话了。看我不打你!”奶奶又举起巴掌,这时只见娘像弹簧一样从地上跳起,横在我和奶奶中间,娘指着自己的头,“打我、打我”地叫着。

我懂了,娘是叫奶奶打她,别打我。奶奶举在半空中的手颓然垂下,嘴里喃喃地说道:“这个疯婆娘,心里也知道疼爱自己的孩子啊!”我上学不久,父亲被邻村一位养鱼专业户请去守龟池,每月能赚50元。娘仍然在奶奶带领下出门干活,主要是打猪草,她没再惹什么大的乱子。

记得我读小学三年级时一个冬日,天空突然下起了雨,奶奶让娘给我送雨伞。娘可能一路摔了好几跤,浑身像个泥猴似的,她站在教室的窗户旁望着我傻笑,口里还叫:“树……伞……”一些同学嘻嘻地笑。带头起哄的是小范,当他还在夸张地模仿时,我抓起面前的文具盒,猛地向他砸过去。他冲上前来掐住我的脖子,我俩厮打起来。我个子小,根本不是他的对手,被他轻易压在地上。这时,只听教室外传来“嗷”的一声长啸,娘像个大侠似的飞跑进来,一把抓起小范,拖到了屋外。都说疯子力气大,真是不假。娘双手将欺负我的小范举向半空,他吓得哭爹喊娘,一双胖乎乎的小腿在空中乱踢蹬。娘毫不理会,居然将他丢到了学校门口的水塘里,然后一脸漠然地走开了。

娘为我闯了大祸,她却像没事似的。在我面前,娘又恢复了一副怯怯的神态,讨好地看着我。我明白这就是母爱,即使神志不清,母爱也是清醒的,因为她的儿子遭到了别人的欺负。当时我情不自禁地叫了声:“娘!”这是我会说话以来第一次喊她。娘浑身一震,久久地看着我,然后像个孩子似的羞红了脸,咧了咧嘴,傻傻地笑了。那天,我们母子俩第一次共撑一把伞回家。我把这事跟奶奶说了,奶奶吓得跌倒在椅子上,连忙请人去把爸爸叫了回来。爸爸刚进屋,一群拿着刀棒的壮年男人闯进我家,不分青红皂白,先将锅碗瓢盆砸了个稀巴烂。这都是范家请来的人,范父恶狠狠地指着爸爸的鼻子说:“我儿子吓出了神经病,现在卫生院躺着。你家要不拿出1000块钱的医药费,我一把火烧了你家的房子。”

1000块?爸爸每月才50块钱啊!看着杀气腾腾的范家人,爸爸的眼睛慢慢烧红了,他用非常恐怖的目光盯着娘,一只手飞快地解下腰间的皮带,劈头盖脸地向娘打去。一下又一下,娘像只惶惶偷生的老鼠,无助地跳着、躲着,她发出的凄厉声以及皮带抽在她身上发出的那种清脆的声响,我一辈子都忘不了。最后还是派出所所长赶来制止了爸爸施暴的手。派出所的调解结果是,双方互有损失,两不亏欠。谁再闹就抓谁!一帮人走后,爸看看满屋狼藉的锅碗碎片,又看看伤痕累累的娘,他突然将娘搂在怀里痛哭起来,说:“疯婆娘,不是我硬要打你,我要不打你,这事下不了地,咱们没钱赔人家啊。”爸又看着我说:“树儿,你一定要争气。要不,咱们就这样被人欺负一辈子啊!”我懂事地点点头。

娘静静地躺在谷底,手里还紧紧攥着一个桃子。

2000年夏,我以优异的成绩考上了高中。积劳成疾的奶奶不幸去世,家里的日子更难了。民政局将我家列为特困家庭,每月补助40元钱,我所在的高中也适当减免了我的学杂费,我这才得以继续读下去。

由于是住读,学习又抓得紧,我很少回家。父亲依旧在为50元打工,为我送菜的担子就责无旁贷地落在娘身上。每次总是隔壁的婶婶帮忙为我炒好咸菜，然后交给娘送来。20公里的羊肠山路亏娘牢牢地记了下来，风雨无阻。也真是奇迹，凡是为儿子做的事，娘一点儿也不疯。除了母爱，我无法解释这种现象在医学上应该怎么破译。

2003年4月的一个星期天，娘来了，不但为我送来了菜，还带来了十几个野鲜桃。我拿起一个，咬了一口，笑着问她："挺甜的，哪来的？"娘说："我……我摘的……"没想到娘还会摘野桃，我由衷地表扬她："娘，您真是越来越能干了。"娘嘿嘿地笑了。

娘临走前，我照例叮嘱她注意安全，娘"哦哦"地应着。送走娘，我又扎进了高考前最后的复习中。第二天，我正在上课，婶婶匆匆地赶到学校，问我娘送菜来没有，说我娘到现在还没回家。我心一紧，娘该不会走错道吧？婶婶问："你娘没说什么？"我说没有，她给我带了十几个野鲜桃哩。婶婶两手一拍："坏了坏了，可能就坏在这野鲜桃上。"婶婶替我请了假，我们沿着山路往回找，回家的路上确有几棵野桃树，桃树上稀稀拉拉地挂着几个桃子，因为长在峭壁上才得以保存下来。我们同时发现一棵桃树有枝丫折断的痕迹，树下是百丈深渊。婶婶看了看我说，"到峭壁底下去看看吧！"我说，"婶婶你别吓我……"婶婶不由分说，拉着我就往山谷里走……

娘静静地躺在谷底，周边是一些散落的桃子，她手里还紧紧攥着一个，身上的血早就凝固成了沉重的黑色。我悲痛得五脏俱裂，紧紧地抱住娘，说："娘啊，我的苦命娘啊，儿悔不该说这桃子甜啊，是儿子要了你的命……"我将头贴在娘冰凉的脸上，哭得漫山遍野的石头都陪着落泪……

在娘下葬后的第100天，大学录取通知书"飞"进了我的家门

2003年8月7日，在娘下葬后的第100天，大学烫金的录取通知书穿过娘所走过的路，穿过那几株野桃树，穿过村前的稻场，径直"飞"进了我的家门。我把这份迟到的书信插在娘冷寂的坟头："娘，儿出息了，您听到了吗？您可以含笑九泉了！

荞花盛开

□ 郭文斌

接到电话时,我没有丝毫紧张,我想我的娘一定等着我。如果她真的要走的话,她会给我打声招呼的。娘果然等着我。当我站在炕头时,她的眼角流下泪来。

娘已经好几天没有吃东西了。吃下去就吐。前不久,我回去时,她说她奇奇地想吃个化心梨,我却单单地没有拿。这次我特意为她买来了化心梨,她却吃不下去。我想这笔债定是欠下了。永远欠下了。

想不到娘最后的一站路竟是揪心裂肺的疼痛。这种疼痛,我只在妻生孩子时领略过,但娘要被动得多。牙关咬得喀吧吧响,眉头上集中了世界上所有的苦难。一而再地往起翻着,但身体已经叛变,死死地不肯配合,一切努力最终都变成大颗大颗虚弱的汗珠。连汗珠都显得那么虚弱,一层一层地,往出渗。最新的止疼药都不起丝毫作用,包括杜冷丁和鸦片。

娘开始绝食。可怜的娘只好以此和疼痛抗争。医生给娘输液,也难以完成。因为娘总是乘人不注意将针头拔掉。娘使劲咬住呻吟,不将痛苦表现出来。枕巾一夜间被撕成碎片,床单被抓出洞。后来,就连撕挖也变成了蠕动。再后来,只从不时紧皱的眉头和刚出壳小鸡似抓挖的双手中可见死神在一点一点地销蚀她。娘唯一能够做的就是抓住一片卫生纸一点一点将它撕碎。喃喃着,而又不知所云。将耳朵贴到最近也不知所云。我只好将想象连根拔出来,猜测娘的需求。试探着将手给她,她就一把抓住。内里觉得她在使尽全力抓着,我的心也好受些。但很快又放开,希望破灭的样子,如同一声叹息。揣摸着娘要喝水了,给她水喝,她就咬住壶嘴不放,一直将一壶水喝尽才肯松口,喉结一鼓一鼓的。揣摸着她的心里烧,给她用酒洗胸口,她就停止了喃喃,似乎连呼吸都停止了,屏息凝神地享受着冰凉的酒带给她的一会儿稍微的轻松。

拒绝了所有人的侍候,我霸占地守候在娘身边。总觉得别人无法摸透娘的心思,侍候不到地方上。其实是怕失去哪怕一次满足娘需要的机会。

我不知道娘当初送我出远门时是一种什么心情,但我这时却充满了矛盾。我既希望我的娘多在几天,不愿让娘的音容成为怀想和追忆。但又不忍心让她继续经受痛苦。每当娘痛得惨不忍睹时,我就祈祷着上苍的宽恕。可是细一想,这时的宽恕,竟是让娘早点上路。因为娘的后路已被封死。但我仍然力主给娘再挂一瓶液体,弄得大夫很不高兴。而挂液体的结果正如大夫所言,是娘痛苦的再生。针头插进去不久,娘又疼得抽搐起来。想不到拯救成了痛苦的再次放大。但我还是坚持挂完这个瓶子。

“天黑了,亮亮还没回来。”

“萌萌不知乖着么。”

我忙叫来儿子,儿子喊了一声奶奶,喊得惊天动地。娘嘴皮动了一下,却流下泪来。惹得我们都抹泪。每次给娘买些东西,让娘存着想吃了吃,娘口头上答应着,但还没等我从房门里出去就喊孙子。娘的眼睛看不见,以为我走远了。我生气地说,娘你真是。娘就笑一下。

娘到如今还没有走出生活,还在为儿孙操心。我们又何曾时时想起娘。总在忙碌之中,总在奔波之中,一年四季在娘身边的日子真是屈指可数。谁都知道娘将她的眼睛交给弟弟带走了。弟弟死于痢疾。娘为了弟弟哭瞎了双眼,我们呢?竟连一点时间都挤不出来!总想等消闲些富裕些带娘到大医院好好地检查一下身体,等新房子成了接娘到城里尽一个儿子些微的孝心, 总想着娘的走是十分遥远的事情……岂料,她说走就走呢。

当我将妻子第一次领到娘身边时，娘摸着妻的脸说，我的娃给我找了这么乖的一个媳妇。我的眼泪就落下来。如果不要摸，娘连妻的高矮都不可能知道，更别说长相。将刚满月的儿子从县上领回家，大门里还没进去，娘就早早地喊：快让我看看。我将儿子交给娘，娘做出一副打量的样子，左看看，右看看。说，天下第一美男子，心疼死奶奶了。我的泪就又下来了。儿子长得虎头虎脑，聪明伶俐比他老子体面得多，但娘却只能凭借想象。后来打听到上海有一家医院能做复明手术，就恨不能立即带娘去，但是竟然一直没有成行。娘就到死也没有知道她的儿媳和孙子的本来面目。

且不说眼睛，如果早一点将娘带到大医院检查一下，娘的胃病也不至于癌变。哥说，娘躺倒的时候，我正在为调动奔波。娘不让他告诉我。娘的病给耽误了。

其实娘是被带走的。娘被押解着。娘并不愿离开。娘一步三回头。娘拼上所有的生命做着抵抗，但无济于事。

只好眼巴巴地看着娘被带走。两手空空地被带走。马达声惊心动魄地响着，车门已经关闭，娘的口已被封上。我只能在站台上将心一点一点变成泪水。尽管我知道泪水不是行李。妻子要带妹妹上县复习考试。走时给娘说，娘你歇着，我们走了。娘说，还回来吗？妻子说，你想让我回来吗？娘的眼里溢出了泪水。

从娘脸上的表情我知道又一次疼痛的浪峰袭来。一生咬着牙关度过的娘竟然主动向我们求援：你们得给我想点办法。我一遍又一遍地祈祷着，但是娘的疼痛却有增无减。这种持续不断的疼痛让乡亲们开始怀疑善恶因果的朴素天理。谁都知道娘是一个大善人，不想却是这么一个落点。

残酷的命运并没有改变娘的性格，她是多么不甘心。她仍在搏斗，她在奋力往起翻身，但是所有的结果不是恶心，就是晕过去。我们说，你睡着歇着么，挣着干啥。娘说太阳红红的，我睡到啥时候。

一如一盏燃尽了油的灯，娘又转入沉沉昏睡。当一种动态的痛苦一旦转入静态其实更让人受不了。娘就那么一整天一整天地昏睡。面对儿子的呼唤，偶尔答应一声，也像小时候她正忙着我们叫她她有一搭没一搭地应一样。我不知道娘现在在忙什么。

娘是被她的性格打败的。大冬天也不穿棉裤。以前是没有，后来有了也舍不得穿。将儿媳的炕填得烫热，自己却常常睡冷炕。农业社里挣工分比男人还挣得多。中午累了就睡到地上。有病也不吃药，硬是往过抗。但她最终没有抗过命运。命运好像故意教训她似的让她领略病魔的厉害。

"太滑了。"

"全是冰。"

"天黑了就睡觉。"

守在娘身边的人都被娘的胡话怔住。我却无比地感动。人生果真如此，娘今天才悟透。

接着，娘就转入很深的沉默。居然以一个姿势睡上整整一天。只有游丝似的一些气息和脉跳说明娘还在着。有人说娘是看店去了。有人说娘是办户口去了。但是一个户口就办了这么长的时间？

夜深了。炕上炕下坐了许多人。这儿歪着一个，那儿趴着一个。卷烟弥漫了整个屋子。茶罐不倒。醒着的在说着一些闲话，和娘好的时候一样。娘的活人好。村里人的闲时光差不多都是在娘屋里度过的。特别是晚上，他们有一搭没一搭地直将话说得带了瞌睡，还是不愿走。娘也不急，总是那么宁静地坐着，如同守护着自己的儿女一样。我曾经埋怨娘，费水费烟不说，还让人睡不成觉。娘说，你别嚷，等我死了，人家就不来了。噎得我说不出话。娘病了时发生的事情让我为当年羞愧。这几天，全庄人几乎停了家事，自动给娘取药、帮哥磨面、收拾丧葬一应物什……如同亲儿孙一样，不辞劳苦。

娘居然是被一泡尿胀醒的。居然在努力地往起翻。居然清楚地说，我要尿。我们说，给你衬着卫生纸，你就尿吧。娘说，将床单尿湿了湿洼洼的。我说外面太阳很红，一会儿就干了。娘仍不尿，仍往起翻。头上的汗就一层一层的，直到晕过去。

娘到底还是尿到卫生纸上。给娘换纸时，我想起我小时的尿布。人真怪，一辈子原来是转了个圈儿，临末，又回来。

也许娘真已报了到，将疼痛上交了。才能这样安稳地大段大段时间长睡。

深夜，我一个人时，娘就大大地睁了眼睛，定定地瞅着我，法官似的审视着，似乎要将我看穿，让人毛骨悚然；要么就像打量一个久别重逢的朋友似的，目光中含着辨认、怀疑和回忆，让人觉得这不是娘的目光，而是谁冷地里打过来的一把刺目的手电，不容躲避地逼迫地照着你，而她却躲在某个生命角落的深处细细地察看着；一会儿，又觉得所有的娘都到了瞳仁里，要从中走掉似的；突然又眼珠子一个转动将我一下子扔开，看着屋子的某个角落，仿佛那里有两个孩子正在捣蛋，她要过去看看；一会儿，又像什么都没看，如同一个灭了的灯笼，有种近乎残酷的冷漠，好像在说，这一切与我有什么关系呢？让人伤心得想哭。我小心地叫了一声娘，但她没有丝毫反应，如同我叫了一声天，天没有反应一样。我突然觉得有一种陌生横亘在我和娘之间，不知是谁陌生了谁。

也许这才是真正的可怜。人睡着了，手却一直在动。撕自己的衣襟，抓床单，一双枯瘦的手在炕上摸过来摸过去。挣扎着往起翻，但只有往起翻的意向，却不能实现，就叹息一声，在身体里边，几乎听不见，似乎隔着一个世界，只有亲生儿子用心才能听得些。

“哎，我没有一钱力。”

“这样睡到啥时候。”

我静静地守候在娘头顶，生怕漏了娘的一个字。也许世界上没有比这更金贵的了。尽管听到更让人心碎。

突然，娘问：“荞花该开了吧？”

我说：“开了，娘。”

娘说：“一辈子就开一次？”

我说：“一年一次。”

娘坚持说：“不对，是一辈子一次。”语气肯定、坚决而又超然，不容辩驳。让人觉得荞花真是一辈子才开一次。

那年,也是这个时候,我和娘在荞地拔野燕麦。看着眼前灯海一样的荞花,我问娘,荞麦是粮食吗?娘说,是啊。我说,我怎么觉得它不是粮食。娘看着我笑笑说,那你说它是啥。我说,它是娘。娘怔了一下,蹲下来,放下手中的燕麦,捧住我的脸一个劲地看。我就在娘的眼睛里看到了一片荞地。

手似乎经历了千山万水,才到嘴边。事实证明她是多么渴。当我将水壶送到她嘴里时,她一下子咬住不放,刚从沙漠里出来的样子,好像要将整个水壶吞下去。但我又不敢让她喝得太多,她的肚子很胀很胀。

人生最大的痛苦莫过于绝望,而绝望莫过于等死。现在,我们就等着娘死。天很热,我想将她的棉袄脱掉,正是夏天,穿什么棉袄。人们说,那不行,弄不好穿不上了。就这样,夏天的娘竟要提前进入冬季。莫非那个世界永远是冬天?走时带上不行吗?人们笑我不懂事。

我的目光在娘穿着绣花鞋的小脚上停下来。娘的脚除了大脚趾其余几个脚趾都被活活折断。娘的一生就在这双小脚上展开。当年,娘就是用这双小脚,往爬不住牛的山顶挑粪,种田,到沟里担水,背着我们去看戏,抱着我们去看病,给我们往学校送吃喝……娘啊,当年,你的一双小脚是如何欢快地踢踏着生活,给你的儿子教着站姿、走样。让我们知道了怎样走路才能不摔跤,如何过河才能不湿鞋。娘啊,这些,你的儿至今还没有真正学会,你却猝然将它扯走,你就不怕你的儿有个闪失?

当年你穿着绣花鞋来到这个家里,今天却要穿着绣花鞋离去,娘啊,你到底要到哪里去?

渐渐地娘就连些微的运动也停止了。手放在哪儿就永远放着,如同置于地上的一截枯枝。也看不出棉袄带给她的急躁,虽然头上一直在往出渗汗。才知道娘已离开了衣服。

这天,娘竟然能吃下去东西。我们乘机灌药,奇怪的是药却一吃下去就吐。老年人说,这是娘在吃她的最后几口禄粮。我忙跑到街上,将娘能吃的小吃全买到了。

不讲价钱,要多少给多少。也不等对方找钱,拿上东西就走。一个卖牛肉的摊贩听说我是给弥留之际的娘买肉时，又要回割给我的肉，换上另一块，说他刚才卖给我的是驴肉。我的眼里充满了感动的泪水。我不知道他是在尊重娘还是死亡。路上，我不止一次地想起一盅蜂蜜，那是小时候不懂事的我大病中向娘提出的一个愿望。后来我才知道那个愿望是多么奢侈。那时的娘哪里来的钱买蜂蜜啊。但是娘还是弄来了一盅儿。蜂蜜是姐给我的。我问娘呢，姐说娘出工了。娘好几天没有回来。后来才知娘去捅马蜂窝被马蜂蜇得面目全非好不容易才抢救过来。

谁知娘对我买来的东西只那么轻描淡写地尝了一下。

最后娘要了荞面凉粉，我为娘终于能够向他的儿子开口感动不已。这在我的记忆中是没有过的。娘一直在节制之中，只有被动没有主动，只有接受没有要求。娘一生没有为自己向她的儿女提出过一个要求。听见娘要吃凉粉，村里能来的媳妇子都来了。厨房里的空气一下子比战前还紧张，抢挖工事似的。大家都知道，娘的车已经开动，稍一迟延娘就顾不上吃。尽管人已多得站不下，有些工序只好在院里完成，但我还是见缝插针，手术室里的护士似的留心配合一切细节，力争最大限度地提高效率和质量。

想不到娘竟像好时吃了一碗，吃得无比庄严无比高贵无比悠闲，如同阳光舔着我心中久积的雪花。

然后，娘让我给他梳头、洗脸。完毕，又要过镜子，极认真地打量着自己，同样一种贵族作风。左看看，右看看，好像那双眼睛就根本没有失明。我想，娘出嫁的那天一定也是这样打量着自己。

娘要动身了。

我们就手忙脚乱地给娘穿衣服。娘眼睛巨大地睁着，打量着我们，似乎对我们的举动不可思议。有时配合一下，好像不忍心让我们累着。一如一个扯闲的人见你正忙着，就边扯闲边漫不经心地帮你一把。

我是在给娘系大襟上的一个纽扣时忍不住哭了的。我怕被哥看见，忙背过脸。我想起我小时候，娘给我穿衣服时的情景。我要要打打的，不时配合一下，但仍没有忘了要。想不到今天我却给娘穿衣服。那时娘给我穿衣服时常说，快穿，穿好了下去耍去，院里太阳红红的。今天，院里太阳仍然红红的，但娘却再也无法走下炕。而且仅此一次，穿上就再不脱。娘啊，今后，您的衣服该由谁来穿呢？又是怎么个穿法呢？您的院里是否也有红红的太阳在照着？不知为何，这时，我觉得穿着红棉袄红鞋的娘与死无关，倒像一个待嫁的新娘。

早上还晴晴的，下午却下起雨来。这时的娘好像知道了她要走似的，神情中一副等待的样子，不时看看房门，好像在说，这雨还不停。

突然，娘说："再让我吃一口凉粉嘎。"语气纯粹是一个向大人讨要的小孩。我忙喂了一口凉粉，娘安闲地吃着，脸上漾着淡淡的欢欣。

突然，娘暂停了咀嚼，说："丑子来了。"我们都以为娘在说胡话，不料没过多久，丑子大姐真的从门外进来。

只一口。再喂时，娘就睡着了。

是，我听你的。娘一步比一步紧地走着，像生着气，又带着逃离的欢欣，我追不上，只听见她说，是，我听你的。路遇一神算，打卦，卦辞曰：禄粮尽。我一急，惊醒，揣娘的手时，已凉了。哥已将地上的桌子挪到院里去，在地上洒了水。我知道我的娘将要离开烟火了。

但娘又回过气来，庄里人不忍目睹娘停留在阴阳交界的样子。一个远重孙大声喊：太太，有啥说的你说，说了去！但娘固执地不走，什么话也不说，脉一阵有一阵无。

雨出奇的大了起来。我想象不出娘的一双小脚该怎么走。心里说，娘你要走就等到雨小了走吧。但娘并没有等到雨小，可见娘的路与雨水无关。

但娘最终暴露了她的留恋和牵挂。走了好几次都没有走起身。

接下来我就听见娘在一种杂沓的声音中。那种声音告诉我，娘在拼命地奔跑。身后是千万追兵。我的泪水又来了。沿着泪水，我看见二十年前的我绕着表姐家的院子拼命奔跑，身后是气得不成样子的娘，娘在叫我回去上学，我说学有什么上头啊，还不如和表姐玩有意思。但是我最终被娘带走。我抹着泪一步三回头地走着，娘说，等到过年我再带你来和姐姐玩。娘啊，现在，你又是被谁追赶呢？过年，我站在老家的大门口,是否能够等你回来?一如小时候,你站在大门口手搭在额头上望着我回来一样。

蓦地,娘体内风一样的声音像被什么砍断。我清晰地看见,娘愣了一下神。

妹妹就从门里走进来。

我就看见娘搭在额头的手放了下来。

雨是随着娘咽完最后一口气停的。娘被人们从炕上挪到地上,脸被白纸苫着。这时,我竟没有丝毫的悲痛。我在专心地给娘正相、凉尸、守丧。为的是让娘体体面面干干练练地上路。

一庄人自觉地忙乱着。木匠叮叮当当地做着寿木;厨子吵吵嚷嚷地煎着献饭;阴阳写着领魂幡;香佬杀着引路鸡……

不久就有人来吊丧。献馍馍摆了一桌子,却不见娘动一指头。纸钱烧了又烧,也不见娘动一指头。姐成天的哭丧,嗓子都哭哑了。人真怪,来时自已哭,走时别人哭,两头都是哭,中间呢?

夜深了,人们一一散去。我跪在娘的身边守着娘。不顾犯忌,不时取开苫脸纸看看娘。这时的娘是那么安详,大海一样睡着,在痛苦之外,在感情之外。

凉尸用的是井水。里面泡了砖。砖轮换着置于娘的两肋间。心口上用荞面圈了一个圈,里面倒着白酒。我和哥不停地添着酒,换着砖。小时候,发高烧时,娘也是这么给我降体温。等我从昏迷中醒来,娘的脸上挂满了泪水。我的心里是多么甜啊。流着泪的娘是多么好看啊。娘啊,现在已经几个时辰过去,你怎么还不醒来,看看儿子脸上的泪水。

躺在地上的娘以无言面对世人,正是这种无言受到了人们的格外尊敬。娘一下子享用了香火,不再用筷子吃饭,不再用勺子喝粥,变得神秘莫测起来,不再喝鸡喊狗,不再呻吟,不再看世界,不再为哭声所动。娘是真正的成熟了。

突然,我有种被什么欺骗了的感觉。

天黑了时,大伙让我去睡,我不肯。娘明天就要赶路,娘在这个屋里的时间仅有一个晚上,我不愿将这个晚上交给瞌睡。我小心地给娘打着苍蝇。提醒打盹的姐不要压了娘的腿,娘有严重的关节炎。将油灯挑得很亮,娘的眼睛看不见。后来,我让哥和姐都睡去,说不清这是不是一种自私,我想和娘单独坐坐,聊聊。这样的机会再也没有了。

当偌大的上房里只剩下我和娘时,我觉得我一下子越过了生死关界,恍惚中看见娘在时间中穿梭如鸟。我关了房门,我想通过这个动作提醒娘留心一下她身边的儿子。

果然,娘突然翻起身来,说,一觉咋睡了这么长。娘拍打着身上的草屑,说,放着炕不睡,睡在地上做啥。娘一把推掉身上的砖,说,还没压够么……不由伸手摸摸娘的心口,心口是那么冰凉;看看苫脸纸,苫脸纸一动不动。才知道娘是再也回不来了,一切都是妄想。

悄悄地叫声娘,娘。但是娘却无动于衷。小时候,自己重疾气绝,娘抱着一直叫,叫了整整一个时辰,竟将一个被大夫判了死刑的儿子叫了回来。父亲说等我睁开眼睛,娘的嗓子已经哑了。娘啊,现在你的儿同样哭哑了嗓子,你怎么就不醒来?那时,累了一天的你不也睡着着么,但是你的儿子哪怕是说个梦话,你也会惊醒。现在你怎么就这么无动于衷呢?

娘啊,如果有缘,我们再做一次母子。

就这么相守着。母子二人。在草铺里。如同一对羁旅的游子。娘啊,我们这是在哪一站呢? 到底走了多少路,你咋就这么累呢?

娘就躺在我面前,我却觉得无比遥远。仅仅一口气就将我们隔得这么遥远。娘是真的走了? 那么眼前躺的又是谁呢?

天快亮时,哥来了。他让我去睡。我说,坐着吧。哥说,我听见娘在喊我起来套牛去。我说你是被娘叫惯了。灶上端来一碗饭,我吃不下去。我的娘已经一天没吃东西了。她就不饿吗? 我让哥吃,哥也不吃,哥在一根一根地抽烟。

院子里渐渐热闹起来。有说有笑的。我才知一个人的死对这个世界是多么的无足轻重。曾经给别人送过葬,也觉得不过是将一个人埋进土里去,并没如此的伤心和牵挂。这时才发现,儿子的脐带压根就没剪断,扯心啊。当初,儿从娘肚里走出来;现在,娘要从儿心里走出去。

按照风俗,每当亲戚来祭奠时,孝子都要哭的。第一批亲戚来时,姐就大放悲声。我却哭不出来。不料学姐叫了一声“娘啊”,泪就像早等着似的涌出来。伤心就如一个滚下山的碌碡,收也收不住。原来,娘就是伤心,就是泪啊。娘啊,小时候,什么时候脸上有泪水什么时候就有你的一双大手伸过来。现在,泪水就要将儿的心扯走,怎么就不见你的手伸过来?

按照习俗,最后的一次洗脸应该由长子完成。这让我觉得长子很幸福。人们一再催着,哥却洗得十分仔细,直到众人怒气冲冲,他也没发觉似的。这让我很感动。娘的包头已经松动,哥又仔细地绾好;娘的几根白发露在外面,哥又小心地把它归整到包头里。我知道哥当时的心情。我的泪水从未有过的多,以致最终掉到娘身上。

泪眼中的娘被一股仙气笼罩着,我十分挑剔地让人们将娘的脚再搬搬正,将娘的衣服再扯扯直。我想起我第一次出远门,要到城里去上学,娘就是这样给我扯着衣襟,正着衣领;我想起我相亲的那天,娘也是一边给我扯着衣角,一边让我将头理理,不要让人家嫌弃。现在,我的娘要出平生最远的一次门,我也要让她体体面面的上路,同样不要让人家嫌弃。

记不得是如何走回家的。第一次体会到了真正离别的味道。那是一段铅做的道路,一段拖不动的脚步。从前口口声声说离别离别,原来都是假的。

院墙下立满了沾着黄土的铁锨。就是它们刚刚把娘埋葬。我不知道应该感谢它们还是仇恨它们。大家噼噼啪啪地拍打着身上的黄土,动作里带着收工的欢畅和轻松。一院的人在说“入土为安”。

我的心里又是一阵恓惶。好一个“入土为安”!我想起一位朋友说过的一句话:人吃黄土一辈子,黄土吃人一口。

太阳落山时,我和哥去给娘打灯笼。往坟地走时,我蓦然觉得那不是坟地,而是一个家,我仿佛能够看见娘就在那里忙着,叮叮当当地,等着我们回去。

原来,我们是有两个家的。

将灯笼挂在坟上。我给哥说，坐一会儿吧。哥说，坐一会儿吧。两人都未说话，任暮色一层层落下来。

一家家的炊烟次第升起来，却没有娘那一炷。一家家的灯火次第亮起来，却没有娘那一盏。我的泪又来了。

突然，哥说："这块地是留下种荞的。"

怀念母亲

□ 迟浩田

转眼我已年过古稀,真是时光如流水,母亲已离去38个年头了。这些年来,每当我一个人的时候,母亲的身影便时常萦绕在眼前。尤其过了75岁生日后,脑海中更是波涛起伏,思绪万千,思念母亲之情经常如潮奔涌,无休止地叩打着我记忆的闸门。

我出生在胶东一个贫穷落后的小山村。母亲一共生了11个孩子,其中4个夭折。我在男性中排行老三。家里人多物薄,我小时候的记忆就是穷,"家徒四壁"的矮屋和"糠菜半年粮"的日子。我家孩子那么多,一人一张嘴就是无底洞。父母每天日出而作,日落方息,只求能勉强糊住十余张嘴,就是最大的满足。母亲是位身材弱小的缠足妇女,没读过一天书。但母亲的的确确是我们家的顶梁柱。她就是凭着那双小脚、那副弱小的身躯和如柴的双手,跟父亲一起担负着繁重的农务劳作,还要整天为全家人的吃饭穿衣精打细算。为困苦的事情费尽心思,这就是母亲生活的全部内容。然而就在我长到7岁时,妈妈竟下定决心,把全家人召集在一起,宣布要送我去学堂念书。记得那次妈妈说:"我想了想,只有念书,学到文化,才能改变咱们一辈子在地里刨食的命运。不念书就没有出路,一辈子让人家看不起。我看小三挺机灵的,是块当先生的料,让他去念书吧。"

后来,妈妈又专门叮嘱我:"妈妈供你上学,就是希望你能做一个有出息、有志气的孩子,而不是像你爸、妈一样,一辈子都是睁眼瞎,累死累活连顿饱饭也吃不上。你上了学，一定得努力，争取多学点文化，长大了去当先生。”那时的我是懵懵懂懂，对妈妈的话理解并不深刻，就问妈妈为什么要让我当先生呢？妈妈充满憧憬地对我说：“当先生好呀！先生不但是不干庄稼活的文化人，还能到各家去吃‘派饭’，谁家上学一年轮上个一两次呢！能吃到一块咸鱼，一块饼子，有时候运气好，还能吃上个鸡大腿！”

在我的记忆中，那时家里一年到头糠菜为伴，吃的净是谷糠、地瓜叶子，偶尔能吃上顿带点五谷杂粮的“干饭”，那不是过年就是过节。在妈妈眼里，先生一年到头都有饭吃，先生了不起。这使妈妈羡慕先生，更希望我能当先生。正是在妈妈的坚持下，我离开了整天赤着脚、光着屁股在村头玩耍的小伙伴，背着妈妈用旧衣裳改做的小书包，迈进了学堂，迈向了从此改变我一生的一个全新的世界。

为了妈妈的笑容，我拼命吸吮知识的雨露。一分汗水，一分收获。每次的成绩都会让妈妈笑得像孩子一样开心。我让妈妈深信，这条路她为我选对了，一直走下去，我一定能当先生。在妈妈的支持下，我断断续续地读到高小。就在我继续求学信心百倍的时候，国家和民族的灾难现实改变了妈妈，也改变了我。但直至今日，尽管“当先生”早已不再是我的一个明确的追求目标，但因之而来自于妈妈的鞭策，却成了一直铭记我左右的警句，激励着我踏实做事，老实做人。

1941年的一天，日本鬼子“大扫荡”到我们那里。过去耀武扬威的国民党兵跑得不见踪影了。我们村子西边大庙，是八路军用土翻砂试制手榴弹、地雷的“兵工厂”，被鬼子一把火烧成一片火海。乡亲们到处躲避。当时，妈妈什么东西也顾不上带，拉上我们几个孩子就往外跑。妈妈心惊胆战地喊着这个叫着那个，拽着我们的手拼命地跑，想尽快冲出鬼子的包围圈。一双小脚、几个孩子哪能跑得快？在村头的河畔遇上了鬼子，一拳把我打倒在地，用穿着铁掌皮鞋的脚把瘦小的妈妈踢到了沟里，也正是这一次，我们和妈妈第一次看到了真实的杀人场面，看到鬼子的野兽暴行。凶残的日军杀害了一个刚结婚不久的新郎，又在光天化日之下轮奸了新娘。目睹这惨不忍睹的一幕，我们感到妈妈那攥紧我们的双手在颤抖。乡亲们也都个个咬紧牙关，攥紧双拳，但也只能强压怒火、用仇恨的目光进行着无声的反抗，心灵挣扎在痛苦的无底深渊。

也正是这一次血的经历，震撼着妈妈那颗慈软的心，和家人商量后，妈妈毅然做出了送我当兵的决定。妈妈那天对我说："小三，你要和二哥一样去当八路，不打走鬼子，日子没法过！"我听到这为之一震，在这战火愈演愈烈的时候，妈妈做出这样的决定，难道不怕我有个三长两短吗？是妈妈看到日军暴行后的一时冲动吗？不，不是的！妈妈是经过深思熟虑后的抉择，是妈妈又明白了一个道理。哪个妈妈不爱惜自己的儿子，她知道仅凭自己的儿子亦是沧海一粟，可是八路的队伍里不正是千千万万个母亲的孩子吗？她后来对我说："我们祖祖辈辈在这里过安稳的日子，这些孬种、坏蛋为什么欺负我们这些老实巴交的老百姓？看来，光靠当一个先生，挣几顿饱饭，改变不了我们穷人的命运！"

几十年后每当想起妈妈从"好男不当兵"到送儿子当八路这一思想转变过程，总是感慨万千。作为一个目不识丁的农村妇女，妈妈的这一转变就她本人而言是再朴素不过了。她也许没有抗击外敌、翻身解放的智慧和胆略，当然那时更不会期盼儿子通过从军征战，走上仕途，成名成将。她的想法只是，当日本鬼子逼得我们一名普通百姓连成为一名"先生"、过上能吃顿饱饭的日子都不可能的时候，就只有去抗争，去反抗，去拿起枪打击敌人。从对鱼肉百姓的国民党军队的厌恶，到送又一个读过书的十几岁的儿子参加八路军，投身革命队伍，从与世无争到奋起抗日，妈妈以及千千万万的妈妈这一朴素转变中，又包含着怎样的伟大啊！

离开家后，我先是在县大队里当通信员、文书。因为我喜欢写写画画，穷人的孩子又不怕苦，所以部队领导对我印象都不错，很快推荐我到当时的"抗大"一分校学习。到达后，我被编入三支队教二团二大队9连，成了一名真正的"学兵"。连队在选人当机枪手时，我被看中，经过两个月的艰苦训练，考核成绩合格。在抗日战争最后一仗打响的时候，我在全连第一个报名参战。被批准后，我又被编到胶东主力团——13团，即后来的"济南第一团"，在这支能打能拼的荣誉团队，从当文书，直到当团政委，这一干就是20年。"烽火连三月，家书抵万金"，随部队南征北战，已几年没有与家里联系了。行军途中，战斗间隙，妈妈送我的那一幕时常浮现在我眼前。

1947年在孟良崮以北的南麻战役中，我的左小腿被打断了，由于失血过多，人近昏迷。在生死边缘的我，真想和小时候一样依偎在妈妈的怀里尽享幸福。这个时候外面谣言四起，传我已经牺牲了。转到莱阳后，巧遇邻村学友，我便迫不及待地让他给家里带了口信："我还活着。"家人知道我没有死的确切消息后，妈妈并没有完全从担心中解脱出来，她老人家已知道从没离开过家的孩子，现在正忍受着战火摧残的痛苦，忍受着伤痛的煎熬。骄阳似火，再加上医疗条件有限，我的伤口逐渐恶化，化脓生蛆，恶臭难闻。在崎岖不平的小路上，我和一个腹部受伤的战友坐在一辆沂蒙老大爷推着的独轮车上，向战地医院赶。当时医疗条件极差，没有消炎药品，医生将热盐水晾一晾，用小扫帚蘸着盐水扫扫蛆，仔细清洗伤口时，就像用利刀在我身上割肉一样，豆粒大的汗珠落地有声。医生们在商议对我的治疗方案，南方口音我不全懂，大概是担心恶化到这样会造成破伤风，只见他们在我膝盖上方划了一个杠后，就把我推到开刀房。到了门口我才明白过来，是要截肢。我那股拗脾气一上来，什么都不顾，只顾死死用手把住门框，坚决不同意，并斩钉截铁地对他们说："要截腿，先截头，我还要打仗，我还要回前方，死也要死在战场上！"医生说我是条汉子，是硬骨头，就没有截肢。在医生的精心救护下，总算保住了我完整的身体，做完手术后我在想，可以上战场了，可以自己走回去见妈妈了。

我于1953年抗美援朝战争快结束时回国，并作为志愿军观礼代表团的一员，去首都参加了当年的"五一"劳动节观礼。不久，才回到了已阔别12年的家乡。听说我要回家的消息后，妈妈高兴得像换了个人似的，专门叮嘱几个儿女，把家里的几间老房子扫了又扫，又修又补，然后便是每天颠着一双小脚，早早就到村口看着，等着儿子归来。

一看见我，妈妈一句话不说上下打量着我，布满皱纹的脸上露出了可掬的笑容，无声胜有声！12年未见，这12年我在枪林弹雨中穿行，妈妈无时无刻不在提心吊胆中度过，再见到妈妈已是满头银丝，岁月的风霜刻满了脸庞。全家人相见兴奋不已，爸爸说："我们家从来没杀过老牛(指没做过坏良心的事)，我儿子会平安归来的。"弟弟说："妈妈半夜睡觉都经常叫你的名字。"到家的当天晚上，妈妈在锅台上又熬又炒，亲手为凯旋的儿子做了满满一桌子好菜，其中还不忘了给我熬了一碗咸鱼，烙了一张金黄的玉米饼子。

吃过饭后，妈妈执意要给我洗洗脚。我理解妈妈的心思，顺从地按妈妈的意思，坐到了一把高椅上。我正准备脱掉鞋袜，老人执意不肯，她把我的两只脚全揽在怀里，放在膝盖上，细心地帮我脱鞋、脱袜，挽起裤脚，也就在那一刻，妈妈看到了我腿上的累累伤痕。妈妈吃惊地叫了一声，赶忙又抱紧了我的双腿，把裤筒挽了又挽，一双粗糙、长满老茧的手在疤痕处抚摸着、停留着、颤颤巍巍的。我感到有水滴掉到了我的双腿上，凉凉的，又重重的。我听到了妈妈极力控制又难以抑制的抽咽声，妈妈哭了，苍老而又瘦弱的肩头剧烈抖动着，银白的头发显得那么凌乱。

年轻时在地里刨食，吃糠咽菜的时候，妈妈没有哭过。含辛茹苦地把一大群孩子拉扯成人，妈妈没有哭过。面对日本鬼子的烧杀抢掳，妈妈有过愤怒和仇恨，但也未曾哭过。送儿子上战场，刚强的妈妈同样也没有哭。可今天，年迈的老人面对儿子的伤痕，她流泪了，而且哭得是那样的伤痛。那一刻，我忍不住也掉了泪。"醉卧沙场君莫笑，古来征战几人回"。想着与我一同征战南北的战友一个又一个地倒下去就再也没有起来，想着无数母亲已经失去了为征战回来的儿子再洗一次脚的享受，革命的成功，共和国的成立是多么的来之不易啊。我一边用手细心地为妈妈梳理着稀疏的银发，一边和老人讲着这个道理。年迈的妈妈听懂了儿子的话，不住地含泪点头，用她那颤颤巍巍的满是青筋的双手摸着儿子腿上的一处处伤痕，眼泪却仍旧不断线地涌出。

临走时，妈妈为我新做了一双土布鞋。我提出不让大家送了，自己一个人走就行了。可妈妈坚决不同意。她在我的搀扶下，送了一段又一段路，最后还是我硬阻止她老人家停住了步子。然而，走出好远，我一回头，再回头，妈妈瘦弱的身躯却一直伫立在村边石碾盘上，向我挥着手。就在这依依不舍中，我几步一回头地离开了妈妈，离开了家乡。

1968年10月，我在北京接到妈妈病危的电话。当时正是"文革"比较乱的时期，部队有任务不能请假，只好让11岁的儿子代我回去看望。我没有来得及赶回去，妈妈就离开了人世，儿子替我给妈妈送了终。及至我到家，妈妈已经下葬。儿子告诉我，奶奶临走的时候还问："三儿哪去了？"我顿时泪如泉涌。妈妈一生为我操碎了心，可我没有为妈妈做点什么，就连妈妈走的时候，也没能见她一面。看着地上的一堆黄土，想着操劳一生却没享一天福的妈妈，无尽愧疚都化成伤心的放声痛哭。

回顾她老人家的一生，可谓普普通通，平平凡凡，没有任何可以夸耀的地方，也没有任何可值得记载的历史。然而，在儿子的眼里，盛满的却是妈妈的伟大。妈妈是最无私的，为了孩子的成长，妈妈犹如一头躬耕乡田的老牛，从年轻力壮到岁月染白双鬓，妈妈像千千万万的妈妈一样，无怨无悔地付出着，透支着，流尽了汗水，淘尽了青春，皱纹布满了曾经年轻的脸，重担压弯了曾经挺拔的腰。孩子们一个个长大了，成家立业了，妈妈也老了。但老了的妈妈心中装满的，仍然是远行的孩子，哪怕是在临终前的一刻，她依然想着我。

妈妈没有文化，也不懂得什么大道理，但却懂得国家兴亡，匹夫有责。所以在国家危难之时，她能放弃自家利益，冲破封建思想的束缚，送两个爱子奔赴革命的最前方。妈妈是平凡的，是伟大的，是值得我们永远学习的。作为她的儿子，我引以为荣。

一个经过炮火硝烟洗礼，经过生与死考验的老兵，一个战争的幸存者，一个在妈妈百般呵护下成长起来的热血男儿，多年来，没有在妈妈的床前、膝下尽孝，这种愧疚是难以言表的。但几十年来我没有辜负妈妈对我的希望，为党、国家和人民尽了自己最大的努力，做了些工作。使自己能在忠孝的天平上寻求点平衡，这也算是对妈妈的养育之恩做点滴的报答吧！妈妈对我的教育和影响改变了我的一生。从妈妈最初对我的希望，到经过激烈地思想斗争后做出送儿参军的选择，以及多年后妈妈见到带有多处伤痛的儿子的悲与喜，这一切都淋漓尽致地透露着母亲的平凡、伟大与对我的无限疼爱。“树欲静而风不止，子欲养而亲不待”，这种爱只能化作永久的回忆和无尽的思念了。

不知道有过多少次，每当夜深人静时，妈妈那忙碌的身影、殷切的教诲，常常浮现在我眼前，一觉醒来总是老泪纵横。

妈妈，我永远想念您！

人生几度秋凉

□ 王充闾

一

威基基海滩，初秋。

夕阳在金色霞晖中缓缓地滚动，一炉赤焰溅射着熠熠光华，染红了周边的天空、海面，又在高大的椰林间洒下斑驳的光影。沐着和煦的晚风，张学良将军与夫人赵一荻携手，步出希尔顿公寓，顺着林木扶疏的甬路向黄灿灿的海滨走来。他从大洋彼岸来到夏威夷，仅仅几个月，就被这绚美的万顷金滩深深地吸引住了，几乎每天傍晚都要来消遣一段时间。

这里是世界著名的旅游胜地，聚集着五大洲各种肤色的游人。客路相逢，多的是礼貌、客气，少有特殊的关切。又兼老将军的传奇身世鲜为人知，而他的形象与装束也十分普通，不像世人想象中的体貌清奇、丰神潇洒，所以，即便是杂处当地居民之中，也没有成为人们注目的焦点。老人很喜欢这种红尘扰攘中的“渐远于人，渐近于神”的恬淡生活。

告别了刻着伤痕、连着脐带的关河丘陇，经过一番精神上的换血之后，像一只挣脱网罟、藏身岩穴的龙虾，在这孤悬大洋深处的避风港湾隐遁下来。龙虾一生中多次脱壳，他也在人生舞台上不断地变换角色：先是扮演横冲直撞、冒险犯难的堂·吉诃德，后来化身为头戴紧箍咒、身压五行山的行者悟空,收场时又成了流寓孤岛的鲁滨孙。初来海外,四顾苍茫,不免生发出一种飘零感;时间长了逐渐悟出,这原是人生的一种"根性"。古人早就说了:"飘飘何所似?天地一沙鸥。"地球本身就是一粒太空中漂泊无依的弹丸嘛!

涨潮了,洋面上翻滚着滔滔的白浪,潮声奏起拍节分明的永恒天籁,仿佛从岁月的彼端传来。原本有些重听的老将军,此刻,却别有会心地告诉夫人:这是海潮的叹息——人世间的一切宝藏,各种情感,海府、龙宫中应有尽有。这么说来,他也当能从奔涌的洪潮中听到昔日中原战马的嘶鸣,辽河岸边的乡音喁喁,还有那白山黑水间的万木喧嚣吧?不然,他怎么会面对波涛起伏的青烟蓝水久久地发呆呢?看来,疲惫了的灵魂,要安顿也是暂时的,如同老树上的杈丫,一当碰上春色的撩拨,便会萌生尖尖的新叶。而清醒的日子总要比糊涂难过得多,它是一剂苦味汤,往往是七分伤恸掺和着三分自惩。

人到老年,生理和心理朝着两极延伸,身体一天天地老化,而情怀与心境却时时紧扣着童年。少小观潮江海上,常常是壮怀激烈,遐想着未来,天边;晚岁观潮,则大多回头谛视自己的七色人生,咀嚼着多歧的命运。此刻,老将军的心灵向度就被洪波推向了生命起点。他记起小时候,塾师曾向大帅说过,长大之后,他笃定是副牛脾气、虎性子。根据之一,他出生于辛丑年,次岁为壬寅;二是考虑遗传基因和家庭影响,持"将门虎子"之说;其三,俗谚云:"三岁看大,七岁至老。"为牛为虎,从观察、品鉴中可以看出。

种种解释未尽科学,不过,私塾先生还是"言中"了。"年少万兜鍪",炮火硝烟烧红了他的青涩岁月。在他身上始终有一种磅礴、喷涌的豪气在。他有个口头禅:"死有什么了不得的?无非是搬个家罢了!"还说:"我可以把天捅个大窟窿。你叫我捅一个,我非得捅两个不可。"这样,有时也不免粗狂,孟浪。用他自己的话说,是"一个莽撞的军人"。但也唯其如此,才激荡起五光十色的生命波澜,有声,有色,有光,有热,极具个性化色彩,生发出强大的张力。他的精神世界总是在放纵着,冲决着,超越着。对他人死抱住不放的货利、声名,他视若鸿毛,弃置不顾;可是,却特别看重人格，操守。敢作敢当，不计后果，轻死生，重然诺，具体地表现为游侠，抽象地表现为豪气。这饶有古风的价值观、人生观，支配了他整个一生。

那是1938年吧？南京陷落之后，日寇实施残酷的大屠杀，苏、皖一线，散兵败将颠扑道途。张学良以“刑徒”身份被押解着，杂在狼奔豕突的人群中，由于被认作从前线败退下来的长官，整天遭人唾骂。使命感、同情心、愧疚情交织在一起，憋得他两眼通红，嗓子冒烟，眼看胸膛就要炸裂开来。好歹挨到了湖南郴州，在苏仙观住下。怀着满腔悲愤，他操起一支大笔，蘸上淋漓的浓墨，在粉墙上写下“恨天低，大鹏有翅愁难展”十个大字，怒吼一声，响震山谷。随后又一个箭步，夺过身边卫士的手枪，对着迎面的老桂树连连扣动扳机，直到子弹射光，才拂袖而去。

有道是：大辱过于死。由统领千军万马、叱咤风云的陆海空军副总司令，国民革命军中最年轻的一级上将，转眼之间，就沦为失去人身自由，甚至随时可能被杀头的刑事犯，阶下囚，任谁能够忍受得了？更哪堪，日夜渴望着上阵杀敌，却身陷樊笼，报国无门，壮志难酬，英雄没有用武之地。的的确确，郁积在他胸中的激愤太深、太多、太久了。无论是题壁，怒吼，还是疯狂地射击，这座蓄势待发、隆隆作响的火山，总算是找到了一个喷泄口。但是，矛盾、冲突并未就此获得解决——虽然能量暂时得以释放，却无法同时获得心理补偿，其结局必然是更加剧烈的痛苦与绝望。那种情态让人联想到，威震山林的猛虎突然被圈在铁笼子里，咆哮啊，暴跳啊，疯狂啊，直到头破血流，当一切拼搏都是枉然，最后只好颓然卧下，凄凉地滴下两行清泪。

牛脾气，虎性子，钢浇铁铸的硬汉子，倒有着一副侠骨柔肠，饱蕴着菩萨般地悲悯情怀。他说，一辈子最见不得老百姓受苦落泪。那是民国年间军阀混战时节，少帅带兵从河南回来，在牧马集车站上，见到一个老妈妈趴在地下，饿得起不来了，鼻涕一把泪一把的，状态非常可怜。他就找来馒头送到她的跟前，老妈妈发疯似的连灰带土狼吞虎咽地吃了下去。他问：“老人家，你怎么这样啊？家里没人了吗？有儿子吗？他们都到哪去了？”老妈妈呜咽着说：“我也不知道，反正都被抓去当兵了。

年轻的子弟拉走的拉走，跑的跑，逃的逃，剩下我们这些老天拔地的，走不动爬不动，只能受罪、挨饿。”少帅听了，心如刀绞。心想，这不分明是一千多年前《石壕吏》、《新安吏》场景的再现吗！是谁作的孽啊？唉！都是我们当军人的干的。今天跟你打，明天跟我打，后天又合起来打他。打死的都是一些佼佼者，剩下那些无能之辈前来邀功受赏。若是真有意义的战争还可以，可这种祸国殃民的南北混战，打起来有什么意思？这究竟是为了谁呀？当下，他再也忍不住了，就“呜呜呜”地号啕大哭起来。“平时不下泪，于此泣无穷”。在他，还是有生以来第一次。

不久，他就执政东北了。一上来就面临着重大抉择：东三省向何处去——是甘当日本人的傀儡，实行所谓“保境安民”；还是走国家统一、民族独立之路？他坚定地选择了后者。降下五色旗，升起民国青天白日旗，有条件地接受国民政府统一指挥。奉系军阀是北洋军阀重要一支，又是北洋军阀政府末代统治者。东北易帜，标志着中国长期以来混乱局面的终结，起码是在形式上实现了统一。这是中国近代史上的一件大事。就他个人来说，完成了由封建军阀向爱国主义者的转变。

在他宣布东三省“易帜”，服从中央统一指挥之前，日本人曾经连番发出警告，威胁恫吓不成，又甜言笑脸，百般利诱。那天，日本首相的特使登门拜访，承诺由他出任满洲“执政”，并表示：只要提出要求，都将一一照办。少帅说：“你想的挺周到，只是忘了一点。”特使忙问：“哪一点？”他说：“你忘了我是中国人。”这样，日本人对他可就刮目相看了。原以为这个二十八岁的“愣小子”，不过是一只假张作霖“虎威”的狐狸崽儿，谁知竟是一头无人驾驭得了的猛虎啊！

对于此番作为，张学良终生引为骄傲。那年他在台南参谒延平郡王祠，即兴题写了一首七绝：“孽子孤臣一稚孺，填膺大义抗强胡。丰功岂在尊明朔，确保台湾入版图。”诗中借助称颂郑成功战胜荷兰殖民者收复台湾的英雄业绩，抒写自己当年维护国家统一的壮志豪情。这种以民族整体利益为依归的爱国情怀，为他在国难当头，不惜一切代价，毅然发动西安事变，扎下根，垫了底。

西安事变前，张学良曾多次劝说蒋介石停止内战，一致抗日，都被断然拒绝。蒋调集嫡系部队约三十个师准备从河南开入陕、甘实行剿共，并亲至西安，逼迫张学良、杨虎城分别率领东北军和第十七军开赴陕北前线剿共，张、杨接连几天向蒋反复进谏，却遭到严厉训斥。张学良声泪俱下，说："要再继续剿共、打内战，必然丧失民心，涣散士气，将使整个国土沦于日寇之手，到那时，我们都将成为千古罪人！"蒋介石却全不管这些——什么"千古罪人"，那是身后的事；眼前刻刻在念的是尽快把共产党扫荡干净。当即怒不可遏，拍着桌子吼叫："你就是拿枪打死我，我的剿共政策也不能变！"苦谏不行，哭谏也无效，最后只有兵谏一途。

"涛似连山喷雪来"。老将军忆起六十年前的那场事变，他觉得当时所面临的压力，比眼前太平洋上的狂涛怒浪不知还要猛烈多少倍。当时，除了中共中央在事先毫不知情的情况下，当即明确表示全力支持外；其他尽是讨伐的声浪。南京方面的亲日派甚至声言要立即举兵进攻西安；一些大国同声谴责，日本斥之为"赤化阴谋"，是"莫斯科魔手"导演的，而最出人意外，也最令张学良伤心、气恼的，是一向鼓吹"逼蒋抗日"的苏联政府和共产国际，此时竟然180度大转弯，不但不予声援，反而诬说是受了亲日分子的挑动，骂他是"汉奸"、"叛徒"，这无异于当头一棒。

而当逼蒋成功，达成协议，决定放还时，又遭到部下的强烈反对。尤其是他要亲自送蒋回宁，更为多数人所不理解。后来他在口述历史中说："我亲自送他回去，也有讨债的意思，使他答应我们的事不能反悔。此外，也可以压一压南京亲日派的气焰，使他们不好讲什么乖话。"从尔后的实际看，应该说这个目的是达到了：它不仅加重了蒋氏对既成协议的反悔难度，提升了宋氏兄妹作为证人良心上的压力；而且，由于少帅一身包揽了全部责任，从而消弭了内战爆发的种种借口。否则，和平解决断无可能，兵连祸结，不知要弄到何种地步。可是，张学良将军却为作出这种重大抉择付出了极大的代价。

这一年的岁尾，中国大地上接连出现爆炸式新闻：12·12，华清池捉蒋，震惊世界；12·25，张学良送蒋回南京，世界再次震惊。岁序迭更，时间老人换岗,中国政治舞台上两大主角蒋介石、张学良也互换了角色:先是蒋在西安成了阶下囚,后是张在南京成为阶下囚;先是张扣蒋13天,后是蒋扣张54年。一个人进了囚笼,四亿五千万人走上抗日战场。海外著名史学家唐德刚评论说:“如果没有西安事变,张学良什么也不是。蒋介石把他一关,关出了个中国的哈姆雷特。爱国的人很多,多少人还牺牲了生命,但张学良成了爱国的代表,名垂千古。”“张学良政治生涯中最后一记杀手锏的西安事变,简直扭转了中国历史,也改写了世界历史。只此一项,已足千古,其他各项就不必多提了。”

二

在平平淡淡、无声无息的幽静生活中,张学良将军在夏威夷已经定居几年了。他把一身托付给海上摇篮,一如陆上无家的鸥鸟,日落后便收敛起锋棱峻峭的双翼,在茫茫烟水间怆然入梦。这天,他参加过亲友们为他举行的祝寿会,黄昏时刻,照例以轮椅代步来到了威基基海滩。老朋友林渊泉在后面推着轮椅,赵一荻陪侍在身旁。

洋面上,风轻浪软,粼粼碧波铺展成千顷蓝田,辽远的翠微似有若无。老将军怀着从容而飞扬的快感,沉浸在黄昏的诗性缠绵和温情萦绕里。不经意间,夕阳——晚景戏里的悲壮主角便下了场,天宇的标靶上抹去了滚烫的红心,余霞散绮,幻化成一条琥珀色的桥梁。老人含混地说了句:“我们到那边去。”林先生以为他要去对面的草坪,便推着轮椅前往,但被一荻含笑制止了,她理解“那边”的特定含义——在日轮隐没的方向有家乡和祖国呀!老人颔首致意,紧紧握住了夫人的手。

故国,已经远哉遥遥了。别来容易,可要再见她,除去梦幻,大约只能到京戏的悠扬韵调和“米家山水”、唐人诗句中去品味了。前尘隔海,一切都暗转到背景之中。人生几度秋凉,一眨眼间,五陵年少的光亮额头就已水成岩般刻上了条条沟壑。

老将军倒是旷怀达观。祝寿会上,应旧日挚友阎宝航的女儿阎明光之嘱,题写了一幅直抵心源的联语:“鹤有还巢梦,云无出岫心。”而当明光请他为《阎宝航传》题写书名时，他就开玩笑了，问是“哪个阎”，明光说：“阎王爷那个阎。”老人哈哈一笑，说：“阎王爷？我不认识他，我可没见过。我们还是离他远点好。”

他问那些年轻人听没听说过家乡“四大怪”的俏皮嗑儿，见大家摇头，便笑着背诵：“白天青纱帐，晚上撸锄杠；揣着烟枪去打仗；对面炕，挂幔帐；孩子生在马车上。”并解释说，这是讲20世纪初辽河岸边的景况。第一怪，那时兵荒马乱，人们白天躲藏在高粱棵里，夜晚才回家铲地；第二怪，官兵、土匪吸毒成瘾，外出打仗也得带上烟枪、鸦片；第三怪，这一带居民为了御寒取暖，冬天，几代人睡在南北对面炕上，中间用幔帐遮着；第四怪，是特指他本人的，光绪二十七年四月十七(公元1901年6月3日)那天，他出生在一辆外出逃难的马车上，地属辽宁省台安县桑林子乡张家窝堡。

由于在大车上落草，一辈子“走星照命”，颠沛流离。你看，他一别故园，便萍踪浪迹，南北东西，足迹遍布大半个中国，最后又飘零异国他乡。他31岁离开东北，33岁离开北平，35岁离开武汉，36岁离开西安，37岁离开南京，46岁离开大陆，93岁离开台湾，都再没有返回过。一路长别，调头而去，说来也是很令人伤怀的。

这天，老人的兴致却特别高，讲过了陈年旧事，又说笑话，唱京戏。听人称他为“民族英雄”，他连连摆手说：“什么英雄，是狗熊啊。”祝他“寿比南山”，他说：“那不成老妖精了！”当有人向他请教长寿秘诀时，他说：“人的生活要简单，简单的生活能够使人长寿。”还说：“我的最大长处是心里不盛事。如果明天要枪毙我，今天晚上也仍然能够吃得香，睡得甜。”五弟张学森怕他过于劳累，说：“大哥，咱们回家吧！”他听了，沉思片刻，突然问道：“家在哪疙瘩？咱们有家吗？”少小离家，乡音未改，他把“张学良”读作“张淆良”，“枪毙”说成“枪瘪”；“哪儿”还是习惯地叫做“哪疙瘩”，“疙瘩”读成“嘎瘩”。

照一般规律，历经几十载的痛苦折磨，任是金刚铸就，也早已形同槁木，心如死灰。可是，他却丝毫不现衰飒之气，胸中依旧流动着年轻人那样鲜活的情感和清新的血液，诙谐，活泼，饶有风趣，充满着活力与朝气。记者采访,常常一连串提出几个问题,他说:“咱们还是坛子喂猪——一个个来吧!”当记者请他“赐半身照一张”时,他就笑嘻嘻地回答:“你得说清楚是上半身还是下半身。”看到书籍记述失实或者所论非当,他会说:“这真是板凳上挖洞。”什么意思?放屁还要刻板。面对有意回避的政治问题,他绝不冷若冰霜地以“无可奉告”之类外交辞令断然回绝,而是微笑着说:“我是与世隔绝的人,不了解政情,更不参与政事。”有时,还会突然转换话题,把坐在身边的女士指给记者:“你看,我忘了介绍,这是我的干姑娘。”然后,笑着说明:“我老家那儿称呼自己女儿为姑娘。不知你们年轻人知不知道这些?”遇有记者穷追不舍,难于回答又不好拒绝时,他就会说:“干脆给你一把镐头吧!”见对方一脸茫然,便解释道:“你好去刨根儿呀!”这种打岔式的谐趣,有如一付解构“庄严”的泻药,记者在一笑之余也就无意追问了。

他并非完人,更不是圣者,只是比同时代的许多人看得开一些,能够拿得起,放得下。同他在一起,人们都感到很开心。他同一般政治家的显著差别,是率真、粗犷,人情味浓;情可见心,不假雕饰,无遮拦、无保留的坦诚。这些都源于天性,反映出一种人生境界。大概只有心地光明、自信自足的智者、仁人,才能修炼到这种地步。

雄豪、坦荡的另一面,是孩子般的幼稚与天真。初遭监禁时,前陕西省主席邵力子去看他。他说:“我这次冒着生命危险,亲自送委员长回京,原想扮演一出从来没有演过的好戏。如果委员长也能以大政治家的风度,放我回西安,这一送一放,岂不成了千古美谈!真可惜,一出好戏竟演坏了。”他原是性情中人,少年得志,涉世未深,又兼从他父亲那里继承下来江湖义气,加上深受西方思想教育的濡染,看事情比较简单,对中国官场上那种阴深险恶、反复无常缺乏切身体验……这一切,都决定了他不是蒋介石的对手,笃定扮演失败的角色。

他说:“我一生最大的弱点就是轻信。”为此,对于蒋介石的阴险、狠毒,他始终缺乏应有的警觉,常常“以君子之心度小人之腹”。在几十年的监禁中,他曾多次上书求赦。无奈,热面孔贴在冷屁股上,回回都是“竹篮打水”。1956年到了,终于熬过了二十度春秋,羁身台岛也已整整十年。这次正赶上老蒋七十寿诞，他把一只珍贵的手表作为礼物奉上，意在提醒：已经届临释放之期。老蒋自然解得其中寓意，但依旧未予理会。他对张学良是有清醒认识的，一直都在提防，临终前还叮嘱："不能放虎归山。"怅惘中，张学良写下一首《夏日井上温泉即事》，以自嘲形式形象地描述其懊恼的心境："落日西沉盼晚晴，黑云片起月难明。枕中不寐寻诗句，误把溪声当雨声。"

蒋介石为了缓解人们对他"苛待少帅"的非议，确定将张学良监禁地移往台北郊外的阳明山，使他离自己近一些。可是，张学良却无意"配合"，竟然拗着性子提出，住进半山腰靠近阳明公墓的平房。说："我这个人，这些年寂寞惯了，待在热闹地方反而不舒服。明朝末年有一个人就住在墓地里，还贴了一幅对联：'妻何聪明夫何贵，人何寥落鬼何多！'既然人人都要死去，谁也逃不出这一关，住在公墓里又有何妨。而且，墓地里的许多人我都认识，有的还是朋友，以后还会有新的朋友补充进来，我可以经常拜访他们，谈心叙旧。"后经蒋经国一再劝阻，没有住成，但其悲凉心境和倔强性格确已清晰地显现。

阳明山监禁期间，原东北军十几位部属，结伴前来探望他们的少帅。尽管旁边有暗探环伺，碍口的话不能直说，但彼此心源还是灵犀互通的。"暮年相见非容易，应作生离死别看。"一个个老泪纵横，手紧紧握着不放，充溢着难舍难分的依恋之情。规定的会面时间到了，少帅只好断然发出口令："成三列纵队，列队站好。向后转，开步走！"这样，才算缓和了悲凉的离愁别绪。

长期以来，张学良一直成为海峡两岸的热门话题。有一部纪录片题为《闲云野鹤》，用这四个字来概括他在海外这段闲居岁月，倒也贴切。一般来说，百岁光阴如梦蝶，椰风吹白了鬓发，沧波荡涤着尘襟，醒来明月，醉后清风，沧桑阅尽，顿悟前尘，认同"放下即解脱"的哲理，所谓"英雄回首即神仙"，"百炼钢"成"绕指柔"，也是人情之常。不过，细加玩味，就会发现，对于这位世纪老人来说，问题未必如此简单。

"神仙"也者，实际上代表了一种超乎形骸物欲之上的向往，是生命的升华，精神的超越，或者说，是人的灵性净除尘垢之后，超拔于俗情系累所获得的一种“果证”。在中国,英雄与神仙原是靠得很近的。豪杰的过人之处,在于他的胸襟有如长天碧海,任何俗世功利放在它的背景之下都会缩微变小,看轻看淡;他能把石破天惊的变故以云淡风轻的姿态处之,而并非纯然割弃世情,一无挂虑。其实,老将军的笑谑、滑稽,乃是兴于幽默而终于智慧,里面饱蕴着郁勃难舒之气和苍凉、凄苦的人生况味。只要玩味一番“我们有家吗”的设问和“人何寥落鬼何多”的愤语,即可洞察他的心迹。养花莳草,信教读经,固然为了消遣余生,颐养天年,其间又何尝没有刘备灌园种菜的韬晦深心!“虎老雄心在”,炽烈的熔岩包上一层厚厚的硬壳,照样在地底下放纵奔流,呼呼作响。较之从前,无非是形式变换而已。

倒是清代诗人赵翼那句“英雄大抵是痴人”,深得个中三昧。“痴人”者,不失其赤子之心者也。没有满腔痴情,没有成败在我、毁誉由人的拗劲儿,不要说创建张学良那样的盖世勋劳,恐怕任何事业也难以完成。与痴情相对应的,是狡黠,世故,聪明。其表现,清者远祸全身,逃避现实,“跳出三界外,不在五行中”;浊者见风转舵,左右逢源,总之,都不会去干那种“舍身饲虎”的“蠢事”。

三

威基基海滩上,又一个秋日的黄昏。

“无限好”的夕晖霞彩,依旧吸引着过往游人,但遮阳伞下纵情谈笑、泳装赤足的姑娘们已经寥若晨星。晚风透出丝丝的凉意,飘送过来吉他的《蓝色夏威夷》悠扬乐曲,人们沉酣在清爽、安谧的氛围中。多日不见的百岁老人张学良,此刻正坐着轮椅在海滨金滩上踽踽独行。一袭灰褐色的便装,衬着浅褐色的墨镜,深褐色的便帽,加上布满脸上的黑褐色老人斑,闪现着一种沧桑感,苍凉感。轮辙碾着落叶,缓缓地,闲闲地。没有人猜得出,老人是漫不经心的遛弯儿,还是在寻寻觅觅,忆往追怀,抑或是履行一种凄清而凝重的告别仪式。只是偶尔听见他下意识地咕哝着:“太太已经走了。”随之,干涩的老眼里便溢出滴滴泪水。

“十年一觉‘洋’州梦”，醒来时，竟是形影相吊，孤鹤独栖。两个月前，一荻大行，一部撼人心弦的爱情交响曲最后画上了休止符。

九十年代，老将军的亲人像经霜的败叶一样纷纷陨落，只留得他这棵参天老树，镇日间，孤零零地耸峙在那里，痛遣悲怀。先是元配夫人于凤至魂飘域外，紧接着，相继传来妹妹怀英、怀卿、弟弟学森、学铨病逝的噩耗，不久又送走了女婿陶鹏飞，而最为伤恸、令他痛不欲生的，是百岁生日过后与“小妹”一荻的惨然长别。

一荻在《新生命》一书中写道：“为什么才肯舍己？只有为了爱。”正是这样，她从16岁开始，就舍弃了一切，而把整个一生奉献给心爱的人。她可说是为他而生，为他而活，为他而死的，她的存在似乎只是为着与他相依相伴。作为饱经病苦折磨的往生者，死亡未始不是一种惬意的解脱，可是，留给未亡人的，却只能是撕心裂肺的伤痛，生不如死的熬煎。过去无时无刻都能感受到的海样深情，竟以如此难以承受的方式，在异国他乡戛然中断，这对于风烛残年的老人，真是再残酷不过了。一种地老天荒的苍凉，一种茫茫无际、深不见底的悲情，掀天巨浪般地兜头涌来，说不定哪一刻就会把他轰然摧垮。

“英雄无奈是多情”，对于清代诗人吴伟业的这一慨叹，老将军引为同调。他也曾即兴吟哦：“自古英雄多好色，未必好色尽英雄。我虽并非英雄汉，唯有好色似英雄。”所不同的是许多英雄汉并没有他那份艳福，那种缘分。楚霸王算是一个幸运儿，乌江刎颈时还有虞姬舍身相伴。后人有诗赞许：“赢得美人心肯死，项王毕竟是英雄。”而张学良在这方面，该是古往今来最为圆满，最为出色当行的了。八十多年间，大姐、小妹两位风尘知己双星拱月一般，由倾心崇拜，而竭诚相爱，而万里长随，而相濡以沫，而生死不渝。她们以似水柔情舒解了千钧重负，慰藉着惨淡人生，以爱的甘露滋润着他的生命之树百岁常青。

说到这里，我想起老将军去世后报纸上刊载的一篇文字。字数不多，照录如下：

一个秋天的午后，张学良来到上帝面前报到。上帝见他眉头紧锁着，一改平日常见的开朗笑容，便问："怎么回事？"

他说："我和赵四是同命鸟，比目鱼。本想跟她一块走，你偏偏扣住我不放；也罢，那就再活上几年，好抽空儿回东北那疙瘩会会老少爷们儿，可你又猴急猴急地忙着把我招呼来。总是不如意，'瘸子屁股——两拧着'。"

一席话逗得上帝扑哧笑了，说："你还不知足啊？得到的够多了：爱情、功业、寿命，要啥有啥，称得上'英雄儿女各千秋'啊！"

"可是，"张学良大声吼叫起来，"我一辈子缺乏自由！"

很形象，又很概括。确确实实，爱情、功业、寿命集中在一个人身上，中外古今，无人能够与之媲美。当然，要就失去自由这一终生憾恨来说，也是少有其匹的。这使人想起那个古老的故事《光荣的荆棘路》：一个叫做布鲁德的猎人，获得了无上的荣誉与尊严，可是，却长时期遭遇难堪的厄运与生命的危险。张学良一生的际遇，正是这个域外故事的中国版。

一般讲，传世、不朽要借助掀天事业或者道德、文章，即所谓立功、立德、立言。可张学良靠什么呢？后两方面，谈不到；而前者，他的政治生命很短，36岁就中止了，以后足足沉寂了65年。沉埋于岁月尘沙之中，完全被世人遗忘，当是情理中事。可是，实际情况恰恰相反。不独海峡两岸，包括世界范围内，张学良都是一个极具传奇色彩和人格魅力，有着无限的可言说性的当红角色。

《徐霞客游记》中有一段记述华山的文字："未入关，百里外即见太华屹出云表；及入关，反为冈陇所蔽。"有些人物就是这样，需要在足够远的距离、相当长的时段里去考究，方能窥其堂奥。张学良大概就属于这类典型吧。至于这种超越价值判断与意识形态的奇特现象究竟是怎么形成的，简单几句话恐怕很难说清楚。

无疑，剧烈的颠簸，精神的磨难，压抑的环境，都将像致命的强酸终朝每日地蚀损着他的心灵，摧残着他的健康。因此，几十年来，人们都担心他会承受不住重重心理压力，以致过早地摧折。可是，他却奇迹般地活了101岁，成了一部名副其实的、可圈可点的世纪大典。寿命长，阅历就丰富，在一个多世纪的生命历程中，他既有鲜花着锦、烈火烹油的峥嵘岁月，也苦挨过长达两万日夜的囹圄生涯，在神州大陆和孤岛台湾，光是囚禁地就换了十五六处。他虽然未曾把牢底坐穿，却目送了许许多多政治人物走进坟墓，其中也包括那个囚禁他的独裁者及其两代儿孙。

当然，对于政治人物来说，长寿并非都是幸事，套用一句习惯语：它既是一种机缘，也是严峻的挑战。历史上，许多人都没能过好这一关。八百多年前，白居易就写过这样的诗句："周公恐惧流言日，王莽谦恭下士时。假使当年身便死，一生真伪有谁知！"早年的汪精卫，头上也曾罩过"革命志士"的光环，如果他在刺杀摄政王载沣时，侥幸而死，也就不会有后来成为"大汉奸"那段历史，而遗臭万年了。当时他的《被逮口占》诗句："慷慨歌燕市，从容作楚囚。引刀成一快，不负少年头"，不是也曾倾倒过许多热血青年吗！

我们不妨设想——

如果二十岁之前，张学良就溘然早逝，那他不过是一个"潇洒美少年"，纸醉金迷的纨绔子弟；可是，后来他拥有足够的时间，励志图新，从而获得了多次建功立业的机会。

如果三十岁之前，他不是顾全大局，坚持东北易帜，服从中央统一指挥；而是野心膨胀，迷恋名位，被日本人收买，甘当傀儡"东北王"，或者像他父亲所期待的，成为现代的"李世民"，那么，在红极一时的背后，正有一顶特大号的"汉奸"帽子等待着他。

如果四十岁之前，他没有发动西安事变，而是甘当蒋介石剿共、"安内"的鹰犬，肯定不会有任何功业可言，即便侥幸得手，最终也难逃"烹狗"、"藏弓"的可悲下场。

如果五十岁之前，他在羁押途中遭遇战乱风险，被特务、看守干掉；或者在台湾"二·二八"起义中，死于营救与劫持的"拉锯战"，国人自然不会忘记这位彪炳千秋的杨虎城一样的烈士，但却少了世纪老人那份绝古空今的炫目异彩和生命张力。

如果百岁之前，他在能够向世人昭示心迹的当儿，通过口述历史或者各类谈话，翻然失悔，否定过去，那么，“金刚倒地一摊泥”，他的种种作为也就成了一场闹剧。事实上，出于各种心态与需求，正有不少“看客”静候在那里，等着“看戏”，看他在新的时空中邂逅自己的过去时，会以何种方式、何种态度、何种内涵作最后的交代。我们欣慰地看到，面对记者的问询，老将军一如既往，镇定而平静地回答：“如果再走一遍人生路，还会做西安事变之事。”英雄无悔，终始如一，从而进一步成就了张学良的伟大，使他为自己的壮丽一生画上了圆满的句号。

当然，也可以设想，如果他能够活到今天，看到海峡两岸的现状，他会怎么想？作为“中国统一的象征”（索尔伯兹里语），作为一个堂堂正正的中国人，他会怎么做？“死去原知万事空，但悲不见九州同。”这是他最喜欢也最伤怀的两句古诗。老将军在接受美国之音访谈时，曾斩钉截铁地宣布：“两岸和平统一，这是我最大的愿望。”

伴着海雨天风，太平洋的潮汐终古奔腾喧啸，斜晖朗照下，威基基海滩也照样人影憧憧，只是，那位世纪老人的身影却再也不见了，他已经走进了永恒的历史。作为既渡的行人，前尘回首，他早已习惯于不矜不躁，但也不会有任何愧赧，立身天地之间，可说是“俯仰无惭”。他曾以做一个中国人而感到无上荣光，并为之献出一切；他的祖国，也为拥有这个伟大的儿郎而无比自豪。他的生命，如同西塞罗所说，将长存于生者的记忆中。

赵登禹将军的菊与刀

□ 耿　立

一

我寓居的这座小城史书上称为曹州府,隋唐以降,这里予人的印记是:随处都是高一头、阔一臂、横眉竖目的响马。清人写有一本书《地理辨惑》,在世间声色颇著。书以答问的形式解释这片硬气的土地:大凡名都巨邑风水之区,一要城池得地,二要宫署合宜,三要文庙合武,四要书院培养英才,五要土著人士立志向学,再有醇儒指教,自然人文蔚起矣。这些曹州都不具备,于是"曹州人,多响马"一说就风行矣。

我总以为,在朝廷不义的时候,响马也许是悲壮的正道,他们代表着另一种公正,即使最后鱼死网破,斧钺临颈,也绝不尿洒裆里,为了诺言可以捐弃生命,为了名誉可以饮刀求快,但现在这种品性和血性越来越稀薄了。

在暮色苍茫中领略曹州的参差老屋,柿树虬龙,于古巷逡巡驻足,就想触摸一下响马的血脉,但也总感到多的是蟊贼,少的是那种国家危亡之际挺身而斗,视国耻为不可容忍,把对民族和家国的挑衅侮辱看作自己私人的不堪与耻辱,然后以一腔沸血浇灌相抵的大豪迈。

是真的没有,还是历史遮蔽不彰?直到我翻开抗战史,他的名字便一次次地撞击我,撕扯我,轰击我,瘫痪我,那是一个雄武的形象,一米九的身量,曾如武松一般用手击杀老虎的曹州人,他是使"大刀向鬼子头上砍去”歌曲唱响天穹的人，他的身上焕漫着古之名将忠勇义诚之气，而内有不忍之心的根基，这个每次母亲脸色不好，跪在母亲面前俯首帖耳的汉子，这个在战场上操着一口浓重的曹州方言的曹州人。

这是赵登禹。

在秋日的午后，我终于走到小城郊区西北十里的地方，探访将军的遗迹。在目前争夺名人的时代，将军的旧居也一定热热闹闹吧。然而看到的是连废墟也谈不上的一片空地，无言地在四周屋脊围拢下，显得空旷。有个耳朵不好的老人告诉我，没有了，一切没有了，连一个柴火棒一个瓦片也没留下。将军的旧居先是附近几个村庄的孩子如麻雀般唧喳读书之所，后来“文革”，千里之外的北京忙着把将军的坟墓掘开，骨殖抛撒，将军家乡却忙着把将军旧居的砖瓦梁木拆下，哄抢一空。

这是一片空地，只有一圈土墙围着，土墙边上有菊花强茂地开，我跳进墙里，用自己的体温亲自感受一下曾回响过将军脚步和呐喊的土地。当年赵登禹将军在这里的曙色中，透着四周的鸡叫起舞。今天我站在这里，似乎仍能听到那大刀旋舞的回声。

“没有了，都拆光了。”耳聋的老人连连摇头，欷歔不已。

还好，在这空地里，还有着菊花丛显露着生命，面对渐渐下坠的夕阳，我好一阵发呆。曹州这苦寒的黄壤上有两种花在世间非常知名，春天的时候，浑厚的平原多被猩红或莹白的颜色大肆侵没，层层叠叠，气韵非凡，如一片莽莽苍苍的锦缎鼓荡着阡陌，那是从明代就名甲宇内的牡丹；到得秋日，菊花就会燃烧起来，在柴草垛、河畔沟渠、晴天碧空，黄的粉的升腾如烟雾。曹州菊花的名声在唐代就开始壮阔了，一个私盐贩子，一个秀才，一把剑啸，那是出生在曹州的响马黄巢，如今你读那“飒飒西风满院栽，蕊寒香冷蝶难来。他年我若为青帝，报与桃花一处开。”你都无法置信，是这土地养育的菊花濡染了黄巢，还是黄巢成就了菊花？

曹州人喜欢花，也喜欢刀，我以为喜欢菊花，是一种乡野的高洁拔俗，菊花的本身是高傲的，有点冷，但骨子里却是热烈，是柔软。

日本人也是把菊花和刀放在一起尊崇的。这是矛盾中的平衡，本尼迪克特在《菊与刀》里说:“日本人既好斗又和善,既尚武又爱美,既蛮横又文雅,既刻板又富有适应性,既顺从又不甘任人摆布,既忠诚不贰又会背信弃义,既勇敢又胆怯,既保守又善于接受新事物,而且这一切相互矛盾的气质都是在最高的程度上表现出来的。”菊花作为日本皇室的徽记,代表了至高无上的皇权,当菊花和代表武士道精神的军刀媾和,开始在中国的大地肆虐的时候,迎头撞见的是出生在菊花濡染处的赵登禹,赵登禹对菊花是不陌生的,但赵登禹更喜爱刀。

人们说赵登禹将军常是枕着大刀睡眠,从冯玉祥的卫兵到排长、连长一至旅长、师长,枕戈待旦,夜夜辄鸣。要写抗战兵器史,注定是绕不过这在炉火和风箱夹击中锻打、在水缸里淬火,没有杂质,还是冷兵器的大刀的,那把寒刃舞的生风,切倭人头颅,如夜雨剪春韭的大刀。

大刀是赵登禹将军在喜峰口一役喊响的,人们评价赵登禹的大刀:砍铜剁铁,削钢如泥。把铜钱十个一叠放在八仙桌上,赵登禹一刀寒刃劈下,那十个铜板火花迸溅,如鸟羽磔然而失,杜甫《观公孙大娘弟子舞剑器行》诗云:“昔有佳人公孙氏,一舞剑器动四方。观者如山色沮丧,天地为之久低昂。曜如羿射九日落,矫如群帝骖龙翔。来如雷霆收震怒,罢如江海凝清光。”在公元1987年的秋冬季节,我曾在赵登禹将军的村庄见到一个西北军老兵,他说赵登禹大个子,一进堂屋的门就碰头。他说起赵登禹的刀法,劈、砍、撩、扎,鬼神莫测,刀、手、步法,缠绕协调,长穗飞旋如杨叶鼓舞,看起来眼花缭乱,脚踏如磊石落地,身轻如鸢飞唳天。老兵说当赵登禹将军舞刀到兴致处时,卫兵曾用容器桶盛满黄豆向将军泼撒,只见黄豆如虫四外飞溅,等赵登禹停下刀来,身周方圆七尺,不会容有一粒豆子生根。

当刀剑到了一定的时候,如庖丁解牛,身边万物皆可为刀。身边柳丝,河边蒲草,可以手为刀,手断合抱巨木。说有隐士,可以山涧朝露为刀,去砍落风中的飘尘。玄虚也许是玄虚,但我想所谓的刀剑气伤人,那庶几近于赵登禹将军的境界,他以浩然之气,以曹州的那种忠烈血勇,虎口一吐,就是半部凛冽的民国抗战史、民族呐喊史。

二

“一个轻骑兵30岁时还未死去，那必定是个装病的开小差者。”死于瓦格拉姆会战的拉萨尔如是说，这小个子拿破仑手下的骁将，以颈血溅杀伐，时当34岁。

赵登禹白刃蹈海喋血，几死于喜峰口，时亦34岁；“七七”事变后20日，赵登禹死去，正是38岁的韶华盛年。赵登禹是道义贯骨的职业军人，他是为战争而生为战争而死的，如若不是喜峰口一役，赵登禹的血性和天性，乃至渗透他骨髓的那种曹州人的呐喊，也不会恣肆汪洋地发挥到极致；但他卢沟桥畔的鲜血与慷慨悲歌呢，则是白白洒在了汉奸小人之手，赵登禹是被那些在大义面前有愧的民族败类和倭寇联合绞杀的。

宁做飞灰，不做浮尘，将军的死，是死得其所的，如不为这个民族流血五步，他亦只是一部中国近代军阀征伐时的一个逗号或省略号而已。如果你熟悉中国现代史，一个叫做“西北军”的军事集团就会触碰你的神经，他们的多面和多变像狐狸，他们的勇猛像狮子，他们的坍塌又像暴雨中的土墙，这里面有英雄，也有群小，有的壮烈殉国，如赵登禹张自忠辈，有的作汉奸像石友三辈。民族处刀锯鼎镬之中，赵登禹将军之所以血花溅作红心草，不甘为某一集团做鹰犬，并非为一己的甘肥、轻暖、妻妾计也，实则是不忍见民族河决鱼烂，而使敌寇淫威谋成。

菊花与刀，一柔美，一阳刚，当日人的菊花和大刀下的血花在昂然顾盼生姿的时候，大和民族尊尚的美却是以无数中国人的血做养料而塑就的。

美国人本尼迪克特在菊花和刀的意象里看出了大和民族的走向，月晕风，础润雨，在一些关节处是可以窥见一个民族的品性的。在写赵登禹将军的时候，我知晓了这样的细节。1931年冬天，日军占领中国东北，此时，侵华日军步兵第37联队的井上清一中尉新婚燕尔，正在雪中的大阪家中休假度蜜月，可归期已至；临行的中尉井上清一最后两日落落寡欢，两眼望着户外的雪，迟迟疑疑，这一切，新娘子千代子都默默默地尽收眼帘。

逆转发生在井上清一行将出征中国的前夜,没有美酒,没有和歌以壮行色,21岁的千代子躺在丈夫身边,悄然用小刀剐开自己的喉管,由于她下手不够利落,这个残酷的举动持续了很长时间,而她始终一声不吭,直到黎明到来时才默然死去,鲜血溢满了榻榻米,像菊花骤然地开又骤然地凋谢,我不知如何评价日本人的这种无美不殇的民族品性,夜静啼月的杜鹃,阵雨散落的秋叶,落花飘风的钟声,途中日暮的晚雪,这种哀感意识,使他们对死有了一种别样情怀,我知道日本人认为精彩的诗句是:枯梅……有如死者仰卧。实在令人震撼的不是诗本身,而是日本人以死为美,无美不殇的没有畏惧的那种执著。

次日清晨,井上清一才发现妻子余温的尸体以及千代子留下的以血做墨之遗书:"我的夫君,现在的我正满怀高兴之情,我都不知如何表达我的高兴之情了,我将在您明天出征之前快乐的离去,不管如何,请您不必担心往后的事情……"阅毕遗书,中尉井上清一未掉一滴眼泪,默默地收拾起行囊,挎上家传之佩刀,头也不回地步出家门,挥手自兹去,从大阪军港踏上军舰。

身后的血与白雪,是那样的冷与热地媾和在一起。而遗书上的血如菊花,如绣在和服上挣扎的几朵菊花,像是直指一场生命的浩劫。

千代子事件后,日本舆论媒介开始发酵,如蝇见血,似蚁争膻,把井上千代子尊崇为"昭和之烈女";两家电影会社以惊人的制作在极迅疾的时间里,拍出《啊,井上中尉夫人》和《死亡的饯别》,从北海道到高丽,从高丽到台湾一路的蒙太奇去,并将影片空运到侵华战争的前线;皇后陛下则驾临"昭和烈女"遗德显彰会。而后,千代子的媒人安田夫人发起组织了"国防妇人会",短短10年,其成员由40人猛增至1000万人,这是怎样的一个比例,那是上千万的家庭啊,上千万的日本女人加入了他们侵略的后援。

我知道喜峰口一役,赵登禹将军和那些热血的军人也遇到一个女人的难题,一个进不得退不得的两难的境地。

赵登禹的大刀队集合起来,刚喝完临行酒,"当"的把碗摔碎,一筐一筐银圆放在队列面前,任人随意抓取。赵将军一条腿绑着绷带站在队列前,手臂上缠着白毛巾;他看着大家的手臂,也一例地缠绕着白色的毛巾。每人一把匣枪,5颗手榴弹,背后一把镔铁大刀,红的穗子在雪地里发出暗紫色。

这是一群20岁上下的农民子弟,如不是战争,他们可能都在老家娶妻生子。可是这片土地在落雪,寒冷从长城的那边过来,这片土地即将被强奸蹂躏。一场震惊世界的大战就要在今晚拉开帷幕,而傲慢的日本军人开始准备休息。熄灯号隐隐传来。雪下着,白的银圆在雪里,银圆上有厚厚的雪,酒坛的口冒着寒气。

全军肃立。等待着赵将军的口令。就在此时,有人策马奔到将军面前,耳语一下,赵登禹将军的脸色陡然生变。他凝视着将要出发的大刀队,然后让人带来一位山村老太和她女儿。

大家不知道发生了什么事情,赵登禹将军嗓音沉痛,他声带谴责说:"我对不起这里的父老,也对不起冯先生(冯玉祥)的教诲,今天我们还没接敌,竟然在我的队列里出现了这样的败类,我不杀鬼子,我要先杀败坏武德的东西!"

敢死队员疑惑了,不知将军在说什么?

雪夜里赵登禹将军的眼睛,像燃烧着炭火,如诉如怒。他说,"就在刚才吹集合号的时候, 我军的一个弟兄竟摸到民房里去祸害人家姑娘。才17岁的一个黄花闺女呀,以后怎么找婆家? 刚才一吹号,那东西就兔子一样跑了,那姑娘哭泣不敢说,姑娘的娘肯定地说,他就是我们手下的人! 现在,他就站在队列中!"

此时雪如结冰,空气凝滞,没有了呼吸。

赵将军犀利的目光像刀,要剔除人的皮肤直到骨髓。"裤裆里长蛋子不是提溜着玩的。谁做的,敢站出来?那才叫有种! 裤裆里的蛋子要丁当响,不是被人劁的! 有种的站出来!"一切都静止了。

姑娘拉着老太的衣襟,小声地哆嗦着,"娘,他没动俺,只是说看看,你一喊他就跑了!"

"站出来吧。你如果有母亲,就想想你母亲;你如果有女儿,就想想你女儿。要对得起她们。站出来,我赵登禹尊你为好汉。”赵登禹双手抱拳,左手压着右手,在胸前如石雕一般。

霰雪敲在军衣上,沙沙作响。

“那好吧。”赵登禹冷笑一声,“那就把上衣揭开,露出脖子。大娘说她姑娘把那兔崽子的脖子抓伤了。”

刷的一声,赵登禹撕开了自己的领子。接着是刷刷撕领子的声音。

其时,一个敢死队员扑通跪在赵登禹的脚下,大家惊呆了,去摸人家姑娘的是赵登禹的警卫随从。赵登禹愣在那里,嘴开始颤:“我竟瞎眼了,养了一个畜生。绑起来!砍了!”

警卫才18岁,是赵登禹带出来的曹州子弟,大家面面相觑,不知如何应对。

警卫跪在雪地里,单手挥泪,“旅长,我没有害姑娘的意思。我只是……”

“只是什么?!”

“晚上,就要接敌了,不知是死是活,我还没有见过女人的妈妈(曹州方言:乳房)。”

“妈妈?”大家躁动一片。警卫员的“妈妈”这两个字无疑惊雷,在敢死队员耳轮旁炸响,赵登禹头颅一扭,吼出曹州方言,“日你奶奶的,丢人!”

那母女俩也愣了。也就在那刹那间,雪地里齐刷刷跪倒一片人,如出殡时的孝子齐刷刷跪着,苍茫的天地间,只有赵登禹和那母女挺立若石。花白头发的母亲拉了一下闺女,腿哆嗦着准备跪地为警卫随从求情。谁知那女孩,在人们齐刷刷跪下的时候,把棉袄揭开了,盘着的扣子一个一个在手下展开,一层层的衣服开始解开,在雪地里,跪着的人们惊愕的眼睛里,一对还未发育成熟的乳房羞怯地绽露出来。雪地白得发黑,敢死队员眼前一片眩晕。

在雪的余光照射下,女孩子的乳房是如此的娇弱圣洁。也许因了营养不良,胸前一对隆起的乳房,并不丰满坚挺。那些赴死的敢死队员几百双眼睛,没有退避,没有猥亵,是那种热血,有一种易水送别的慷慨,击筑和歌,声入行云。

将军被深深撼动了!“敬礼!”将军马靴一扣,两眼含泪,敢死队员齐刷刷敬礼,泪如雨注。

将军心里清楚,若不是战争,这些战士,在家乡的唢呐里,不说个个能走进洞房,绝不会在临战前夜犯如此低级的错误。将军一言不发,从跪在雪地上的警卫员身边走过。那母女俩扶起警卫员,眼睛望着将军。将军好像不敢看母女,胳膊往前一挥,前面,喜峰口在雪下苍灰色的轮廓隐隐在望。

将军的大刀队开始在雪夜移动。当晚,冰冷的大刀开始嗜血。日本人的头颅如曹州老家漫长冬季里菜窖储满的白菜、土豆、萝卜,多数日寇在睡梦中未及还击,便纷纷被大刀片砍杀。那血呢,则如鸟扇动翅膀,成为大刀的徽章,如菊花艳丽的花瓣在秋风纷纷飘落,日本一家报纸评论说:“明治大帝造兵以来,皇军名誉尽丧于喜峰口外,而遭受六十年来未有之侮辱。”

第二天,大刀队返回,将军骑马检查部下,警卫员的尸体被抬着经过队列前,赵登禹敬礼,全体弟兄肃立。一阵哀悼的军号声响起来。将军吩咐部下将警卫员的尸体好生掩埋。然后将军沉痛地说:“此役成败,不在弟兄拼杀,功在大娘和姑娘。”

将军着人为大娘送银圆200块,可大娘与女儿已在门板上自尽。

三

在民族危亡关头,很多人选择了躲避或是投降。同是西北军的袍泽,多少人无廉耻,无节操,迎合敌寇而取其禄位,石友三、孙殿英、庞炳勋、孙良诚等都落水做了汉奸。那种望风而降的场面,让人想起历史上一个女人写过的诗句:十四万人齐解甲,更无一人是男儿。

这是咒骂没有一点爷们儿气质的男人,赵登禹将军是在势不可为的情势下,慷慨任之,决意舍一己之身,做一番万夫莫当的事业。当右臂和腿部相继中弹,传令兵要背他走,他说:“不要管我。北平城里还有我的老母,告诉她老人家,忠孝不能两全,她的儿子为国死了,也对得起祖宗!”求仁得仁,将军一死,大树飘零,古之名将的风范也就成了绝响。

有一件事很能见将军的风神。

“七七事变”前赵登禹将军曾参加过一次特殊的宴席。宴席上中方人员有宋哲元、赵登禹、吴佩孚一干人,日方则是驻北平边村旅团长等三十余人。筵席间每桌上有三四个日本人。宋哲元、边村、松岛、赵登禹等与那些社会名流共坐两席,其余中日双方的军官,共坐八席。在两张主座席的两边,设了两张空桌子,备上下菜之用。酒至半酣,一日本军官跳到空桌子上,唱《君之代》,进行挑衅。接着又有两个日本军官上桌子唱歌。此时,何基沣旅长临机应变,立即上桌唱了一首《黄族歌》:

> 黄族应享黄海权,亚人应种亚洲田:
> 青年青年切莫同种自相残,莫教欧美着先鞭。
> 不怕死,不爱钱,丈夫绝不受人凌……

这时又有两个日本人上场,时而起舞,时而弄刀,效项庄舞剑直逼宋哲元。参谋长秦德纯怒不可遏,走到赵登禹跟前,轻声地说:“事急矣!赵师长。”

赵将军腾地跃起,说“看来今天倒有识货者!”随手从卫士手里要过一把镔铁大刀,这刀一亮,就见精光四射,森气压人,手腕一弹,龙吟不绝。但见空旷处,赵登禹刀随手走,刀光闪动间,刀柄的红绸也旋舞不停,将军整个人就像是变成了一片灿烂辉煌的红霞,也如在曹州的牡丹田里,红的花瓣四溅,照得人连眼睛都张不开,哪里还能分辨将军人在何处?剑在何处?

日本人这时才知道了将军大刀功法真正的威力,这刀法就如水银泻地,无孔不入,只要对手露出一点破绽,或者对手的眼与神稍有疏忽,就很可能立毙于刀下。中国军官看着鼓起掌;松村等人看着,则两股颤颤,汗不敢出。

双方混在一起,刀剑碰触,火星溅绽。如秋风萧飒,奔腾而澎湃;如波涛夜惊,风雨骤至,钬钬铮铮,金铁皆鸣。

倏尔,几个日本军官一拥而上,把宋哲元高高举起,赵登禹则和中国军官与之针锋以对,举起边村,双方眼睛对着眼睛,鼻子对着鼻子,脑袋对着脑袋,情势一触即发。这时,坐在一旁的吴佩孚出场了,当众挥笔,握管在宣纸上纵横,就如“秋高马肥,正好作战消遣”,打磨一下腕下功夫。一笔独成一行,转眼丈二条幅赫然在目。吴佩孚是前清秀才,书法是当行,一行醉笔气势磅礴:不移不屈!

将军于“七七”事变后20日殉国,当时日军占领北平,赵登禹将军率部驰援,可是,将军没有料到,他率部北上的军情,已被汉奸潘毓桂出卖给日军。

在抵御日寇大规模进攻前,赵将军举酒为壮行色:“今天,我和冯先生(玉祥)通话,我向冯先生告别,冯先生问我何时回来？我说,快则两天,晚则三天,或许……或许再也不来了！”

下面有人啜泣,将军顿了顿,“哭什么？先留着眼泪吧,等胜利了一起哭！”将军走到哭泣的战士面前,一把扯开战士的衣服。这胸膛惊心动魄,从中原大战到喜峰口,每一枚伤疤,都会述说一个流血不流泪的故事。

将军:“你是二十九军爷们儿吗？”

战士:“报告师长——是爷们儿。”战士立正、挺胸,动也不动,像尊雕塑。只是眼角流泪。

将军:“爷们儿流血不流泪,更何况抗日军人！”

战士:“师长——”

将军:“有什么话要留下来？这样吞吞吐吐的？”

战士:“我从中原大战就跟着将军,只是家有待产之妻,不知是男是女,如果我死了,望将军抚恤,待如子侄。”

将军戴着雪白手套的右手缓缓举到帽檐边,人们都静无声息,只听将军炸雷般吼叫:“书记员！把他的话记下来！”

第二天将军死了,他身边倒着一个壮士,就是昨晚啜泣的战士,他的镔铁大刀砍翻七个鬼子！朦胧的火光里,日本人的人头被劈开,刀刃已卷。

其实赵将军上前线时，他的妻子倪玉书身怀七个月的身孕，将军殉国三月后，他的孩子出世——

28日拂晓，敌寇向宛平县城南苑一带发动大规模进攻。当日人在飞机大炮等现代兵器掩护下冲至阵地前沿时，赵登禹挥起大刀，跃出堑壕，赤膊率将士杀入敌群。刀光闪闪，号哭一片。正是暑天，光着上身的将士看到将军身先士卒冲锋陷阵，个个如狼入羊群，撕咬腾挪，砍杀声惊天动地。

南苑地区地势平坦，无险可守。在枪林弹雨中反复拉锯冲杀，从拂晓战至中午，日军派兵绕到侧翼，企图包围赵登禹部。

赵登禹将军率领部属向大红门方向集结，准备反击。这时天已经黑了，为突破敌阵，借着夜幕，赵登禹挥动大刀，率部冲杀。在接近敌阵时，日军发射了照明弹，埋伏在大红门的机枪以密集的火舌吼叫，赵登禹将军身中数弹，倒在血泊中。

当将军从昏迷中醒来，借着火光，他对身边满面泪水的传令兵说："军人战死沙场原是本分，没有什么值得悲伤。"然后嘱咐告之母亲不能尽孝，言毕而逝。这不是私人之间的话。赵将军临死的话，有一种悲壮，还没有看到敌寇溃败，自己却舍命疆场。风萧萧兮易水寒，壮士一去兮不复还。

军人是应该战死沙场的，赵登禹将军就是提着脑袋去拼去杀的，在中国，从来孝优于忠，忠孝不能两全时，两权相较，大部分国人选择孝，少数人才像岳飞、赵登禹将军那样，对母亲没有尽孝，先去尽忠。赵登禹殉国时，其母年逾七旬，备尝老年丧子之痛；其妻倪玉书时年仅27岁，身怀七月身孕，华年丧夫；存世的儿女，其子4岁，其女2岁，尚不解生离死别，即与父亲阴阳睽隔。

赵登禹将军殉国了。继赵登禹之后，同是二十九军袍泽的张自忠在三年后也以自己的热血战履了殉国，当最后张自忠死在日本人手中的时候，杀死他的人仍然整整齐齐地列队向他的遗体敬礼，并像护送自己将军的尸体一样护送他离开战场。昔日司马迁借田光赞荆轲曰：

血勇之人，怒而面赤，脉勇之人，怒而面青，骨勇之人，怒而面白。古人真是把人看透了，一个勇字分析得入骨三分，一直追溯到肌理和生理。赵登禹、张自忠将军辈当属神勇之人，怒而色不变。

今天想象复原将军的行迹，我热血沸漾，但又怅然若失，日人寇我之时，先是精英卖国，从汪精卫到周作人这样的“五四”闻人。

赵登禹将军和他们比起来，是粗人，在民族危如累卵，山河飘摇，一些人物能够自持，已属不易，但也是底线，而赵登禹将军是用一腔子血灌溉脚下热土的。其实，平常岁月，天下是大人物的天下，到了国家不可收拾的时候，才想起兴亡关乎匹夫。如果说赵登禹将军受多少民国的恩泽，那恐怕不会太大，从小颠沛流离，辗转沟壑。但是，他内在的一种心理品性和地域性格规定着他制约着他，这根深蒂固的文化一脉在赵登禹将军的大刀上，也在他的菊花情怀里，熠熠闪烁。

赵登禹将军殉国后，在夜间由北平红十字会草草掩埋，几天后，陶然亭内龙泉寺的僧人们将赵登禹将军的遗体取出，用烈酒和毛巾擦拭将军身上的血痂。那张脸血肉模糊，但赵登禹将军圆目怒睁，那是一张不屈而庄严的脸，在烛光下，凛凛正气呈现在出家人面前。方丈用手为将军合上眼，用一洁白的粗布，覆了上去，棺材上了盖，打下了木钉。和尚们点上了一炷香，插在上头，开始诵经。赵登禹将军被龙泉寺的和尚用柏木棺材在夜间盛殓了，就暂厝于寺内。和尚们崇敬将军伟岸的人格，在以后的日子就一遍又一遍地给棺材上漆，怕棺木朽腐，那棺木后来就变得锃亮逼人。赵登禹将军的棺木在龙泉寺被僧人秘密守护八年，有时和尚说棺木里有大刀的铮铮声、马蹄衔枚疾走的风雨声……

佛教没有国界，但和尚有国籍，这些能托死生的大德高僧们，受曹州后生一拜，为将军，也为我们历史的血脉！

扇嘴巴子的故事

□ 李钢林

抗日战争肯定与扇嘴巴子有关系，这是肯定的，要不，怎么会打起来呢？今天的世界是变了，反正战争是一个概念，和平是另一个概念；反正两全其美是一个概念，两败俱伤是另一个概念；反正谁都想过好日子；反正谁要想过上好日子，谁还离不了谁；反正未来中日的故事，是一个大智慧的故事，这是肯定的；反正未来还会有中日的新故事，不是老故事。这也是肯定的。

抗日战争与扇嘴巴子有关系，这是肯定的。

为什么六十多年前中日两国会打起来呢？

今日花甲再回首，还必须从《扇嘴巴子的故事》开篇。

事先申明：我讲的每一个故事都是真实的，绝对不是自编的小说。

日本人有一个很鲜明的民族特点：好扇嘴巴子。

凡日本电影，一般都有这个情节，他们遇事自己心里不痛快，就互相扇嘴巴子。

中国人一般不打脸，打屁股。

中国老话：打人不打脸。中国人爱面子，要脸。

中国人遇事讲究一个“忍”字：忍为大；小不忍则乱大谋等等。

对脸的态度，可算是大和民族与中华民族的一个比较明显的民族性格区别。

1931年,日本人搞了一个“九一八”事变,把当时的东北军打跑了。于是,日本人就把我们的东北地区都给占了。当时,日本还给东北地区起一个新名字,叫“满洲国”,还给“满洲国”指定了一个皇帝,叫溥仪。不过,在“满洲国”里,溥仪是孙子,日本人是爹,于是,当时的东北就成了日本人的天下。日本人在天上,中国人被压在地底下。

于是,就有了一个关于扇嘴巴子的故事。

1.第一个嘴巴子

中国人常隆基,今辽宁省西丰县龙潭寺铜台乡苔壁村人,1921年生人。

他3岁时丧母,其父常年病魔缠身,自顾不暇。

常隆基从3岁起就随寡居的外婆生活,外婆没地,他们靠要饭活着。

在苔壁村至西丰县城六十多里的乡间小路上,在沿途的村庄里,春夏秋冬都能看到一个瘦小干瘪的小男孩沿街乞讨,或跟着外婆,或单独一人,风里来,雨里去。在他常年往返的小路上,每天都能听得到同一个稚嫩的喊声:“大爷爷,大奶奶,行行好吧。”他只能天天要饭,为了他的外婆,为了他重病的爹,也为了他自己的肚子。

这就是童年的常隆基。

1935年,一天清晨,还不到要饭的时候,常隆基就背着粪筐,拎着粪铲子,四处拾粪。当他走到县城边日本小学的大门边时,他停住了,这是他第一次远远看见日本人,他好奇地站在大门口看日本小学生“上操”。一不小心粪筐子滑落下来,半筐粪撒在学校大门旁,常隆基赶紧俯身去拾粪,他心疼他的粪啊。

这时,正赶上一个日本人出来,一看到他和地上的粪,抓起他的脖领子就扇嘴巴子,就像抓着一个小鸡仔一样把他提起来,左右开弓,扇得常隆基两眼直冒金星,他完全蒙了。

日本人打够了,抓住他的头发,把他的头摁在粪堆上,非逼他把地上的粪吃干净不可。

常隆基的脸被扣在粪堆里，满脸憋得通红，喘不过气来。这时候他才知道自己的脸被紧紧摁在粪堆里了。他实在憋得受不了啦，本能地一个兔子打滚，把日本人翻倒在一旁，他抓起粪铲劈头就砍，把那个日本人给开瓢了。

事后他很害怕，很后悔，当时他的确是被逼急眼了，失手打了日本人，不是成心的。

那天，常隆基跑了。他知道闯了大祸了，当天夜里，他没有回家，他爬上一趟开往四平的火车，投奔远房的表姑去了。

这是常隆基平生第一次见到日本人，也是他平生第一次挨嘴巴子。其实，他根本没看清那个日本人长什么样。以前，他爹只拿鞋底子打过他的屁股，没扇过他的嘴巴子。

好几天，他的脸肿得像馒头一样，脸庞火红火红的，火辣火辣地疼。刻骨铭心。

他记住了，日本人好扇嘴巴子。

常隆基害怕了，他怕日本人，他怕挨嘴巴子。以前，他只知道饥饿最可怕，第一次挨了嘴巴子之后，他觉得在这个世界上还有一个比饥饿更可怕的东西：日本人扇嘴巴子。

他不明白为什么日本人要扇他的嘴巴子，也不敢问，他整天把嘴闭着，只有眼睛睁着。

那年，他14岁。

常隆基跑到四平的远房表姑家，担惊受怕地过了几年。他躲着日本人，再没有挨嘴巴子。到了1941年，他还是被抓住了，抓他不是去坐牢，而是去当兵。

这次，常隆基又碰上日本人了。

2.“拿酷鲁”

1941年，常隆基20岁，正值被征兵的年龄。

1937年“七七”事变后，日本出兵关内，要吞并中国。日本本土兵源不够，于是，就在“满洲国”实行征兵制，挨村挨户地抓壮丁。

户口上有常隆基的名字，人又找不到，西丰县公署动员股股长不答应，于是，限村长7日内把人送到县里去，否则，就拿村长按“反抗大东亚共荣圈”之罪论处。村长千方百计地打听到常隆基表姑家的地址，赶紧带着警察直扑四平。

常隆基还没起床就被村长和警察堵在屋里了，他被五花大绑起来，直接送到了西丰县公署。他当兵了。

1941年5月，常隆基被编入满洲国靖安军第二团迫击炮连二排四班，部队驻地就在今天黑龙江省富锦市的上街基。

新兵入伍要经过六个月的新兵训练。新兵训练按日军条令，教官都是日本人，各种训练口令都用日语，各种训练科目按日军条令要求。常隆基是一个从小要饭，后来种地，扛大活的庄户人，“向左转”“向右转”他都分不清；“立正”“稍息”他也记不住，口令又都是日语，他更不懂了，他完全蒙了。为此，常隆基没少挨嘴巴子。

老兵都是中国人，很同情这个干瘦的小新兵，看他不开窍，就早晚给他“单兵教练”，教他基本动作和要领。

常隆基很努力，他在老兵面前什么都明白，也都能做好，一切动作都符合条令要求。可是一见到日本教官，他的脑子里“嗡”的一下就全忘了，日本教官还没有开口下口令，他就吓得晕头转向。他自己也承认，自打他第一次挨日本人的嘴巴子之后，他的脑子就进水了。

每次考核不及格，常隆基除了在队前被扇嘴巴子之外，解散之后，日本人又给他增加了一个新科目：“拿酷鲁。”

一天，对新兵进行“术科”和“学科”的考核，上午考“术科”，下午考“学科”，常隆基的单兵动作、口试、笔试都不及格，气得日本教官哇哇直叫唤。

解散之后，常隆基没走，他早就做好了挨嘴巴子的思想准备，没等日本教官开口，他就主动地规规矩矩地立正站到日本教官面前，抻着脖子等着挨嘴巴子。

结果，日本教官没扇他嘴巴子。日本教官一挥手，来了三个满脸杀气的日本兵，他们把常隆基拉到操场上，三个人站成三角形，把常隆基围在中间。日本教官号叫一声："拿酷鲁！"三个日本兵就像发疯的野兽一样，每人都挥起双拳，左右开弓，连打带摔，连摔带踹，一直打到三个日本兵自己都气喘吁吁地坐在地上了，一直打到常隆基没声了，"拿酷鲁"才结束。

当同班的几位战友把被打得半死的常隆基抬到寝室，放到炕上之后，常隆基才用手指撑着眼皮睁开了眼睛。他看清了，周围是他的战友。

战友们给他擦伤，他一滴眼泪也没有；战友们给他喂水，他不张嘴；战友们跟他说话，他一声都不吭。

大家说，不要把话憋在心里，劝他在屋里哭出来，说出来，骂出来，心里就舒坦了。

战友们好心劝他想开一些，劝他不要老想着日本人扇他嘴巴子的事，只管把动作做好，就平安无事了。

常隆基始终一言不发。

开饭的号声响了，战友们给他偷着带回来点饭，他不吃。

熄灯的号声响了，大家都睡了，他用手指撑着眼皮，一夜没睡。

第二天夜里，"不寝番"(夜班值班员)查铺时发现常隆基没了，战友们赶紧在营房院里四处寻找。

常隆基上吊了，战友们赶紧把他放下来，给他做人工呼吸。他活过来的第一句话："你们怎么不让我去死啊！"说完，痛哭不止。

日本人知道了常隆基上吊的事，又扇了他一通嘴巴子，又是一个"拿酷鲁"。

常隆基记住了：上吊找死，就是"拿酷鲁"，也扇嘴巴子。

3."协和嘴巴子"

常隆基的连长是老东北军出身。他心地善良，为人仗义，军事素质也好,就是嗜酒如命。

连长对这个全团最笨,挨嘴巴子最多,又从不言语的“倔种”很同情,经常安排他干点杂活,躲着日本人,免得日本人老扇他的嘴巴子。

常隆基为人实诚,知道报恩。他用自己少得可怜的津贴给连长买酒喝,给连长料理生活上的事,连长也不避他。

一次,常隆基给连长买了一瓶“小烧”,一包猪头肉。连长高兴,喝高了,就开始白话:“富锦这地方可是军事要地,叫第二国境线,再往北就是黑龙江,过了江就是苏联了。”

“小鬼子与老毛子不对付,往东不远有座五顶山。那可是小鬼子的大堡垒,归日军第七军管辖,叫五顶山军事要塞。”

“你这个没用的玩意儿,啥也学不会,尽挨嘴巴子,啥时候我求求狗日的日本长官,让你给我喂马吧。”

常隆基看着连长喝,只管给他倒酒。

第二天,搞实地演习考核,这是新兵训练的最后一个科目,这个科目搞完了,六个月的新兵训练就算结束了。

那天的演习科目是“排搜索”。新兵连拉到五顶山附近,各排以班为单位成散兵散开,从不同方向同时向小山包上搜索。

演习结束了,全连的人都回来了,唯独不见常隆基。全连集合的时候,大家远远看见两个日本兵拖着常隆基从树林里出来了。

全连回到营房,日本教官宣布:不解散,不开饭。

日本教官指着连长的鼻子命令道:全连成两排纵队,面对面成一臂距离站好。连长刚把队伍集合好,日本教官上来就是一巴掌,把连长也推进了队列。然后,日本兵站到队伍的两头看着,日本教官口令道:“协和嘴巴子,开始!”于是,全连一百多号人开始互相扇嘴巴子。

操场上立即响起了“噼里啪啦”的响声,如同全连的机枪在齐射一样,震耳欲聋。这种声音,中国人从来没有听过;这种“协和嘴巴子”,中国人从来没感受过。

一直打到全连都坐到地上呼呼喘气了,“协和嘴巴子”才结束。

最后,日本教官命令连长带着三个兵把常隆基拉出队列,单独给他加了一个“拿酷鲁”。

那晚，全连上下，人人都鼻青脸肿，个个都唉声叹气，每人都嘴角流血，晚饭都没吃成，谁的嘴也吃不成了。

战友们把常隆基抬到炕上，他自己拼命翻到地上。他趴在地上，面对战友们抬起满头大包的脑袋，他满脸血水，满脸泪水，满脸红肿，须臾，他颤颤巍巍地撑起双臂，使劲把头向地上磕去，咚！咚！咚！咚！……战友们听着“咚，咚”的声音，心里都瘆得慌。

不论战友们怎么劝，怎么拉，他就是不起来，他就是不停地磕头。

连长骂道：“你这个不争气的玩意儿，拖着全连扇‘协和嘴巴子’，你也不想想五顶山是啥地方，想跑？你能跑得出去吗？”

常隆基记住了：自己想跑，就拖着全连扇“协和嘴巴子”。

4.常隆基也会扇嘴巴子

连长真急了，骂道：“你他妈的一个人挨嘴巴子也就算了，这下可好，现在是全连都扇‘协和嘴巴子’。天天扇‘协和嘴巴子’，这谁受得了啊。全连这一百来号人不他妈的都玩完了吗？”

连长心里明白：小日本就那操性，常隆基就那德行。现在人家是爹，人家不满意，肯定还是扇嘴巴子，肯定还是“拿酷鲁”，肯定还是全连扇“协和嘴巴子”，谁让人家厉害呢。

连长只有一个辙：安排常隆基这小子去养马，躲着日本人。要不，常隆基得完，全连也得完。

于是，他绞尽脑汁，到处求情，想方设法，终于，在新兵训练结束之后，常隆基成了连长的马弁。

常隆基给连长买酒喝，买肉吃，连长高兴，不骂他了，骂日本人：“真他妈的稀罕，扇嘴巴子就扇嘴巴子呗，还他妈的扇‘协和嘴巴子’，这不是撕我们的脸吗，怎么小日本他妈的会有这种损招呢？”连长纳闷。

连长有匹大白马，原来又脏又瘦。常隆基干活肯下力气，他接手后没俩月，大白马就变得洁白如雪，毛光水亮，跑起来四蹄生风，不颠不窜,再加上把所有的皮革马具,所有的铜制鞍具附件都擦得光亮照人,连马粪兜子都洗得洁白如新,大白马一下子就成为全团最抢眼的战马。

躲开了日本人,整天与大白马做伴,是常隆基最舒心的日子。

养马后,常隆基再也没挨过嘴巴子,再没有挨过“拿酷鲁”,全连也再没有扇过“协和嘴巴子”。全团的日本人、中国人好像都把常隆基给忘了,只见大白马,不见常隆基。

1943年4月27日,预先号令下来了:全团选出10匹战马和10个驭手,加紧训练,供重要长官上五顶山阵地视察用。全团选来选去,大白马名列第一。

1943年5月1日晚7时,命令下来了:第二日全团官兵随关东军高级长官进五顶山阵地视察。士兵带枪不带弹;军官配刀不配枪;战马和驭手在团部待命。

这一夜,常隆基整夜没上炕,他给大白马喂料,刷毛,擦马具,整理马鞍子。他还特意更换了新的马粪袋子,检查几遍,等一切都准备齐当了,他就坐在马槽上抚摩着大白马的脖子,相对无言到天明。

天一见亮,他就跑到连长屋里倒尿壶,打洗脸水,给连长穿戴完毕。送走连长后,常隆基又回屋打扫了一遍,这才赶回马厩。他系好崭新的马粪袋子,还特意塞进几把新鲜的马粪,遂牵马直奔团部操场。

常隆基第一个赶到团部的操场,他规规矩矩地站在操场上。大白马浑身洁白,昂头矗立;常隆基手持缰绳,立正于马头左侧。日本人过来了,认认真真,仔仔细细,反反复复地把常隆基全身摸了个透,又看了看精神抖擞的大白马,拍拍马脖子,检查通过了。

5月2日8时许,十几辆小汽车开到操场上,从车上下来十几个高级长官,为首的是一个佩带中将军衔,约五十多岁的小个子长官,他扫视了一眼列队的方阵,就径直朝常隆基的大白马走来。

当长官走到马前时,常隆基上前一步,双手送上缰绳,然后转身于大白马左侧,“扑通”一声跪下,双臂撑地,俯胸弓腰,静候长官上马。

进山的部队出发了,首先是前卫,然后是长官纵队,最后是第二团的大部队。中将长官骑在大白马上,走在长官纵队的最前面。

常隆基牵马在上山的路上走着,小心谨慎地绕过沟坎和石块,避开划人的树枝,不时地用余光扫视马屁股上的马粪袋子。中将长官安稳地骑在大白马上,注视着前方。

山头阵地到了,中将长官第一个分腿下马,常隆基立即上前用双手扶住中将长官腰间的皮带,双手一卡,用劲一翻,随手抡起右臂,足足实实地给中将长官的脸上扇了一个大嘴巴子。

"啪",惊天动地的一个大嘴巴子,中将长官当即仰面倒地,完全被打蒙了。常隆基右手迅速插进马粪袋里,掏出一支手枪。他对准中将长官的胸膛,"啪,啪"就是两枪,中将长官当场毙命。

这是连长的那支手枪。早上,他在连长房间里偷枪后的第一个动作就是子弹上膛。

事发突然,出人意料。

在寂静的山林中,这清脆的枪声如同晴天霹雳,使所有在场的军人都本能地立即卧倒。枪声远去之后,当他们看清只有中将长官一个人倒在血泊之中时,全都傻呆了。

山头阵地上,常隆基没了,大白马也没了。

下山的路上,大白马如狂风行云,风驰电掣一般,转眼变成了一个小白点。马背上有一个人,这人应该就是那个常隆基。

日本人操枪想打,枪无弹;拔刀想砍,砍不上。

这就是抗日战争中曾经轰动一时的一个真实历史事件,距今62年,日本大东亚战争史称"满洲国五顶山事件"。

5.花甲之后再结案

伪满洲国档案记载:满洲国康德十年,即1943年5月2日午,日本关东军驻伪满洲国最高军事顾问,日本陆军中将南木石隆于满洲国三江省(今黑龙江省富锦市)五顶山要塞视察时被刺身亡。

一个中国马弁刺杀了日军南木石隆中将,而且就在被日本人视为生命线的满洲国里，此事件被大日本皇军视为奇耻大辱，为此，日本人当年抓了很多中国人，杀了很多中国人，也吓坏了很多给日本人干事的中国人。

日本人做事很认真，很仔细，他们当年对此案做了很多调查，从现在的黑龙江省，到吉林省，再到辽宁省，上山下乡作调查；他们还写了很厚很厚的调查报告，审讯记录，犯人证词，还在刺杀现场照了相等等。所有这一切，都是为了搞清楚：为什么一个中国马弁要刺杀一个日军中将呢？

62年都过去了，日本人还是搞不清楚为什么。

一个重要原因是，刺客常隆基当年没抓着，大白马当年也没找到，现在恐怕是更找不到了。

按照战争通则，常隆基是军人，活不见人，死不见尸，应该算失踪了；大白马也属军队编制，也是活不见马，死不见尸，也应该算失踪了。按日本人的规矩，62年前发生的“满洲国五顶山事件”一案到今天，当事人无果，旁证大白马也无果，此案还应该是一个悬案。

据伪满洲国的史料显示：事发当天有人看见，常隆基骑着大白马下山以后就向北跑了，最后一个见到常隆基的，是第二天在黑龙江边捞鱼玩的一个小男孩儿。

小男孩儿说，他亲眼看见常隆基牵着他的大白马下江了，常隆基临下江之前，自言自语地留下一句话：“就是要扇他一个大嘴巴子，扇死他。”

如果这个证言是真实的话，这也可以作为当事人常隆基对此历史悬案的一种结论：其实，常隆基“就是要扇他一个大嘴巴子，扇死他”。

这个结论，中外法律界和普通人都比较容易理解。

在常隆基案的调查卷宗中，没有发现他个人有什么复杂的社会组织背景，他就是一个再普通不过的中国人，他与南木中将仅仅是第一次见面，既无私仇，也无政治企图。他刺杀日军南木中将的动机，恐怕没有日本人想得那么复杂。

花甲之后再结案，此案的结论或许很简单，其实就是一个扇嘴巴子的问题。

顺便提一下,事发当天,那个连长就被抓了,后来被枪毙了。临死前,他感叹道:“真他妈的稀罕,常隆基这小子还敢扇日军中将的嘴巴子?”

“他算成全我了,真没白疼他一场。”连长不后悔。

临枪毙时,连长没有喊冤,他自己靠在墙上;死了,没倒。

关于抗日战争的第一个故事,就讲完了。

6.今天,为什么开篇就讲这个老故事?

因为今年,是我们中国人民抗日战争胜利的花甲纪年,也是世界反法西斯战争胜利的60周年。

60年前,世界人民曾经与德意日三个法西斯国家打过一仗,史称第二次世界大战。

一个花甲之前,中日两国也曾经打过一仗,日本人叫它“大东亚战争”;中国人称之为“抗日战争”;世界人民把中国人民的抗日战争视为全世界反法西斯战争的亚洲战场。

这是离我们今天最近的一场世界大战。

人们都不喜欢战争,包括日本人民,包括中国人民,也包括世界各国人民,那么,为什么还会打起来呢?

为什么60年前中日两国会打起来呢?究竟是什么原因呢?

历史学家们会说出各种各样的战争原因:政治的、经济的、军事的等等。

其实,对于中国的普通老百姓来说,那场战争的原因很简单:就是因为当时日本人扇中国人的嘴巴子,还有“拿酷鲁”,还有“协和嘴巴子”等等,这就是当年为什么会爆发那场战争的基本历史结论。这是肯定的。

西方人不叫“扇嘴巴子”,叫“法西斯”。

那时候,我们管日本侵略中国的行为叫日本帝国主义,世界统称

“法西斯”。常隆基的故事就是千万个历史例证之一。

就凭这一个《扇嘴巴子的故事》,就能给那段历史作结论。

这应该是我们每一个中国人对60年前那场战争的第一个基本概念。

抗日战争肯定与扇嘴巴子有关系,这是肯定的,要不,怎么会打起来呢?不从这里开篇,后面的抗日战争故事怎么讲呢?

中华民族应该算是世界上最能忍耐的民族了,那时候,中国人天天挨日本人的嘴巴子,脸都被摁在粪堆里了,实在是被逼得没活路了,连常隆基这么一个什么都能忍耐的中国普通农民都忍无可忍了。

于是,抗日战争才爆发了,中日两家在中国的大地上打起来了;

于是,中国人的枪才响了,其中也包括常隆基的那两枪,这枪声一直响到抗战胜利;

于是,才有了后面中国人民抗日战争那些光辉灿烂的故事。

今日花甲再回首。

当年抗日战争的爆发,绝不仅仅是因为日本人扇了常隆基一个人的嘴巴子,也绝不仅仅是常隆基的个人刺杀行为,其实,这是60年前整个中华民族求生存、反侵略的真实故事。

如果仅仅是常隆基一个人的故事,怎么会有后面整个中华民族抗日战争的故事呢?这是肯定的。

那就把这个故事作为《今日花甲再回首》的开篇,纪念我们中国人民抗日战争胜利的花甲纪年吧!

因为,历史如此。

7.未来的故事怎么讲呢?

60年前中日历史上《扇嘴巴子的故事》写完了,未来的故事怎么讲呢?主题是什么呢?

关于未来的中日故事,是继续讲扇嘴巴子的故事,继续讲战争的故事呢?还是选择友好的故事?和平的故事?合作的故事?是选择两全其美的故事？还是选择两败俱伤的故事呢？其中当然也会包括一些磕磕碰碰的故事。

今天的人们总是更关心未来的故事，历史总是要走向未来的。

今天的世界是变了，反正战争是一个概念，和平是另一个概念；反正两全其美是一个概念，两败俱伤是另一个概念；反正谁都想过好日子；反正谁要想过上好日子，谁还离不了谁；反正未来中日的故事，是一个大智慧的故事，这是肯定的；反正未来还会有中日的新故事，不是老故事。这也是肯定的。

这又是故事了，是关于未来的新故事。

历史的故事是讲完了，未来的故事讲不了，新题目是留下了。

故事写完之后，我发给一些朋友求教，他们回的E-mail几乎都是同样的："你的材料是从哪里来的？抗日战争与扇嘴巴子有关系，怎么从来没有听说过呢？"

一位友人还特意指出："注意：常隆基是伪军，当时叫皇协军。"

谁也不关注未来的新故事。

我给各个朋友的回答也是同样的："打死也不说。我不是有言在先：绝对不讲自编的故事吗？这个故事绝对是史实，这是肯定的。谢谢大家。"

大儒无声亦有声

□ 韩小蕙

在北京301医院，季羡林先生已经快住满四年了。

这是当初入院时谁也没想到的。在荷竹摇曳的北大朗润园家中，季先生最疼爱的大白猫一直等待着“爷爷”归来；更有一批又一批新生来到季府窗下，殷殷地向里张望，期冀能有奇迹发生。

一

季先生从6岁起即开始读私塾，9岁开始学英语，12岁读《左传》《战国策》《史记》，15岁学德语，17岁开始发表小说，19岁发表翻译作品，23岁毕业于清华大学西洋文学系。24岁赴德国主修印度学，同时学习梵文、巴利文、吐火罗文、俄文、南斯拉夫文、阿拉伯文等多种文字。30岁获德国哥廷根大学哲学博士。35岁起任北京大学东方语言文学系主任，一直做了37年，后来还做过北京大学副校长等无数职务。

季先生的一生，用他自己的话说：“天天都在读书写文章。越老工作干得越多。”除了让中国学者望而生畏的、深奥无比的德国哲学研究外，数十年来主要从事印度文学的翻译研究工作，佛教史以及中印文化交流史的研究工作，还撰写了江河湖海一样汪洋四溢的大量散文随笔等文学作品。现在，《季羡林全集》已编到了32册，粗略一算，已经有一千多万字了，真正是著作等身，学问大师，当代鸿儒！

然而极为可贵的是，季先生又绝不是“两耳不闻窗外事”的书斋学者，相反，他相当入世，胸中承载着天下万物，时时守望着民族、国家、世界，还有大自然。他还一直保持着独立思考的精神，始终秉持独家观点，绝不随波逐流、人云亦云。李玉洁老师曾多次感叹说：老先生想的跟别人都不一样，有时还特别超前。就见他闭着眼睛皱着眉头在那儿想，我们跟都跟不上。

比如最让人震惊的是2001年9月10日，季先生去参加政协会议。发言时，他突然讲起在21世纪，中国和亚洲一定会上升，东方文化将会重新成为世界文化的主潮；而美国则早晚要倒霉，因为它一天到晚做国际警察，哪儿的事都要插手，太霸道了，谁跟着它跑谁也要倒霉。季先生预言，尽管美国最富有和强大，但是当今世界谁也不能强加于人，因而美国必然要走下坡路，多行不义，人家都联合起来干你还不容易……

仅仅过了十几个小时，就从美国传来了举世震惊的“9·11”事件！季先生家的电话没完没了响起来，许多昨天还认为他讲话不沾边的人都深表佩服。而人们更想起早在二十多年前，季先生就大谈“和谐”：“中国传统文化的根本就是和谐。”人与人要和谐相处。人与大自然也要和谐相处。东方人对待大自然的态度，是同大自然交朋友，了解自然，认识自然，在这个基础上再向自然有所索取。“天人合一”的命题，就是这种态度在哲学上凝练的表述，所以必须珍惜资源，保护环境。当时他还援引歌德曾经怎么怎么说，恩格斯曾经怎么怎么说，梭罗曾经怎么住到瓦尔登湖简单生活，等等。那时，中国正处于一切为经济大发展让路的阶段，和谐与环保在中国根本还没形成概念，所以人们跟不上季先生的思想，有人公然表示不耐烦，认为他是老糊涂了，说话没把门的了；还有人公开批驳和反对。可是无论如何，季先生就是不松口，一再坚持说：“不和谐就不能稳步前进。”现在，时间驾着巨翅轰轰隆隆地飞到而今，当人们回头再看来路，不禁感慨再三：“老马之智可用也”（《韩非子》），季先生的预见，印证了多少生活的真理啊！

我自己也有过两次亲身体验：一是去年中秋节时候，我受命请季先生为本报的“中秋专版”写一段话。在电话中，季先生边思考边问希望写些什么？我随口答，中秋节，就是图个团圆图个吉祥，比如“家和万事兴”等等都行，这是现在最流行的政治词汇了。没想到季先生却不同意，说是家还没和哪。我立刻明白了，他老人家的意思是说台湾还没有回归祖国的怀抱哪——哎呀，多么睿智、多么博大，而又反应多么机敏、头脑多么清醒的大师啊！

还有一次要追溯到上世纪90年代中期，中国散文界大力呼吁散文革新，“新论”不少，其中还包括一些西方的新潮理论，确实使人有“乱花渐欲迷人眼”的惶惑。当时已很少有人固守着传统散文的路子写，以为陈旧缺乏现代意识，没有出路。但是季先生一篇又一篇，竭力作足传统散文的所有优势，让我在深深叹服的同时，也坚定了对传统散文的信心。季先生还给我写来一封信，直接手把手教我：“常读到一些散文家的论调，说什么散文的诀窍就在一个‘散’字，又有人说随笔的关键就在一个‘随’字。我心目中的优秀散文，不是最广义的散文，也不是‘再狭窄一点’的散文，而是‘更狭窄一点’的那一种。即使在这个更狭窄的范围内，我还有更更狭窄的偏见。我认为，散文的精髓在于‘真情’二字。”这独特的真知灼见，使我猛醒，无论对我的审稿、编稿还是个人写作，都有醍醐灌顶般的教益。

多年来，每次见到季羡林先生，他都是佛像一般的平静。老人本来就话不多，对于没有意义的话题更是沉默缄口，简直木讷得像一棵老树。但是，你要是认为他是事不关己，高高挂起的和事佬，是只会哈哈笑的弥勒佛，是只会唱赞歌的拍掌派，那你可就大错特错了！季先生是位有原则的知识分子，对许多重大问题都提出过自己的意见和批评，只不过他不是采取怒目金刚的方式，而是绵里藏针，微言大义，让你自己省悟。比如他在《纪念郑毅生(天挺)先生》一文中，有这么一段：

> 我于1946年来北大任教。那时候的北大确实是精兵简政。只有一个校长，是胡适之先生，并不设什么副校长。他下面有一个教务长，总管全校的科研和教学。还有一个秘书长，总管全校的行政

后勤。再就是六个学院的院长。全校的领导仅有九人。绝不像现在的校长一走廊,处长一礼堂,科长一操场这样伟大堂皇的场面……

这是典型的“季式文笔”,大师自有大师的风格,不是“噼噼啪啪”就砸过去了,先把你批个体无完肤再说;而是提醒,是劝解,是循循善诱,帮助你自己提高认识,慢慢把弊病改掉。季先生是对的,小到一个人来说,都是“江山易改,本性难移”,更何况是国家和世界大事,绝没有一早晨起来就到处都是蓝天、白云,整个地球哪儿都是一片灿烂阳光的。

二

前些日子,有一件事在301医院引起轰动。各个科室病房,但见医生护士们窃窃私议,显出很激愤的样子。然而当他们来到老爷子面前时,却都换上一脸春风,装着什么事也没发生。原来,是外省有一位著名学者在某报撰文,严厉批评季羡林先生自封大师云云。虽然医生护士们不是专业人士,不懂学术,但从这几年跟老爷子的接触中,从上至党和国家领导人、下至学界人士对老爷子的敬仰中,他们觉得自己能分辨出东西南北,春夏秋冬。

这一天,季先生突然把李玉洁老师叫到身边,脸上还是那佛像一般的平静。说:“不用演戏了。”又说:“人家说得对,我本来就不是什么大师。只不过我运气好,好事都往我这儿流。”然后解释说:“我就两条,爱国和勤奋。我总觉得自己不行,我是样样通,样样松。”

见李玉洁老师不服气,季先生就叫她端正态度,并说:“人家说得对的是鼓励,说得不对是鞭策,都要感谢,都值得思考。即使有人胡说八道,对认识自己也有好处,无则加勉嘛。就怕一边倒的意见,都是吹捧,人就晕了,分不清好赖,就不可能前进了!”

待自己如此严,季先生对别人却是极为宽厚,太有长者之风了。他特别能看到别人的优点和长处,赞扬起来从不吝啬。每天下午的读报读书,当听到有熟悉的作家学者又写文章了,他都格外注意,还高兴得要命。比如他夸李国文先生的随笔写得好,有哲理,是能让人过目不忘、在脑子里留下印象的文章。还夸邵燕祥先生的诗好,又有文采又有思想又有意境,说着竟然随口背了出来,把李玉洁老师惊得一下子就坐直了。过了好些日子,李老师还纳闷地跟我说:"诗是我给老先生念的。我念完就完了,一点儿都没怎么着,而老先生竟然就背下来了,你说惊人不惊人?"

这使我想起当年的一件逸事:上世纪90年代中期,我约季先生写写当代另一位大儒张中行先生。很快,季先生的文章《我眼中的张中行》就飞来了。季先生称张先生"是高人、逸人、至人、超人。淡泊宁静,不慕荣利,淳朴无华,待人以诚"。其中有一大段断语,是季先生对张先生一辈子文章、学识的高度评价,请允许我引在这里:

> 他的文章是极富有特色的。他行文节奏短促,思想跳跃迅速;气韵生动,天趣盎然;文从字顺,但决不板滞,有时宛如大珠小珠落玉盘,仿佛能听到节奏的声音。中行先生学富五车,腹笥丰盈。他负暄闲坐,冷眼静观大千世界的众生相,谈禅论佛,评儒论道,信手拈来,皆成文章。这个境界对别人来说是颇难达到的。我常常想,在现代作家中,人们读他们的文章,只须读上几段而能认出作者是谁的人,极为稀见。在我眼中,也不过几个人。鲁迅是一个,沈从文是一个,中行先生也是其中之一。

难得一位大学者对另一位大学者如此欣赏。我们只听古人说"文人相轻",又看过了太多的文人互相诋毁乃至"残杀",却很少能看到互相佩服的,更少见如此之高的评价。季羡林先生把张中行先生的高明之处原原本本告诉读者,也把他自己对张先生的钦佩之处老老实实告诉读者,一副甘拜下风的若谷虚怀。

什么叫"大师"?至少,我每每固执地认为,他必须真心做到了"学然后知不足"。还有大唐名相魏征的一句名言:"念高危,则思谦冲而自牧;惧满溢,则思江海下百川。"季羡林先生都做到了。

今夜星光灿烂

□ 王安忆

——星儿自八十年代末回到这城市，她住过多少地方：南码头，高安路，小木桥路，浦东，几乎是漂泊在这城市，可每一处安居的地方，都有着她生龙活虎的生活……这生活现在到哪里去了呢？

星儿走了一年多，我们继续生活着。因不是至亲的人，所以造不成什么改变。但是，有时候，忽然之间，一阵难过袭来，也不是肝胆俱裂，而是，惘然。天地之大，之空，之茫然，全不是人力可以企及。一个人，正兴兴头地向前走，多少的不顺遂，真可谓一寸相思一寸灰，可总有希望在引着，尘埃尚未落定，突然间，一切皆休乎。多年前，我生病，感觉自己快要死了，星儿一边使劲搓着我的手，一边恼火地骂：人哪里那么容易死的！现在，孱弱如我们，都还活着，星儿却走了！如此热烈的一个生命——每一次，医生与我们说到生存率，百分之二十、百分之十、百分之五——我都相信，即便是百分之一、千分之一、万分之一、万万分之一，那个“一”，也一定是星儿。在星儿最后的日子里，从她的病房出来，淮海路华灯初上，人车熙攘，我常是先到路口的“大食代”落脚，然后再回家。餐厅里人不多，餐桌也分得很开，每一张桌上亮一束射灯，桌与桌之间则暗着，一个人坐在灯下，看出去，周围是无限的空洞。

我相信缘分的说法，我和星儿就是有缘分的。第一次见面，是她突然来到我家，走上楼梯，在走廊上叫我名字。我跑出去，她自报家门说：

我是陆星儿。我就牵住她的手，将她拉进房间，不顾坐在一边的母亲，兀自唧唧哝哝说起话来。在我，从来算不上是个亲和的人，后来听别人谈与星儿的初次会面，也不尽是如我这样，一见如故。似乎唯有我与她，才是见面熟。以后我知道，星儿从小生活的弄堂与我们家所在的愚谷村紧邻。因我们是后搬来的，对那条弄堂不熟，有时从其间穿行，只觉得十分庞杂，伸出无数条支弄，被一些低矮的水泥或板壁房屋挟持着。这一条棚户式的杂弄，却有着一个娴丽的名字："梅家桥"，我曾在我的小说《富萍》中用了这个弄名。望着这些鸽笼似的门窗，常常觉得不可思议，哪一个格子盛得下星儿啊！不止是她的健硕，也不止是她的明亮，还是她，没有一点屈抑之色。她是梅家桥里的凤凰。

第一次见面，就唧唧哝哝说个不停，说的是什么？是写作。从初次的"以文会友"出发，随着交往渐深、渐久，我们的话题也辐射开去，覆盖彼此之后二十多年的生活，然而，写作，却始终贯穿其中，是一个基本的线索。当我们说到现实的时候，是在写作的立场观照；说到写作，则反过来，要到现实中找依据。我们的生活其实分成两半，一半真实，一半虚拟，处理这两半的关系，自知或不自知，几乎已是日常人生。我觉得，星儿的这两半，是处在极不平衡的状态，她活力特别充盈，生气勃勃，感性的触角自由自在地蔓生蔓长，甚至是蛮横地占领空间。我们在许多事情上会发生严重的分歧，可我依然十分惊讶她的感受是如此不同。当我说起，"文化大革命"的十年，我是郁闷地度过，她却说这是令人兴奋的日子，尤其是北大荒。我从来没去过黑龙江，想象中，那是一片色彩强烈的土地，辽阔，肥沃，漫山遍野映山红，星儿呢，驾着康拜因直向前去，身后是浪涛般一波一波伏下的麦子。还有，桦树林，身穿棉军服，头戴裁绒棉帽的星儿，穿行其间，忽然一个转身，对了她心爱的同志，抬手按在帽檐：给你敬个礼！多么庄严啊。那土地有着大开大阖的感情，特别适合陆星儿。然而，一旦拿起笔，在纸上描写上山下乡，还是依着批判的潮流，持检讨态度。不知是她的文学观念出问题了，还是文学观念本身出问题，相比较她的感情，观念总是变得狭小和轻薄，承载不起来的样子。而她的真实感受，亦会从那观念底下支棱出来。这支棱出来，毛毛糙糙的边缘，就是她作品中的最优。

我有时候止不住地想，这世界如果没有知识，没有文明，没有文字，星儿会不会生活得更好。就让她在北大荒好了，冬天白雪皑皑，夏天大红大紫；星儿生一大群儿女，个个肥硕，挤在马槽一般的木头餐桌边争食，她一个挨一个地分吃的，再一个挨一个劈头给一掌；身旁是疼她也被她疼的男人，足够强壮，顶得住她剽悍的爱。可是，星儿也爱写作呢！你可以解释为这是一种被限制住的生育力的转移；也可以视作一个受过教化的现代人对文字的迷信；但这更可能是对一人只有一生而感到不足，于是，企图再创造一生，甚至几生。我们都是对人生有大胃口的人，对幸福感的期望程度极高，现实对我们真是不够用的。我们在实际中将它消耗，再在虚构中消耗它。

评论家程德培曾经这样评价我和星儿，他说我是现实地生活，审美地写作；星儿恰好反过来，审美地生活，现实主义写作。我和星儿都承认他的说法。能够在现实和虚构两个世界划清界限，然后进出自如，应是一种理性，但其实也是一种懦怯，不敢以身相试，只能在生活里生活，艺术里艺术。而星儿，却是将两个世界打混，你中有我，我中有你，在生活里追求幻象，写作里试图解决现实问题。从某种方面说，星儿是艺术者，而我是匠人。

话说回去，我们总是谈写作。有一次，星儿正开始长篇《精神科医生》，与我讨论。我不断向她质疑，为什么事情是这样，不是那样。等她回答了我，她的答案且又成为我下一个问题，格式依然是为什么是这，而不是那。她的材料和组织在我逻辑推理的追迫下，露出一个一个破绽，几乎散了架。她儿子那时还小，在一旁看我们争得激烈，惊恐地过来，企图阻止，被我们一同喝住，让他不要吵，继续问与答。我问这个“精神科医生”干点别的不好，为什么非要干这个，而他显然不擅此行，是以解决社会矛盾的方式对付精神疾患。她回答，他是被命运无奈安排在这个职业，于是只能在此施展他拯救世人的宏图大志。我说这简直是英雄末路，星儿眼睛一亮，说，对，就是这个意思，英雄末路！后来，《精神科医生》写出来了，星儿在一些创作谈中就用“英雄末路”四个字来解释她的小说,事实上,这个说法无补于全局。本是指望以病例指出社会症结,可具体的病症反而限制了所指;“精神科医生”呢,则在科学和社会学之间徘徊,开不出恰当的药方。那“英雄末路”的说法其实是空悬着,内中并无切实的支持。我是帮了倒忙,我的质疑是将她往道理的路上逼,逼急了,就逼出一个干枯的概念。而许多事实,都是脱离了道理的逻辑链,兀自活跃着,繁茂灵动,就看你怎么收揽,重新布局,形成纸上的存在。星儿本来就迷阵重重的局面,让我搅得更乱。到后来,星儿都有些怕我,怕我去质疑她。我也逐渐失望,觉得彼此谈不拢了。可就像是一种惯性,我们止不住地还是要谈。似乎双方都感觉到这种讨论的勉强,所以我们有意无意地在外部制造仪式感。那一天,我们在希尔顿酒店的咖啡座,各人要了茶和饮料,然后,星儿开始讲述她的新构思,关于上海的新移民。这样子实在很造作,不是我与星儿之间的方式,一上来就已经气馁了。我们勉力谈了很久,你来我去的,所有的话都是擦肩过去,楔不起来,自然也不会发生争执。隔阂其实已经产生。有时候,眼看要涉及写作了,星儿却说:我的写作不算写作!就好像预先缴械投降。还有时候,我说起自己在做什么,星儿听罢则说:你那才叫写作。表情是颓然的。星儿避免与我交锋,绝不是放弃写作的思考,她只是不愿意我影响她,我使她感觉压力。我的长篇《桃之夭夭》出来后,她与王周生谈过她的不以为意,却不和我谈。她动笔写她的新长篇,也是她最后一部长篇《痛》,她没有与我讨论,而是和王周生谈——那天我们一起吃饭,饭后,一起到路边打车,我先上了车,她们就站在行道树下。那是冬天,行道树掉秃了叶子,枝条疏阔地划在天空,太阳很好,风则是料峭的。她们就这样谈她的小说,谈了很久。以前,星儿都是和我谈的。

星儿最后的日子里,我与她的第二个隔阂,是关于她的化疗。星儿的诊断方案一下来,她的母亲第一个打电话嘱托的人,是我。老人家并不多话,但我知道分量,当即保证:我一定管,管到底。话说出口了,做起来却不那么简单。医生决定化疗,可星儿做完第二次化疗,去了俄罗斯访问,回来之后便坚决不做了。显然这两次化疗是为了顺利成行俄罗斯。像她这样的老三届,对那地方总有着特殊的向往,她钟情北大荒,是不是也是俄罗斯情结的蔓延。为了去俄罗斯,她暂时服从科学的普遍规律,现在夙愿已了,她就要按她自己的方法来办了,就像决心冒险。她中止化疗的时候,我正在新加坡授课,王小鹰与我通电话,说形势紧急,星儿根本否认她需要化疗的事实,人们又不忍把话说透,就等我回来劝她。我如何劝她?就是与她吵。她说她不是那种病,我说你就是;她说只是组织增生,我说增生不过是换一个说法;她还说不是,我就说你必须置死地而后生。她的声音软弱下来,可就是不依。这情形即便在急昏头的当时,我也感到了荒唐。我这人就是这样,无能。母亲生前胆囊手术,医生要我签字,我签不下去,最终去问母亲要不要签。我担不起责任,就推给别人,这别人又不是旁人,正是需要我负责的那个当事人。这样和星儿吵,倒有些像回到过去,无所顾忌的我与她之间,可那时是为写作,这时是,事关生死,真是有些惨了。吵过了,星儿该怎么,还怎么,而我们却疏远了。有朋友告诉我,星儿常常问:安忆还生气吗?他们说星儿怕我不管她了。我几乎是要失声,我怎么会不管她?我只是,无能为力。就算她答应化疗,前途依然是黯淡的。

最后,我也不知道星儿做对还是做错。她第二次开刀,主刀医生对我们说,像她这样的病人,能够延长生命如此,无疑是两次化疗的作用,应该继续化疗才好。而第一次手术的华山医院,得知星儿愈后的状况,则说,不可思议。事情不可能再从头来一遍,所以无从判断怎么做才是最优。但无论如何,星儿的生命超过了医学的预期。后来,我有幸认识一位科学院院士,研究生命基因的洪国藩老师,我请他到一位患病的朋友的哲学课上讲课。老师问我:你这位朋友的世界观是唯物还是唯心?我奇怪老师为什么问这个,老师就说:唯心的世界观对病患会比较好。就在这时,我明白了星儿,她其实是为自己选择世界观作药方,或者说为生存而重塑世界观。一个清醒的唯物主义论者以理性选择的唯心观,期间的挣扎是多么艰巨啊!而我们这些人,站在岸边,就是不帮忙。星儿怎么会蒙蔽如我们所以为?她有几本关于她病症的医学书籍,与她情形最针对的那一页一翻即是,可见她读了多少遍。她后来迟迟不愿进医院,因知道那是最后一道防线,去了就回不来。她在房间里走来走去,看来看去,收收这,摆摆那。她打开衣橱,许多新衣服她一次还没有上身,她洗洗,熨熨,叠叠,送给我们。最后,她翻出一段花布,说特别适合我,让带给她尺寸样子,她送去裁缝铺,要替我做一条背带裙。为这,我又与她吵,不让她忙碌。这回她听我了,放下没再提起。现在,拉开衣橱,这里那里,都是星儿给的衣服,叫人怎能不肝肠寸断!星儿终于同意去医院,离家那一刻,我很怕发生伤感的一幕,可是星儿她,连头都没回一下,她不回头地走了出去。这就是星儿,当断立断。

这是非常灰暗的日子。有一位陈医生,看我们愁苦相向的样子,对我说:你多说点外面的事情给她听,别老想着病。我很感谢曙光医院,感谢这位陈医生,他走进病房,总是笑盈盈的,使我们的心情微亮起来。还有一个美丽温柔的护士,她像拉拉队一样喊着"深呼吸,深呼吸",鼓励星儿吞咽药片。可是"外面的事情"和星儿有什么关系呢?"外面的事情"只会将眼前的处境映照得更凄凉。事情一日一日地坏下去,希望如此渺茫,似乎是,星儿只能够从我们的脸上寻找吉凶兆头了。最后一周的一日,星儿情形不好,我和她姐姐一人一边拉着她的手,她闭着眼睛,忽然说:你们不要哭。我辩解:我没有哭。她哭了。她很少哭,我总是说她:你应该多哭哭。现在她哭了,真就是,绝望。下一日,我与小鹰去,她略好了些,大约想起前日的软弱,解释道:这几天来人,都像是遗体告别。她学了个严肃的表情,举起手招一下。我们问她是谁,回去骂他。她说:毛时安。想起毛时安好心且无厘头的样子,我们就笑。我和小鹰球在她的床上,就好像又回到过去的时光。但这是最后一次了,是她最后一次奋力地开玩笑,最后一次呈现她风趣的性格。星儿弥留之际,小鹰一直守候在她身边,哀哀地哭。我躲在病房外,我就是怕,怕什么?怕伤心。俗话说:长痛不如短熬。而我就是不能一刀子斩断,挺不过短熬,于是只能长痛,长痛,长痛。

在与星儿越来越有限的相处中,我似乎是在飞跃性地了解星儿。距离她入院仅几天时间,陈思和带学生来与她做了一个访谈。我怕她见不熟的人紧张,也去了,她笑道:你来了我才紧张呢!一旦谈起来,她却忘了我。我非常惊讶于她的表述,我从来没听过她这样肯定地谈到她和写作的关系。当然，她也说了自己不是写作的料，诸如此类的话，但她流淌出那样的热情，覆盖了所有她对写作的自谦，畏难，力所难及的遗憾。她说，文学改变了我的人生；她说，没有文学，我的生活不堪设想！在星儿去世一周年的日子，作家协会举办了陆星儿作品研讨会。王周生在会上发言，她详细地描绘了陆星儿小说中的女性人物——女性人物可说是星儿一以贯之的写作题目，我们的研讨会，题目也为“女性的虚构与虚构的女性”——王周生说，陆星儿试图要回答如许多女性生活里的困扰，结果并没有给出满意的答案，然后，她接着说，幸亏，幸亏我们有一种不需要答案的生活，那就是写作。她帮助我理解了星儿，还有写作。事情就是这样，倘若不是写作，她不会是她，我不会是我，我们也不会是我们。

有一次，我与星儿走过一条旧街，大半个街区在拆迁中，立着一片片拆去一半的房屋。那一方方的空格子骤然间敞开怀，裸露出内情。布了水渍的墙壁，旧或新的壁纸就像补丁，地板上留有着家具的印迹。我们仰头看了一会儿，星儿说：原先，这里都有着生龙活虎的生活！我说：“生龙活虎”这几个字你用得真好。星儿惊异地转过脸看着我，似乎没回味过来这几个字有什么好，却又因为受我夸奖而高兴。现在，我凡走过星儿曾经住过的地方——星儿自八十年代末回到这城市，她住过多少地方：南码头，高安路，小木桥路，浦东，几乎是漂泊在这城市，可每一处安居的地方，都有着她生龙活虎的生活，我走过它们，会想这句话有些像谶语啊！这生活现在到哪里去了呢？

如果星儿还在，我还会是严苛的，以己代人地想她，不会像今天理解她这么多，可还是在好啊！她在，一切就继续轰轰烈烈地向前去，我和她之间不知再会发生什么，也许越来越疏远，甚至会生龃龉，生怨生艾。可也是在好啊！无论生活有多少裂隙，总体性的总是完整的一块，如今却严重地缺损了。我用文字去补，何尝补得起来，然而，要没有文字，就连这脆弱的补疤也没了。这大概也是我们这种文字的生涯，所拥有的一点点有当无的特权。好，现在，星儿你安息吧，我们呢，收拾收拾再上路。

芳草王孙天涯

□(美国)朱 琦

一

很想写写我所认识的王孙,念头动了几次,最后都放弃了。

一是读历史书读出许许多多的王孙,这让我不时想起我所认识的一些朋友。厚重的历史书中,常会夹杂一些以王孙身份一闪即逝的人物,上至皇室儿孙,下到贵族子弟,他们往往出现在王朝兴废、家族盛衰的记载和感慨中,用来证明兴盛可以兴盛到什么程度,衰败可以衰败到何等田地。鼎盛时的王孙要么声色犬马、一掷千金,要么飞扬跋扈、横行无忌,衰败后的王孙则是树倒猢狲散,穷愁落魄,能保住身家性命已是侥幸。要说环境决定人,莫过于以王孙为例。试想一下,假如你是一个王孙,当家族鼎盛时,居则锦衣玉食,一呼百应,出则玉马雕鞍,前呼后拥,仆人唯恐不周地侍候你,门客、清客或其他有求于你父亲的人挖空心思地奉承你。这种情形之下,想不奢侈胡来,想不趾高气扬,似乎都有些不容易;而一旦衰败,忽的从天上掉到地下,任你吆喝的人忽然消失,看你眼色的人怒目相向,剩下的就是对世态炎凉铭心刻骨的感受。我所认识的朋友,虽然也是贵族子弟,却完全不同于历史上这些王孙。需要特别说明的是,今天很少有人还用"王孙"这个词汇,而他们人在美国,甚至想都没想过自己跟王孙有何关系。我之所以还以王孙称之,只是以传统的称呼延续一种历史感。或许他们可以算作是中国历史上最后一批旧王孙，或许从他们开始，所谓王孙的历史已经成为过去。

二是看到一些突然富贵起来就盛气凌人的人、有点权力就得意忘形的人、甚或是老子有权力就不可一世的人，就想起我所认识的有平常心的王孙。这二十多年的中国以古今中外都前所未有的速度向前发展，自是令人快慰，但整个社会充斥的浮躁情绪和有钱人的暴发户心态，也实在到了令人难以接受的程度。穿上名牌服装，拿着时髦手机，说话的嗓门就足以响遏行云；抹上巴黎的香水，喝几口法国葡萄酒，就以为做了流淌着蓝色血液的贵族；住上星级饭店，腰部鼓着钱包，就可以在服务员面前神气活现。如果老子做了高官，那就比老子还要威风。我所认识的王孙，正与以上种种人物构成对比。

二

他们是我在旧金山湾区多年交往的一些朋友。虽然是中国王孙，但生活在美国，时间空间上都与当年的权贵家庭相距遥远，而美国社会推崇个人奋斗，人人平等，他们之中很少有人以王孙自居，我也很少想到他们是贵族子弟。只是讲唐诗讲到《哀王孙》，讲宋词讲到《怨王孙》，很自然的就想到听众席中的王孙。日久天长，渐渐发现一些早已熟悉的朋友原本都是王孙。

我在旧金山湾区常做中国文化讲座，这些朋友几乎都是这样认识的。他们大都在上个世纪六七十年代台湾留学热的时候来到美国，而他们的父母大都是国民党政界要人或将军，1949年从大陆到了台湾。这些人，传统文人叫做“王孙”，老百姓叫做“龙子凤孙”，大陆“文革”时叫做“反动子孙”。他们从小受到古文教育，对中国文化别有所衷，而逃到台湾的家庭背景和游子天涯的个人经历又使他们有一种很强烈的寻根意识，于是便和我这个讲中国文化的有了缘分。

2003年8月中旬，父亲在来美前夕被诊断出晚期肝癌，只有一个月左右的生命。医治已经太晚，我只好听从医生的意见，让父亲跟母亲一起到美国看看，以了夙愿。来美的第三天晚上，二十多个旧金山湾区的朋友为他们举办了接风宴席。其后二十来天，常有朋友邀我父母到餐馆或家中吃饭。当父亲的病已经严重到不得不返回中国的时候，另外一群朋友来我家为我父母送行。父亲生命的最后一个月在美国待了24天，许多朋友在这段时间里给他以关爱，他们之中有前台湾侨务委员长高信的女儿高陵珠和高贞珊、蒋介石侍卫长刘树梓的女儿刘文真和刘文怡、前台湾省长黄杰的女儿黄文如、国民党第七兵团司令黄伯韬的外孙子金兆琨、胡宗南麾下副总参谋长桂银平的儿子桂龙。我父亲在黄河边的小村子里出生长大，师范毕业后就一直在共产党的市政府里做官，怎么也想不到他生命中最后几次宴席几乎都是国民党军政人物的后代为他举办的。他好几次对我感慨说："你的这些朋友，真好，真热情！"我的家庭医生简幼文几乎每天都跑到我家来或者打来电话，仔细询问我父亲的病情。他太太高陵珠时不时送来鲜花或者食品，周末就约我们全家到她家中吃晚餐。我父亲不但看到了这些，而且从我们的新居——无论是重新装修的设计安排还是院前房后的花园，都读出了他们夫妇的热忱。仅仅是种树种花，他们夫妇就花费了好几个周末。

胡纪团那时在台湾过暑假，父亲很遗憾没有见到我说过多次的Diana。胡纪团的祖父胡献群是黄埔六期学生，又曾经留学英国皇家军官学校，上世纪五十年代在台湾做陆军总参谋长，中将军衔。她出身将门，气质高雅，待人接物的热诚和朴实却是人中少见。那时我到美国为时不久，突然失去工作，她说到我家开课吧！从此一连两年，每个周六晚上到她家中讲授中国文学。但凡家中有什么美食佳茗，她全都拿出来招待客人，上课之前，就已熬好一大锅的山珍海味五角八香，用于上课的椅子也早已摆好。有位朋友以赞叹的口吻对我说，她第一次来上课，看见雍容华贵的胡纪团楼上楼下，忙前忙后，笑容满面，好一阵子也弄不清楚胡纪团究竟是主人还是佣人。我对这位朋友笑着说，我也有点弄不清楚，胡家宾客如云，究竟是因为我讲得好，还是因为胡纪团人缘好。每次在深夜时分授课回来，从东湾过金门桥回到旧金山市区，我和陪我上课的妻子常常说到Diana。人对世界的感受——尤其是对一个漂泊中的游子来说，常常会因为周围相处的几个人而冷暖有别。后来想起每次驱车归来看着湾区万家灯火时的心头暖意，就想到了Diana。书生一介，文人天涯，如果不是Diana这样的朋友一再相助，我在海外最困难的那两年不知是何况味。

万家姐妹则是近几年才认识的。万致昆在六姐妹中排行老二，大家都叫她二姐，于是她下边的几个妹妹也都被大家呼之为“姐”。起初是万二姐听我文学讲座，后来三姐万致明、四姐万致第偶尔前来，再后来六姐万致杰也随我一同出游。她们的祖父万福麟是奉系重要人物之一，先后做过黑龙江省主席和辽宁省主席，国民党上将。万家长子万国宾曾经代行黑龙江省政，1949年随万福麟去了台湾，次子万国权则留在了大陆，退休前是全国政协副主席。在台湾奉系人物受排斥，万福麟又于1951年过世，万家的日子过得并不宽裕。真正影响万家姐妹的是万妈妈，大起大落的人生变故让她看厌了官场，她认定一个人最重要的事情是有学问，有专长。万家姐妹如她所愿，六个女婿更是个个了得。万致明的丈夫李信麟是美国华裔高科技创业的先驱，加州大学的校董，做过美国两任总统的贸易政策和谈判顾问，至今仍然身兼五家公司的董事长。一年前我写了篇关于五台山佛光寺的文章，感叹这最有价值的唐代木建筑至今仍遭受冷落，有人读了文章后，告诉我说李信麟夫妇曾经为佛光寺捐款50万美金。旅游到了乌鲁木齐，团友说万致明带着医生来新疆莎车，治愈了上百名白内障患者，让他们重见光明。到了青岛，另一团友说青岛有个以万致明命名的致明学校，是李信麟教育基金会捐钱兴办的。万家姐妹都是女强人，彼此间却始终是亲昵如初。就在几个月前，六姐妹连同她们各自组成的家庭，又聚在了一个屋檐下。万妈妈仍健在，96岁，再次享受到六女绕膝的天伦之乐。今年夏秋之间我带团去丝路旅行，一、三、五三姐妹侍奉老母，二、四、六三姐妹随我同去。旅行结束后，我在北京要盘桓两日，六姐万致杰希望我就住她家。她是微软公司的大中华总监，在北京有房子。我说早已订好了旅馆，她就干脆给旅馆打去退房电话。京城两日，她们三姐妹带我看京城，吃美食，让我这个曾在北京生活多年的人反成了客人。我说膝盖有些不舒服,万六姐随即就给我约好一位有名的中医。第三天,她们一大早就出去买花,好让我捧着一大把玫瑰在机场迎接我太太。

中国人喜欢把“小人”与“贵人”相提并论,这种情形下,所谓“小人”就是指伤害自己的人,所谓“贵人”就是有恩于自己的人。在人际关系与人生命运的确有些难解难分的社会,很多人相信人生的顺利与否在很大程度上就取决于遇到什么样的小人和贵人。我应该算是幸运的,小人很少碰到,常遇贵人,而在这些“贵人”之中,有好几位都是王孙。他们的热情与侠气让我想到遗传基因和家门之风,这些东西在祖辈父辈那里最终与政治斗争、甚至血腥战争无法分开,而在他们身上,是对社会的付出和对他人的帮助。

三

2000年的夏天登罢庐山,回来后写了篇长文,从东晋时代庐山别墅里的王羲之和庐山脚下种地的陶渊明,一直写到美庐别墅里的蒋介石、宋美龄以及后来也曾在此下榻的毛泽东和江青。2007年的春天再上庐山,团友中有陈履碚先生,这使我特别留意到两张悬挂在美庐别墅里的照片,照片里站在蒋介石旁边的人就是陈履碚的父亲陈诚将军。

陈履碚幼年时代曾经住在庐山的别墅里,但现在已经全然不记得了。另一位团友谢正刚少年时代曾在庐山居住,依稀还记得庐山往事,而其中最难忘的记忆竟是一个厕所。“当年那番感受真是奇妙极了,一个甲子都忘不掉”,他哈哈大笑着对我说:“这个厕所修在半山崖上,蹲在茅坑上,凉风呼呼地吹,舒服得不得了!”

同团有人告诉我谢正刚的父亲是谢寿康,上世纪四十年代做过中国政府驻罗马教廷大使。我只知道谢寿康是跟徐悲鸿、徐志摩颇为交好的文学家,没想到他做过高官。同团有陈履碚、高陵珠、万致昆,再加上谢正刚,都是王孙。还有胡友玉,父亲胡庆育是台湾上世纪六十年代“外交部”常务次长。如果照古人的算法,外曾祖是中华民国第一内阁总理唐绍仪的吴苹，高祖做过清朝末年两广盐运使的麦超龄，也可列入王孙之列。

第一次见谢正刚是在洛杉矶的一次聚会上。我做了一个文化讲座，有人给我们做介绍，说他是美国施乐(Xerox)公司副总裁，华人百人会副会长，两岸三地的领导人都把他当作座上客。只聊了几句话，他身上透出的那种学者而兼企业家的特有气质却让我印象深刻。两年后忽然接到他的电话，说他想随我文化旅行，我立刻就动了要向这成功人士讨教讨教的念头。没想到，他一见面就准备了问题，旅途上不明白就问，真正是不耻下问。他太太鲍士平说他少年时代就来美国，对中国历史知道得太少，所以净问一些幼稚的问题，他听了只是笑笑，然后接着问。他认真提问的劲头有些像小学生，笑起来时的敦厚样子有些像农人，沿途随时从路边买点小吃，笑眯眯地分送团友，又纯乎是一个慈祥至极的老者，凡此种种，都好像不是那位做过大公司副总裁的谢正刚。直到听说了他在黄山上发生的故事，我才读懂了谢正刚。这是一个不会因为荣耀和地位就丧失淳朴天性和童子之心的人，甚至不必说什么绚烂之极而归于平淡。

这是三月末的黄山夜晚，雾浓寒重，谢正刚夫妇冷得一夜难眠。我们下榻的西海饭店本来有暖气，只是开关设置有些奇怪。谢正刚白天看见黄山道上弯腰弓背的挑夫，只觉得能睡在舒适的房间就很不错了。这位曾经带领课题小组开发了激光彩色复印机的专家，因暖气开关遍寻不着就承受着黄山春夜的寒冷，他和太太甚至把旅馆橱柜里用于清早看日出的风雪衣都穿在了身上，夫妻对床，暖语相慰。黄山地属徽州，鲍士平是歙县鲍家的后人，其父鲍良辅是国学大师胡适的学生。半个世纪前，她在位于纽约的胡家过暑假，就在胡家认识了谢正刚。而今，在这春寒料峭的黄山之夜，在胡适的故乡，他们夫妇想起了纽约胡家，恨不能把那个夏天的炎热匀出一点来，带到今夜。

第二天，鲍士平着凉感冒，困在房间。午餐时有人问起，谢正刚才说起昨夜的事，同桌几个人止不住大笑。吴苹招供说，她和韩恕一也以为没有暖气，冻了一夜。韩恕一说他昨夜冷得受不了，问邻床的太太能不能同挤一张床。大家一听,笑得前仰后合。诗人谢勋写了首诗戏谑他们,题作"黄山的一夜激情",其中有这么几句:"这一夜的春寒/叫两条瘦小的床铺/裹上更厚的相思/偎着窗棂下的热气/欲动蠢蠢/数着难耐的纳闷/就是,没有人开门。"

居然有两对夫妇在黄山上冻了一夜,怎么说都有些滑稽,但我在觉得可笑的同时还有一种感动。这些年耳闻目睹,见识过不少拿着服务人员撒气逞勇的人物,花了钱就是"爷",花了大钱就是"大爷",居高临下,咄咄逼人,如果让他们碰上类似的情形,免不了要抱怨导游,呵斥服务员,责怪饭店经理,说不定连黄山都被骂进去。

同团四十多人,有名医名律师名教授,有科学家总经理董事长,没有人迟到,没有人闹不快,没有傲慢、炫耀、矜持或清高,每天在车上吟诗唱歌,车中过道成了大家轮流登台的星光大道。不仅是团友之间其乐融融,而且与全陪、地陪,与沿途服务人员也都相处得颇为融洽。餐厅小姐把茶倒在了客人身上,不知所措,反而是客人连忙安慰她。导游正有些担心菜上得还不够多,却听见客人们说菜上得太丰盛了,有些浪费。吃素的陈履碚总是告诉导游不必为他一人过分准备,简简单单就可以了。黄山顶上,大家一方面告诉导游不要上菜太多,一方面把所有的菜尽量吃完,因为在山道上看见了扛菜上山、气喘吁吁的挑夫。

这让我想起从前的几次旅游,他们之中也有王孙,也有不少很有成就的人,每次最让我感动的是人与人之间的平等和热诚。王正中是旧金山医学院教授,台湾中研院院士,照中国人的话就是医学界的泰山北斗。他每次在旅游途中说笑话,写打油诗,跟团友打趣,逗得大家见了他就想笑,回头跟他打趣,写他的打油诗。餐馆里就餐,他边吃边说笑话,笑得同桌喷饭,餐馆小姐也笑得十分灿烂。他太太李咏湘的父亲是李良荣将军,曾任福建省政府主席。虽是将门之女,总是一副恬淡冲和的样子,任由王正中说笑嬉闹,一如顽童,因此有人写诗戏谑说"只因太太管得松。"袁静芝也是将门之女,父亲是黄埔第一期学生,陆军中将,大家都叫她袁妈妈。76岁,个子娇小,一身活力热力,对谁都亲热。团中女士,几乎人人都有她编织的围巾或袜子。

这些年文化讲座,文化旅行,让我认识了不少高素质的朋友。他们很客气地把我称作"老师",而我总觉得从他们身上能学到更多东西。说他们有高素质并非因为他们的门第、成就和地位,也不仅是学问、见识和修养,更难得的是平常心、平等心。这些对历史文化有着浓厚兴趣的朋友,从小在家中接受了中国式的严格教育,又凭着自己的能力到美国社会留学创业,接受的是人与人平等的观念。在异国他乡,没几个人知道你是王孙,更没有人去宠着你,捧着你。没有祖辈父辈给予的权势威风以及周围人阿谀逢迎,也不必承受树倒猢狲散的痛苦,靠个人努力进取,释放出自己的潜力,这才是正常的生活。比起历史上的王孙,他们是最后的王孙,也是最幸运的王孙。

四

我在餐桌前坐下来,窗外云雾缭绕,心头也起了云烟。这是一家高尔夫球场俱乐部的餐厅,位于旧金山湾区东湾的一座山头上,据说是欣赏海湾风景的绝佳之地,但这时候云翻雾卷,不但远处的旧金山市区和金门桥全无踪影,连山下的El Cerrito小城也躲藏起来了。再看旁边相聚的几位,左侧坐着陈诚的三公子陈履碚,对面坐着林则徐的六代孙林祖希,右前方坐着父辈与阎锡山有些渊源的韩恕一,韩恕一旁边是他太太——中华民国第一内阁总理唐绍仪的外曾孙女吴苹。一时间虎门销烟、松沪大战、京华烟云和三晋风雨都好像上了心头。

我和陈履碚同团共游十多天,交谈不多。他是个月静风轻的人物,话不多,但跟人说话的时候青眼相对,很坦诚,不做作,不掩饰,不矜持。有人在庐山美庐别墅的墙壁上看到陈诚与蒋介石合影的照片,希望他在车上讲点真实的故事,他就靠在导游常靠的那张面向大家的靠背上,讲了一些从父亲那里听来的史料,不夸张,不渲染,不慷慨激昂。在滕王阁附近的餐厅里,大家在分手的前夕互道珍重,他与同桌几个人一起靠墙而立,把李叔同的歌词"夕阳山外山"唱了又唱。

回到旧金山湾区后,陈履碚、蒋平夫妇和韩恕一、吴苹夫妇约我们夫妇去他们两家所居住的小城El Cerrito。两家相距很近，都是坐山面海，视野开阔，可以一览海湾胜景。我十年前在柏克莱大学教书，与此地仅隔两座小城，如今住在南湾，也不过一个小时车程。本来觉得这次煞有介事地提着行囊出门，行程未免近了些，但海湾的云雾翻来卷去，对岸的旧金山市区常常隐而不见，于是竟有了遥远的空间之感。更微妙的是，无论是陈家的聚会还是韩家的小住，只因为他们家庭背景的特别，让我把岁月的沧桑拉得遥远起来。陈履碚的父亲是蒋介石最为倚重的人物，韩恕一的父亲在阎锡山手下做事，而我来自中国大陆，山西人，在所谓爱恨分明的"文革"时代长大。仅此时命所限，就不难想见"蒋匪"和"阎匪"对我来说是如何的铭心刻骨。30年来中国的瞬息千变，"匪"的颜色也随之变化，而我本人出国已经15年，读书见闻都非同从前。虽然对蒋、阎二位仍然没多大好感，却毕竟不像从前那样一味憎恶了。至于他们周围的人物，更是因人因事而异。像陈履碚的父亲陈诚，我是直到大学时代才知道抗日战争中规模最大也最为惨烈的战役是淞沪大战，而指挥这场战役的国军将领是陈诚。从此每当看到有关陈诚的史料就留意起来，渐渐知道他是蒋介石的股肱之臣，在台湾更是仅次于蒋的第二号人物，主政台湾，很有政绩，而且为官清廉。十年前，陈履碚的哥哥陈履安竞选台湾"总统"，我曾经跟踪过一段有关他的报道，对这位做过纽约大学教授、笃信藏传佛教的监察院长颇有好感。再后来从报刊上得知陈履安的长子陈宇廷娶了位藏族姑娘，并且看到他们新婚燕尔的照片。陈履安从麻省理工得数学博士学位，陈宇廷从哈佛得MBA，都是温文尔雅的学者样子，因此，第一次见到温文尔雅的陈履碚时，便觉得似曾相识。

陈履碚毕业于柏克莱大学，数学统计博士。他名校毕业，名门出身，不但父兄大名鼎鼎，他的外祖父是做过国民政府主席的谭延闿，外曾祖父是做过两广总督的谭钟麟。从清末到民国，直到国民党执政台湾，他家都出过影响时局的人物。中国近现代史上，贵族做得最久的大概要数这陈家了。其妻蒋平没有他家世显赫，但也是名门出身，外祖父做过江苏、浙江两省的商会主席，父亲清华毕业，闻名商界。两人在婚礼上相识，一个是伴郎，一个是伴娘，后来是婚礼上的新婚夫妇成了他们的媒人。说起第一面印象，蒋平只说陈履碚是个“头皮剃得青青的老实人”。

蒋平开朗活泼，率性自然，是阳春三月的天气。在今年春天的旅途上，她看大家纷纷写诗，就开天辟地地写了一首。她笑称从来只看《世界日报》儿童版，因此凑了一首儿歌，“虾子虾子胡须长”云云，逗得大家大笑一场。两天后，她戏言自己为雪前耻，发奋努力，写了第二首诗。众人一听她的新诗作，又是一场大笑，原来这发奋之作的第一句是“白鹅白鹅浮绿水”。我很欣赏她的幽默大方，一派率真，但实在不敢恭维她的诗作。本以为她是学理工科的，大约对文学艺术没特别感觉，未料一到她家，就被她的艺术才情惊艳再三。她家的园林是日本式的，一石一木、一花一草都见匠心，一问，是她做的。屋内挂着几幅画作，透着灵韵，一问，也是她做的。二楼书架上摆着几个造型奇特、色泽美观的陶器，我妻子看了想要，便问她何处购买，旁边人说是蒋平做的。佛龛上供着一尊泥塑的菩萨像，体态婀娜，面目雍容，心想这样的作品应该与蒋平无关了，没想到旁边人说这也是蒋平的作品。返回楼下，闲看墙角窗旁，不经意地摆着几个花瓶，花草很是平凡，似乎是从山野里随意采集而来，但摆得极有格调，又有周围艺术氛围的烘托，竟让人觉得情致非凡。再看餐桌上，主人夫妇已摆满一桌美食，从盘子到菜肴都像是艺术品一般，其中一盘纯属素菜的白菜帮子也做得丰肌玉骨，让人不忍下箸。

陈家客厅的墙上挂着一幅摄影作品。白墙灰瓦的民居高低参差，映在清水塘中，地上的真而梦幻，水里的梦幻而真，一看就是今春刚去过的徽州宏村，我们夫妇也是拍了又拍。但这张照片里多了两床棉被，一红一绿，靠墙而挂，水里的倒影则是梦幻里的梦幻，瑟瑟红，瑟瑟绿，以动写静，把整幅画面反衬得美不可言。妻子说没想到两床农家被子能拍出这样效果，我们怎么就没注意到。我以为这肯定又是蒋平的作品，一追问，才知道是陈履碚所摄。众人夸他拍得好，他说这登不了大雅之堂，一语带过，拿出一位摄影家朋友出版的摄影作品集请大家欣赏。我发现,从不喝酒的陈履碚在欣赏美的时候如饮醇醪,两眼放光,话也明显变多。不谈摄影了,表情和眼神就又回到了从容、恬淡和宁静。我想这大概不只是因为他的个性和学养,还应该受益于他在藏传密宗上的多年修为。

五

那天晚上在陈家的小聚直到半夜,然后去韩家过夜。韩恕一让太太吴苹开车先走,他自己坐在我的驾座旁带路。山上风大树摇,雾气弥漫,云团一大块一大块扑过来。结果,韩恕一带错了路,吴苹自己也迷失了路径。仅仅五分钟路程,两辆车都走了十多分钟。

韩家建在山崖上,从上到下有九十多个台阶。夫妇俩很好客,自己住楼上,整个楼下都是留给客人的。我在舒适的房间睡到凌晨时分,而后就睡不着了,索性坐在楼下的客厅里,透过临海的海湾窗看风景。窗外雾已散去,天色凄清,远隔海湾的旧金山市区灯火依稀,金门桥渐渐露出了轮廓。我思绪纷纭,想起韩恕一所讲述的家族往事,又想起我小时候虚构的那些揪斗地主老财的小说,忽然明白自己为什么睡不着觉了。

我和韩恕一都是山西人。大概就因为三面环山一面黄河的原因吧,处在封闭环境的山西人远游的少,不知从什么年月起,异地相逢的山西人一见面就想起两句话"老乡见老乡,两眼泪汪汪"。韩恕一在旅途上与我初次相遇时,同样把这两句以洪亮的嗓门笑说了一遍。他12岁离开家乡,但乡音仍然很重,乡情溢于言表。同团有人说他父亲是阎锡山手下,我马上就想到一架飞往台湾的飞机或者是一辆开往香港的油轮,穿着绫罗绸缎的少年人韩恕一坐在其中。两天后在黄山游览,他忽然说起少年时的经历,其中一些片断让我怔在山道上作声不得。如果不是他父亲昔年的一个学生巧做安排,使他和母亲从太行山上的一条羊肠小道逃离出来,然后数千里辗转,终于与台湾的父亲得以重聚,那么他和母亲的命运都可怕到难以想象。

数学家桂龙听我的讲座听了好几年，从没听他说过家中旧事。我父亲患肝癌匆匆离去，使我很长时间都无法接受。桂龙安慰我说：“跟我相比，你是很幸运的，我从来不记得跟父亲在一起的日子。”他父亲叫桂银平，原是胡宗南手下的副参谋长，1949年成了大陆关押的战犯。当他父亲辞别他们母子的时候，母亲还不到30岁，而他只有两个月大。此后二十来年岁月，他随母亲在台湾长大，陪伴他们母子的还有父亲的照片，每一张照片上的父亲都是身着戎装，英气勃勃，其中一张始终挂在母亲的床头。被关押的父亲毫无音讯，母亲的生活形同守寡，桂龙从小就梦想着为母亲找回父亲。上世纪七十年代，在美国柏克莱大学留学的桂龙多次向美国政府和中国政府发去信件，打探父亲下落，但毫无音讯。有一天他打开信箱，发现广告纸里夹着一封很粗糙的牛皮信封，信封的左上角赫然写着中国地址。他双手哆嗦着打开信，一张照片滑落下来。那上边被作为战犯拍摄的人衰老憔悴，与他母亲床头的照片迥然不同，但他一下子就认出了那是他父亲。而且，他一下子就猜出来围在这战犯脖子上的围巾肯定是他母亲织成的，那是他父母仓促分手时的唯一信物。他母亲编织这条后来常常提起的围巾只用了一个月，却以比半个世纪还要漫长的时间，在痛苦和期待中编织着与丈夫团聚的梦想。

我想我从电影纪录片中见过桂龙的父亲。“文革”时期的电影故事片很少，看来看去只有那么几部，要么是打日本鬼子的，要么是打蒋匪的。纪录片通常是表现莺歌燕舞的国内形势，其中让我很难忘记的是每年国庆节都要播放的一幕——一群穿着囚衣的蒋匪战犯出现在画面上，以体现共产党的宽大政策。在所有纪录片中，这大概是让少年人最为兴奋的一幕，我曾经为此写过一篇要上交老师的日记，并且因为老师的表扬而定格在记忆之中。

许多从中国大陆来的人跟从台湾来的人，常常会开同样一个玩笑。大陆来的说当年一心想着解放台湾，拯救水深火热的台湾人民；台湾来的便哈哈大笑，说他们当年接受的政治教育一模一样。台湾来的说当年要“杀猪拔毛，消灭共匪，光复大陆”；大陆来的就大笑一场，感叹说彼此彼此，只是要消灭的敌人不一样。其实，要说当年两岸的政治宣传，还有太多惊人的相似。诸如敌人是怎样杀人如麻，毫无人性，我方是如何体恤百姓，战果辉煌，给予中小学生的教育不是理解和宽恕，而是鲜血和仇恨……

六

认识胡为美也是由于一次文学讲座。她是北加州华人作家协会的会长，邀我来讲李白、杜甫，之后又呼朋唤友，在矽谷组织了一个文学班，每周由我讲座一次。她朋友说她从前是台湾大学的校花，我见她时她也就四十来岁，细眉长目，白皙漂亮，一副江南秀女的模样，又是个常写文章的才女，我因此料定她出自书香世家。后来大家聚会，才有人说她是胡宗南的女儿。我一听，遥远的炮声就响起来了，想到黄河边上在胡宗南的炮弹下四处奔逃的孩子，其中一个就是童年时代的父亲。那时黄河以南是胡宗南治下的陕西，以北则是日本人沦陷下的山西南部，父亲生活的葫芦庄属于山西这边，紧邻黄河。虽然父亲曾经说过胡宗南的炮弹有多么可怕，但我并没有因此而对胡宗南心生憎恨，因为不管怎么说，他的炮弹是冲着日本人打去的。后来读中学，课文中有一篇《保卫延安》，由此得知胡宗南的部队曾经进攻延安，意图把毛主席为首的党中央一举剿灭，从此便好像要与胡宗南不共戴天。想想看，那时候毛主席、党中央和根据地延安在少年人的心目中何等神圣，而胡宗南竟然带着大军烽烟滚滚而来，地上大炮，天上飞机，铺天盖地地轰炸。上世纪六十年代长大的中国大陆人，大概没几个不知道胡宗南。

胡为美的丈夫是IBM的工程师，话不很多，笑眯眯的，一看就是那种站在妻子旁边无论什么时候都很满足的丈夫。我和妻子几次与他们共餐，其中一次是在加州17英里黄金海岸。那次是同去参加夏令营，第二天天色朦胧的黎明时分我们在17里黄金海岸相遇了，沿着海边走了很久。之后不久，胡为美随夫婿常驻北京，我几次回国都曾与她约好见面，最终都因为行程匆忙，未得一见。

1997年冬,我和妻子陪母亲回到她11岁前一直生活的重庆,母亲的最大心愿是到外公的坟墓上祭奠一下,第二个心愿是寻找她小时候的两个朋友。四十多年前,外公在嘉陵江边被枪杀,后来政府承认重庆镇反扩大化,而这所谓的"扩大化",便不知把多少条人命扩了进去。母亲不仅从此失去了父亲,而且因为父亲有所谓历史问题就不得不失去许多人生机会。我们陪母亲在重庆住了两三天,其中有大半日是在寻找外公的坟墓,我们在漫山遍野的荆棘荒草中几乎翻遍了断碑残砖,最后只能撮一把黄土,烧一烧纸钱。下山后,眼看着母亲一脸悲伤,怎么也驱散不去,我便立刻带着她去厂里的人事部门,又四处走访厂里的老人,恨不能马上查出她小时候的两个朋友,然而一无所获。母亲手里一直攥着两张照片,攥得照片发热。这是两张四十多年来始终珍藏的照片,各有一个小女孩,都是天真无邪的笑眉笑眼,母亲却不知她们人在何方,命运如何。我想对母亲说,别找了,从前的有钱人都是革命的对象,她们只怕也是命运多舛,但我说不出口。走出工厂的时候,母亲说外公的罪名是给国民党军队生产军用棉被,当年,胡宗南军队还曾驻扎在工厂里。

黄河边长大的父亲说他小时候印象最深的是胡宗南的炮弹,长江边长大的母亲忘不了驻扎在工厂里的胡宗南军队,而我在美国西海岸与胡宗南的女儿有缘相识。有一次在电话上想跟胡为美说说这缘分,最终还是觉得未免沉重,话到嘴边却变成了另一桩事。我说,报纸上说大陆某地有个人冒充胡宗南的女儿到处行骗,你想必已经知道了吧?胡为美说知道,淡淡的两声笑,便转了话题。我想如今生活在北京的胡为美,不必掩藏也掩藏不住她是胡宗南的女儿。那些曾经像我小时候一样提起胡宗南就有些咬牙切齿的大陆人,而今说起胡宗南来,大概也会产生几许历史的荒诞感。

有一天在朋友家聚会,起初只知道来客中有位共产党将军的儿子,因他说起国共内战的某次战役,另一来客说他父亲也参与过这次战役,结果发现两人的父亲都是指挥这次战役的将军,但一个是共产党,一个是国民党。我正担心他们俩陷入尴尬,没想到他们嚷嚷着要为两代人的缘分浮一大白。于是想起了明朝人杨慎的词《临江仙》。杨慎算不得一流大诗人，但这首词不得了，广为人知，因为它就放在《三国演义》的开头：

滚滚长江东逝水，浪花淘尽英雄。是非成败转头空。青山依旧在，几度夕阳红。

白发渔樵江渚上，惯看秋月春风。一壶浊酒喜相逢。古今多少事，都付笑谈中。

七

"是非成败转头空"，即使是死亡数十万、数百万、上千万人的战争。当然，这不是身陷战争疯狂或遭遇过战争苦难之人的一"转头"，而是战争的血腥远远过去了，后人可以说一声"转头空"，可以"都付笑谈中"。在旧金山湾区我见到国民党军政要人后代的时候，尤其是与他们把酒聊天的时候，很自然也会有这种感觉。除了前边提到的一些朋友，其余像左宗棠的曾孙女、冯玉祥的外孙女、傅作义的外孙女等，都因为听我的文化讲座而成为熟人。在胡纪团家上课之前，碰到一个五六岁的小男孩跟她儿子一起玩耍，一问才知道他是蒋介石的曾孙子、蒋孝勇的儿子蒋友青。不久前看见杂志上的蒋友青一幅帅相，便想起他幼儿时的瘦弱单薄，连当时看到他的感慨都涌到心头。在史丹佛大学中文，也碰到过几个王孙，但他们往往说不清楚祖先有何功名，甚至说不出名字。倒是有一个白人学生把他女朋友的祖先说得很清楚，——"我女朋友是袁世凯第九个老婆的曾孙女。"

天大的仇恨一旦成为遥远的过去，后人不必跟谁计较过去，更不必想着找谁复仇。从这个意义来看"是非成败转头空"，应该说是很有道理吧！然而，如果说"空"是一种不假思考的健忘，几十万甚至几百万人命都没有让后人明白其中的教训究竟是什么，那就非但愚蠢而且可怕了。国共内战前后长达二十多年，把世界上人口最多的国家整个卷入长期内战，论为时之久，死亡之多，可以说是近现代世界历史中规模最大的一场内战。而战争过后长达40年的两岸隔绝，尤其是大陆“文革”时代对国民党家属的株连九族令人痛心。

我始终觉得，近现代史上中国人最值得思考的历史悲剧是持续近百年的自相残杀，尤其是国共内战和十年“文革”，但很少有人思考一下究竟是为什么。与这种悲剧过后的麻木和健忘恰恰相反的是身在其中时的残酷和极端。中国人素来是两极思维，把好人与坏人的判别一刀切开，非黑即白，非是即错，非善即恶，不是君子就是小人，不是朋友就是敌人，不是朋党就是贼党。看起来是无时无刻不讲道德，但道德评判往往两极，而且与哥们儿义气、党派政治搅和在一起。讲道德是非就不管人性，讲哥们儿义气就不论道德是非，讲党派政治就不顾哥们儿义气。于是，一切大是大非、大善、大恶都以党派来区别。无论你是什么人，不管你个性如何、品德如何，更不管你有何爱好，有何才能，只要你非我同党，就是我不共戴天的敌人。更为可怕的是，血缘都无法逃逸在两极思维、两极道德、两极政治之外。你只要与贼党匪党有血缘关系，那你就不是好东西，上不放过你死去的祖宗，下不放过你还在娘胎里的子孙。

读历史书读到株连九族就恻然悚然，而国共之争的惨烈和“文革”浩劫与这样的历史实在是颇有渊源。现在的大陆人厌倦了搞政治，忙着发展经济赚钱，台湾却有不少人慷慨激烈地卷入所谓蓝绿之争，以是绿是蓝判断是非，以本土外省分辨敌我，更有甚者已闹到迹近疯狂神智不清的地步，岂不哀哉！

大美者无言

□舒 婷

小时候起，就不断听厦门人说，鼓浪屿的女人越老越美丽。

盼来盼去，盼了半个多世纪，我都老成这个样子，却一点也没有要美丽起来的迹象。这才明白，鼓浪屿的女前辈们都是些性情女子，经天时、地利、人和的共同打造，那样的美人真正已经绝代！看当下女硕士、博士们比比皆是，鼻梁挂的眼镜再厚，嘴里洋文再流利，身上香水再昂贵，举手投足，仍缺了一点点根基。这一点点缺失，往往是终生无法企及的。

一樽醇美葡萄酒的酿造工艺里，已经包含了许多微妙的不可知因素，甚至还必须追溯到一粒葡萄从胚芽到采摘的过程中，所感悟的雨水、阳光、土质和农人的呼吸哩。

渐行渐远隐入鼓浪屿岁月深处的窈窕背影中，黄萱的名字因了许多人自发的忆念和怀想，逐渐被关注。尤其《陈寅恪的最后二十年》一书出版后，人们在大师背后，影绰看见了一位端庄雅致的知识女性。从黑白老照片看，黄萱的容貌应当不算太沉鱼落雁吧？无论在她养尊处优的豆蔻年华抑或是艰难困苦的抗战时期，她都绽放着最淳朴最率真的笑容，一览无余地袒露洁白无垢的心地，恬淡内敛的聪慧，以及荣辱不惊的阅世方寸。

我不认识黄萱，不等于没有见过其人。也许有哪一个黄昏，我慢跑经过临海的漳州路，曾经与一位手执红色非洲菊的清香婆婆擦肩而过。为她慈祥温暖的微笑、睿智坦白的目光和淡雅体面的衣着所吸引，我回首再三，心中一阵阵感慨：鼓浪屿的随便哪一个角落，常常能与这样的老人不期而遇啊。即使我知道她就是黄萱，于她，于我的性格，恐怕也不会因此止步。内心的崇敬往往比言词的喷射更加真实恒久。

漳州路在天风海涛之畔。沿着路边岔出去的是一条设计独特的护廊小斜坡。坡上那一座古朴小别墅，是鼓浪屿首富黄奕住连亘的业产之一。黄奕住先生在岛上最辉煌的房产是黄家花园，庭院幽深花木葳蕤，南北楼为辅，以中楼那精美富丽的建筑风格为顶级代表作。漳州路上这座面海小楼古色古香，尽去奢华，是同一张设计图纸中的五座小别墅之一。据说是黄奕住用黄家花园的剩余材料所建造，女儿黄萱住在这里。

黄萱的母亲是黄奕住的元配王氏，比黄奕住小八岁，本来是送错门的童养媳，却将错就错留了下来。上世纪初，福建沿海的华侨家庭都一样，丈夫漂洋过海寻求发展，妻子寂寞留守乡村；上要侍奉公婆，下要照顾小叔细姑；白天莳秧种菜，夜来养猪纺纱，等等。王氏之孝顺贤惠，勤力好强，对黄萱影响至深。她曾叮嘱女儿周菡：若写书，一定要写写祖母与太婆那相依为命的两代人。

我经常在路上遇见周菡。周菡总是两条辫子盘起，不染头发不施脂粉，素面朝天，清爽干净。步子很欢，声音很亮，兴致勃勃，一门心思追随着家族里热衷教育的百年传统。周菡曾经是副区长，弃官就教做了少年宫主任，躲进小学做了数学教师、班主任，顺便当了两年副校长，又自告奋勇当上教研室、社区教育办主任……还兼任过区政协副主席。她的角色变换太快，让人不知怎么称呼才好，于是就直呼其名。正合周菡心意。

从王氏到黄萱到周菡，三代女性一脉相承的是什么？我无力深入研究，所以不敢妄言。夏夜，当我踏着婆娑树影在鼓浪屿老街漫步，一波一波漾过来，又一点一滴逸回去的芳香，是茉莉？是紫荆？还是含笑花？它们相互渗透百般缠绕丝丝入扣，若一心要析辨出她们的化学成分，那才真是煞风景啊。

鼓浪屿女儿,说好懂也不好懂。

1919年,五十一岁的黄奕住不堪荷兰殖民政府的勒索苛剥,严拒改变国籍,携资两千多万银元,从印尼三宝垄归国。当年便把在原籍南安的母亲,接到鼓浪屿颐养。九岁的黄萱随母亲和祖母同来鼓浪屿,刚好进小学读书。

黄萱的童年是在闽南农村度过的。她的不慕虚荣,平实低调的性格,与其自幼亲近土地有关。黄萱的善待保姆"沙妈"并为其善终养老,在家族里有口皆碑;暮年黄萱以照料小花园自娱,她手植的茶花、石蒜、非洲菊,把幼年的一角田野风光带到浪花眷恋的百叶木窗前。

黄萱比我尚健在的婆婆大一岁,同样上过女子师范学校。婆婆很快奉命结婚,虽然终生只是家庭妇女,因那几年师范教育而受益匪浅。婆婆性格开朗能说会写,与常年在南洋的公公互通鱼雁;且初通篮球、排球、乒乓球,在侨联和街道活跃着,比起其他那些不识字的侨眷,日月便可以打发得如梭似箭。

而由于家境极为优越,黄奕住更注重文化修养的缘故,黄萱继续接受闺阁教育,鼎盛之时竟有四名家教分别设课国文、英文、音乐等。很多人不明白,像黄奕住这样的开明士绅,屡投巨款于公众教育,却不让女儿上大学,有点奇怪吧?其实黄奕住虽然头脑敏锐、性格坚韧,能筹谋、善经营,毕竟出身乡间"剃头担",文化程度不高,使他决心要让女儿成为真正的名媛淑女。为此,黄奕住特别为英文已经很不错的女儿,重金延请一批像鄢耀枢、贺仙舫这样的名儒硕彦,施教经书格律,一习就是整整五年,为黄萱的古典文学打下深厚基础。

可惜,因为生活曾经一再颠沛流离,原本自家里的收藏早就没有了。黄萱遗物里的那许多线装书,都是后来为陈寅恪工作时而购下的。

(那个时代的观念里,女人受教育,其中一项便是女德的习修。比方我母亲,比黄萱晚生二十年,就读于鼓浪屿教会女中,除了国文、算术和音乐,必修课程里还设了裁缝、插花、烹调和体育。母亲的棋艺很臭,裁剪不错,钢琴略胜,书法尤佳。所以她工作单位的黑板报、通告栏,包括"文革"期间的大字报,都指定她挥墨。母亲懊恼沮丧,恨不得剁了手去,因此从不教我书法。)

已出落成大家闺秀的黄萱,若是被父亲指定一桩门当户对的婚姻嫁出,很难保证后半生会不会像岛上深宅大院里的那些孤独侨眷,以模糊的面孔,怀着不为人知的悲欢,默默无闻地老下去,直至寂静。旧时婚姻对女性的命运真是至关重要哪。据说,黄奕住的择婿标准民主开明,完全尊重女儿的选择。而黄萱自己也很坚定,必须是有学识有见地的正派青年,绝不考虑有钱人家的少爷公子。经亲戚们推介,厦门周宝巷周殿薰的儿子周寿恺进入黄家视野。黄萱几乎不假思索地芳心暗许,黄奕住推波助澜,两人见面后鱼雁往返,终于缔结婚约。

周殿薰1910年入京会考,中过殿试甲等,授吏部主事。不久辞官回厦,是厦门第一任图书馆馆长,同文中学第一任华人校长,组织"鹭江诗社",编选过几种书籍。说周殿薰饱学诗书一点不为过。儿子周寿恺,家族大排行十四,后辈称十四叔。1925年考入福州协和大学,次年转进北京燕京大学;1928年医学预科毕业,获理学士学位;1933年获北京协和医学院医学博士,很年轻就成了国内知名的内科专家。夸他是出身名门,青年才俊也很贴切。这样的乘龙快婿,黄奕住自然好生欢喜。

本来是美满姻缘。不料婚礼上,新郎竟没有到位!黄氏家族一片哗然可以想象,愤慨、声讨、猜疑皆有之,教黄萱如何面对!

周家虽然世代书香门第,但比起黄家当时财势倾天,毕竟清贫些。据周菡推测:也许父亲周寿恺觉得家境贫富太悬殊伤了自尊而临阵脱逃?也许在医学院那些才华出众的女生中,已有他心仪的倩影?假使两者都不是,我猜想,周寿恺在京城接受高等教育,现代文明的熏陶使他生出更浪漫更绮丽的爱情梦幻,是否其中一个未揭晓的原因呢?

此时,表面随和的黄萱忽然显示出孤行决断的一面,给周寿恺发去一封短笺(教育的好处啊),言简意赅,表示从此不再谈婚论嫁。即使谣传周寿恺已在上海娶妻生子,黄萱也一心认定伊人,毫不动摇。

晨起望星,夜来问月,风一页一页吹起桌上摊开的书本,(是《漱玉词》还是《红楼梦》?)黄家花园那几树玉兰花,不忍一位豪门千金的蚀骨之痛,摇下洁白馨香的花瓣,去抚慰一袭素色旗袍的弱肩。

经过多次迟疑和动摇，周寿恺终于在1935年9月与黄萱结婚。时年周寿恺二十九岁，黄萱二十五岁，在当年，可真是大男大女了。

爱才如命的黄奕住喜出望外，前嫌尽去，亲自赶往上海主婚。婚礼上黄奕住公开邀请爱婿到他创建的中南银行任副总经理，被周寿恺一口回绝。次日，夫妻俩联袂北上，开始相濡以沫的共同人生。

这一段历史虽然颇具戏剧性，却是真实的。也许黄萱的后人不喜旧事重提？可是我认为，这正是黄萱一生中最为果断明智，同时也是最感情用事最不计后果的一次重大抉择，充分考量出一位闽南弱女子身上刚柔兼济的素质，因而得到上天的赐福！

只有黄萱这样一个女子，才能无怨无悔伴随周寿恺浪迹天涯，倾力支持他的一个又一个重大选择：为丈夫全心投入抗战而带着幼儿借住香港娘家，随即又举家在贫瘠的贵州山区辗转，过简朴艰苦的日子，婚后十年竟搬了九次家！临解放，已是国民党少将医官的周寿恺拒绝留台，回到大陆追寻祖国医学事业，夫妻俩必须承担前途未卜的风险，黄萱均义无反顾。

多年后，当了中山医学院副院长的周寿恺，终于发自肺腑对贤妻说："如果在众多的教授夫人中重新选择，我还是会选择你。"夫妻间的悄悄话，自是不必顾及其他教授夫人会怎么想。至少对于周寿恺本人，确实是一桩终生无悔的美满婚姻。

周寿恺的医学工作繁忙而且责任重大，根据他俩的家庭观念，黄萱的本分应是在家相夫教子。但是，当黄萱放下家事，每天出去工作，做丈夫的也绝不抱怨。傍晚，宽大的封闭式阳台上有一只秋千椅，两人并肩坐着，慢慢地荡轻轻地摇。据侄女秀鸾回忆，像周寿恺这样端肃自律的医学家，高兴时，还会为太太哼着歌。在黄萱早出晚归为陈寅恪工作的那些漫长的日子里，只要有时间，周寿恺就会到汽车站去接妻子，然后恩恩爱爱回家。

1950年下半年，听说陈寅恪在家里给研究生上课，黄萱很想去旁听，邀了侄女秀鸾同去。感谢这位侄女生动的描摹文字："陈先生的课堂设在他家的阳台上，阳台一头支起一块小黑板。先生坐在黑板前的藤椅上，穿一袭长袍，因少晒太阳，肤色很白，长脸、高额，可惜本应闪烁智慧之光的双目，没有表情，似乎是迷茫一片。”黄萱静静坐在边上，没有引起注意。

1951年11月间，身为岭南大学医学院院长夫人的黄萱，经同院教授陈国桢夫人关颂珊的正式推荐，来到陈寅恪家里，试任助手。

此时，陈寅恪已经失明好些年，因而感觉更加敏锐。虽然他至死都没有见过黄萱的模样，仅凭短暂的接触，从自己丰富的阅历中，分厘不差捕捉到他一向心仪，竭力赞赏过的“门风家学之优美”，立刻请揖进门。

我想要说的是，他们互相吸引。我还想说，一位女性的优雅内涵，比起如花似玉的容貌，更经岁月锤炼。必须到四十岁左右，才能成熟为雍容脱俗的，窖藏一般的特殊芳泽。此时的黄萱，因婚姻美满、生活安定而气定神闲，而珠圆玉润，虽人到中年，却是知识女性生命中，最具魅力的黄金时段。

赫赫家门的翅翼下孵化出来的陈寅恪，天生具有名士气质，内心犹保持“物以类聚，人以群分”的传统见解。这样情操高度洁癖的人，怎可能长时间忍受身边的凡夫俗子！（几天前我到香港开一个世界华文联会，有幸聆听受教于几位名声极隆的大学者，其中有饶芃子教授。她说起当年暨南大学最美妙的风景，便是头戴镶着红珠子的瓜皮帽，身飘府绸马褂，紧紧扎着阔腿裤脚，脚穿棉袜布鞋的陈寅恪先生，如何挽着旗袍半遮着绣花布鞋的师母，在校园里徐徐缓缓。现在看起来浪漫得不行吧？当年陈寅恪这种不管不顾的复古情调，可是太招摇太妄为太招祸了。）

正当陈寅恪年过花甲，门生纷离之日，一位年龄恰如其分，修为接近、趣味默契的红颜知己，（可叹啊，原本一个最美好的词汇，现在被滥用成什么样子了！）成为日日相听（非相见）的工作伙伴，是多么的幸运！“故黄萱的出现，实在是历史对这位更感孤独的文化老人的顾怜。”——《陈寅恪的最后二十年》

这一份工作，包括陈寅恪个人才学的巨大磁场，对于勤读不辍的黄萱,自觉或不自觉,未尝不是一个走出家庭参与社会的有力推动;一次奉献热能,学有所用的生命大转折;同时更是一种可遇而不可求的缘分。于是黄萱,这一颗看起来十分平凡的小星星,一经纳入陈寅恪的轨道,立刻和谐地旋转起来,发出微弱不熄的淡蓝之光。

1952年11月22日,因学校经费不够,中山大学聘任黄萱为陈寅恪的兼任助教,只付一部分工资。

可以断定,黄萱全力投入工作,与付酬多少无关。解放初,周寿恺的工资已经爬上"三百八十五高坡",即月薪三百八十五元,以当时的生活水准,维持家庭开支绰绰有余,黄萱到此时也无须贴补。这使得她特别轻松舒畅,不是因为金钱本身,而是她非常体谅丈夫自尊的心情。

1953年夏天,陈寅恪一家搬到周家楼上,与周家一道楼梯相通。"带着浓浓旧时王谢人家痕迹的两户人家,以礼相待,挚诚相见,人生品味俱同,更因黄萱已为寅恪先生工作这一层而有更多共同的语言。芳邻的温馨,人情的暖意,给了陈寅恪先生有几许的欢乐。"——《陈寅恪的最后二十年》

想象黄萱轻步上楼去工作,顺便端着亲手焙制的美味西式糕点,送到陈家的餐桌上;想象那傍晚时分,黄萱在自己家中,手指灵巧地织着毛衣(这也是她最擅长的啊),耳闻楼上传来陈先生的吟哦之声,不觉露出会心的微笑;想象陈先生卧病在床,黄萱为他诵读《再生缘》,略带福建乡音,愈加悦耳(至少我听起来是这样啊);想象在东南区一号的草坪上,黄萱与陈先生的夫人唐晓莹一起,主持教授夫人们的义卖冷餐会。唐晓莹是前清台湾巡抚唐景崧的孙女,能诗工画。她俩挽臂相依亭亭并立,相映得彰,周围的粉黛是否都一齐无颜色了?

想象终归仅是想象,我等俗而又俗的后人,只能凭借想象去构筑数十年前不可重返的场景。也许,周家与陈家均是谦谦君子相敬如宾,工作之余,互不相扰?

1954年夏天,任职华南医学院副院长的周寿恺,必须把家迁至市区竹丝村的宿舍,距陈家十公里,来回得倒两路公交车,要耗去三四个小时。这样一来,对彼此都是大难题。也是担心影响工作,柔弱的黄萱只好向陈寅恪请辞。直到今天，黄萱依然记得当时陈寅恪说的话："你去了，我要再找一位合适的助教也不容易，你一走我就无法工作了。"态度如此诚恳语气如此落寞，深受打动的黄萱遂又留了下来。

于是，黄萱每天早上七时起，快步赶去车站，挤两个小时汽车，九时整坐在陈先生面前开始工作。工作结束后已过中午一点钟，再挤两个小时的汽车回家。早餐是来不及吃的，就在陈家订了一份牛奶。午餐有时也会在陈家留用。虽然黄萱比陈寅恪小二十岁，陈寅恪还是要求家中的孩子们都称她伯母。这样的礼仪周到与尊重体贴，也让黄萱铭谢在心。

刚开始工作那一年，对两人都很不容易。大师精通十几国文字，包括突厥文等艰深语种。他治学严谨，涉猎渊博，其思路如瀑布如奔马如神龙入云如流星四泻，黄萱一时如何跟得上？黄萱好几次想打退堂鼓，话到嘴边又咽下。因为本来脾气很大很怪的陈寅恪，却不厌其烦地放慢语速配合新助手，甚至一字一字写在黑板上，让黄萱一字一字地记录。这以后漫长的十三年，陈寅恪也从未对黄萱发过脾气。

谈到陈寅恪这位旷世奇才的学问，黄萱充满敬仰之情。陈先生的记忆力惊人，能清楚地记得哪段史料出自哪本书哪一页。偶尔记不太清楚了，就让黄萱帮忙查阅，可黄萱只要读上前后几句，陈老就能批出所需资料的具体出处。

黄萱为陈寅恪工作十三年。在这十三年间，陈先生完成了《论再生缘》、《元白诗笺证稿》、《柳如是别传》等重要著作，累计近百万字。

1955年9月15日，由陈寅恪提出，中山大学正式聘黄萱为专任助教。一直到退休。她真是永远的助教，工资只有七十四元。

关于金钱，有些可笑的传说。我们曾经读到以讹传讹的一段资料：1969年，中山大学历史系清查小组在"清理阶级队伍"运动时，逼令黄萱交出"从剥削阶级家庭得来的不义之财"。"第一次面对面交锋，黄萱就交出两万元存款"。事后清查小组成员分析，第一次交锋远未触及核心。第二次谈话，清查小组规定黄萱反复学习"《南京政府向何处去》、《敦促杜聿明等投降书》两篇光辉著作"，"黄萱流下了眼泪"。结果，"第二次交锋黄萱交出九万元”,“第三次交锋黄萱交出二十万元”,“第四次交锋黄萱再交出公债八百元”。在数天之间,“毛泽东思想显示了巨大的威力”,“黄萱被迫交出了三十二万劳动人民的血汗钱”。

很可能,这是所谓“清查小组”编造出来的赫赫战果之一。黄萱临终前对前来探视的陆健东先生提出的要求,就是请他在《陈寅恪最后二十年》再版时,务必更正修改这一段。因为,周菡说:这段杜撰太没意思了,金钱对于黄萱,哪有催人落泪之功效?

“文革”风暴初起,黄萱立即把存在自己名下一大笔存款,全数交到中大历史系,并在尚未大乱之时换得一纸收条,以致这些大部为国外亲人寄存的金钱,最后得以完璧归赵。至于大户人家女眷们视之如命的首饰珠宝,解放初,黄萱就主动将它们全部低价卖给国家支援建设去了,日后冲进门来抄家的野蛮家伙们一无所获。

都以为金钱对于黄萱,从来不是问题,其实不然。周寿恺受难之时,一位厦门老友在广州结婚,黄萱因囊中羞涩未能买个小礼物而怏怏不乐,遂翻箱倒柜找出一条全新的桌布,居然喜形于色!周寿恺去世,老保姆不肯再留,为了补发欠她的工资,筹足她返乡的路费,黄萱忍痛卖掉名牌钢琴,仅得三两百元。晚年她在鼓浪屿自娱的只是一台珠江牌的普通旧琴。黄萱为人的慷慨善良,同情弱小,正是深记着老父黄奕住的教导:“信誉重于生命。”

作家韩石山写道:“外人或许会说,黄萱能给陈先生这样的学界泰斗当助手,青史留名,真乃三生有幸。此话诚然不谬,但反过来,陈先生能得到黄萱这样的助手,又何尝不是枯木逢春,有幸三生呢?”

陆健东先生在《陈寅恪的最后二十年》一书中,还有精辟而动人的断言:“如果陈寅恪晚年所找的助手不是黄萱而是其他人,则陈氏晚年著述便无法预料了。黄萱的身份,缓冲了陈寅恪与时代的不可调和的矛盾。”

周寿恺曾经说过,陈寅恪能无保留地接受黄萱做助手,是看准了黄萱为人的笃诚与信义,绝不会将陈寅恪的私事随便张扬的。在众多身沐师恩的后学末进一起避嫌远离的时候,毫无心机的黄萱走近陈寅恪的荒凉困境，恪守职责尽心协助，使其在暮年获得情谊滋润，温馨的慰藉，激活起磅礴充沛的创造力，取得意想不到的巨大成功。正如陈寅恪在《关于黄萱先生工作鉴定意见》里所书："总而言之，我之尚能补正旧稿，撰著新文，均由黄先生之助力。若非她帮助我便为完全废人，一事无成矣。"

"文革"中，饱受惊吓与折磨的陈寅恪，自知来日无多。对来探望他的黄萱说："我治学之方法与经历，汝熟之最稔，我死之后，望能为文，以告世人。"黄萱恳辞相对："陈先生，真对不起，你的东西我实在没学到手。"陈寅恪黯然："没学到，那就好了，免得中我的毒。"二十年后，黄萱不无感伤地说："我的回话陈先生自是感到失望。但我做不到的东西又怎忍欺骗先生？先生的学识恐怕没有人能学，我更不敢说懂得其中的一成。"

周菡曾经问过妈妈，那段与陈先生的对话，让她一生如此不安，说话时还有谁在场？黄萱的回答是：只有她和陈先生二人，陈夫人正出去拿什么东西了。黄萱后来把这事告诉了上海复旦大学蒋天枢先生，此人是陈寅恪的学生，也是托命之人。蒋先生将这段事公布于众，又引起了好多人的注意。他生前与黄萱经常通信，鼓励她写回忆录，但终于未能成文。

周菡认为母亲将此事说出来，可能是想让蒋先生和其他人了解陈先生的遗愿，希望他们能替自己为陈先生实现这个嘱托？

正如陈寅恪对黄萱有过的定语："拿得起，放得下。"黄萱深谙孰可为孰是不可为的处世准则。"花如解笑还多事，石不能言最可人"。大美者无言，或者说，面对大美者无言？这也是一种境界，并非所有人都能坚持。

但是，当上海古籍出版社要出版陈寅恪的遗著时，黄萱不辞劳疾，两次抱病赴沪，为遗文补充材料，并与其他校勘人员书信来往，达十几封。这是她认为自己能为陈先生所做的，而且必须全力做到的。

其实，论黄萱的文字造诣，不但能配合大师，擦出灵感的火花，她自身也有深厚的积累和相当的才气。据说每天四五小时在公交车上，黄萱总是饶有兴致观察身边的人和事，回家后及时记下一些杂感随笔，却从未示以外人。“文革”期间,这本子连她的多数藏书一起被毁,连女儿也不知道黄萱有过怎样的思绪和文采。在周菡收集的资料中,翻阅一部分黄萱写给亲朋好友的信,款款娓娓,又自然又亲切,文字功力略见一斑矣。

1969年10月7日天亮之前，历尽苦痛贫病交加的一代大儒陈寅恪，无声无息含冤逝世,享年七十九岁。四十五天后,患难与共四十载的爱妻唐晓莹,从容交代完后事,亦相随而去。

1970年，医术精湛的内科专家周寿恺受尽毒打，竟以区区阑尾炎“不治身亡”,连黄萱也未能见上最后一面,令人唏嘘!

1973年，六十三岁的黄萱在广州从中山大学退休。1980年迁回故土鼓浪屿,落叶归根,悄然住进父亲留下的老房子里。从此,以书为抱,与琴互诉,不事声张,淡泊自甘;2001年5月,九十一岁的黄萱在儿女的怀抱之中合眼睡去,再没有醒来。

黄萱的最后二十年比陈寅恪幸运多了。晨昏起居有爱女陪伴,隔墙是老友旧亲常来常往;推窗目送云帆鸥鸟翻卷白浪,开门即是亲手照料的花木,不喧哗不耀眼,安安静静地依偎在她身边,铺展在她脚下。

一架老钢琴,在女主人甩一甩衣袖如杳鸿飘远之后,袅袅犹有余音。

(本文参考了周菡女士提供的宝贵资料,并请她费心勘误过。在此表示由衷的感谢。)

附:

关于黄萱先生工作鉴定意见

陈寅恪

(一)工作态度极好。帮助我工作将近十二年之久,勤力无间始终不懈,最为难得。

(二)学术程度甚高。因我所要查要听之资料全是中国古文古书,极少有句逗,即偶有之亦多错误。黄萱先生随意念读,毫不费力。又如中国词曲长短句亦能随意诵读,协和韵律。凡此数点聊举为例证,其他可以推见。斯皆不易求之于一般助教中也。

(三)黄先生又能代我独立自找材料,并能供献意见修改我的著作缺点,及文字不妥之处,此点尤为难得。

总而言之,我之尚能补正旧稿,撰著新文,均由黄先生之助力。若非她帮助我便为完全废人,一事无成矣。

上列三条字字真实, 绝非虚语。希望现在组织并同时或后来读我著作者,深加注意是幸。

1964年4月22日

大爱无边

□ 王兆胜

每个人的生命都像一株草、一棵树,都离不开高天厚土的滋养。漫漫人生路,不论你是高高在上的权贵,还是地位卑下的农人,恐怕都曾得过他人之助。其差别可能仅在于:助力有大小,助者有远近;而对于受惠者来说,有的感恩,有的薄情,还有的则是以怨报德。

我有幸得过无数人的帮助,它们有的如日月之辉,有的似闪亮的星星,有的只能比作烛光篝火,然而它们都在我心中长明不灭。有一对陌生夫妇在我最困苦、最低沉、最无望时,曾给我以援手,擦亮过我的心灯,并且时至今日还一直佑护着我,他们是我命中的贵人。

那是二十五年前的一个夏日,我到离家七十里远的乡镇中学领取高考通知书。令我大失所望的是自己又落榜了,这是我第三次名落孙山!怀着郁郁不乐的心情,我在校门口踯躅彷徨,不知道前途在哪里,路在何方?一是家中一贫如洗,哪有力量再让我复读?二是连考不中,自己简直无地自容!三是家母早亡,本来无爱的人生又被撒上一把盐。四是怀疑自己的能力,难道真如村里人所言"命高一尺,难求一丈"?像落汤之鸡,我耷拉着脑袋、紧锁着眉头、一脸愁容坐在角落的一块石头上。

这时,一中年男子走来问我:"同学,你也参考了?"我茫然地点头,没抬头也没答话。对方又问:"考上了?"我摇头。他接着说:"能看看你的成绩吗?"我把成绩单递过去。看过之后他问我:"有啥打算?"我说想放弃。当了解了我的家况,他就鼓励说:“如果成绩差得太远也就算了。但我觉得几分之差,再使把劲儿,明年可能就成了。”“如果就此罢休,一肚子学问几年下来,还不就着饭吃了?”陌生人还补充说:“今年我女儿的成绩也不理想,只高出分数线二十多分。但她下定决心再考,一定要考上理想的大学。”原本霜打似的我,不知从哪里升起一股雄心壮志,立即精神抖擞地说:“好!那我就再考一年。”因为我仿佛受了挑战:“一个女孩子尚且如此!一个男子汉怎能自暴自弃?”

半年后的一天,我又与陌生人邂逅,这次是在离我家二十里路的一所中学门口。在吃惊之余,他告诉我他女儿也在此复习,我这才知道他女儿竟然与我同班。更令人吃惊的是,他女儿曾与我同过学,学习成绩一直名列前茅,在学校可谓大名鼎鼎。这样对号入座后,我和陌生人突然感到近了许多。临别时,他除了给我鼓励,还拿出二十元钱塞给我。这又是一次巧合,冥冥中仿佛有天地安排,毫不相识的陌路人,只因曾有一面之缘,彼此方能有缘再会,于是我们长久的友谊就此开始了。

一天,我突然接到陌生人的来信,打开后才知道是女同学的妈妈写来的。信中,她以一个母亲的身份向我表示问候、鼓励和关心。她说:听丈夫说,女儿的同学又瘦又小,打小就没了母亲,面如菜色,满脸愁容,所以非常难过。她又说,我们都是草木之人,不能为你多做什么,但如果有困难一定跟他们言语一声,千万不要客气。她还说,穷人的孩子早当家,只有吃过苦而又有志气的孩子将来才有出息。看完这封信,我忍不住泪水长流,仿佛妈妈去世后所有的委屈、悲伤、孤独和寂寞一下子涌上心头。因为多年来,一个失去母爱的人别有一番滋味儿在心头,我体会更多的是冷眼、嘲弄甚至侮辱。而今,一个素不相识的母亲竟寄来这样的理解和关爱,我的感动可想而知!长久封闭甚至固闭的感情闸门一下子被打开,经过泪水冲洗的心灵,仿佛一下子柔软、清澈和明亮了,身体也变得轻快起来。

下次再来学校看女儿,是他们夫妇同行。出乎我的意料,他们夫妇将我从教室里叫出来问寒问暖,同时还给我带来钱和自做的点心。我发现女同学妈妈的眼睛湿润,目光满是关爱和怜悯之情。后来她来信说:“回家后我彻夜未眠,虽然之前听丈夫说过你的情况,但亲眼见了,却觉得你比想象得还要瘦小体弱。”接着她又说:“怎么能这样呢?可怜的孩子。”我姐姐曾形容过我,瘦得只剩下两只眼睛了!那年到女同学的乡镇中学读书,路程遥遥七十余里,只靠步行来去,走走坐坐,坐会儿再走,又饿又渴又累,仿佛万里长征一样艰难!有一次骑自行车,有同学竟这样开我的玩笑:“你骑在车上,两腿仿佛是两根筷子!”是的,为了高考一天学习十几小时,每顿饭只能吃一个玉米面窝窝、喝一碗稀饭,外加一筷子咸菜!正当长身体的年龄,而又极度地缺乏营养,骨瘦如柴的样子可以想象。今天看到城里孩子偏食、厌食和浪费粮食,看到自助餐者或领导干部暴殄天物,吾心酸楚,犹如打翻了醋瓶一样!

高考结束后因发挥不佳,我极度沮丧。这时,女同学的父母邀我去他们家散心。此次我受到热情款待,被当成贵宾,可以说是平生第一次受到礼遇!这对一个长期以来被人蔽履的“失败者”来说,是怎样的安慰和满足!这次的另一收获是认识了女同学的弟弟,他当时十三岁,但我们亲如兄弟的感情由此开始。如果有什么不足,那就是女同学几乎不睬我,她好像对我的“来访”既吃惊又尴尬。这也难免,因为在此之前为了应付高考,她父母没跟她说过与我的友情,二是同校一年又同班一年,我们从没说过话。当我返回家不久,即接到女同学的信,信中说她父母在我走后,严厉地批评她不该对同学那么冷淡,希望我能谅解她。

多少年过去了,我才听说那次“访问”给女同学一家惹了麻烦,因为村里人尤其是亲戚朋友都以为,我是女同学父母为女儿“包办”的女婿。于是,我一离开则众怒骤至,大有兴师问罪之意!在人们看来,一个银行职员的女儿长得花朵似的,怎能找这么一个拿不上台面的“女婿”?——要家庭没家庭,要才华没才华,要人样又没人样。有人甚至质问女同学的父母:“你们是不是昏了头,这么个打蔫的‘黄瓜’有什么好?”

女同学的母亲解释说:“你们都想到哪儿去了?王兆胜和我闺女除了是同学,没有任何关系。我们只觉得这孩子可怜。”

亲戚还是不依不饶:“可怜的人有的是,你们管得了那么多?”接着又说:“这种人甩都甩不掉,你们还把他请到家里来,就不怕对女儿不利?”

这次女同学的母亲有点火了:“你们这是哪儿跟哪儿?这孩子家里的条件是不好,长得也差些,但我们觉得他心地善良,善解人意,又有志气,说不上将来是个人才!”“再说了,一个无依无靠的孩子,我们给他一点关心,这有什么不是?”她又补充说:“至于他和女儿的事,我们也没想那么远,那是年轻人自己的事。不过,假如将来真有那么一天,他们自己看好了,做父母的也绝不反对!”

高考成绩下来了,我比女同学低了近三十分,她以全校第一、全县第二的优异成绩被中国人民大学录取,我则到了山东师范大学读书。对于自己的成绩虽有不满,但我也知足了,毕竟通过努力实现了多年的梦想。

一天,接到女同学的母亲寄来的包裹,里面是一条毛裤。信中说:“秋风凉了,我们一直惦记着你。记得上次来家时,你穿的是一条短得盖不住腿的裤子,想来你也没有毛裤吧?这个月她爸的工资下来了,我就买来毛线,家中每人织了一条,顺便也给你织了,天冷时穿上去挡些风寒。”

手里捧着毛裤,我泪眼模糊,一颗心都在颤抖。长到十九岁,还从未见过更没有穿过毛裤,这是我穿的第一条毛裤。看着密密的针脚,捏着厚厚的毛裤,我想起那首动人的诗:“慈母手中线,游子身上衣。临行密密缝,意恐迟迟归。谁言寸草心,报得三春晖。”这是真正的母子爱的赞歌,而我手上的毛裤却是一个非亲非故,没有任何奢求的母亲为我缝制的,它包含着对弱者的同情、理解和呵护,更闪耀着普天之下唯爱为大的“母爱”的光辉。

大学四年,女同学的父母每年都给我寄钱,而信中又总是对我关心备至!关于我的学习、生活、身体和心情,就像父母爱子一样,我仿佛成了他们家中的一员,也是知心朋友。夜深人静,躺在床上睡不着,我总念起这一对陌生夫妇,并在心里为他们祈祷,还暗下决心:“将来无论如何,我都不能忘记他们,并将他们视为自己的父母!”常言道:“滴水之恩，当报涌泉。”何况这海水般的深情？这样，每次假期回去，我必去他们家里看看，住上两日，相谈也如老朋友一样欢欣快乐！仿佛在知音之间有一个乐音在回响，它透明、纯粹、和谐而又悠扬。不过，与女同学却一直停留在说几句客套话的份儿上。因为我们都用心学习，后来都各自考上了本校的研究生。

随着接触增多，彼此都有好感，后来，这位女同学真的成了我的妻子，而她的父母——我多年的朋友——也就成了我的岳父母大人。

多少年过去了，我与岳父母的感情日久弥新，几日不听他们的声音就感到寂寞和想念，他们对我也是如此！从出差之日起，他们一颗心就悬浮着，直到我回到北京才安心！作为朋友、知己、儿子和女婿，我已深入他们的灵魂，是心心相印、血脉相通的那种！前几年，岳父打电话给我：“你近来忙不忙？再忙也先将手头的工作放一下。我准备带你父亲去北京看看，毕竟他年岁大了。”家父年近八十，还从没来过北京。岳父还补充说：“你放心，待一阵子，我再将他带回家。”结果，岳父真的陪伴着家父来去，其辛苦和操心可以想见。我的房子太小，岳父就让家父住大屋，而他自己却住在狭窄的阳台上，这样委屈着待了近二十天。

我读书期间每次回家，岳父母总是给我添加些钱，让我带给家父，并嘱咐我：“别说是我们给的，就说是你自己攒的，这只为让老人心里高兴！”岳父早年丧父，他自小跟寡母受尽人间苦，所以是有名的孝子。最让我感动的是，岳父母总是嘱咐女儿理解我和我的家人，体谅我自小受到的挫折和磨难，关心我的身体和心情。像房屋遮挡着风雨，雨水滋润着禾苗，他们对我的恩情是难以言喻的。

就如同大地包含着生命，沙砾蕴藏着金质，我的岳父母虽然都是普通人，但他们却有着非凡的品质！尤其在我最困苦无助的时候，他们作为完全的陌生人所给予我的大爱。这种大爱影响和改变了我的人生观，使我更加热爱人生，更多地关爱他人，以感恩之心对待天地万物。

2006年11月5日于北京

村　子

□ 孟宪杰

村子是我童年、少年时代的伙伴。

他的坟在村庄东北角的那块坟地的东北角。与其他的坟相比较，他的坟前没有石碑，没有花环，只有一人多高的茅草怒放着。距村子的坟不远处，便是村子生前住的那间小屋。它依然立在那里，只是更加破败，并由于坟地的逐年扩大而变得更加孤单、更加凄凉。

每每来到这里，看着眼前村子的小屋和不远处的坟，我的心都隐隐作痛。村子生前和死后的住所，就在这两百米的范围内。这是他生命的最后十年里几乎全部的活动空间。在这里，有他撕心裂肺的疼痛，这是我知道的。在这里，有他与那几百座坟茔终日相对的郁郁寡欢，这是我猜想得到的。在这里，十年中，有没有属于他的那一份生命的欢乐，这是我不知道而希望他有的。

在夕阳里，坐在村子房前的石凳上，我点一支烟，村子慢慢向我走来。

一

那天傍晚，太阳收尽了它的最后一道余晖，夜幕笼罩了大地。村庄、树木、庄稼都变得模糊了。人回家，鸟归林。无边的田野上，只有我和村子每人扛着一大捆青草，沿着村东边那条河边的小路，一步步艰难地向前行进着。庄稼地里扑扑棱棱的动静和坟地里滚动着的鬼火，都惊得我头皮发麻，毛骨悚然。我战战兢兢地对村子说，把草放到路边，我们明天再来扛吧。村子坚决不愿意，他说，牛像你我一样，也是要吃饭的。不把草扛回去，牛要饿一后晌肚子，你忍心吗？

我心生惭愧，跟着村子，咬牙前行。

我清楚地记得那时挂在树梢的黄澄澄的月亮，清楚地记得河里的水闪着亮光欢快地流动，我还清楚地记得天际跳出的一颗硕大的星星。我无论如何忘不了的是走在我前面的村子肩上的那捆像山一样的青草，它黄澄澄的，在我面前晃动着，跳跃着。

这些童年的印记，如此定格在了我的脑海中，并随着年龄的增长越来越清晰。

那一年，他10岁，我12。

二

我和村子的家都在同一个长长的胡同里。他住那头，我住这头。村子小我两岁，自记事起，我们两个就形影不离，是最好的玩伴。上学的时候，他跟在我的屁股后面。我上课，他就在教室外的空旷的原野里逮蚂蚱，捉油葫芦。村子是公认的逮这些东西的好手，他闪展腾挪，极其灵巧。每每我放学，他手提着他的战利品——几十串用狗尾巴草串着的蚂蚱、油葫芦跟我一起回家。于是每每晚饭时，我都能尝到至少两串村子娘在锅里焙的香喷喷的蚂蚱、油葫芦。两年后，村子上学了。我们一起上学，也一起下学。但很快，村子的同学说，村子在课堂上一点点也不灵巧。他一上课，就打盹。村子自己也说，他没有一次课是囫囵着听下来的。终于有一次，老师提问他“四加五等于几”的时候，村子在全班同学面前被老师罚了站。这对于村子的自尊心，是一次重大的伤害。我清楚地记得，那天中午一起回家的时候，村子满脸的不高兴。我问他，他也不吱声。等到下午，村子的同学当着他的面告诉我他被罚站了，村子羞愧难当。自那以后，每每放学，我都和他在一起做作业。村子的记性特别好，而算术能力真的不好。等我到镇上去读初中时，村子辍学了。

知道他辍学，我专门去找过他。那时，他正在猪圈里侍候一窝猪崽们。在暖暖的太阳底下，他拿枝条轻轻地划着那头脊背上有花点的白母猪，替它挠着痒痒。白母猪安静地躺在村子的面前，十几只小猪崽蜂拥而上，吮吸着猪妈妈的那些纽扣一样的乳头。村子对我说，母猪太痒痒了，不给它挠，它安静不下来，小猪们就吃不上饭，于是，猪圈里就猪声鼎沸。他哈哈笑着，一点也不在意自己的失学。

还是谈起了他的上学。他说，他也许真的不是读书的料。他不高兴读书，读不进去书。他现在挺好。

听村子的同学说，村子离开学校的那一天，特别找到班主任，找到每一个任课老师，给他们分别鞠了一躬。

那时村上的人，还不知道读书、上学、农转非会给一个人的人生带来怎样的转折和变化。他父亲说，不愿意念，就不念吧，反正也闲不着。

村子彻底失学了。

三

那场饥荒，几乎是在一夜之间逼近了村庄。大家好像是突然意识到，没有粮食吃了。于是村庄里所有的人，都在寻找吃的东西。村子也正是在这个时候，展现了他的智力和耐力。

最初，他总是能从生产队已经刨完的地瓜地里再刨到地瓜，能在黎明从刚发芽的榆树上摘下翠绿的榆树叶，能从深秋料峭寒风中流动的冰凉的河水里抓一两只毛蟹，或者从枯了几年的湾底捉到一盆泥鳅——当他端着那肥硕的一搪瓷盆泥鳅在人们面前走过的时候，村子骄傲得像个得胜还朝的元帅。

村庄的外边是那条带给我无限回忆的小河，河水清澈见底，游鱼细石，历历在目。河的一边是一个硕大的水湾，湾里的水是从这条河里渗透过来的，生产队在这个大大的湾里，种上了莲藕。每年，这个大湾，以及大湾里的绿荷叶白荷花，和湾边路旁的一圈柳树，都是这个村庄里最动人的风景。

饥饿刚开始威胁到人们时,没有人打过湾里莲藕的主意,因为它是集体的财产。但是,下霜以后,榆树叶柳树叶,甚至杨树叶,净了。野芹菜荠荠菜,甚至苦菜,枯了。河里的鱼蟹越捉越小也终于捉不到了。而村子最先发现可以挖到泥鳅的那个烂泥塘真的被翻成了烂泥塘,终于连狗都闻不到泥鳅味儿的时候,更为严峻的冬天来临了。于是,湾里的这湾莲藕,成了村民们注意的目标。但冰冻水深,怎么挖它们?队委会讨论后说,谁有能耐谁挖,谁挖到了算谁的吧。

全村倾巢而出。

饿极了的乡亲们砸开冰,跳进湾里。没有半个小时他们又都哆嗦着爬了出来。我的乡亲们,已经被饥饿折磨得弱不禁风,哪里还能经得住这刺骨的冰水的侵袭。他们上牙打着下牙,哆哆嗦嗦地说,在水里冻死还不如在被窝里饿死呢。

只有村子没有上来。他的大半截身子泡在水里,脸呈酱紫色。他的肩膀上下抖动着,那是用脚在淤泥里寻找莲藕。当他意识到他的脚终于踩到莲藕的时候,他再一脚一脚地将莲藕踩出淤泥。然后,用单脚钩住莲藕,往上一送,他即倾斜下身子,用手抓住莲藕,于是一支莲藕便被他举出了水面。岸上的人一片欢呼。湾里的村子,脸色铁青着笑逐颜开。

这救命的莲藕啊。

以后,从初冬到初春,几乎每天,中午的时候,偌大的湾里便只有村子一个人在捞莲藕,直到他把湾底全部用脚踩了个透。他没有一个竞争者。他通常带着一只竹筐,有时捞满半筐,有时捞满一筐。他手提那一筐筐白胖的藕瓜穿过村庄的一条条胡同的时候,那些羡慕、嫉妒的目光,使年轻的村子多么骄傲啊。

我也是在这个时节,几乎每天晚上都能享受到村子的一个煮熟的藕瓜,像享受他的一串串蚂蚱和油葫芦一样,他每每要看着我吃完,才肯回家。他像以前那样认真、倔强,并一声不吭。

四

几年以后,饥饿的阴霾终于散去,人们终于不再为饥饿而心惊肉跳了。太阳底下,胡同口边,一胡同的人会聚在一起,每人拿着个黄灿灿的窝窝头,有滋有味地咀嚼着,满足且惬意。公社的供销社里五毛钱一斤的撇油,只要起个大早排队就可以买到。偶尔一顿改善生活的白面汤,也使我们活得宛如神仙。所有的这一切,都清楚地表明生活正在逐渐地好起来。但就在这个时候,村子的父母因病先后离去,没有成亲的村子一下子成了孤儿。也正是在村子先后送走了自己的双亲以后,村子告诉我,他的腿坏了。他挽起了裤腿,我看到他的肿大的膝关节。又过了几个月,村子查出了风湿性心脏病。他终于躺到了床上,终于站不起来了。

村子曾经报名参军,但体检时,因为这肿大的膝关节而被淘汰。国家招收筑路工人的时候,村子也曾应征,也因为同样的原因未能如愿。村子恼恨得不得了。他意识到,他不该在冰冷的水里泡一个冬天,那救命的莲藕也是要命的莲藕。他抱怨他的爹娘,在他未成人的时候撒手西去,使他成为一个孤儿。他也恼恨周围的人,为什么在当年他下水捞藕的时候,没有一个人提醒过他可能出现的后果呢?

村子在床上躺了整整三年。是赤脚医生救了他。村里的赤脚医生用几根银针,用一些草药使他重新站了起来。尽管,他瘦骨嶙峋,但毕竟站了起来。

吃了三年生产队救济的村子不愿意继续成为集体的累赘,要求队长给他安排点活。于是队长让他去当副饲养员。他之外,生产队已经有两个饲养员了,他给他们做帮手。主要的工作就是在石槽前添点水,加点料,搅拌一下,一天七分工。村子感激涕零。他当然知道,一个健全的最能干的人,一天也就是十分工。那时的社员们,对队长这样的安排也没有意见,相反,大家觉得唯有这样的安排最恰当。

出于对集体的感激,村子在副饲养员的位置上尽心尽力。那天,我回到村庄,特意到距离村庄还有几里地的饲养棚里去看他。远远地看到旷野中的那一排房子,房子里所透出的那一片橘红的亮光,我的心竟暖暖的。村子不在他住的房间里。我走进饲养棚,看到昏黄的灯光下,几十头牲口头相对着分两排列在偌大的饲养棚的两边,咯嘣咯嘣的咀嚼声和它们脖子底下传出的铜铃声交织在一起,此起彼伏,透出一种平和、温馨和温暖。村子正一手扶着拐杖,一手从放在地上的料包里一把把地抓出食料添加在食槽里。他面容愉快,目光里盈满了慈爱。

村子听到门口的动静,转过头来看到我,面如桃花。他说,我算计着你该来了。我问村子,又添牲口了?他指了指不远处的两头牛和一匹马,说两头牛是大黄和二黑生的,这马是小玉生的,瞧,精神着呢!

我看你也蛮精神的。

他回答我,人不干活不行。和这帮畜生在一起,好得很。畜生好得很,我也好得很。

五

村子在那一年年底,在扣除了所有的开支以后,他拿到了他平生赚过的最多的钱:86块5毛3分。分红后,他把钱用一块红布仔细包裹起来,套上塑料袋,压在枕头底下。他曾经问我,这笔钱应该怎么花?

是啊,怎么花,这真是一个大问题。

粮食是生产队分的,菜是自己种的,这些都用不着花钱。房子,是集体的,有集体,就有饲养棚,有饲养棚,就有他的住处,这一点没人跟自己争,全村都没有第二个他这种情况的。被褥衣服,全是国家救济的,自己这些年就一分钱没花过。至于自己的病有合作医疗,也用不着什么钱。养老问题,更不用操心,像他这种情况,有五保户制度来管他的养老,并且,最重要的,是自己一人吃饱,全家不饿。

琢磨来琢磨去,他没有花钱的地方。

他找到队长,对队长说,这个钱还给队上吧。队长说,你不欠队上的,谈什么还?你养的牲口,大家伙儿都看得见,这是你应该得到的。他又说,那我捐给队里吧。队长说,全生产队那么多不瘸的人会要你的捐款?这不笑话吗!他也觉得队长说得有道理,于是作罢。

从队长家出来路过代销店，他走了进去，对营业员老挝说，买二斤最好的糖。老挝问，给谁啊，这么多？

称吧。

称好了，将要打包时，他从秤盘上抓出一把，分给代销店的老挝和来买盐买酱油的姑娘媳妇们。

他装好了糖，两包，一边的衣口袋里一包，出了代销店的门。沿路上看到铁锁家的孩子，摸两块给他。碰上四哥家的孩子，摸三块给他。工夫不大，在他的身后就聚集了十几个孩子。那十几双眼睛紧紧盯着他的鼓胀胀的两个口袋。他冲着他们很甜美地笑着把糖块一再地塞给他们，并从他们的将糖塞到嘴里后的眉开眼笑中得到最大的欢乐。

但是，还余下85块钱呢。

他想来想去，决定拿30块钱给二大娘。自从自己的娘离开后，洗洗补补，自己弄不了的，就全是二大娘在帮他。也只有在二大娘那里，他才能感觉到母亲般的关爱。他好说歹说的终于把钱留给了二大娘。

他居然还想到要给我钱。那天，我再一次去饲养棚看他的时候，他从枕头底下拿出了那个塑料袋裹着的红布包，从里面拿出20块钱，对我说，这些年，没少吃你的，也没少喝你的，更不用说你从镇上从县里给我请大夫了，这20块钱给孩子买点吃头吧。

我抑制不住自己的眼泪，把钱接过来放回到他的红布包里，对他说，我吃过你多少蚂蚱多少油葫芦多少藕瓜啊。那个时候的一块藕瓜是用钱买得到的吗？

六

我再见到村子的时候，他就已经搬到我面前的这间小房子里来了。这间小房子坐落在公墓的一隅，和这间小屋朝夕相伴的就是村子里的几百个新坟旧坟和周围的几百棵碗口粗的白杨树。

农村大包干以后，人民公社没有了，生产队没有了，生产队的饲养棚也就没有了。那几十匹牲口被社员们兴高采烈地牵走的时候，没有人注意到躲在饲养棚边住了20年的小房子里伤心垂泪的村子。

生产队长找了大队干部，把村子安排到眼前的这间小房子里，看管公墓和公墓边上的树林。

我在村子搬到这里的最初几年里，经常来这里看看村子。我周围的人，都深似豪门厚如城墙，只有村子和村子的这间破屋清白如水明白如镜。

在村子的这间日渐衰败的小屋前面，有葫芦架丝瓜架葡萄架。在这间日渐衰败的小屋后面，又有几畦韭菜几畦蒜苗。三四十只鸡出没于这座坟场，一条本地黄狗忠实地看护着这一切。这就是村子的生活环境。衰败的破屋的西墙上如果再挂一床无弦古琴，葫芦架旁如果再种上几十株或黄或白的菊花，那就俨然是陶渊明的世界了。

我喜欢这一切，现实中的和我所想象的，我都喜欢。

葫芦架下的石桌石凳上，我们俩常常相对小酌，他唤鸡呼狗，骂鸡骂狗，有他的乐趣。我远望南山悠悠，近看草木枯荣，有我的乐趣。偶尔共同追忆起少小时代的欢乐往事，或开怀大笑，或怦然心动。我们都有这样的感悟，那时候，尽管好像什么都没有，但却从来不缺少快乐。

我的官越做越大，距离村庄村子也越来越远，和村庄村子的联系也越来越少。当我再一次回到家乡的时候，家乡的人告诉我，村子竟然死了，是自杀。

一天深夜，北风呼啸。熟睡的村子被风声中挟带的伐木的刀斧声惊醒。他从炕上爬起来，借着月光，看到有人在盗砍他所看护的这片树林。村子大怒，拄上双拐，要出门看个究竟，他发现屋门被盗贼们从外面反锁了。村子开始在屋内扯开嗓子大喊，继而用烧火的铁棍敲打做饭的铁锅。村民们说，有人隐隐约约听到了村子的叫喊，也隐隐约约听到了铁棍敲打铁锅的声音。但没有人出来。

心虚的盗贼们当然听到了村子的叫喊和敲打声，他们捅破了绑在几根钢筋条的塑料布窗户，扔进来一把尖刀和一百块钱，恶狠狠地对他说，你要敢说出来，就要你的命!

天亮了，风停了。村子的小屋的屋门被打开的时候，他看到了他所看护的树在一夜之间几乎被砍了个精光。派出所来了辆警车，用一副冰冷的手铐带走了村子。一番问讯以后，公安们竟然认定村子是“里应外合，监守自盗”。理由是，在村子的屋里找到了一张100元的大钞，而村子说，那是盗贼们扔给他的。

村子也许觉得，他没有办法说清楚盗贼们为什么在给他一把刀子的时候还扔给他100块钱，村子也许还觉得自己没有尽到一个看林人的责任，而使他所热爱和依赖的集体的财产遭受了损失，他觉得自己没有别的路，于是，他拿过来床头的农药瓶，喝了下去。

五天之后，公安们再次来提审村子的时候，村子的身体已经冰冷。

村子的二大娘等关系最近的亲属和村主任等一干人在整理村子的遗物的时候，发现了村子的遗书和村子的一个账本。

遗书上说：“这边的事我说不清楚了，到那边去说。我和他们不是一伙的。”

账本上密密麻麻地记了很多账：

> 五月子，8月10日拿走鸡蛋10个，没给钱；
> 狗生娘割走韭菜两捆；
> 张主任说镇上来人，带走两只大鸡；
> 欠卫生室药费35
> ……

村里的会计算了算，欠别人的和人家欠他的相抵，村子还剩85块钱。

有人说，村子死得不明白，但往来账目却很明白。

我听了说，村子死得有什么不明白？办案的如果对我们的群众有点感情，村子也不至于喝药。

村子走了，越走越远。村子所生活的时代，也越来越远。眼前的这间小屋，已经是历史陈迹。我能够做的，是用我的笔，记录下村子这样的小人物的生活。而记录村子这样的小人物的生活，我以为，就是记录历史。